디어 라이프

DEAR LIFE
by Alice Munro

Copyright ⓒ Alice Munro, 2012
Korean Translation Copyright ⓒ MUNHAKDONGNE Publishing Corp., 2013

This Korean edition is published by arrangement with
Alice Munro c/o William Morris Endeavor Entertainment, LLC. through Imprima Korea Agency.
All Rights Reserved.

이 책의 한국어판 저작권은 Imprima Korea Agency를 통해
Alice Munro c/o William Morris Endeavor Entertainment, LLC. 사와
독점 계약한 (주)문학동네에 있습니다.
저작권법에 의해 한국 내에서 보호를 받는 저작물이므로
무단 전재 및 무단 복제를 금합니다.

이 도서의 국립중앙도서관 출판시도서목록(CIP)은
서지정보유통지원시스템 홈페이지(http://seoji.nl.go.kr)와
국가자료공동목록시스템(http://www.nl.go.kr/kolisnet)에서 이용하실 수 있습니다.
(CIP제어번호: CIP2013021430)

세계문학전집
1 1 3

Alice Munro : Dear Life

디어 라이프

앨리스 먼로 소설

정연희 옮김

문학동네

일러두기

1. 주석은 모두 옮긴이주이다.
2. 본문 중 고딕체는 원서에서 이탤릭체나 대문자로 강조한 부분이다.

차례 ▮

일본에 가 닿기를

피터는 객차에 그녀의 여행가방을 올려주자마자 나가고 싶어 안달이 난 것 같았다. 가려는 건 아니라고, 금방이라도 기차가 떠날까봐 불안해서라고, 그가 그녀에게 말했다. 그는 밖으로 나가 플랫폼에 서서 기차의 창문을 올려다보며 손을 흔들었다. 미소를 지은 채 손을 흔들었다. 케이티를 향한 그의 미소는 활짝 열려 있고 햇볕 같고 세상 어떤 의심도 없어서, 그는 마치 아이가 그에게, 그가 아이에게 영원히 경이로운 존재일 거라고 믿는 것 같았다. 아내를 향한 그의 미소에서는 희망과 신뢰 그리고 의지 같은 것이 느껴졌다. 그것은 말로 쉽게 옮길 수 있는 것이 아니었다. 아마도 절대 그럴 수 없을 것이다. 그레타가 그런 말을 꺼냈다면 그는 바보 같은 소리 하지 마, 하고 말했을 것이다. 그러면 그녀는 날마다 지겹게 서로 얼굴을 쳐다보며 사는 사람들이 설명이란 것을 해야 한다면 그 자체가 부자연스러운 일이라고 생각하며 그의 말에 동의했을 것이다.

피터가 아기였을 때 그의 어머니가 소비에트연방 체코슬로바키아에서 서유럽으로 달아나려고 그를 데리고 어떤 산을 넘었다던데, 그레타는 그 산의 이름을 자꾸 잊어버렸다. 물론 다른 사람들과 함께였다. 피터의 아버지도 동행할 예정이었으나 비밀 출발일 하루 전날 요양원으로 보내졌다. 그는 형편을 봐서 가족을 뒤따라올 생각이었지만 그만 숨지고 말았다.

"나도 그런 이야기 읽은 적 있어." 피터가 그 이야기를 처음 꺼냈을 때 그레타가 말했다. 그녀는 그런 이야기에서는 아기가 울면 그 소리 때문에 불법 탈출자들 모두가 위험에 빠질 수 있어서 어쩔 수 없이 아기의 입을 막아 질식시키거나 목을 조르더라고 했다.

피터는 그런 이야기는 들어본 적 없다고 대꾸했을 뿐 그의 어머니라면 그런 상황에서 어떻게 했을지는 입을 다물었다.

그의 어머니는 브리티시컬럼비아주로 건너와 영어 실력을 쌓은 뒤 고등학생들에게 당시 비즈니스 실무라는 명칭으로 불리던 과목을 가르쳤다. 그녀는 혼자 힘으로 피터를 키워 대학에 보냈고, 피터는 지금 엔지니어가 됐다. 아들 내외의 아파트에, 나중에는 그들의 주택에 찾아올 때면 그녀는 늘 응접실에 앉아 있을 뿐 그레타가 부르지 않으면 부엌에는 발걸음도 하지 않았다. 그것이 그녀의 방식이었다. 그녀는 버틸 수 있을 때까지 모른 척 버텼다. 그녀는 어떤 집안일에서든 며느리보다 요령이 좋았지만, 신경쓰지도, 참견하지도, 무언가를 제안하지도 않았다.

또한 그녀는 피터를 키운 아파트를 처분한 뒤 침실도 따로 없고 소파 겸용 침대가 겨우 들어가는 더 작은 아파트로 옮겼다. 그레타가 짓궂게, 피터는 이제 어머니 집으로 돌아갈 수도 없어요? 하고 농담처럼 묻자 그의 어머니는 깜짝 놀라는 눈치였다. 농담은 그의 어머니에게 상처를 주었다. 아마도 언어 때문이었을 것이다. 하지만 영어는 이제 그녀의 일상 언어이자 피터가 알아듣는 유일한 언어였다. 그레타가 『실낙원』을 배우던 나이에 피터는 비즈니스 실무를—어머니에게서는 아니었지만—배웠다. 그레타는 유용한 것은 그게 전염병이라도 된다는 듯이 모두 피했다. 피터는 정반대인 것 같았다.

케이티는 유리창을 사이에 두고 한결같은 속도로 손을 흔들었고, 그들은 코미디언 같은 혹은 정말로 정신이상자 같은 선한 표정을 한껏 지었다. 그레타는 그가 정말로 잘생겼다고, 하지만 정작 본인은 의식하지 못하고 있는 것 같다고 생각했다. 그는 요즘 유행하는 스타일로—특히 엔지니어 같은 부류에 어울리게—머리를 짧게 깎았다. 그의 밝은 피부는 그녀처럼 붉어지지 않고 햇볕 때문에 생긴 반점도 없었으며 어떤 계절에든 잘 그을려 있었다.

그의 생각도 그의 피부색 같았다. 함께 영화를 보러 가도 그가 나중에 영화에 대해 무슨 말을 하고 싶어했던 적은 없었다. 좋았어, 꽤 좋았어, 괜찮았어, 그는 그렇게만 말했다. 더 깊이 들어가려고 하지 않았다. 텔레비전을 봐도 책을 읽어도 그런 식이었다. 그는 그런 것들에 참을성이 있었다. 그걸 만든 사람들은 아마도 최선을 다했을 테니까. 그레타는 그가 다리에 대해서도 같은 말을 할지 섣부르게 물어보며 논쟁을 하려 했다. 다리를 건설한 사람들도 최선을 다했겠지만 그들의 최선이 다리가 무너지지 않을 만큼은 아니었다.

그는 논쟁을 피하며 웃어넘겼다.

그건 같은 게 아니지, 그가 말했다.

같지 않다고?

같지 않지.

그레타는 그런 태도—뒷짐지고 관대하게 받아주는—가 자신에게 축복임을 깨달았어야 했다. 그녀는 시인이었고, 게다가 그녀의 시에는 전혀 밝지 않은, 혹은 설명하기 어려운 면이 있었기 때문이다.

(피터의 어머니나 직장 동료들—그 사실을 알고 있는 사람들—은 아직도 그녀를 여성 시인이라고 불렀다. 그레타는 그렇게 부르지 않도록 피터에게 당부했다. 그들만 아니면 그런 당부는 필요 없었다. 그녀가 예전에 떠나온 일가붙이나 지금 그녀를 아내와 어머니로만 아는 사람들은 그런 특별한 사실을 아예 몰랐기 때문에 그럴 필요가 없었다.)

그녀가 살면서 시간이 더 흐르면 그 시절에 무엇이 받아들여졌고 무엇이 그렇지 않았는지 설명하기가 어려워질 것이다. 이를테면 페미니즘은 받아들여지지 않는 것이었다고 말할 수 있을 것이다. 하지만 그러면서 당시에는 페미니즘이라는 말은 쓰지도 않았다는 것을 설명해야 할 것이다. 야망을 갖는 것은 차치하고, 진지한 생각을 하는 것, 심지어 책다운 책을 읽는 것조차 자녀가 폐렴에 걸린 이유로 의심을 살 수 있었다고, 회사 파티에서 정치적인 발언을 하면 남편의 승진에 지장을 줄 수 있었다고, 이 모든 걸 열심히 설명해야 할 것이다. 어느 정당을 지지하는지는 문제가 아니었다. 문제는 여자가 떠든다는 것이었다.

사람들은 웃으며 말할 것이다. 오, 지금 한 말은 틀림없이 농담이겠죠, 당신도 말은 해야겠지만, 음, 그래도 그만큼은 아니에요. 그러면 그녀가 말할 것이다. 그래도 한 가지, 만약 시를 쓴다면 남자보다는 여자인 편이 약간은 더 안전할 거예요. 여성 시인이라는 말이 설탕으로 만든 거미집처럼 요긴하게 쓰이는 지점이 거기다. 피터는 그렇게 느끼지 않겠지만 그이가 유럽에서 태어났다는 사실을 기억해주세요, 그녀가 말했다. 하지만 피터는 직장 동료들이 그런 것들에 대해 어떻게 느꼈을지 알았을 것이다.

그해 여름 피터는 대륙의 저만치 위쪽, 북쪽으로 올라갈 수 있을 만큼 멀리 올라간 곳인 룬드에서 진행되는 일의 책임을 맡아 한 달 혹은 그보다 더 오래 그곳에서 지내게 되었다. 케이티와 그레타에게는 숙소가 제공되지 않았다.

그레타는 밴쿠버 도서관에서 근무하던 한 여자와 계속 연락을 주고받았는데, 지금 그 여자는 결혼해서 토론토에 살고 있었다. 그 여자가 편지를 보내왔다. 올여름에 그들 부부는 유럽에서 한 달 동안 지낼 예정인데—남편이 교사였다—그 기간 중 얼마 동안 집이 비지 않게 그레타 가족이 토론토로 와서 그들의 집에서 지내지 않겠는지 물어보는—아주 정중한—편지였다. 그레타는 피터가 맡은 일을 알리며 자신과 케이티가 그 제안을 받아들이겠다고 답장을 썼다.

그들이 지금 플랫폼에서, 그리고 기차에서 손을 흔들고 또 흔드는 이유가 바로 이 때문이었다.

그 당시 〈에코 앤서The Echo Answer〉라는, 토론토에서 부정기적으로
발행되는 잡지가 있었다. 그레타는 도서관에서 그 잡지를 발견하고 시
몇 편을 보냈고, 그중 두 편이 잡지에 실렸다. 지난가을 그 잡지의 편
집자가 밴쿠버에 왔을 때, 그를 만날 수 있는 파티에 다른 작가들과 함
께 그녀도 초대받았다. 파티는 어느 작가의 집에서 열렸는데, 그 작가
의 이름은 그녀가 평생 알았던 것처럼 친숙했다. 피터가 아직 근무중
인 늦은 오후에 파티가 열려서 그녀는 사람을 불러 아이를 맡기고 노
스밴쿠버 버스에 올라탔다. 버스는 라이언스게이트 브리지를 건너고
스탠리 파크를 통과했다. 그녀는 허드슨 베이 앞에서 외곽에 위치한
대학 캠퍼스행 장거리 버스를 기다렸다. 그곳이 그 작가가 사는 동네
였다. 그녀는 마지막 모퉁이에서 내려 거리를 찾아낸 뒤 번지수를 훑
으며 걸어갔다. 하이힐 때문에 걸음이 상당히 더뎠다. 그녀는 가진 옷
중에서 가장 세련된 검은색 드레스를 입었는데, 뒤에서 지퍼를 올리는
옷으로 허리선은 날씬하게 빠졌고 골반 부위가 늘 좀 끼었다. 이울어
가는 오후에 인도도 따로 없는 굽은 도로를 달랑 혼자서 휘청휘청 걸
어가려니, 자신의 모습이 약간 우스꽝스럽다는 생각이 들었다. 현대식
집들, 통유리로 된 커다란 유리창들, 그녀가 기대했던 것과는 전혀 다
른 풍경의 동네였다. 길을 잘못 든 건 아닌지 걱정이 되기 시작했지만,
그렇게 생각해도 속상하지는 않았다. 벤치가 있는 정류장으로 돌아가
면 된다. 그곳에 털썩 주저앉아 구두를 벗고 집으로 돌아가는 외로운
장거리 버스를 기다리면 된다.

그런데 그 순간 주차된 차들이 보였고 찾고 있던 번지수가 보였다.

돌아가기에는 너무 늦었다. 닫힌 문으로 소음이 새어나왔고, 그녀는 초인종을 두 번 눌렀다.

어떤 여자가 그녀를 맞았는데, 다른 사람을 기다리고 있었던 것 같았다. 맞았다는 것은 잘못된 표현이었다. 여자는 그저 문을 열었고, 그레타는 여기가 파티를 하는 곳이 맞는지 물었다.

"어떤 것 같아 보여요?" 여자가 문틀에 몸을 기대며 말했다. 그레타가 "들어가도 될까요?"라고 말하자, 그제야 여자는 비켜주기 귀찮다는 듯 마지못해 몸을 움직여 길을 내주었다. 여자가 따라오라는 말은 하지 않았지만 어쨌거나 그레타는 그녀를 따라갔다.

어느 누구도 그레타에게 말을 걸지 않았고 그녀를 쳐다보지도 않았다. 잠시 뒤 십대 여자아이가 핑크 레모네이드 같은 잔들을 올려놓은 쟁반을 내밀었다. 그레타는 잔을 들어 목이 타는 듯 꿀꺽꿀꺽 비운 뒤 한 잔을 더 가져갔다. 그녀는 소녀에게 고맙다고 하고는 여기까지 오는 길이 멀고 더웠다며 대화를 시작하려 했지만, 소녀는 흥미가 없는지 돌아서서 하던 일을 하러 가버렸다.

그레타는 이리저리 돌아다녔다. 계속 미소를 띠고 있었다. 그녀를 알아보거나 반갑게 쳐다보는 사람은 아무도 없었다. 그들이 무엇 때문에 그러겠는가? 사람들의 시선은 그녀를 비껴갔고, 다들 하던 대화를 계속했다. 그들은 웃었다. 그레타를 제외한 모두가 친구들, 농담들, 비밀 아닌 비밀들을 마련해두었고, 그들을 반겨줄 누군가를 찾아낸 것 같았다. 시무룩한 얼굴로 핑크색 음료를 든 채 끊임없이 돌아다니는 십대들만 빼면.

하지만 그녀는 단념하지 않았다. 음료가 도움이 되는 것 같아서 쟁

반이 가까이 오면 한 잔 더 마셔야겠다고 생각했다. 그녀는 끼어들 만한 틈이 있는 무리가 없는지 살폈다. 어떤 영화의 제목이 들리자 그녀는 그런 무리를 찾은 것 같았다. 유럽 영화였는데, 그 무렵 밴쿠버에서 그런 영화들이 상영되기 시작했다. 그녀의 귀에 들린 제목은 그녀가 피터와 함께 보러 갔던 영화였다. 〈사백 번의 구타〉. "아, 그거 저도 봤어요." 그녀가 큰 소리로 열광하듯 외치자 모두 일제히 그녀를 돌아보았다. 그리고 한 사람이 "정말요?"라고 말했는데, 분명 그들 무리를 대표해서 말상대를 해준 것 같았다.

그레타는 물론 취해 있었다. 핑크빛 자몽 주스를 섞은 핌스 No.1을 단숨에 들이켠 뒤였다. 평소라면 달랐겠지만 지금 그녀는 무시당한 사실을 마음에 담아두지 않았다. 자신이 자제력을 잃은 건 알았지만 그녀는 그 공간에 떠도는 들뜨고 자유로운 분위기를 느끼며 표류했다. 친구를 사귀지 않아도 상관없었다. 그저 그렇게 돌아다니면서 자신의 의견을 내놓을 수만 있다면 괜찮았다.

아치형 통로에 중요한 인물들이 모여 있었다. 그들 중에 이 파티의 주최자, 즉 그녀가 예전부터 얼굴과 이름을 알았던 작가가 보였다. 대화하는 그의 목소리는 시끄럽고 격앙되어 있었는데, 그 작가와 다른 두 남자 주위에는 어딘지 위험스러운 분위기가 감돌아서 그들을 쳐다보기만 해도 곧바로 욕설이 날아올 것 같았다. 아까 그녀가 불쑥 끼어들려고 했던 무리는 틀림없이 그들의 아내들이었을 것이다.

그레타에게 문을 열어준 여자는 어느 쪽 무리에도 끼지 않았고, 그녀 자신이 작가였다. 그레타는 누가 이름을 부르자 그 여자가 돌아보는 것을 보았다. 그레타의 시가 실린 그 잡지에서 본 이름이었다. 그 사실을 알았으니 다가가 인사를 해도 괜찮지 않을까? 문 앞에서는 냉대를 받았지만, 같은 문학인으로서?

지금 그 여자는 자신의 이름을 부른 남자의 어깨에 머리를 기대고 있었다. 그들은 방해받고 싶지 않을 것이다.

그런 생각에 잠긴 채 그레타는 자리에 앉았다. 의자가 없어서 바닥에 앉았다. 그녀에게 한 가지 생각이 떠올랐다. 피터와 함께 엔지니어들의 파티에 갔을 때는 대화는 지루했지만 분위기는 유쾌했다는 생각. 적어도 그 시간만큼은 각자의 중요성이 정해져 있었기 때문이었다. 여기서는 누구도 안전하지 않았다. 등뒤에서 평가가 오갔고, 심지어 작품을 발표한 알려진 사람에 대해서도 그랬을 것이다. 누구에게든 빈틈없고 신경증적인 분위기가 감돌았다.

그런 곳에서 그녀는 그게 누구든, 고리타분한 화젯거리라도 던져줄 누군가를 애타게 찾았던 것이다.

불쾌한 이유에 대해 나름대로 생각을 정리하고 나니, 그녀는 마음이 한결 편해져 누가 말을 붙이건 말건 크게 신경쓰지 않게 되었다. 구두를 벗자 마음이 이루 말할 수 없이 편해졌다. 그녀는 벽에 기대앉아 사람들의 발길이 뜸한 통로 쪽으로 다리를 뻗었다. 그리고 러그에 음료를 쏟을까봐 단숨에 비웠다.

한 남자가 그녀를 굽어보았다. 그가 말했다. "여긴 어떻게 왔나요?"

그녀는 그의 둔하고 무거운 발이 딱해 보였다. 서 있어야 하는 사람은 누구든 딱해 보였다.

그녀는 초대를 받아 왔다고 대답했다.

"그렇군요. 차를 가져왔나요?"

"걸어왔어요." 하지만 그것만으로는 충분하지 않아, 그녀는 곧 나머지 이야기도 주절주절 다 쏟아냈다.

"버스를 타고, 그다음엔 걸어서 왔어요."

이제는 그 특별한 무리에 있던 남자 하나가 구두를 신은 남자 뒤에 서 있었다. 그가 말했다. "멋진데요." 그는 정말로 그녀와 대화를 나누려는 것 같았다.

그 처음 남자는 이런 종류의 이야기를 그다지 좋아하지 않았다. 그가 그레타의 구두를 들어 그녀에게 건넸지만, 그녀는 발이 너무 아프다며 신지 않았다.

"구두를 들고 다녀요. 아니면 내가 들어줄게요. 일어날 수는 있겠어요?"

그녀는 자신을 도와줄 더 중요한 인물을 찾았지만 그는 이미 자리를 뜨고 없었다. 이제야 그녀는 그가 어떤 작품을 썼는지가 떠올랐다. 두호보르파 신도*에 대한 희곡이었는데, 두호보르파 신도가 벌거벗어야 했기 때문에 큰 물의를 일으켰다. 물론 그들은 진짜 두호보르파 신도가 아니라 배우들이었지만 벌거벗는 행위는 결국 허용되지 않았다.

그녀는 자신을 일으켜준 남자에게 그 이야기를 하려 했지만, 그는 누가 봐도 흥미가 없어 보였다. 그녀가 그에게 어떤 것을 썼는지 물었다. 그는 자신은 작가가 아니라 기자라고 대답했다. 그는 아들딸과 함께 이 집에 놀러온 거라고 했다. 그의 아이들은 파티 주최자의 손주들로, 음료를 나르던 그 아이들이었다.

---

* 18세기 러시아정교회에서 독립한 교파로 영혼의 소리를 중요시하고 그리스도의 신성을 인정하지 않는다.

"치명적이죠." 그가 음료를 가리키며 말했다. "주범이에요."

이제 그들은 밖으로 나갔다. 그녀는 스타킹을 신은 발로 간신히 웅덩이를 피하며 풀밭을 가로질렀다.

"누가 저기 토했네요." 그녀가 에스코트하는 남자에게 말했다.

"그렇군요." 그가 대답하고는 그녀를 차에 태웠다. 바깥공기가 그녀의 기분을 바꾸어놓았다. 불안하지만 들떴던 마음이 당혹감으로, 심지어 수치심의 범주에 속하는 감정으로 바뀌었다.

"노스밴쿠버." 그가 말했다. 분명 그녀가 알려주었을 것이다. "괜찮아요? 지금 출발합니다. 라이언스게이트."

그녀는 그가 그녀에게 파티에 뭐하러 왔는지 묻지 않기를 바랐다. 그녀가 시인이라고 말한다면 그녀의 지금 상황과 제멋대로인 모습이 시시하고 전형적인 것으로 비칠 테니까. 바깥은 어둡지 않았지만 시간은 저녁이었다. 그들은 물가를 따라 달리고 다리를 건넜다. 제대로 가고 있는 것 같았다. 버라드 스트리트 브리지. 차들이 많아졌고, 그녀는 눈을 뜨고 스쳐지나가는 나무들을 바라보다 자기도 모르게 다시 눈을 감았다. 차가 서자 그녀는 그들이 집에 돌아가기에는 너무 이른 시간이라는 사실을 깨달았다. 그러니까 그녀의 집에.

머리 위로 잎이 무성한 커다란 나무들이 서 있었다. 별은 보이지 않았다. 하지만 그들이 있는 곳과 도심의 불빛 사이, 수면이 빛으로 반짝였다.

"앉아서 곰곰이 생각해봐요." 그가 말했다.

그녀는 그 말에 사로잡혔다.

"곰곰이."

"예컨대 집에는 어떻게 들어갈 건지 말이에요. 품위를 유지할 수 있겠어요? 너무 애쓰진 말고요. 차분하게. 당신은 남편이 있는 것 같은데."

"먼저 집에 데려다줘서 고맙다는 말을 해야겠네요." 그녀가 말했다. "이제 이름을 알려주세요."

그는 이미 이름을 알려주었다고 했다. 아마도 두 번. 하지만 한번 더, 알려드리죠. 해리스 베넷. 베넷. 그는 파티를 주최한 사람의 사위였다. 음료를 나르던 아이들은 그의 자식들이었다. 그는 아이들을 데리고 토론토에서 왔다. 됐나요?

"아이들 엄마는요?"

"물론 있죠. 하지만 입원해 있어요."

"미안해요."

"뭐가요. 아주 좋은 병원이에요. 정신적인 문제가 있는 사람들이 가는 곳이죠. 정서적인 문제라고 해도 되겠군요."

그녀도 허겁지겁 남편의 이름은 피터이고 직업은 엔지니어이며 케이티라는 이름의 딸이 있다고 말했다.

"거참 훌륭한데요." 그가 말하며 다시 차를 출발시켰다.

라이언스게이트 브리지에서 그가 말했다. "내 말투가 거슬렸다면 미안해요. 당신에게 키스를 할까 말까 고민하고 있었는데 그러지 않기로 했어요."

그녀에겐 그 말이 그녀의 어떤 점이 키스를 받기엔 부족하다는 의미로 받아들여졌다. 정신이 번쩍 들 정도로 귀싸대기를 맞은 것 같은 굴욕감이 느껴졌다.

"지금 우리가 다리를 건너면 곧바로 마린 드라이브로 들어서는 거지요?" 그가 말을 이었다. "당신이 제대로 알려주었을 거라고 믿어요."

가을과 겨울과 봄을 보내는 동안 그녀가 그를 생각하지 않은 날이 하루도 없었다. 잠이 들자마자 같은 꿈을 꾸는 것과 같았다. 그녀는 소파 등받이 쿠션에 머리를 대고는, 그의 품에 안기는 상상을 했다. 그녀가 그의 얼굴을 기억하지 못할 거라고 생각하겠지만, 그녀는 그의 얼굴을 세세하게 떠올릴 수 있었다. 주름이 잡혀 좀 고단해 보이고 신랄하고 주로 실내에서 시간을 보낼 것 같은 그런 남자의 얼굴이었다. 그의 몸도 어김없이 떠올랐는데, 상당히 지쳤지만 탄탄하고 독특한 성적 매력을 풍기는 몸이었다.

그녀는 그리워서 눈물이 날 지경이었다. 하지만 피터가 집에 돌아오면 그 모든 판타지는 사라져 동면 상태로 들어갔다. 일상적인 애정이 변함없이 견고하게 다시 전면에 나섰다.

그 꿈은 밴쿠버 날씨와 흡사했다. 침울한 그리움, 비에 젖은 꿈결 같은 슬픔, 심장 주위를 서성이는 무거움.

키스는 어째서 하지 않은 거지? 무례하게 한 방 날린 거였을까?

그녀는 그 생각을 그냥 지워버렸다. 그것에 대해 완전히 잊어버렸다.

그녀의 시에는? 한마디도, 단 한 줄도 쓰지 않았다. 그녀가 그런 생각을 품었다는 암시조차 넣지 않았다.

물론 그녀가 그렇게 불쑥불쑥 떠오르는 생각들에 빠져드는 것은 대체로 케이티가 낮잠을 잘 때였다. 이따금 그녀는 그의 이름을 내뱉었고, 바보 같은 생각도 서슴지 않았다. 그러고 나면 창피해서 얼굴이 화끈거렸고 스스로가 경멸스러웠다. 참으로 바보 같은 생각이었다. 바보 같으니.

그때 퍼뜩 어떤 생각이 떠올랐다. 불확실했던 남편의 룬드 근무가 확실해진 것, 그리고 토론토 집을 쓰라는 그 제안이었다. 잠시 날씨가 맑게 개자 용기가 샘솟았다.

그녀는 편지를 썼다. 시작은 상투적이지 않았다. 친애하는 해리스에게, 따위는 아니었다. 저를 기억하시는지요, 도 아니었다.

　　이 편지를 쓰는 것은 유리병 속에 편지를 넣는 것과 같아요
　　그리고 바라죠
　　편지가 일본에 가 닿기를.

오랜만에 시에 가까운 것을 썼다.

그녀는 주소를 몰랐다. 무모하게도 파티를 주최했던 사람에게 전화를 걸었다. 하지만 그 여자가 전화를 받자 그녀는 입안이 바짝 마르고 입이 툰드라만큼 큼직하게 느껴져 전화를 끊어버렸다. 그러고는 케이티를 유모차에 태우고 공공도서관으로 가서 토론토 전화번호부를 찾아냈다. 베넷이라는 이름은 많았지만 해리스나 H. 베넷은 없었다.

그때 그녀에게 끔찍한 생각이 떠올랐다. 부고란을 보는 것이다. 마음이 급해졌다. 하지만 도서관 신문을 읽고 있는 남자가 다 읽기를 기

다려야 했다. 토론토 신문을 구하려면 다리를 건너야 해서 보통 그녀는 그 신문을 읽지 않았고, 피터가 늘 〈밴쿠버 선〉을 집에 가져왔다. 그녀는 신문을 넘기다 마침내 칼럼 맨 위에서 그의 이름을 발견했다. 그러니 그는 죽지 않았다. 신문 칼럼니스트. 그의 이름을 뒤져 집으로 전화를 걸어오는 사람들에게 괴롭힘을 당하고 싶지 않으리라는 것은 당연했다.

그는 정치에 대한 글을 썼다. 그의 글은 지적이었지만 그녀는 전혀 흥미를 느끼지 못했다.

그녀는 그 신문사로 편지를 보냈다. 그가 자기 우편물을 챙겨보는지는 확신할 수 없었지만 봉투에 '본인만 개봉'이라고 써 보내면 골치만 더 아파질 것 같아서 그저 유리병에 대한 이야기 뒤에 기차가 도착하는 날짜와 시간만 써넣었다. 이름도 쓰지 않았다. 누가 봉투를 열어보건 기발함을 즐기는 연로한 친척이 보낸 편지로 여길 거라고 생각했다. 그 해괴한 편지가 집으로 발송되어 지금은 퇴원했을 그의 아내가 펴보더라도 그를 곤란하게 만들 일은 전혀 없었다.

피터가 플랫폼에 서 있는 것이 그들과 같이 가지 않는다는 뜻임을 케이티는 분명히 깨닫지 못한 것 같았다. 그들이 움직이기 시작해도 그가 그 자리에 서 있고, 이어서 속도가 빨라지며 그가 저만치 멀어지자 케이티는 버려졌다는 느낌에 강하게 사로잡혔다. 하지만 얼마 뒤 마음을 진정하고는, 아빠가 아침에 올 거라고 그레타에게 말했다.

아침이 되자 그레타는 염려가 되었지만 케이티는 그의 부재에 대해 아무런 말이 없었다. 그레타가 배가 고픈지 묻자 케이티는 그렇다고 대답하며 지금 잠옷을 갈아입고 다른 칸에 아침을 먹으러 가야 한다고—그들이 기차에 타기 전에 그레타가 일러준 대로—말했다.

"아침으로 뭘 먹고 싶어?"

"크리스프 피." 라이스 크리스피라는 말이었다.[*]

"그게 있는지 보자."

라이스 크리스피가 있었다.

"이제 아빠를 찾으러 가?"

아이들을 위한 놀이 공간이 있었는데 아주 좁았다. 남자아이 하나와 여자아이 하나—똑같이 버니래빗 의상을 입은 것을 보니 남매였다—가 놀이 공간을 다 차지하고 있었다. 둘은 서로를 향해 작은 자동차들을 밀어 달리게 하다가 마지막 순간에 방향을 홱 꺾으며 놀고 있었다.

쾅 쾨쾅.

"얘는 케이티란다." 그레타가 말했다. "난 케이티의 엄마고. 너희는 이름이 뭐니?"

차들의 충돌만 더욱 격렬해질 뿐, 아이들은 고개를 들지 않았다.

"아빠는 여기 없잖아." 케이티가 말했다.

그레타는 자리로 돌아가 케이티의 크리스토퍼 로빈 책을 찾은 뒤 전망차로 가 그 책을 읽어주는 편이 더 낫겠다고 생각했다. 아직 아침식

---

[*] 크리스프 피(Crisp peas)는 '바삭한 콩'이라는 뜻으로, 켈로그사에서 생산하는 시리얼 라이스 크리스피(Krispies)와 발음이 유사하다.

사 시간이 끝나지 않은데다 놓칠 수 없는 산의 풍경도 시작되지 않았으니 그들이 누구를 짜증나게 할 것 같지는 않았다.

문제는 그녀가 크리스토퍼 로빈 책을 다 읽으면 케이티가 대번에 다시 읽어달라고 조를 거라는 데 있었다. 케이티는 처음 책을 읽어주었을 때는 가만히 듣더니, 지금은 한 줄이 끝날 때마다 흥얼거리며 따라 읽었다. 그다음에는 한 단어 한 단어 따라 흥얼거렸지만 아직 혼자서 읽을 만큼은 아니었다. 그레타는 전망차에 모여든 사람들이 그것 때문에 짜증을 내는 모습이 눈에 보이는 것 같았다. 케이티 나이 때는 반복되는 단조로움이 별문제가 되지 않았다. 사실 그 또래 아이들은 그것을 품어 안고, 그 속에 뛰어들고, 그 친숙한 단어들이 영원히 녹지 않는 사탕이라도 되는 듯 혀로 감쌌다.

한 청년과 젊은 여자가 계단을 올라와 그레타와 케이티의 건너편에 자리를 잡았다. 그들이 사뭇 명랑하게 굿모닝, 하고 말을 건넸고 그레타가 인사를 받아주었다. 케이티는 그들의 존재를 절대 인정하지 않겠다는 태도로 책에서 눈을 떼지 않은 채 가만가만 읽어나갔다.

통로 건너편에서 청년의 목소리가 들려왔다. 케이티의 목소리만큼 조용했다.

버킹엄궁전에서 근위병 교대식을 해요.
크리스토퍼 로빈이 앨리스와 함께 걸어갔어요.

그 부분이 끝나자 그는 다른 부분을 시작했다. "'난 그런 것들은 좋아하지 않아요. 나는 샘이니까요.'"

그레타는 웃었지만 케이티는 아니었다. 그레타는 케이티가 조금 샐쭉해진 것을 알 수 있었다. 케이티는 책에 나오는 바보 같은 말은 이해했지만 책이 아닌 다른 누군가의 입에서 나오는 바보 같은 말은 이해하지 못했다.

"죄송해요." 청년이 그레타에게 말했다. "우리는 유치원생이거든요. 그 책은 우리 문학교재예요." 그는 몸을 옆으로 쑥 빼서 케이티에게 진지하고 부드럽게 말했다.

"좋은 책인데?"

"우리가 유치원생들을 위해 일한다는 뜻이에요." 젊은 여자가 그레타에게 말했다. "가끔은 우리가 유치원생이 아닌지 헷갈리지만."

청년은 계속 케이티에게 말을 걸었다.

"네 이름이 뭔지 맞힐 수 있을 것 같은데. 뭘까? 루퍼스? 로버?"

케이티는 입술을 깨물었지만 심술궂은 대답이 불쑥 튀어나오는 걸 참지는 못했다.

"난 개가 아니야." 케이티가 말했다.

"물론 아니지. 내가 너무 멍청했구나. 난 남자고 이름은 그레그야. 여기 여자애 이름은 로리."

"그레그가 널 놀리는구나." 로리가 말했다. "내가 한 대 때려줄까?"

케이티가 곰곰이 생각하더니 말했다. "아니."

"'앨리스는 근위병과 결혼을 해요.'" 그레그가 계속했다. "'군인의 삶은 몹시 힘들지요, 앨리스가 말해요.'"

케이티는 앨리스의 두번째 말부터 같이 흥얼거리며 따라 읽었다.

로리는 그레타에게 그들이 유치원을 돌아다니며 촌극을 한다고 말했다. 그것을 읽기 준비 연습이라고 불렀다. 그들은 사실 배우였다. 로리는 재스퍼에서 내릴 예정이었고, 여름 동안 그곳에서 웨이트리스로 일하며 코미디극 같은 것을 하기로 되어 있었다. 그건 읽기 준비 연습은 단연코 아니라고 했다. 성인용 엔터테인먼트, 그렇게 불렀다.

"맙소사." 그레타가 말했다. 그리고 웃었다. "할 수 있는 건 뭐든 해봐요."

그레그는 조금 더 가서 새스커툰에서 내린다고 했다. 그의 가족이 거기에 살고 있었다.

두 사람 모두 매우 아름답다고 그레타는 생각했다. 둘 다 키가 크고 유연하고 부자연스러울 정도로 말랐는데, 다만 그의 머리칼은 색깔이 짙고 곱슬곱슬했고, 그녀의 머리칼은 성모마리아처럼 검고 윤이 났다. 잠시 뒤 그레타가 두 사람이 조금 닮은 것 같다고 하자 그들은 둘이 같이 묵을 때 가끔 그 덕을 본다고 했다. 덕분에 상황은 한결 수월해지지만, 침대가 두 개 있는 방을 달라고 하고 다음날 두 개 모두를 흩트려 놓는 것을 잊지 말아야 한다고 했다.

지금은 그런 걱정을 할 필요가 없다고, 그들이 그녀에게 말했다. 그런 문제로 골치 아플 일은 없었다. 둘은 삼 년을 함께했지만 이제 헤어지려 했다. 몇 달 동안 둘 사이는 적어도 육체적으로 깨끗했다.

"이제 버킹엄궁 이야기는 그만해야겠다." 그레그가 케이티에게 말했다. "운동을 해야 하거든."

그레타는 그가 아래층 객차로 내려가거나 적어도 통로로 나가 체조를 할 거라고 생각했지만 그와 로리는 고개를 뒤로 젖혀 목을 쭉 빼더니 까르륵 꾸르륵 요상한 소리를 쏟아냈다. 케이티는 그 전부가 자기를 위한 공연이라고 여기며 즐거워했다. 그리고 매너 있는 관객이 되어, 제법 얌전하게 바라보다가 다 끝난 뒤에야 웃음을 터뜨렸다.

계단을 올라오려던 몇몇 사람들이 케이티만큼 빠져들지 않은데다 그것을 어떻게 해석해야 할지 몰라서 맨 아래 계단에 서 있었다.

"죄송합니다." 그레그는 그들에게 아무 설명 없이 친근함과 다정함이 깃든 목소리로 말했다. 그러고는 케이티에게 손을 내밀었다.

"놀이방이 있는지 보러 가자."

로리와 그레타가 그들을 따라갔다. 그레타는 그가 자신의 매력을 확인하려고 아이들과 친구가 되지만 아이들의 지칠 줄 모르는 애정을 알게 되면 싫증을 내고 무뚝뚝해지는 그런 어른이 아니기를 바랐다.

점심때쯤 혹은 더 일찍, 그녀는 그런 걱정이 기우였다는 것을 깨달았다. 그레그는 케이티의 관심에 싫증을 내지 않았다. 오히려 아이들이 여럿 몰려들어 놀이에 참여해도 전혀 지친 기색을 내비치지 않았다.

그가 놀이를 시작한 것이 아니었다. 그는 처음에 자신에게로 쏟아지는 관심을 아이들에게로 돌려, 아이들이 서로를 알아보게 만들었다. 그러고는 활기차고 과격하기까지 하지만 심술궂지는 않은 놀이를 했다. 성질을 부리는 아이는 없었다. 응석도 찾아볼 수 없었다. 그저 그럴 시간이 없어서였다. 훨씬 더 흥미로운 일이 벌어지고 있던 것이다. 기적이었다. 그 작은 공간에서 제멋대로 날뛰는 아이들을 그리 쉽게 다루다니. 그렇게 쏟아낸 에너지는 오후의 낮잠을 예고했다.

"놀라운 사람이군요." 그레타가 로리에게 말했다.

"대체로 저런 식이에요." 로리가 말했다. "몸을 사리지 않아요. 그거 아세요? 많은 배우들이 저래요. 특히 남자배우들이요. 무대에서 내려오면 죽은 거나 다름없죠."

그레타는 생각했다. 나는 그렇지 않아. 나는 거의 내내 몸을 사리지. 케이티를 대할 때도 신중하게, 피터를 대할 때도 신중하게.

그녀가 크게 의식하지 못하는 사이에 그들은 이미 새로운 시대로 접어들었고, 그 기간 동안 사람들은 이런 것에 많은 관심을 기울이게 되었다. '저런 식'이라는 것도 예전에 없었던 다른 의미를 띠게 되었다. 흐름을 따라가는 것. 자신을 내맡기는 것. 어떤 사람들은 자신을 내맡기지만 어떤 사람들은 그러지 못했다. 머리의 안쪽과 바깥쪽 사이에 세워진 벽이 무너져야 했다. 진실함에는 그것이 요구되었다. 그레타의 시 같은 것, 솔직하게 흘러나오지 않은 것은 의심을, 심지어 멸시를 받아야 했다. 물론 그녀는 그래도 항상 하던 대로 흥분하고 따지면서, 관습에 맞서는 사람들에게 마음속으로 냉혹한 시선을 보냈다. 하지만 이 순간만큼은 그녀의 아이가 그레그와 그의 행동에 마음을 내주었고, 그녀는 오로지 그것이 고마울 따름이었다.

오후가 되자 그레타의 예상대로 아이들은 잠이 들었다. 같이 낮잠을 자는 어머니들도 있었다. 어떤 어머니들은 카드놀이를 했다. 로리가 재스퍼에서 내렸고, 그레그와 그레타는 손을 흔들어주었다. 로리가 플랫폼에서 키스를 날렸다. 나이든 남자가 나타나 그녀의 가방을 받아들고 애정 어린 키스를 했다. 그러고는 기차를 올려다보며 그레그에게 손을 흔들었다. 그레그도 그에게 손을 흔들어주었다.

"로리의 지금 애인이에요." 그가 말했다.

기차가 출발하고 손을 좀더 흔든 뒤, 그와 그레타는 객실로 케이티를 데려갔다. 케이티는 이동하는 동안 잠이 들어 지금 그들 사이에서 자고 있었다. 이제 아이가 밖으로 떨어질 위험은 없어서, 그들은 공기를 통하게 하려고 칸막이 커튼을 걷었다.

"아이가 있다는 건 굉장한 일이에요." 그레그가 말했다. 그 순간 그 말이 새롭게 들렸다. 적어도 그레타에게는 그랬다.

"그런 일은 그냥 생겨요." 그녀가 말했다.

"참 차분하시네요. 다음에는 '그게 인생이에요'라고 말할 것 같은데요."

"아닐 거예요." 그레타가 말하고는 그를 빤히 쳐다보자 그가 마침내 머리를 흔들며 웃었다.

그는 자신이 배우의 길로 들어선 계기가 종교 때문이라고 했다. 그의 가족은 그레타가 들어보지 못한 어떤 기독교 종파를 믿었다. 그 종파는 신자 수는 많지 않아도 돈은 많았다. 적어도 신자들 일부는 그랬다. 그들은 대초원에 자리한 어느 타운에 극장이 딸린 교회를 지었다. 그가 열 살이 되기 전에 연기를 시작한 곳이었다. 그들은 성경에 나오는 우화도 공연했지만, 그들이 믿는 것을 믿지 않는 사람들에게 어떤 끔찍한 일이 일어나는지를 다룬 현대극도 상연했다. 그의 가족은 그를 매우 자랑스러워했고, 물론 그도 스스로를 자랑스럽게 여겼다. 돈 많은 개종자들이 새로이 맹세를 하고 신성한 새 생명을 얻을 때 그곳에서 어떤 일이 일어나는지에 대해서, 그는 자신의 가족에게 전부 말할 생각은 추호도 없었다. 어쨌거나 그는 인정을 받는다는 사실이 좋았고 연기를 하는 것이 좋았다.

그러던 어느 날 그는 꼭 교회와 관련된 내용이 아니어도 연기를 할 수 있다는 사실을 깨달았다. 그는 그 문제에 대해 예의를 갖춰 말하려 했지만 그들은 그가 사탄에 씌었다고 했다. 하하, 사탄에 씐 게 누군지는 내가 안다고, 그가 말했다.

바이바이.

"그걸 나쁘게만 생각하지 않았으면 좋겠어요. 나는 여전히 기도 같은 건 다 믿어요. 하지만 내 가족에게는 무슨 일이 있었는지 절대 말할 수 없을 것 같아요. 뭐든 어중간한 진실은 그들을 죽일 수 있으니까요. 당신은 그런 사람들을 몰라요?"

그녀는 그에게 그녀와 피터가 밴쿠버로 처음 이사왔을 때 온타리오에 살던 그녀의 할머니가 밴쿠버 교회의 어느 목사에게 미리 연락을 해두었다고 말했다. 목사가 찾아왔을 때 그레타는 매우 당돌하게 굴었다. 목사가 그녀를 위해 기도하겠다고 하자 그녀는 그럴 것 없어요, 그런 식으로 말했다. 그 무렵 그녀의 할머니는 죽어가고 있었다. 그레타는 그 생각을 할 때마다 부끄러웠고, 부끄럽다는 사실에 화가 났다.

피터는 그것을 전부 이해하지는 못했다. 그의 어머니는 교회에는 절대 가지 않았지만, 그녀가 그를 데리고 산을 넘은 이유 한 가지는 짐작건대 가톨릭 신자가 될 수 있다는 사실에 있었다. 그의 말로는 가톨릭 신자들이 유리한 점 한 가지는, 천국이 있는지 없는지 모르지만 선택의 여지를 손에 쥘 수 있다는 것이었다.

그 얼마 동안 그녀가 피터를 떠올린 것은 그때가 처음이었다.

그 얼마 동안 그녀와 그레그는 그 모든 고뇌와 얼마간의 위로가 담긴 대화를 이어가면서 술을 마시고 있었다. 그가 우조*를 한 병 꺼냈다. 작가들의 파티 이후 그녀는 술을 마실 때에는 어떤 술이든 조심했다. 이번에도 매우 조심했지만 술의 효과가 나타났다. 그들이 서로 손을 어루만지고 키스와 애무를 시작하기에 충분했다. 그 모든 행위가 잠든 아이 옆에서 일어나야 했다.

"그만하는 게 좋겠어요." 그레타가 말했다. "그러지 않으면 후회하게 될 거예요."

"우리가 하는 게 아니에요." 그레그가 말했다. "다른 사람들이 하는 거예요."

"그럼 그 사람들에게 그만하라고 해요. 그 사람들 이름을 알아요?"

"잠시만. 레그. 레그와 도로시."

"그만해요, 레그. 천진난만한 내 아이는 어쩌라고요?" 그레타가 말했다.

"내 자리로 가요. 그리 멀지 않아요."

"나한테는……"

"나한테 있어요."

"지금은 없어요?"

"당연히 없죠. 나를 무슨 짐승으로 생각하는 거예요?"

그들은 흐트러진 옷매무새를 가다듬은 뒤 객실에서 빠져나와 잠든 케이티의 침대를 둘러친 커튼 단추를 모두 잠갔다. 그러고는 그레타의 객차에서 그의 객차로 옮겨갔다. 태연함을 가장하면서. 사실 그럴 필요는 없었다─그들은 아무도 만나지 않았으니까. 사람들은 전망차에

---

* 아니스 열매로 담근 그리스 술.

서 영원히 변치 않을 산들의 사진을 찍고 있거나, 술을 파는 객차에 가 있거나, 잠을 자고 있었다.

그레그의 어질러진 자리에서 그들은 중단했던 것을 다시 시작했다. 두 사람이 누울 공간은 없었지만 어찌어찌 부둥켜 안고 뒹굴 수는 있었다. 처음에는 계속 터지려는 웃음을 눌러 참았고, 이어 크게 뜬 눈을 서로 들여다볼 수밖에 없는 좁은 장소에서 엄청난 쾌락의 충격을 맛보았다. 그들은 격렬한 소리를 삼키려고 서로를 깨물었다.

"굉장한데요." 그레그가 말했다. "좋았어요."

"돌아가야겠어요."

"그렇게 빨리요?"

"케이티가 눈을 떴는데 내가 없어봐요."

"알았어요, 알았어. 어쨌거나 나도 새스커툰에서 내릴 준비를 해야 하니까. 우리가 한창 열중해 있는데 도착하면 안 되잖아요. 안녕 엄마. 안녕 아빠. 내가 음음하고 있으니 잠시만 기다려주세요!"

그녀는 매무새를 단정히 하고 그를 떠났다. 사실 누군가를 마주친다 해도 상관은 없었다. 그녀는 힘이 풀리고 충격으로 멍했지만 원형경기장에서 한 차례 시합을 마친 검투사—그 낱말을 생각해내고 빙긋 웃었다—처럼 들떠 있었다.

어쨌거나 그녀는 누구도 만나지 않았다.

케이티 침대를 둘러싼 커튼의 맨 아래 단추가 열려 있었다. 분명히 잠그고 갔다. 설령 열려 있었다 해도 케이티는 빠져나오지 못했을 것이고 절대 그러지도 않았을 것이다. 전에 그레타가 잠시 화장실에 갈 때 케이티에게 절대 따라오면 안 된다고 철저히 주지시켰고, 그때 케이티는 아기 취급하지 말라는 속마음을 넌지시 내비치듯 "안 그래"라고 말했다.

그레타가 커튼을 잡아 끝까지 열어젖혔다. 커튼이 다 열렸는데도 케이티는 보이지 않았다.

그레타는 미칠 것 같았다. 케이티만한 아이가 베개로 몸을 가릴 수 있기라도 하듯 베개를 홱 들어올렸다. 케이티가 담요 속에 숨어 있기라도 하듯 손으로 담요를 툭툭 쳤다. 그녀는 마음을 추스르며 그녀가 그레그와 함께 있을 때 기차가 어디에 정차했는지, 아니 정차한 적이 있었는지 열심히 생각했다. 기차가 어딘가에 섰다면 그때 유괴범이 기차에 올라타 어떻게든 케이티를 데리고 내린 것일까?

그녀는 통로에 서서 기차를 세우려면 어떻게 해야 하는지 생각했다.

그러다 애써 이렇게 생각했다. 그런 일은 일어났을 리 없다고. 바보같이 굴지 마. 케이티는 잠에서 깨어나 엄마가 없는 걸 알고 엄마를 찾으러 간 거야. 혼자 찾아 나선 거라고.

바로 그 근처에, 케이티는 분명 바로 그 근처에 있을 것이다. 객차의 양쪽 끝에 있는 문은 케이티가 열기에는 너무 무거웠다.

그레타는 꼼짝할 수 없었다. 그녀의 몸 전체가, 그녀의 마음이 텅 비어버린 것 같았다. 그런 일이 일어날 수는 없었다. 돌아가, 돌아가, 그레그와 함께 자리를 비우기 전으로. 거기에서 멈춰. 멈춰.

통로 건너 좌석은 한동안 비어 있었다. 주인이 있다는 표시로 여자 스웨터와 잡지가 놓여 있었다. 저 앞쪽에 그녀의─그들의─자리처럼 커튼 단추를 끝까지 채워둔 좌석이 있었다. 그녀가 홱 잡아당겨 단추를 한 번에 열었다. 자고 있던 노인이 돌아누웠지만 잠에서 깨지는 않았다. 그가 누구를 숨길 방법은 없었다.

정말 바보 같아.

그 순간 새로운 공포심이 일었다. 만약 케이티가 객차 끝까지 이쪽저쪽 돌아다니다가 어찌어찌 문을 여는 데 성공했다면. 혹은 누군가가 문을 열었을 때 따라 나갔다면. 객차들 사이에는 다른 객차로 넘어갈 수 있는, 각 객차들을 연결하는 짧은 통로가 있었다. 그곳에 서면 기차의 움직임이 갑작스럽고 무섭게 느껴졌다. 뒤에도 무거운 문이, 앞에도 무거운 문이 있었고, 통로 양쪽에는 덜컹거리는 금속판들이 있었다. 그 금속판들이 기차가 정차할 때 내려지는 계단을 가려주었다.

사람들은 그곳을 통과할 때 늘 걸음을 서둘렀다. 덜컹대는 소리와 흔들림은, 결국 세상 모든 것이 그리 필연적인 방식으로 만들어지는 게 아니라는 사실을 다시금 일깨워주었다. 사람들은 무심한 듯, 하지만 다급하게 덜컹대는 소리와 흔들림을 통과한다.

객차 끝에 있는 문은 그레타에게도 무거웠다. 아니면 두려움 때문에 힘이 다 빠져나갔는지도. 그녀는 어깨로 힘껏 문을 떠밀었다.

거기에, 객차들 사이에, 끊임없이 시끄러운 소음을 내는 금속판 하나에 케이티가 앉아 있었다. 눈은 크게 뜨고 입은 약간 벌린 채, 몹시 놀란 듯 혼자. 케이티는 울고 있지 않았지만 엄마를 보자 울음을 터뜨렸다.

그레타는 아이를 잡아 허리께에 걸쳐 안고 휘청휘청 방금 열고 나온 문과 마주했다.

모든 객차에 전투나 탐험, 저명한 캐나다인을 기념하는 이름이 붙어 있었다. 그들의 객차 이름은 코노트였다. 그녀는 그 이름을 결코 잊지 못할 것이다.

케이티는 다친 데가 전혀 없었다. 덜컹거리는 금속판의 날카로운 모서리에 옷이 걸렸을 수도 있었겠지만 그런 일도 일어나지 않았다.

"엄마를 찾으러 갔어." 케이티가 말했다.

언제? 방금 전에? 아니면 그레타가 케이티를 두고 떠난 바로 뒤에?

그럴 리는 없었다. 누군가가 거기서 케이티를 보았을 것이고 아이를 안아올린 뒤 경보음을 울렸을 것이다.

화창한 날씨였지만 그리 따뜻하지는 않았다. 아이의 얼굴과 손이 꽤 차가웠다.

"엄마가 계단에 있는 줄 알았어." 아이가 말했다.

그레타는 자리로 돌아가 아이에게 침대에 있는 담요를 덮어주었다. 그 순간 그녀 자신도 열이 오른 것처럼 몸이 부들부들 떨리기 시작했다. 속이 메슥거렸고, 실제로 신물이 올라왔다. 케이티가 "누르지 마"라고 말하며 꿈틀꿈틀 그녀에게서 떨어졌다.

"엄마한테서 나쁜 냄새가 나." 아이가 말했다.

그레타는 아이에게서 팔을 치우고 드러누웠다.

이번 일은 정말로 끔찍했다. 일어났을지도 모를 일들을 생각하니 정말로 끔찍했다. 아이는 여전히 뻣뻣이 저항하며 그녀에게서 떨어져 있으려 했다.

틀림없이 누군가 케이티를 발견했을 것이다. 악한 사람이 아니라 괜찮은 사람이 그곳에서 아이를 발견하고 안전한 곳으로 데려갔을 것이다. 그레타는 기차에서 혼자 있는 아이를 발견했다는 당황스러운 안내방송을 듣고 혼쭐이 빠지게 놀랐을 것이다. 케이티라는 이름을 댄 아이를 발견했다는 방송을. 그레타는 그때 어디에 있었건 최대한 매무새를 단정히 하고 부리나케 달려갔을 것이다. 부리나케 달려가 그녀의 아이라고 말하며 방금 화장실에 갔었다고 거짓말을 했을 것이다. 그녀는 놀라고 겁을 먹었겠지만 지금 그녀의 머릿속에서 떠나지 않는 장면은 겪지 않아도 됐을 것이다. 객차들 사이 시끄러운 공간에 망연히 앉아 있는 케이티. 울지도 않고, 칭얼거리지도 않고, 어떤 설명도 희망도 없이 그곳에 영원히 앉아 있어야 하는 것처럼. 묘하게 표정이 없는 눈동자와 살짝 벌어진 입, 그러다 아이는 자기가 구조되었다는 사실을 깨닫고 울기 시작한다. 그제야 아이는 자기 세상을 되찾는다. 괴로워하고 불평할 권리를 되찾는다.

케이티는 지금 졸리지 않으니 일어나고 싶다고 말했다. 그리고 그레그가 어디에 있는지 물었다. 그레타는 그가 낮잠을 자고 있다고, 피곤해한다고 대답했다.

아이와 그레타는 남은 오후를 보내려고 전망차로 갔다. 그곳은 그들의 독차지나 다름없었다. 사진을 찍던 사람들은 아마도 로키산맥을 바라보다가 지쳐 떨어졌을 것이다. 아까 그레그가 말했던 것처럼, 대초원은 그들을 버리고 떠났다.

기차가 새스커툰에서 정차했고 몇몇 사람들이 내렸다. 그레그도 그중 한 명이었다. 그레타는 그의 부모로 보이는 부부가 그를 반기는 것을 보았다. 아마도 그의 할머니일 거라고 짐작되는 휠체어를 탄 여인도 나와 있었고, 어슬렁거리던 몇몇 청년도 유쾌하지만 쑥스럽게 그를 맞았다. 그들 중 누구도 어떤 종파의 일원이나 엄격하고 까다로운 사람들로 보이지는 않았다.

하지만 누군가를 잠깐 보고 어떻게 그런 것을 장담할 수 있겠는가?

그레그가 가족에게서 돌아서서 기차 창문을 훑어보았다. 그녀가 전망차에서 손을 흔들자 그도 그녀를 발견하고 손을 흔들었다.

"저기 그레그가 있어." 그녀가 케이티에게 말했다. "저기 아래에. 그레그가 손을 흔드네. 너도 손을 흔들어줄래?"

하지만 케이티는 그를 찾는 데 애를 먹었다. 어쩌면 찾으려고 애쓰지 않았다. 케이티는 살짝 뿌루퉁한 얼굴로 새초롬하게 돌아앉았고, 그레그도 마지막으로 익살스럽게 손을 한 번 흔든 뒤 돌아섰다. 그레타는 궁금했다. 케이티가 자신이 버려진 것에 대한 벌을 주려고, 그를 보고 싶어하지도 인정하지도 않는 것인지.

좋아, 이렇게 돼야 하는 거라면, 잊어버려.

"그레그가 네게 손을 흔들었어." 기차가 떠날 때 그레타가 말했다.

"알아."

그날 밤 케이티가 그녀 옆에서 기차 침대에 누워 잠들었을 때 그레타는 피터에게 편지를 썼다. 기차에서 본 온갖 다양한 사람들을 일부러 재미있게 묘사한 긴 편지였다. 대부분의 사람들이 실물을 직접 눈으로 보는 것보다 카메라를 통해 보는 것을 더 좋아하더라는 내용 같은 것이었다. 케이티가 대체로 말썽 없이 잘 지낸 것에 대해서도 썼다. 물론 아이를 잃어버린 것이나 겁을 먹었던 것에 대해서는 한마디도 쓰지 않았다. 그녀는 대초원이 저만치 물러나고 끝없이 늘어선 검은 가문비나무를 스쳐지나갈 때 편지를 부쳤고, 기차는 이유는 모르지만 혼페인이라는 조금 쇠락한 작은 타운에서 정차했다.

수백 마일을 달리는 동안 그녀는 깨어 있는 시간에는 오로지 케이티에게만 신경썼다. 그녀의 그런 관심은 전에 없던 것이었다. 피터가 출근하고 둘만 있을 때 그녀는 입히고 먹이고 말을 시키며 당연히 케이티를 돌보았다. 하지만 아이에게 쏟는 관심은 단속적斷續的이었고, 다정함은 종종 전략적이었다. 그레타는 다른 집안일도 해야 했으니까.

꼭 집안일 때문만은 아니었다. 머릿속을 가득 채운 다른 생각들이 아이를 밀어냈다. 그 토론토 남자에 대한 무익하고 소모적이고 어리석은 생각에 빠져 지내기 전에도 그녀에게는 다른 할 일이 있었다. 대부분의 시간 동안 그녀는 머릿속에서 시를 구상했던 것 같았다. 지금 퍼뜩 그것이―케이티에 대한, 피터에 대한, 인생에 대한―또다른 배반행위였다는 생각이 들었다. 그리고 지금 그녀의 머릿속에는 오로지 케이티만, 객차들 사이 덜컹거리는 금속판 가운데 앉아 있는 케이티의 모습만 존재했다. 그렇기에 그녀가 케이티의 엄마로서 버려야 할 것은 또 있었다.

죄. 그녀는 다른 것에 관심을 기울였었다. 결연하고 탐닉적인 관심을 아이가 아닌 다른 것에 기울였었다. 죄.

그들이 토론토에 도착한 것은 오전이 절반쯤 지났을 무렵이었다. 날은 어두웠다. 여름 천둥이 치고 번개가 번쩍였다. 케이티가 서부 해안에서는 본 적이 없는 요란한 광경이어서 그레타는 무서워할 것 없다고 말해주었는데, 케이티는 그것이 무섭지 않은 것 같았다. 혹은 기차가 멈춰 선 그 터널 속에서 그들이 마주한, 전깃불을 밝혀놓은 더 짙은 어둠이.

케이티가 말했다. "밤이야."

그레타가 말했다. 아니, 아니야. 이제 기차에서 내렸으니 그들은 터널 끝으로 걸어가야 했다. 그다음 계단을 몇 개 올라갈 것이고, 어쩌면 에스컬레이터를 탈 것이다. 그리고 큰 건물 안으로 들어갔다가 밖으로 나올 것이고, 그곳에서 택시를 잡을 것이다. 택시는 그냥 차에 불과하고, 그저 그뿐이며, 그들을 집으로 데려다줄 것이다. 그들이 한동안 살게 될 그들의 새로운 집으로. 그들은 한동안 거기서 지내다가 아빠에게로 돌아갈 것이다.

경사로를 올라가자 에스컬레이터가 있었다. 케이티가 서자 그레타도 걸음을 멈추었고, 그들은 사람들이 그들을 지나쳐갈 때까지 그렇게 서 있었다. 그레타가 케이티를 안아올려 허리께에 걸치고 다른 팔로 여행가방을 겨우 들어 움직이는 에스컬레이터에 툭툭 부딪혀가며 구부정한 자세로 올랐다. 다 올라가자 그녀는 아이를 내려놓았고, 그들은 유니언역의 높고 환한 빛 속에서 다시 손을 잡을 수 있었다.

그들 앞에서 걸어가던 사람들이 기다리던 사람들, 이름을 부르는 사람들에게 이끌려 뿔뿔이 흩어졌다. 그저 묵묵히 다가와 여행가방을 들어주는 사람들도 있었다.

지금 그들의 여행가방을 들어주는 누군가처럼. 그 누군가가 가방을 들고, 그레타를 잡고, 결연하게 축하하듯 그녀에게 처음으로 키스했다.

해리스.

처음에는 놀랐고, 그다음엔 그레타의 심장이 쿵 떨어지는 것 같았고, 이어서 한없이 마음이 놓였다.

그녀는 케이티의 손을 놓지 않으려 했지만 바로 그 순간 아이는 그녀에게서 떨어지며 손을 놓았다.

그녀는 피하려 하지 않았다. 그저 그 자리에 서서 다음에 다가올 일을 기다렸다.

아문센

나는 기차역 바깥 벤치에 앉아 기다렸다. 기차가 도착했을 때는 기차역 문이 열려 있었지만 지금은 잠겨 있다. 벤치 끝에 또 한 여자가 기름종이에 싼 꾸러미를 잔뜩 넣은 그물가방을 무릎 사이에 끼고 앉아 있었다. 고기, 날고기였다. 냄새가 났다.

철로 건너편에는 텅 빈 전차가 기다리고 있었다.

탈 사람은 더 없었고, 잠시 뒤 역장이 고개를 내밀고 소리를 질렀다. "샌."* 처음에 나는 그가 샘이라는 이름의 남자를 부르는 줄 알았다. 제복 같은 옷을 입은 또다른 남자가 역사 끝에서 돌아나왔다. 그가 철로를 건너 전차에 올라탔다. 꾸러미를 들고 있던 여자가 일어서서 그를

---

* sanatorium. 요양원을 말한다.

따라가기에 나도 따라갔다. 길 건너에서 느닷없이 왁자한 소리가 쏟아지더니, 평평한 지붕에 짙은 색 널을 얹은 건물의 문들이 열리고 모자를 눌러쓴 남자 몇이 점심 도시락을 허벅지에 툭툭 부딪치며 밖으로 나왔다. 그들이 질러대는 소리를 들으면 당장에라도 전차가 그들을 두고 출발할 것 같았다. 하지만 그들이 올라타서 자리를 잡은 뒤에도 전차는 꿈쩍하지 않았다. 그들이 서로의 머릿수를 헤아려 빠진 사람이 있다는 걸 확인한 뒤 기관사에게 아직 출발하면 안 된다고 말하는 동안 전차는 얌전히 있었다. 그때 누군가가 그 빠진 사람이 오늘 쉬는 날이라는 것을 기억해냈다. 전차가 출발했지만, 기관사가 그들의 말을 듣기는 했는지, 신경을 쓰기는 했는지는 알 수 없었다.

남자들은 모두 숲속 제재소에서 내렸고—걸어서 십 분도 걸리지 않을 것 같았다—잠시 뒤 눈 덮인 호수가 시야에 들어왔다. 길고 하얀 목조건물이 그 앞에 서 있었다. 여자가 포장된 고기꾸러미들을 챙겨 일어섰고, 나도 따라 일어섰다. 기관사가 다시 "샌" 하고 외쳤고, 문들이 열렸다. 여자 둘이 전차에 타려고 기다리고 있었다. 그들이 고기를 든 여자에게 인사를 건네자 여자도 날이 아주 춥다고 대답했다.

내가 고기 든 여자를 따라 내리자, 모두 애써 내게는 눈길을 주지 않았다.

여기서는 분명 더 태울 사람이 없었다. 문들이 모두 쾅 닫혔고 전차가 다시 출발했다.

그리고 침묵이, 얼음 같은 공기가 감돌았다. 흰색 껍질에 거뭇거뭇 반점이 있는 부러질 것 같은 자작나무들과 어수선한 작은 상록수들이 졸음에 겨운 곰처럼 모습을 드러냈다. 얼어붙은 호수는 물결이 일렁이다 그대로 얼음으로 변한 듯, 기슭이 평평하지 않고 울퉁불퉁했다. 저만치 보이는 건물에는 창문들이 일정한 형태로 나란히 나 있었고, 양쪽 끝에 유리로 둘러싼 포치가 있었다. 모든 것이 소박하며 북쪽을 향해 있었고, 높이 떠 있는 구름 아래는 온통 검은색과 흰색뿐이었다.

하지만 자작나무는 가까이에서 보니 희지 않았다. 회색이 도는 노란색, 회색이 도는 푸른색, 그리고 회색이었다.

매우 고요하고, 굉장히 고혹적이었다.

"어디로 가요?" 고기를 든 여자가 내게 소리쳤다. "방문 시간은 세시까진데."

"방문하러 온 게 아니에요." 내가 말했다. "저는 교사예요."

"어쨌거나 정문으로는 못 들어갈 거예요." 그 여자가 약간 뿌듯해하며 말했다. "나와 함께 가는 게 좋겠어요. 가방은 가져오지 않았어요?"

"역장이 나중에 갖다준다고 했어요."

"거기 서 있던 아가씨 모습이 꼭 길 잃은 사람 같았어요."

나는 그곳이 정말 아름다워서 멈춰 섰던 거라고 말했다.

"그런 생각을 하는 사람도 있겠죠. 너무 아프거나 너무 바쁘지만 않다면."

건물 한쪽 끝에 있는 부엌에 들어갈 때까지 우리 사이에는 더이상 대화가 없었다. 나는 아까부터 따뜻한 곳에 들어가고 싶던 터였다. 부츠에만 온 신경이 쏠려 주위를 둘러볼 겨를이 없었다.

"부츠를 벗는 게 좋겠어요. 바닥에 발자국이 남거든요."

나는 어렵사리―앉을 의자가 없었다―부츠를 벗어 여자가 부츠를 내려놓은 매트에 내 것을 내려놓았다.

"부츠는 들고 가세요. 당신이 어디에 머물게 될지 모르겠네요. 코트도 입고 있는 게 좋겠어요. 코트보관실은 난방이 안 되니까."

훈기도 없었고, 내 손이 닿지 않는 작은 창문으로 들어오는 빛 말고는 빛도 없었다. 코트보관실에 보내지는 것, 꼭 학교에서 벌을 받는 것 같았다. 그렇다. 제대로 말린 적 없는 겨울옷, 더러운 양말과 씻지 않은 발까지 물이 스며든 흠뻑 젖은 부츠, 바로 그 냄새였다.

나는 벤치에 올라섰지만 밖을 내다볼 수는 없었다. 모자와 스카프가 아무렇게나 놓인 선반에서 무화과와 대추야자가 든 가방을 발견했다. 분명 누가 훔친 것으로, 이따 집에 가져가려고 여기 감춰둔 것 같았다. 갑자기 허기가 졌다. 하루종일 먹은 거라고는 온타리오 노스랜드에서 먹은 말라비틀어진 치즈 샌드위치뿐이었다. 나는 도둑의 것을 훔치는 행위의 윤리성에 대해 생각했다. 하지만 이에 무화과 흔적이 묻으면 들킬 것이다.

나는 기막힌 타이밍에 벤치에서 내려왔다. 누가 코트보관실로 들어오고 있었다. 부엌에서 일하는 사람이 아니라 큼직한 겨울 코트를 입고 머리에 스카프를 둘러맨 여학생이었다. 소녀는 급하게 안으로 들어왔다. 벤치를 향해 내던진 책은 바닥에 흩어졌고, 홱 잡아당긴 스카프 안에서는 덤불처럼 부스스한 머리칼이 뻗쳐나왔고, 그러는 중에 한 발씩 차서 벗은 부츠는 획획 날아가 바닥에 떨어졌다. 부엌문에서 신발을 벗도록 그 아이를 가르친 사람이 아무도 없었던 것 같았다.

"저기요, 당신을 맞히려던 건 아니에요." 소녀가 말했다. "바깥에 있다가 여기 들어오면 너무 어두워서 내가 뭘 하는지도 보이지 않거든요. 춥지 않아요? 누가 퇴근하기를 기다리는 거예요?"

"닥터 폭스를 만나려고."

"그러면 오래 기다리지 않아도 되겠네요. 내가 방금 시내에서 의사 선생님 차를 타고 왔거든요. 당신은 아픈 사람이 아니죠? 아픈 사람은 여기에 못 와요. 시내에서 의사 선생님을 만나야 해요."

"나는 교사야."

"그래요? 토론토에서 왔어요?"

"그래."

잠시 침묵이 흘렀다. 아마도 존경을 표하는 침묵.

하지만 아니었다. 내 코트를 살펴보느라 침묵한 것이었다.

"정말 좋은 코트네요. 칼라에 달린 그 모피는 뭐예요?"

"페르시아 새끼 양. 사실은 인조 모피야."

"내가 그 말에 속을 것 같아요? 당신을 왜 여기 데려다놓았는지 모르겠네요. 여긴 엉덩이가 떨어져나갈 만큼 추운데. 미안해요. 의사 선생님을 만나고 싶다고 했죠? 내가 안내할게요. 난 뭐든 어디에 있는지 다 알아요. 태어나서부터 줄곧 여기서 살았거든요. 엄마가 여기 부엌 살림을 맡고 있어요. 내 이름은 메리예요. 당신은요?"

"비비. 비비언."

"교사면 선생님이라고 불러야겠네요? 무슨 선생님이라고 불러요?"

"하이드 선생님."

"가죽*을 무두질하다." 소녀가 말했다. "미안해요. 방금 생각난 거예요. 나도 선생님한테 배우면 좋을 텐데. 하지만 난 시내에 있는 학교

---

* 비비언의 성 하이드(Hyde)와 가죽(hide)은 발음이 같다.

에 다녀야 해요. 바보 같은 규칙 때문에. 나는 폐결핵에 걸리지 않았거든요."

소녀는 계속 조잘거리며 나를 데리고 코트보관실 한쪽 끝에 있는 문으로 나가더니 평범한 병원 복도를 통과했다. 리놀륨 바닥에 왁스칠이 되어 있었다. 칙칙한 녹색 페인트. 소독약냄새.

"이제 선생님이 왔으니까 레디에게 내 일을 바꿔달라고 해야겠어요."

"레디가 누구야?"

"레디 폭스. 책에서 따온 이름이에요. 나랑 애너벨이 그렇게 부르기 시작했어요."

"애너벨은 누군데?"

"지금은 아무도 아니에요. 죽었거든요."

"저런, 미안하구나."

"선생님 잘못이 아닌걸요. 여기서는 늘 있는 일이에요. 나는 올해 고등학생이 됐어요. 애너벨은 학교에는 아예 가지 않았어요. 내가 공립학교에 들어갔을 때 레디가 학교 선생님한테 얘기해줘서 내가 학교를 빼먹은 적이 꽤 여러 번이거든요. 그래서 애너벨하고 친구가 됐어요."

소녀가 반쯤 열린 문 앞에 서서 휘파람을 불었다.

"선생님을 모셔왔어요."

남자 목소리가 들려왔다. "알았다, 메리. 오늘 네 할 일은 그걸로 충분해."

"네. 알겠어요."

소녀는 느릿느릿 그 자리를 떴고, 나는 평균 키에 마른 체구의 남자와 마주하게 되었다. 짧게 깎은 불그스름한 금발이 복도 조명을 받아

반짝거렸다.

"메리를 만났군요." 그가 말했다. "하고 싶은 말이 아주 많은 아이죠. 당신 학급에 들어가지는 않을 테니 날마다 그런 일을 겪지는 않아도 될 거예요. 사람들은 그애를 좋아하게 되거나 그러지 않거나, 둘 중 하나죠."

그는 나보다 열 살에서 열다섯 살 정도 많아 보였는데, 처음에는 내게 그저 손아랫사람 대하듯 말했다. 생각에 잠긴 미래의 고용인. 그는 내게 오는 길은 괜찮았는지, 가방은 어떻게 했는지 물었다. 그리고 토론토에서 살던 내가 이런 숲속에서 지내는 것이 어떨지, 따분하지는 않을지 궁금해했다.

전혀요, 나는 그렇게 대답하고는 이곳이 아름답다고 덧붙였다.

"마치…… 마치 러시아 소설 속으로 들어온 것 같아요."

그가 처음으로 나를 주의깊게 바라보았다.

"정말 그런가요? 어떤 러시아 소설?"

그의 눈동자는 옅고 밝은 회색이 도는 푸른색이었다. 한쪽 눈썹은 장교모자처럼 가운데가 올라가 있었다.

내가 러시아 소설을 읽지 않은 것은 아니었다. 어떤 것은 끝까지, 어떤 것은 중간까지 읽었다. 하지만 그 눈썹 때문에, 흥미와 대결의 심리가 뒤섞인 그 표정 때문에 『전쟁과 평화』 외에 다른 제목은 전혀 떠오르지 않았다. 그것은 누구나 아는 소설이라서 나는 그 제목만큼은 말하고 싶지 않았다.

"『전쟁과 평화』."

"흠, 나라면 여기는 오로지 평화뿐이라고 말하겠어요. 하지만 당신이 갈망하는 게 전쟁이라면, 차라리 그런 여자들의 탐험대에 들어가 해외로 떠나는 편이 더 좋을 거예요."

나는 잘난 체하려던 것이 아니었기 때문에 분노와 수치심을 동시에 느꼈다. 잘난 체하려 하지 않았을뿐더러, 내가 하고 싶었던 말은 그 풍경에 내가 정말로 큰 감동을 받았다는 것이었다.

그는 상대를 함정에 빠뜨리는 질문을 즐기는 부류임이 분명했다.

"아마 나는 할머니 선생님이 나타날 거라고 예상했었나봐요." 조금은 사과하는 어조였다. "요즘은 적당한 나이가 되고 적당한 조건을 갖추면 누구나 제도권 안으로 들어가야 할 것 같잖아요. 당신은 교사가 되는 공부는 하지 않았겠죠? 대학을 졸업하면 뭘 할 계획이었나요?"

"대학원에 갈 생각이었어요." 내가 짧게 대답했다.

"생각을 바꾼 이유는?"

"돈을 벌어야 한다고 생각했어요."

"현명한 생각이네요. 하지만 여기서 돈을 많이 벌지는 못할 거예요. 캐물어서 미안하군요. 나는 그저 당신이 달아나 우리가 곤란해지는 일이 없기를 바랄 뿐이에요. 결혼 계획은 없는 거죠?"

"없어요."

"좋아요. 좋습니다. 이제 가도 좋아요. 내가 의욕을 꺾은 건 아니겠죠?"

나는 이미 고개를 돌린 뒤였다.

"아니에요."

"복도를 따라가면 수간호사실이 나와요. 수간호사가 당신이 알아야 할 건 전부 알려줄 거예요. 식사는 간호사들과 함께 하면 돼요. 그녀가 당신이 잘 곳을 알려줄 거예요. 감기에만 걸리지 마요. 폐결핵에 대해 뭐 아는 건 없겠죠?"

"제가 읽은 책에는……"

"알아요. 나도 알아요. 『마의 산』을 읽었겠죠." 또다른 덫이 던져졌고, 그는 아까 모습을 되찾은 것 같았다. "그때보다는 형편이 조금 나아졌어요, 내 바람이지만요. 여기, 이곳 아이들에 대해 그리고 당신이 그 아이들을 데리고 뭘 해보면 좋을지에 대해 내 생각을 써놓은 게 있어요. 이따금 나는 내 생각을 글로 표현하죠. 자세한 상황은 수간호사가 설명해줄 거예요."

여기에서 지낸 지 채 일주일도 지나지 않아서 그 첫날에 일어난 모든 일이 특이하고 있을 법하지 않은 일로 느껴졌다. 부엌도, 일꾼들이 옷을 보관하고 훔친 물건을 감춰두는 부엌 옆 코트보관실도 다시 가볼 수 없었고, 아마 다시는 가보지 못할 것 같았다. 그 의사의 사무실도 마찬가지로 출입 금지였다. 질문이나 불만이나 일상적인 조정 문제는 모두 수간호사실로 가져갔다. 수간호사는 땅딸막하고, 불그스름한 얼굴에 테 없는 안경을 썼고, 호흡이 거칠었다. 그녀는 어떤 요구에든 놀라고 곤란해하는 것 같았지만 결국에는 들어주거나 필요한 것을 제공해주었다. 이따금 그녀가 간호사들의 식당에서 식사를 하면 특별한 정킷*을 대접받았고, 그녀의 존재는 분위기를 싸늘하게 만들었다. 그녀는 대개 자신의 공간에 틀어박혀 있었다.

---

* 우유, 설탕, 향신료로 만든 디저트.

수간호사 외에 세 명의 정식 간호사가 있었지만 다들 나와 서른 살 이상 차이가 났다. 그들은 예전에 은퇴했다가 전시 복무를 하러 온 사람들이었다. 그리고 간호보조원들이 있었는데, 내 또래거나 나보다 어렸고 대부분 군 복무중인 남자와 결혼했거나 약혼했거나 약혼할 예정이었다. 그들은 수간호사나 다른 간호사들이 자리에 없으면 계속 조잘거렸다. 내게는 조금도 관심을 보이지 않았다. 그들은 토론토에 대해 알고 싶어하지 않았지만, 몇몇은 토론토로 신혼여행을 갔다온 사람들을 알았다. 그들은 여기에서 내가 어떻게 가르치는지, 혹은 내가 요양원에 오기 전에 어떤 일을 했는지에도 관심이 없었다. 그렇다고 그들이 무례한 것은 아니었다. 그들은 내게 버터를 건넸고(버터라고 불렀지만 사실은 오렌지색 가루로 색깔을 낸 마가린이었는데, 그 시절에 합법적으로 구할 수 있는 것은 그것뿐이었다), 셰퍼드파이에는 마멋 고기가 들어 있으니 절대 먹지 말라고 말해주었다. 그들은 그저 그들이 모르는 곳에서 일어나는 일들, 그들이 모르는 사람에게 일어나는 일들, 그들이 모르는 시간에 일어나는 일들에 관심을 갖지 않는 것뿐이었다. 그것은 그들에게 방해가 되었고 그들을 성가시게 했다. 그들은 기회만 있으면 라디오 뉴스를 끄고 음악을 들었다.

"스타킹에 구멍난 인형 같은 여자와 춤을……"

간호사들도 간호보조원들도, 내가 듣고 자라며 신뢰해온 CBC 방송이 이 외진 곳에 문화를 전파하는 것을 좋아하지 않았다. 그러면서도 그들은 닥터 폭스에 대해서는 경외심을 품고 있었는데, 그가 책을 아주 많이 읽었기 때문이었다.

그들은 또한 그 의사 같은 사람도 없다고, 그는 엄하게 꾸짖어야 한다고 생각하면 그렇게 하는 사람이라고 말했다.

그들이 많은 독서량과 엄하게 꾸짖는 것 사이에 어떤 연관성이 있다고 느끼는지에 대해서는 알아내지 못했다.

이곳에 교육에 대한 통념은 존재하지 않는다. 여기 아이들 중 일부는 세상이나 제도에 다시 편입되겠지만 일부는 그러지 못할 것이다. 스트레스는 많이 주지 않는 편이 좋다. 시험을 보고, 암기를 시키고, 등수를 매기는 것은 난센스다.

성적을 매기는 일은 생각지도 마라. 필요하면 훗날 따라잡아도 되고 성적 없이도 잘살 수 있다. 실제로 세상으로 나가는 데 필요한 것은 아주 간단한 기술이나 사실 따위다. 이른바 우등생들은 어떡하냐고? 역겨운 단어다. 그들이 별 쓸모 없이 학문적으로 똑똑한 거라면 쉽게 따라잡을 수 있을 것이다.

남아메리카의 강들은 잊어라. 마그나카르타*도 잊어라.

그림, 음악, 소설이 더 좋다.

게임은 괜찮지만 과도한 흥분이나 지나친 경쟁은 조심하라.

긴장과 따분함 사이의 적정선을 유지하라. 따분함은 입원 기간의 저주.

당신에게 필요한 것을 수간호사가 제공하지 못한다면 건물 관리인이 어딘가에 숨겨뒀을 것이다.

---

* 1215년에 영국의 귀족들이 국왕에게 강요하여 왕권의 제한과 제후의 권리를 확인한 문서. 영국 헌법의 근거가 된 최초의 문서.

봉 부아야주.*

　수업에 오는 아이들의 숫자는 일정하지 않았다. 열다섯에서 적으면 여섯 정도. 아홉시에서 정오까지 오전에만 수업을 했고, 쉬는 시간도 포함해서였다. 아이들은 열이 나거나 검사를 받을 때는 오지 않았다. 수업에 와서도 입을 꾹 다물고 얌전히 앉아 있을 뿐 딱히 흥미를 보이지는 않았다. 아이들은 시간표도 없고 암기 과제도 없는 이곳이, 뭔가를 배우는 데 요구되는 모든 것으로부터 자유로운 가짜 학교라는 것을 대번에 파악했다. 아이들이 그 자유 때문에 버릇없어지거나 그 따분함 때문에 말썽을 일으키지는 않았다. 아이들은 그저 유순했고 꿈을 꾸듯 멍했다. 아이들은 조용히 돌림노래를 불렀다. OX 문제를 풀었다. 급조한 교실에는 패배의 그림자가 드리워져 있었다.
　나는 그 의사의 말을 따르기로 했다. 혹은 일부를, 따분함이 적이 될 수 있다는 말 같은 것들을.
　건물 관리인의 작은 방에 지구본이 있는 걸 보고는 그것을 꺼내달라고 부탁했다. 나는 간단한 지리를 가르치기 시작했다. 대양, 대륙, 기후. 그렇다면 바람과 기류도? 국가와 도시도? 북회귀선과 남회귀선도? 그렇다면 남아메리카의 강들은 왜 빼겠는가?
　예전에 그런 것들을 배웠던 아이들도 있었지만 거의 잊어버린 상태였다. 호수와 숲 너머의 세상은 이미 희미해져 있었다. 나는 그 아이들

---

* Bon Voyage. 즐거운 여행이 되기를 빌어주는 프랑스어 인사말.

이 예전에 알았던 것들을 배우며 친구를 다시 사귀기라도 하듯 기분이 밝아졌다고 생각했다. 물론 아이들에게 그 전부를 당장 쏟아놓지는 않았다. 너무 일찍 병에 걸려 그런 것들을 배울 기회조차 없었던 아이들을 생각해서 차근차근 해나갔다.

해볼 만했다. 게임을 활용할 수 있었다. 편을 갈라, 내가 여기저기 뛰어다니며 지시봉으로 가리키면 아이들이 정답을 외쳤다. 나는 흥분 상태가 너무 오래 지속되지 않게 조심했다. 그러던 어느 날 의사가 오전 수술을 막 끝낸 뒤 교실로 들어왔고, 들통이 났다. 하던 것을 딱 멈출 수는 없었지만 나는 열띤 경쟁의 분위기를 가라앉히려고 애썼다. 그가 앉았는데, 조금 피곤하고 기운이 없어 보였다. 그는 아무런 반대도 하지 않았다. 잠시 뒤 그도 게임에 참여하여 정말로 바보 같은 답을 외쳤다. 틀린 답뿐 아니라 꾸며낸 답을. 그리고 그가 천천히 목소리를 낮추었다. 낮추고 낮추어서, 중얼거리기 시작하다가, 이어서 소곤거리더니, 결국 아무 소리도 들리지 않을 때까지. 정적. 그는 그런 식으로, 그런 바보 같은 행동으로 교실 분위기를 이끌어갔다. 아이들 모두가 그를 흉내내려고 입만 벙긋거렸다. 아이들의 시선은 그의 입술에 고정되어 있었다.

돌연 그가 나지막이 그르렁거리자 모두가 웃음을 터뜨렸다.

"도대체 왜 모두 나를 쳐다보는 거지? 선생님이 그렇게 가르쳤니? 아무도 괴롭히지 않는 사람을 빤히 쳐다보라고?"

대다수가 웃었지만 어떤 아이들은 그 말에도 불구하고 그를 향한 시선을 거두지 못했다. 아이들은 그런 별난 행동을 더 보고 싶어했다.

"어서. 버릇없이 구는 건 다른 데 가서 해."

그가 내게 수업에 끼어든 것에 대해 사과했다. 나는 이곳을 좀더 진짜 학교처럼 만들려고 했던 이유를 설명하기 시작했다.

"저도 스트레스에 대해서는 선생님과 같은 생각이지만……" 내가 진지하게 말했다. "써주신 방침에는 저도 동의하지만요. 저는 그저……"

"어떤 방침? 아, 그건 그저 머릿속에 스치는 생각을 이것저것 써놓은 거예요. 확고한 것이 아니라."

"저는 그저 아이들이 너무 아프지만 않으면……"

"틀림없이 당신 말이 맞을 거예요. 나도 그게 문제가 된다고 생각하지는 않으니까."

"다른 시간에는 아이들이 좀 기운 없어 보여서요."

"그렇다고 노래하고 춤추며 소란을 피울 필요는 없지요." 그렇게 말하고 그는 자리를 떴다.

그러다 돌아서서 내키지 않은 듯 사과를 했다.

"언제 한번 이야기를 해봅시다." 나는 그 언제가 결코 오지 않을 거라고 생각했다. 그는 나를 골칫거리 바보로 생각하는 것이 분명했다.

점심시간에 간호보조원들로부터 그날 아침에 수술을 받은 사람이 살아남지 못했다는 이야기를 들었다. 그래서 내 분노는 결국 정당한 것이 되지 못했고, 그 때문에 나 자신이 더 바보가 된 것 같았다.

오후는 늘 자유였다. 학생들은 긴 낮잠을 자러 갔고, 나도 이따금 그러고 싶었다. 내 방은 추웠다. 건물 곳곳이 추운 것 같았다. 애비뉴 로드에 있는 아파트도 애국심이 강한 내 조부모가 라디에이터 온도를 낮

취놓아 추웠지만 여기는 거기보다 더 추웠다. 이불은 얇았다. 폐결핵에 걸린 사람들은 분명 더 포근한 이불이 필요했을 것이다.

나는 물론 폐결핵에 걸리지 않았다. 아마 나 같은 사람들에게는 공급 물자를 아꼈을 것이다.

졸음이 왔지만 잠을 잘 수가 없었다. 얼음장 같은 오후의 공기를 쐬려고 개방형 포치를 향해 덜컹덜컹 침대를 밀고 가는 소리가 머리 위에서 들렸다.

처음 이곳에 왔을 때 나는 건물과 나무와 호수의 신비함과 당당함에 사로잡혔다. 하지만 지금은 그 첫날의 느낌을 결코 그대로 느낄 수 없을 것 같았다. 그날 나는 내가 보이지 않는 존재라고 생각했다. 지금 생각하니 전혀 아니었던 것 같다.

저기, 그 교사야. 뭘 하려는 거지?

호수를 보고 있어.

뭐하러?

달리 할 것도 없잖아.

어떤 사람들은 참 운도 좋지.

내 급여에는 점심식사가 포함되어 있었지만, 이따금 나는 점심을 건너뛰었다. 나는 아문센으로 가서, 거기 커피숍에서 식사를 했다. 커피는 포스텀*이었고, 샌드위치는 통조림 연어 샌드위치가 최선이었는데,

---

* 치커리와 볶은 곡식으로 만든 커피 대용품.

그나마도 통조림이 남아 있을 때만 먹을 수 있었다. 닭고기 샐러드는 껍질이나 연골 부스러기가 없는지 잘 살펴야 했다. 그럼에도 불구하고 그곳에 가면 나는 아무도 나를 몰라볼 것처럼 마음이 편했다.

그 점은 아마 내가 잘못 생각했던 것 같다.

커피숍에는 여자 화장실이 없어서, 나는 옆 건물인 호텔로 가서 열린 술집 문 앞을 지나가야 했다. 어둡고 시끄럽고 맥주와 위스키 냄새를 풍기고 머리가 띵해 쓰러질 만큼 담배와 시가 연기가 자욱했지만, 그럼에도 나는 그곳이 편했다. 벌목꾼들이나 제재소 인부들은 토론토의 군인들이나 항공병들과는 달리 내가 그들 앞을 지나가도 소리를 지르지 않았다. 사내들의 세계에 파묻혀 사내들의 이야기를 떠벌릴 뿐 이곳에서 여자를 찾지는 않았다. 사실 어쩌면 그들은 지금 혹은 언제나 그 무리에서 벗어나기를 열망하는지도 몰랐다.

의사의 진료실은 중심가에 있었다. 그저 작은 단층건물이어서, 그의 집은 어디 다른 곳일 것 같았다. 나는 그에게 아내가 없다는 이야기를 간호보조원들에게서 들었다. 그곳의 유일한 골목에서 그의 집으로 추정되는 집을 찾아냈다. 치장 벽토를 바르고 앞문 위쪽에 지붕창을 낸 집으로, 창턱에는 책들이 쌓여 있었다. 그곳은 쓸쓸하지만 정돈된 느낌이었고, 혼자 사는 남자—생활에 질서가 잡힌—가 생각해낼 수 있는 최소한이지만 그곳에 딱 맞는 편안함이 깃들어 있었다.

그 유일한 주택가 끝에 2층 높이의 학교가 있었다. 아래층은 8학년까지의 학생들이, 위층은 12학년까지의 학생들이 사용했다. 어느 오후 나는 그곳에서 눈싸움을 하고 있는 메리를 보았다. 여학생들이 남학생들에 맞서 싸우고 있었다. 메리는 나를 보자 목청껏 "여기요, 선생님"

하고 소리를 지르고는 두 손에 쥔 눈덩이를 아무렇게나 던진 뒤 느긋하게 길을 건너왔다. "내일 봐." 메리는 어깨 너머로 소리를 질렀는데 누구도 따라와서는 안 된다는 경고 같았다.

"집에 돌아가는 길이에요?" 그애가 물었다. "저도요. 레디와 같이 차를 타고 다녔는데 레디가 너무 늦어져서요. 선생님은요? 전차를 탈 거예요?"

내가 그렇다고 하자 메리가 말했다. "제가 다른 길을 알려드릴 수 있는데, 그러면 돈을 아낄 수 있어요. 숲속 길이에요."

그애는 나를 시내가 내려다보이는, 좁지만 지나다닐 만한 오솔길로 데려갔다. 그 길은 숲을 통과하고 제재소를 지나갔다.

"레디가 다니는 길이 여기예요." 그애가 말했다. "요양원에 가는 샛길로 가면 좀 가파르긴 해도 더 가까워요."

우리는 제재소를 지나갔고, 우리 아래로 흉하게 잘려나간 숲속 나무들과 오두막 몇 채가 보였다. 장작더미나 빨랫줄, 피어오르는 연기로 보건대 틀림없이 사람이 사는 것 같았다. 오두막 한 채에서 늑대같이 생긴 커다란 개가 컹컹 짖고 으르렁대며 야단스럽게 달려나왔다.

"입 다물어." 메리가 소리쳤다. 메리는 순식간에 눈을 뭉쳐 던졌고, 눈덩이는 개의 두 눈 사이를 맞혔다. 눈덩이가 빙글빙글 날아가는 동안 그애는 또 한 덩이를 뭉쳐 개의 엉덩이를 맞힐 준비를 하고 있었다. 앞치마를 두른 여자가 나와 소리를 질렀다. "그러다 죽이겠다."

"꼴 보기 싫은 게 없어지면 속이 시원하겠죠."

"남편더러 너를 쫓아가 잡으라고 할 테다."

"그건 힘들걸요. 아줌마 남편은 똥간까지도 못 쫓아올 테니까요."

멀리서 개가 쫓아왔지만 진짜로 우리를 위협하려는 건 아닌 것 같았다.

"개는 내가 처리하면 되니까 걱정하지 마요." 메리가 말했다. "곰이랑 맞닥뜨린대도 문제없어요."

"이맘때는 곰이 겨울잠을 자지 않아?"

나는 그 개 때문에 상당히 겁을 먹었지만 아무렇지 않은 척했다.

"그렇죠. 하지만 혹시 모르잖아요. 전에 한 마리가 일찍 나와서 요양원에 있는 쓰레기를 뒤졌어요. 엄마가 돌아봤더니 곰이 있더래요. 레디가 총을 가져와서 쐈어요.

레디는 종종 나랑 애너벨을 데리고 썰매를 타러 갔었는데 가끔은 다른 아이들도 데려갔어요. 레디한테는 곰을 겁먹게 해서 쫓아낼 수 있는 특별한 호루라기가 있거든요. 음이 아주 높아서 인간의 귀에는 들리지 않는데요."

"설마. 그걸 봤어?"

"그런 호루라기가 아니에요. 입으로 그런 소리를 낼 수 있다는 말이에요."

나는 교실에서 그가 했던 행동을 떠올렸다.

"잘은 모르겠지만, 어쩌면 애너벨이 겁먹을까봐 레디가 그런 말을 했는지도 모르겠어요. 애너벨이 썰매를 못 타서 레디가 터보건에 애너벨을 태우고 끌어야 했거든요. 나는 바로 뒤를 따라가다가 이따금 풀쩍 뛰어 터보건에 올라탔는데, 그러면 레디는 도대체 무슨 일이 생긴 거냐고, 무게가 1톤은 되겠다고 했어요. 그러고는 잽싸게 돌아서서 나를 잡으려고 했지만 한 번도 성공하지 못했어요. 그러면 레디는 팬스레 애너벨에게 아침에 뭘 먹어서 그렇게 무거운 거냐고 물었죠. 하지만 애너벨은 절대 말하지 않았어요. 다른 애들이 있었다면 나도 그랬을 거예요. 나랑 애너벨, 둘이서만 갈 때가 가장 좋았어요. 그애는 영원히 내 가장 친한 친구예요."

"학교 여학생들은? 그 아이들은 친구가 아니야?"

"같이 놀 애가 없을 때만 그애들이랑 어울려요. 그애들은 아무것도 아니에요.

애너벨과 내 생일은 같은 달이에요. 6월. 우리의 열한번째 생일에 레디가 호수에서 보트를 태워줬어요. 우리에게 수영도 가르쳐줬고요. 아니, 나한테만요. 애너벨은 레디가 잡고 있어야 했어요. 그애는 제대로 배울 수 없었으니까. 한번은 레디가 혼자 멀리 헤엄쳐 갔을 때 우리가 그의 구두에 모래를 잔뜩 채워넣었어요. 열두번째 생일에는 그렇게 놀러 갈 수 없었지만 대신 레디 집에 가서 케이크를 먹었어요. 애너벨이 도저히 먹지를 못하니까 레디가 우리를 차에 태워줬어요. 우리는 창밖으로 갈매기들에게 부스러기를 던져줬고요. 갈매기들은 미친듯이 싸우고 요란하게 끼룩거렸어요. 우리도 미친듯이 웃었는데, 결국 레디는 차를 세우고 애너벨이 피를 토하지 않게 그애를 안고 있어야 했어요."

"그뒤로는……" 그애가 말을 이었다. "그뒤로는 애너벨을 만나는 걸 허락받지 못했어요. 어쨌거나 엄마는 내가 폐결핵에 걸린 아이들하고 어울리는 걸 싫어했어요. 하지만 레디가 엄마를 설득했죠. 때가 되면 자기가 더는 못 놀게 하겠다면서요. 레디는 정말로 그렇게 했고 나는 몹시 화가 났어요. 하지만 그애가 너무 많이 아파서 같이 재미있게 놀 수도 없었을 거예요. 제가 그애 무덤을 보여드릴게요. 아직 무덤 표

시는 없지만. 레디가 시간이 될 때 함께 뭔가를 만들기로 했어요. 우리
가 아까 방향을 꺾은 곳에서 길을 따라 쭉 가면 그애가 묻힌 묘지가 나
와요. 와서 수습해 갈 사람이 아무도 없는 사람들을 위한 곳이에요."

그때쯤 우리는 요양원으로 향하는 평지에 내려와 있었다.

그애가 말했다. "아, 잊을 뻔했네요." 그러고는 연극표를 한 움큼 꺼
냈다.

"밸런타인데이 때 공연을 해요. 학교에서 하는 건데 제목은 〈군함
피나포어〉예요. 이걸 전부 팔려고 가져왔는데, 선생님한테 처음 파는
거예요. 저도 나와요."

아문센에 있던 집이 그 의사가 사는 곳일 거라는 내 짐작은 맞았다.
그가 저녁을 같이 먹자며 나를 그리로 데려갔다. 그는 우리가 복도에
서 마주친 그 순간 충동적으로 나를 초대한 것 같았다. 아마도 교육에
대한 서로의 생각을 나누는 자리를 마련하자고 했던 그 말이 내내 마
음에 걸렸을 것이다.

그가 그 제안을 했던 저녁은 내가 표를 산 연극 〈군함 피나포어〉가
상연되는 날이었다. 내가 그렇게 말하자 그는 "나도 샀어요. 표를 샀다
고 우리가 꼭 가야 하는 건 아니죠" 하고 말했다.

"어쩐지 약속을 한 기분이라서요."

"음. 그렇다면 그 약속을 취소할 수도 있겠죠. 연극은 형편없을 거예
요. 내 말을 믿어요."

메리를 만나서 그애에게 말을 전하지는 못했지만 나는 그가 시킨 대

로 했다. 그가 알려준 대로 정문 바깥의 개방형 포치에서 그를 기다렸다. 나는 작은 진주 단추와 진짜 레이스 칼라가 달리고 짙은 녹색의 크레이프 천으로 만든, 내가 가진 옷 중에서 가장 좋은 드레스를 입었고, 스노부츠 안에 스웨이드 가죽 하이힐을 간신히 밀어넣었다. 약속한 시간이 지나자 나는 계속 기다리면서도 걱정이 되었다. 첫째로는 수간호사가 나와서 나를 볼까봐, 둘째로는 그가 그 모든 사실을 까맣게 잊었을까봐.

그때 그가 코트의 단추를 끝까지 채우며 나타나 사과했다.

"정리할 게 항상 이것저것 있어서요." 그가 말하며 밝은 별빛 아래에서 건물을 돌아 나를 그의 차로 데려갔다. "넘어지지 않겠어요?" 그의 말에 내가 괜찮다고 하자—스웨이드 구두 때문에 자신이 없었지만—그는 팔을 내주지 않았다.

그 시절 대부분의 차들이 그랬듯 그의 차도 낡고 허름했다. 차에 히터도 없었다. 그가 그의 집으로 간다고 하자 나는 마음이 놓였다. 나는 우리가 호텔에서 사람들과 부대끼는 것도 상상할 수 없었고, 카페에서 샌드위치로 저녁을 때우는 일도 없기를 바랐다.

집에 들어서면서 그는 내게 공기가 따뜻해질 때까지 코트를 벗지 말라고 했다. 그러고는 곧바로 장작난로에 불을 피우며 부지런히 움직였다.

"내가 당신의 문지기이자 요리사이자 시중드는 사람이 될 거예요." 그가 말했다. "곧 여기 있는 게 편안해질 거예요. 요리하는 데 오래 걸리지도 않을 거고. 도와주겠다고 나서지 마요. 나는 혼자 하는 걸 좋아하니까. 어디서 기다릴래요? 원한다면 응접실에서 책을 구경해도 좋아요. 코트를 입고 있으면 못 참을 정도는 아닐 거예요. 난방은 여기저기 놓아둔 난로로 하는데, 쓰지 않는 방에는 불을 피우지 않아요. 전등 스위치는 문 바로 안쪽에 있어요. 뉴스를 들어도 괜찮겠죠? 습관이 되어서요."

나는 조금은 명령을 받은 기분으로, 부엌문을 열어둔 채 응접실로 들어갔다. "부엌에 훈기가 돌 때까지만." 그는 이렇게 말하며 문을 닫고는 전쟁 마지막 해의 소식을 전해주는 CBC 방송의 비장하고 극적이고 거의 종교적인 목소리에게로 돌아갔다. 나는 조부모의 아파트를 떠나온 뒤로 그 목소리를 들을 수 없었기 때문에 차라리 나도 부엌에 있으면 좋겠다고 생각했다. 하지만 거기에 구경할 책이 아주 많았다. 책장뿐 아니라 탁자, 의자, 창턱에도 책이 있었고, 바닥에도 쌓여 있었다. 몇 권을 살펴본 뒤 나는 그가 책을 전집으로 구입하는 것을 좋아하고 북클럽 몇 군데에 속해 있는 것 같다고 결론을 내렸다. 하버드 고전 전집. 윌과 에어리얼 듀랜트 부부의 역사 이야기들. 할아버지의 책장에서 볼 법한 바로 그런 책이었다. 소설과 시는 얼마 없었지만 놀랍게도 아동용 고전이 몇 권 있었다.

미국 남북전쟁, 남아프리카전쟁, 나폴레옹전쟁, 펠로폰네소스전쟁, 율리우스 카이사르의 정치 활동에 대한 책들도 있었다. 『아마존과 북극 탐사』. 『빙하에 갇힌 섀클턴』. 『프랭클린의 운명』『도너 일행』*『사라진 부족들: 중앙아프리카의 파묻힌 도시들』『뉴턴과 연금술』『힌두쿠시산맥의 비밀』. 책들은 그가 앎을 갈망하는 사람임을, 흩어져 있는

---

* 1846년 제이컵과 조지 도너 형제의 인도하에 81명이 미국 서부로 이동하던 중 시에라네바다산맥에서 눈사태를 맞아 결국 일부는 사망하고 일부는 식인행위를 통해 살아남았다.

엄청난 양의 지식을 소유하기를 갈망하는 사람임을 암시했다. 어쩌면 그는 확고하고 까다로운 취향을 가진 사람은 아닐지도 모른다.

그러니 그가 내게 "어떤 러시아 소설?"이라고 물었을 때 그의 기반은 내가 생각했던 것처럼 탄탄하지 않았을 것이다.

"다 됐어요." 그의 외침에 문을 열면서, 나는 새로 깨달은 회의적인 생각으로 무장하고 있었다.

내가 물었다. "나프타와 제템브리니 중에서 어느 쪽이에요?"

"무슨 말인가요?"

"『마의 산』에서요. 나프타가 좋아요, 제템브리니가 좋아요?"

"솔직히 나는 그들을 줄곧 떠버리라고 생각해왔어요. 당신은요?"

"제템브리니가 더 인간적이기는 해도 나프타가 훨씬 흥미로워요."

"학교에서 그렇게 가르치던가요?"

"학교에서는 그 소설을 읽지 않았어요." 내가 담담하게 말했다.

그가 눈썹을 치켜세우며 순간적으로 나를 흘끗 쳐다보았다.

"미안하군요. 거기 흥미를 끄는 책이 있으면 편하게 읽어요. 비는 시간에 여기 와서 마음놓고 읽어도 좋아요. 당신이 장작난로를 써보지 않았을 수도 있으니, 전기난로를 놔둘게요. 이러면 어때요? 내가 당신에게 열쇠를 하나 마련해줄 수 있는데."

"고마워요."

저녁은 포크찹과 매시트포테이토, 통조림 완두콩이었다. 디저트는 빵집에서 사온 애플파이였는데, 그가 파이를 데울 생각까지 했더라면 더 좋았을 뻔했다.

그는 내게 토론토에서의 생활과 대학에서 들은 수업, 내 조부모에 대해 물었다. 그리고 내가 엇나가지 않고 올바르게 살았을 거라고 짐작했다는 말을 했다.

"할아버지는 뭐랄까, 파울 틸리히*의 방식을 따르는 자유주의적인 성직자였어요."

"당신은? 자유주의적인 어린 크리스천 손녀?"

"아니에요."

"투셰.** 내가 무례한 것 같아요?"

"어떤 경우냐에 따라서요. 고용인으로서 나를 면담하는 거라면, 무례하지 않아요."

"그러면 계속하죠. 남자친구는?"

"있어요."

"군대에 있겠군요."

나는 해군에 있다고 대답했다. 갑자기 떠오르긴 했지만 현명한 선택 같았는데, 그래야 내가 그의 소재지를 모르는 것과 그에게서 꼬박꼬박 편지를 받지 않는 것이 설명되기 때문이었다. 나는 그가 상륙 허가를 받지 못했다고 둘러댈 수 있었다.

의사가 일어서서 마실 차를 가져왔다.

"어떤 배에 탔나요?"

"코르베트함이요." 또 한번의 현명한 선택이었다. 잠시 뒤 나는 그를 어뢰로 격파시킬 수도 있을 터였다. 코르베트함에는 그런 일이 걸핏하면 일어나니까.

---

* 20세기 독일 태생의 미국 신학자.

** Touché. 원래 펜싱 용어로 '제대로 맞히다, 정곡을 찌르다'라는 뜻.

"용감한 사람이군요. 차에는 우유를 넣어요, 설탕을 넣어요?"

"둘 다 안 넣어요. 고맙습니다."

"다행이군요. 둘 다 없거든요. 당신 거짓말할 때 티나는 거 알아요? 얼굴이 달아올라요."

내 얼굴이 이미 달아오르지 않았다면, 그때 달아올랐을 것이다. 발끝부터 후끈 달아올라 겨드랑이에서 땀이 흘렀다. 나는 드레스를 망치지 않기를 바랐다.

"난 차를 마시면 늘 몸이 뜨거워져요."

"아, 그렇군요."

상황이 더는 나빠질 수 없을 만큼 악화되자 나는 그와 맞서기로 했다. 화제를 그에 관한 것으로 돌려 수술을 어떻게 하는지 물었다. 내가 들은 것처럼, 그는 폐를 절제하는가?

그가 그 질문에 조금 장난하듯, 혹은 잘난 척을 하며 대답할 수도 있었겠지만—그것은 아마도 그가 내게 수작을 건다는 의미일 것이다—만약 그랬다면 나는 코트를 입고 추운 거리로 나가버렸을 것이다. 아마 그는 그것을 알았던 것 같다. 그는 흉곽성형술에 대해 설명하면서 환자의 폐를 허탈시키고 수축하는 것은 그리 쉬운 방법이 아니라고 했다. 흥미롭게도 히포크라테스도 그것에 대해 알고 있었다. 물론 폐엽을 절제하는 것은 최근에 아주 보편적인 수술이 되었다.

"환자들을 좀 잃지 않았어요?" 내가 물었다.

그는 지금이 다시 농담을 할 때라고 생각한 것 같았다.

"물론 그렇죠. 달아나서 숲속에 숨어버리면 우리로서는 환자들이 어디로 갔는지 찾을 수가 없어요. 호수에 뛰어들기도 하고요. 혹시 사망한 환자들이 있는지 물어본 거였나요? 성공하지 못한 케이스도 있지요. 맞아요."

곧 굉장한 일이 일어날 거라고 그가 말했다. 그가 하는 수술은 피를 뽑는 치료법처럼 구식이 되어가고 있었다. 신약이 곧 나올 것이다. 스트렙토마이신. 이미 임상실험중이었다. 문제는 있었다. 없을 리가 없었다. 신경계에 미치는 독성 효과. 하지만 그 문제를 해결할 방법이 있을 것이다.

"나 같은 칼잡이*는 할일이 없어지는 거죠."

그가 접시를 씻었고, 내가 물기를 닦았다. 내 드레스가 더러워지지 않도록 그가 내 허리에 접시 닦는 수건을 둘러주었다. 수건 끝을 잘 묶어준 뒤 그가 내 등 위쪽에 손을 얹었다. 손가락을 쫙 편 채 등을 꾹 눌렀는데, 마치 전문적인 손길로 내 몸을 살피는 것처럼 느껴졌다. 그날 밤 침대에 누웠을 때 그 느낌이 고스란히 되살아났다. 새끼손가락에서 힘센 엄지로 옮겨가면서 점점 강렬해지던 힘이 느껴졌다. 나는 그것을 즐겼다. 나중에 내가 그의 차에서 내리기 직전 내 이마를 지그시 눌러오던 키스보다 훨씬 더 중요하게 느껴졌다. 성급하고 권위적으로 내 이마에 닿았던 그 메마른 키스는 짧았고 형식적이었다.

그의 집 열쇠가 내 방 바닥에 놓여 있었다. 내가 방에 없을 때 그가 문 밑으로 밀어넣고 간 것이었다. 하지만 나는 어쨌거나 그 열쇠를 사

---

* sawbone. 외과의사를 말한다.

용할 수 없었다. 누구든 다른 사람이 그런 제안을 했다면 나는 그 기회를 덥석 물었을 것이다. 난로가 포함된 제안이라면 더더욱. 하지만 이번 경우에는 과거의 그와 미래의 *그*가 그 상황에 존재하는 모든 일상적인 편안함을 몰아낸 뒤, 대신 그 자리에 어마어마한 기쁨이 아니라 팽팽하고 신경을 건드리는 기쁨을 채울 것이다. 나는 춥지 않아도 몸의 떨림을 멈추지 못할 것이고, 과연 단어 하나라도 제대로 읽을 수 있을지 모르겠다.

어쩌면 메리가 나타나 〈군함 피나포어〉를 보러 오지 않은 것을 타박할지도 모르겠다는 생각이 들었다. 나는 몸이 좋지 않았다고 말해야겠다고 생각했다. 감기에 걸린 것이다. 하지만 곧 이곳에서 감기에 걸리는 것은 마스크와 소독제와 추방이 뒤따르는 심각한 사건이라는 것을 깨달았다. 게다가 어찌됐건 내가 의사의 집에 갔던 사실을 숨기기는 불가능하다는 것도 알게 되었다. 그것은 누구에게도 비밀로 할 수 없었다. 너무 고상하고 신중해서인지 아니면 그런 시시덕거림이 더는 흥미롭지 않아서인지, 이제는 묵묵히 입을 다물고 있는 간호사들에게도 당연히 비밀로 할 수 없었다. 간호보조원들은 귀찮게 캐물었다.

"요전날에 저녁식사는 맛있었어요?"

그들의 말투는 친근했고, 그 사실을 좋게 받아들이는 것 같았다. 나만의 독특함이 그 의사의 존경받는 익숙한 독특함과 잘 결합된 것처럼 보였는데, 더할 나위 없이 좋은 일이었다. 내 주가가 올라간 것이다. 내가 어떤 사람이든, 이제 나는 적어도 남자가 있는 여자로 보일 것이다.

메리는 그 주 내내 얼굴을 내밀지 않았다.

"다음주 토요일." 그가 키스를 하기 직전에 말했었다. 그래서 나는 또다시 앞쪽 포치에서 기다렸고, 이번에 그는 늦지 않았다. 우리는 차를 타고 그의 집으로 갔고, 그가 불을 피우는 동안 나는 응접실로 들어 갔다. 먼지가 내려앉은 전기난로가 보였다.

"내 제안을 받아들이지 않았더군요." 그가 말했다. "내가 진심이 아니었다고 생각해요? 내 말은 언제나 진심이에요."

나는 메리를 만날까봐 걱정돼서 시내에 나오고 싶지 않았다고 말했다.

"그애가 하는 공연을 못 봤잖아요."

"당신의 삶을 메리에게 맞추려는 것처럼 들리는데." 그가 말했다.

메뉴는 이전과 비슷했다. 포크촙, 매시트포테이토, 하지만 완두콩 대신 옥수수였다. 이번에는 내게 부엌에서 일을 도와달라고 했고 식탁을 차려달라는 부탁까지 했다.

"뭐가 어디에 있는지 알아두면 좋을 거예요. 모두 아주 논리적으로 정리돼 있어요, 내 생각에는."

그래서 나는 그가 레인지 앞에서 일하는 것을 지켜볼 수 있었다. 그는 편안하게 열중했고 효율적으로 움직였다. 내 안에서는 불꽃과 한기가 번갈아 지나갔다.

우리가 막 식사를 하려는데 문 두드리는 소리가 들렸다. 그가 일어나서 빗장을 열자 메리가 불쑥 들어왔다.

그애는 가져온 판지 상자를 식탁에 내려놓았다. 그애가 코트를 벗어던지자 안에 입은 빨갛고 노란 무대의상이 드러났다.

"늦었지만 해피 밸런타인데이." 그애가 말했다. "나를 보러 공연에 와주지 않아서 내가 공연을 하러 이리로 왔어요. 상자 안에 선물도 넣어서요."

그애는 완벽하게 균형을 잡으면서 한 발로 서서 한쪽 부츠를, 이어서 반대쪽 부츠를 벗었다. 그러고는 거치적거리지 않게 부츠를 치운 뒤 식탁 주변을 껑충껑충 돌아다니며 구슬프지만 열정 가득한 소녀의 목소리로 노래를 불렀다.

내 이름은 버터컵[*]
가엾은 리틀 버터컵
이유는 말할 수 없지만
그래도 내 이름은 버터컵
가엾은 리틀 버터컵
사랑하는 리틀 버터컵 나는……

의사는 그애가 노래를 시작하기도 전에 자리에서 일어났다. 그는 레인지 앞에 서서 포크촙을 요리했던 프라이팬을 열심히 긁어댔다.

내가 박수를 보냈다. 그리고 말했다. "정말 멋진 의상이구나."

정말로 그랬다. 빨간색 스커트, 밝은 노란색 페티코트, 팔랑이는 흰색 앞치마, 자수를 놓은 보디스.

---

[*] 미나리아재비.

"엄마가 만들어줬어요."

"자수도?"

"그럼요. 엄마가 공연 전날 새벽 네시까지 밤잠도 안 자고 완성한 거예요."

그애는 자랑삼아 몇 번 더 빙글빙글 돌고 발을 쿵쿵 굴렀다. 선반에 놓인 접시들이 쟁그랑거렸다. 나는 박수를 더 보냈다. 우리 둘의 바람은 한 가지였다. 의사가 우리를 그만 무시하고 돌아보는 것. 마지못해서라도 한마디만 예의를 갖춰 말해주는 것.

"또 뭘 가져왔는지 보세요." 메리가 말했다. "밸런타인데이 선물이에요." 그애가 판지 상자를 뜯자 그 안에 하트 모양 쿠키가 한가득 들어 있었다. 쿠키마다 빨간색 아이싱이 두껍게 발라져 있었다.

"굉장해." 내가 말하자, 메리가 다시 껑충껑충 뛰기 시작했다.

나는 군함 피나포어의 함장.

정직하고 선량한 함장이지!

너희는 참으로 선량한 사람들. 잘 알아두기를,

나는 정직하고 선량한 사람들을 지휘한다네.

마침내 의사가 돌아보았고 그애는 그에게 경례를 붙였다.

"알았어." 그가 말했다. "그만하면 됐다."

그애는 그의 말을 무시했다.

세 번 환호하라, 그리고 한번 더

피나포어함의 씩씩한 함장에게……

"내가 말했지, 그만하면 됐다고."

"'피나포어함의 용감한 함장에게……'"

"메리. 우리는 저녁식사중이었어. 그리고 너는 초대를 받지 않았고. 알겠니? 초대를 받지 않았다고."

메리가 마침내 잠잠해졌다. 하지만 잠시뿐이었다.

"흥. 선생님은 정말로 별로예요."

"그 쿠키는 먹지 않는 편이 더 좋겠구나. 아예 쿠키를 끊지 그러니. 넌 아기 돼지처럼 뚱뚱해지고 있어."

메리의 얼굴은 금세라도 울음을 터뜨릴 것처럼 퉁퉁 부었지만 그애는 우는 대신 이렇게 말했다. "흥. 자기 자신이나 똑바로 쳐다보라죠. 선생님 눈은 짝짝이예요."

"그만하면 됐어."

"당연히 그렇겠죠."

의사가 메리의 부츠를 집어들어 그애 앞에 내려놓았다.

"신어."

그애는 눈물이 그렁그렁한 채 콧물을 흘리며 부츠를 신었다. 요란하게 훌쩍거리는 소리가 났다. 그가 그애의 코트를 갖다주었고, 그애가 팔다리를 휘저으며 코트를 입고 단추를 찾을 때에도 그는 도와주지 않았다.

"그렇지. 이제…… 여기까진 어떻게 왔어?"

그애는 끝까지 대답하지 않았다.

"걸어왔구나, 그렇지? 엄마는 어디에 계시니?"

"유커 게임을 하러 갔어요."

"집까지 태워다주마. 네가 눈밭에 뛰어들어 버둥거리다 자기연민에 빠져 얼어죽는 꼴을 볼 수는 없으니까."

나는 한마디도 하지 않았다. 메리는 나를 한 번도 쳐다보지 않았다. 작별인사를 하기에는 그 순간의 충격이 너무 큰 것 같았다.

차에 시동 걸리는 소리가 들릴 때 나는 식탁을 치우기 시작했다. 디저트까지는 먹지 못했지만, 디저트는 또 애플파이였다. 어쩌면 그가 다른 종류의 디저트에 대해 몰랐을 수도 있고, 어쩌면 빵집에서 만드는 것이 그것뿐이었을지도 모른다.

나는 하트 모양의 쿠키를 하나 집어먹었다. 아이싱이 지독히 달았다. 베리나 체리 맛은 나지 않았고 그저 설탕과 빨간색 식용색소였다. 나는 하나, 또 하나를 먹었다.

적어도 잘 가라는 말은 했어야 했다. 고맙다는 말은 했어야 했다. 하지만 그것은 중요하지 않았을 것이다. 나는 혼잣말로, 그건 중요하지 않았을 거라고 중얼거렸다. 그 공연은 나를 위한 것이 아니었다. 아니 어쩌면 아주 일부만 나를 위한 것이었겠지.

그는 냉혹했다. 그가 그렇게 냉혹하다는 사실이 내게는 충격이었다. 그것도 아주 힘들어하는 사람에게. 하지만 그가 그렇게 한 것은 어찌 보면 나를 생각해서였을 것이다. 나와 함께 보내야 하는 시간을 뺏기지 않으려고. 그렇게 생각하니 기분이 좋아졌고, 기분이 좋아졌다는 사실에 나는 부끄러웠다. 그가 돌아오면 무슨 말을 해야 할지 알 수 없었다.

그는 내가 어떤 말도 하지 않기를 바랐다. 그가 나를 침대로 데려갔다. 그것은 내내 예정되어 있던 일이었을까, 아니면 내게 그랬던 것처럼 그에게도 놀라운 일이었을까? 적어도 내가 처녀라는 사실이 놀라운 것 같지는 않았다—그는 콘돔뿐 아니라 수건도 건넸다. 그는 되도록 서두르지 않고 해나갔다. 내 열정은 우리 둘 다에게 놀라웠을 것이다. 결국 준비를 하는 데는 경험만큼이나 상상력이 도움이 된다.

"당신과 결혼할 생각이에요." 그가 말했다.

나를 집에 데려다주기 전에 그는 그 쿠키를 전부, 그 붉은 하트를 전부 겨울새들이 먹도록 눈밭에 내던졌다.

그래서 그렇게 하기로 정해졌다. 우리의 느닷없는 약혼—그는 그 단어에 예민했다—은 우리 사이에서만 확정된 사실이었다. 나는 내 조부모에게 편지를 보내지 않을 것이다. 결혼식은 언제든 그가 며칠 동안 휴가를 낼 수 있을 때 할 것이다. 간소한 결혼식, 그가 말했다. 다른 사람들 앞에서 결혼식을 올린다는 생각은 그가 견딜 수 있는 한계를 넘어서는 것이었다. 나는 그것을 받아들여야 했다. 킥킥거리고 히죽거리며 우리를 성가시게 할 다른 사람들의 생각 따위, 그는 존중하지 않았다.

그는 다이아몬드 반지도 내켜하지 않았다. 나는 그런 것은 바란 적이 없다고 말했고, 그런 생각은 해본 적도 없었으니 그 말은 사실이었다. 그는 잘됐다고, 내가 그렇게 멍청하고 관습적인 여자가 아님을 알고 있었다고 했다.

저녁을 함께 먹는 것은 그만두기로 했다. 소문 때문만이 아니라 배급 카드 한 장으로는 두 사람분의 고기를 받기가 어려웠기 때문이었다. 내 카드는 내가 요양원에서 식사를 하기로 하던 날에 부엌 담당―메리의 어머니―에게 주었기 때문에 쓸 수가 없었다.

주의를 끌지 않는 편이 더 좋았다.

물론 모두 어렴풋이 짐작하고 있었다. 연로한 간호사들은 다정한 태도로 돌아섰고, 수간호사마저 내게 억지 미소를 지었다. 내가 티나지 않게 멋을 부리기는 했지만 작정하고 그런 것은 아니었다. 나는 눈을 살짝 내리깔고 벨벳같이 고요하게 다소곳이 다니는 습관이 들었다. 그때 그 나이든 여자들이 이 친밀한 관계가 어떻게 변화할지 지켜보고 있었고, 의사가 나를 차버리기로 결정한다면 언제든 당연히 되돌아설 준비를 하고 있었다는 생각은 조금도 하지 못했다.

진심으로 내 편이었던 것은 간호보조원들뿐이었다. 그들은 내 찻잎에서 웨딩벨을 봤다며 나를 놀려댔다.

3월에는 병원 안에 들어가면 침울하고 부산스러운 분위기가 감돌았다. 골치 아픈 일이 생기는 최악의 달이라고 간호보조원들은 말했다. 이유는 모르겠지만 사람들은 겨울의 맹습을 견뎌낸 뒤 그때쯤 죽겠다는 생각을 머릿속에 품는 것 같았다. 어떤 아이가 수업에 빠지면 그애에게 심각한 일이 생긴 것인지, 아니면 그저 감기 기운 때문에 드러누운 것인지 알 수 없었다. 나는 이동식 칠판을 구해 아이들의 이름을 가장자리에 빙 둘러 써놓았다. 결석 일수가 길어진 아이들의 이름을 내가 지울 필요는 없었다. 다른 아이들이 나 대신 말없이 지워주었다. 아이들은 내가 아직 완전히 배우지 못한 예의에 대해 잘 알고 있었다.

의사에게 준비할 만한 시간적 여유가 생겼다. 그는 4월 첫 주에 준비가 될 것 같다는 내용의 쪽지를 내 방문 밑으로 밀어넣었다. 그때 정말로 심각한 위기 상황이 생기지 않으면 그가 며칠 시간을 낼 수 있을 것이다.

우리는 헌츠빌로 간다.

헌츠빌로─결혼식에 대한 우리의 규정에 따라.

우리는 내가 평생 기억하게 될 그 하루를 시작했다. 나는 녹색 크레이프 천으로 만든 드레스를 드라이클리닝해서 작은 여행가방에 조심스레 말아넣었다. 할머니가 예전에 드레스를 돌돌 마는 요령을 가르쳐주었는데, 구김을 방지하려면 개는 것보다 그 방법이 훨씬 나았다. 나는 여자 화장실 같은 곳을 찾아 옷을 갈아입어야 할 것이다. 내 눈은 혹시 길가에 부케를 만들 만한, 때 이르게 핀 야생화는 없는지 살피고 있다. 내가 부케를 드는 것을 그도 좋다고 할까? 하지만 동이나물이 피기에도 이른 철이다. 텅 빈 굽은 길을 따라, 비쩍 마른 검은 가문비나무들, 노간주나무가 펼쳐진 섬들, 그리고 늪지 외에는 아무것도 보이지 않는다. 길이 끊어지는 곳마다 돌덩이들이 제멋대로 나뒹군다. 이제는 내게도 익숙해진 광경이다. 핏빛의 녹슨 쇠와 비스듬한 화강암 지층의 풍경.

차 안에 틀어놓은 라디오에서 연합군이 베를린에 점점 더 가까워지고 있다며 승리의 음악을 내보낸다. 의사―앨리스터―는 연합군이 러시아군을 먼저 들여보내려고 지체하는 거라고 말한다. 그리고 그들이 후회할 거라고 말한다.

아문센에서 멀어졌으니 나는 그를 앨리스터라고 부를 수 있다. 우리가 차를 타고 이렇게 멀리 나온 것은 처음이다. 나는 그의 남자로서의 본능이 나를 의식하지 않는다는 사실―그것이 순식간에 뒤집힐 수 있다는 것을 이제 나는 안다―과 그가 평소처럼 능숙하게 운전한다는 사실에 자극된다. 내가 절대 인정하지는 않겠지만, 그가 외과의사라는 사실이 나를 흥분시킨다. 그가 섹스를 요구한다면 당장에라도 그를 위해 습지나 지저분한 구덩이에 드러누울 수도 있다. 내 척추가 길가 돌멩이에 으스러질 듯 눌려도 괜찮을 것 같다. 이 느낌을 혼자 간직해야 한다는 것도 나는 알고 있다.

나는 생각을 미래로 돌린다. 일단 헌츠빌에 도착하면 목사를 찾아서 거실에 나란히 설 것이다. 내가 살면서 보아온 거실들, 내 조부모의 아파트처럼 적당한 기품이 묻어나는 그런 거실에. 할아버지가 은퇴한 후에도 결혼식 때문에 사람들이 할아버지를 찾아왔었다. 나는 그때를 떠올린다. 할머니는 뺨에 연지를 살짝 바르고 결혼식 증인을 설 때 입으려고 보관해둔 짙은 푸른색 레이스 재킷을 꺼내 입었다.

하지만 나는 결혼식을 올리는 또다른 방법이 있음을 알게 된다. 나의 신랑이 싫어하는 것들 중 내가 미처 파악하지 못한 것이 또 있었다. 그는 목사와는 어떻게도 얽히지 않으려 한다. 헌츠빌 타운 홀에서 우리는 미혼임을 맹세하는 서류를 작성하고 그날 오후 치안판사 앞에서 결혼식을 올릴 시간을 예약한다.

점심 먹을 시간. 앨리스터는 아문센에 있는 커피숍과 아주 비슷한 레스토랑 앞에 차를 세운다.

"여기면 괜찮을까요?"

하지만 내 얼굴을 빤히 쳐다보던 그가 마음을 바꾼다.

"싫어요?" 그가 말한다. "알겠어요."

우리는 결국 닭고기 정식을 광고하는 고풍스러운 저택의 냉랭한 응접실에서 점심을 먹는다. 접시는 얼음장 같고, 다른 손님은 없다. 라디오 음악도 없고, 질긴 닭고기 살을 발라낼 때 나는 포크와 나이프 부딪치는 소리뿐이다. 그는 그가 처음에 제안한 레스토랑에서 훨씬 더 맛있는 식사를 했을 거라고 생각하는 것 같다.

그럼에도 불구하고 나는 용기를 내어 화장실이 어디 있는지 물어본다. 그리고 그곳에서, 응접실보다 훨씬 더 처량한 느낌이 드는 차가운 공기 속에서 녹색 드레스를 꺼내 펴서 입고, 립스틱을 다시 바르고 머리를 매만진다.

내가 밖으로 나오자 앨리스터가 일어서서 나를 맞는다. 미소를 짓고 내 손을 꼭 잡으며 예쁘다고 말해준다.

우리는 손을 잡고 뻣뻣하게 다시 차로 돌아간다. 그가 내게 문을 열어주고 빙 돌아 차에 타더니 자세를 바로 한 뒤 열쇠를 돌려 시동을 켰다가, 다시 끈다.

차는 철물점 앞에 세워져 있다. 눈을 치우는 삽이 반값 세일중이다. 스케이트 날을 갈아준다는 간판이 아직 유리창에 붙어 있다.

길 건너에 노란색 유성페인트를 칠한 목조주택이 있다. 앞쪽 계단이 안전하지 않은지, 그 앞에 판자 두 개를 X자로 겹쳐 못으로 박아놓왔다.

앨리스터의 차 앞에 세워진 트럭은 전쟁 전 모델로, 발판이 달려 있고 펜더 가장자리는 녹슬었다. 작업복을 입은 남자가 철물점에서 나와 트럭에 올라탄다. 엔진이 툴툴거리더니 트럭이 제자리에서 덜컹덜컹 요동치고는 그 자리를 빠져나간다. 이제 가게 이름이 적힌 배달 트럭이 그 빈 공간에 들어오려 한다. 공간이 충분치 않다. 운전사가 트럭에서 내려 앨리스터의 차로 걸어오더니 차창을 톡톡 두드린다. 앨리스터가 놀란다─그렇게 심각하게 말하던 중이 아니었다면 그도 문제가 뭔지 알아차렸을 것이다. 앨리스터가 차창을 내리자, 남자가 우리에게 가게에서 물건을 사려고 차를 거기 세운 것인지 묻는다. 그게 아니라면 자리를 좀 비켜줄 수 있겠는지?

"곧 떠납니다." 내 옆에 앉은, 나와 결혼하겠다고 했으나 이제 하지 않겠다고 하는 남자 앨리스터가 말한다. "우리는 곧 떠날 겁니다."

우리. 그가 우리라고 말했다. 잠시 나는 그 단어에 매달린다. 그리고 그것이 마지막이라고 생각한다. 그가 말하는 우리 안에 내가 들어갈 마지막.

중요한 것은 '우리'가 아니다. 내게 진실을 말해주는 것은 그것이 아니다. 진실은 그가 트럭 운전사에게 말할 때의 그 남자 대 남자의 어투, 그 침착하고 이성적인 사과다. 이제 나는 그가 앞서 하고 있던 이야기로, 배달 트럭이 주차를 하려는 것을 알아차리지 못한 그때로 되돌아가기를 바란다. 그가 그때 했던 말은 끔찍했지만 운전대를 꼭 잡은 그의 손에는, 움켜잡은 그의 손과 추상적인 그의 말과 그의 목소리에는 고통이 배어 있었다. 그가 조금 전 어떤 말을 무슨 뜻으로 했건 그 말은 깊은 내면에서 우러나오는 것이었다. 나와 함께 침대에 누워 있던 그때처럼. 하지만 지금 다른 남자와 말을 나눈 뒤에는 그렇지 않다. 그는 차창을 올리고 좁은 공간에서 차를 빼면서 배달 트럭과 부딪치지 않게 신경을 쓴다.

잠시 뒤 그가 목을 쭉 빼고 뒤를 돌아보았는데, 나는 그때로만 돌아가도 좋을 것 같다. 더는 남은 말도, 처리할 문제도 없다는 듯 헌츠빌 중심가를 달리는 것보다는―그가 운전을 하고 있는 지금처럼―그때가 차라리 더 낫다.

못하겠어요, 그는 그렇게 말했다.

그는 끝까지 감당할 수 없을 것 같다고 했다.

그는 설명도 하지 못했다.

그저 실수라는 말뿐.

앞으로 스케이트 날을 갈아준다는 간판Skates Sharpened에서 보았던 멋부린 S자를 볼 때마다 그의 목소리가 들릴 것 같다고 나는 생각한다. 혹은 철물점 건너편 노란 집 계단 앞에서 보았던, X자로 박아놓은 거친 판자를 볼 때마다.

"지금 역에 데려다줄게요. 토론토행 기차표를 사줄게요. 오후 늦게 토론토로 가는 기차가 분명히 있을 거요. 내가 아주 그럴듯한 핑계를 생각해내서 누군가에게 당신 짐을 꾸리라고 할게요. 당신 토론토 주소를 알려줘야 할 것 같은데, 나한테는 주소가 없을 테니까. 아, 내가 추천서를 써줄게요. 당신은 일을 잘했으니까. 어쨌거나 이번 학기를 끝까지 마칠 필요는 없었을 거예요. 당신에게 아직 말하지 않았지만 아이들을 다른 곳으로 옮길 예정이거든. 온갖 종류의 엄청난 변화가 일어나고 있어요."

새로워진 그의 목소리에는 경쾌함마저 감돈다. 안도감이 깃든 과장
된 어조. 그는 내가 떠날 때까지 그 안도감을 내보이지 않고 애써 담아
둔다.

나는 거리를 구경한다. 처형장으로 끌려가는 느낌. 아직은 아니다.
아직 시간이 조금 남았다. 아직은 그의 목소리를 마지막으로 들은 것
이 아니다. 아직은.

그는 길을 물어보지도 않는다. 이전에도 그가 다른 여자들을 기차에
태운 적이 있는지 궁금해져 나는 그에게 묻는다.

"그런 식으로 나오지 마요." 그가 말한다.

차가 방향을 바꿀 때마다 내 남은 목숨이 싹둑싹둑 잘려나가는 느낌
이다.

토론토행 기차는 다섯시에 있다. 그는 자기가 들어가서 확인을 할
테니 나더러 차에서 기다리라고 한다. 그가 기차표를 들고 나오는데,
발걸음이 더 가벼워진 것 같다. 차를 세운 곳까지 걸어오면서 그의 마
음도 더 안정되었을 테고, 그도 그 사실을 깨달았을 것이다.

"역사 안은 쾌적하고 따뜻하군요. 여성 대합실도 있고."

그가 나를 위해 차문을 열어주었다.

"내가 기다렸다가 당신이 떠나는 걸 보는 게 낫겠어요? 제법 괜찮은
파이를 먹을 수 있는 곳이 어디 있을 거요. 지독히도 맛없는 식사를 했
으니까."

그의 말에 내 마음이 흔들린다. 나는 차에서 내려 그보다 앞서 역 안
으로 들어간다. 그가 여성 대합실을 가리킨다. 그리고 눈썹을 치켜세

운 채 나를 쳐다보며 애써 마지막 농담을 한다.

"아마도 언젠가 당신은 이날이 당신 인생에서 가장 큰 행운의 날이었다고 생각하게 될 거요."

나는 여성 대합실에서 기차역 정문이 바라보이는 벤치를 고른다. 혹시라도 돌아올지 모를 그를 보기 위해. 그는 전부 다 농담이었다고 말할 것이다. 혹은 중세 연극에 나오는 것처럼 시험을 해본 것이었다고.

어쩌면 그는 이미 마음을 바꾸었을지도 모른다. 고속도로를 달리며, 우리가 조금 전 함께 보았던 바위에 떨어지는 창백한 봄 햇살을 바라보며. 문득 자신의 어리석음을 깨닫고 길 한복판에서 차를 돌린 뒤 속도를 높여 되돌아올 것이다.

토론토행 기차가 역으로 들어오려면 적어도 한 시간은 남았다. 하지만 시간이 얼마 없는 것처럼 느껴진다. 심지어 지금도 온갖 상상이 내 머릿속을 스친다. 나는 발목에 쇠사슬을 감은 것처럼 기차에 올라탄다. 출발을 알리는 호루라기 소리가 들리자 얼굴을 유리창에 대고 플랫폼을 쭉 훑는다. 기차에서 뛰어내리기에는 지금도 그리 늦지 않았다. 풀쩍 뛰어내려 역사를 통과해 거리로 나가면 된다. 그가 그 거리에 차를 세우고 계단을 뛰어오르고 있다. 너무 늦지 않았다고 생각하면서, 너무 늦지 않기를 기도하면서.

너무 늦지 않게, 내가 그를 만나러 달려가고 있다.

큰 소리와 고함이 오가며 한바탕 소동이 일어나고, 한 사람이 아니라 한 무리의 늦게 올라탄 사람들이 좌석들 사이로 우왕좌왕 지나간다. 운동복을 입은 여고생들이 문제를 일으켜놓고 되레 폭소를 터뜨린다. 그들이 앞다투어 자기 좌석을 찾아가는 동안 차장은 못마땅한 표정으로 그들을 재촉한다.

그들 중 하나, 아마도 가장 시끄러운 아이가 메리다.

나는 고개를 돌리고 다시는 그들을 쳐다보지 않는다.

하지만 여기 그 아이가 왔다. 내 이름을 외쳐 부르며 내가 어디에 갔었는지 묻는다.

친구를 만나러, 내가 말한다.

메리가 내 옆에 털썩 앉으며 그들이 헌츠빌 아이들하고 농구 시합을 했다고 한다. 흥미진진한 경기. 그들이 졌다.

"우리가 졌어요, 그렇지?" 메리는 누가 봐도 즐거운 표정으로 외치고, 다른 아이들은 웅성웅성 키득거린다. 그애가 점수를 말하는데, 정말로 창피한 점수다.

"멋지게 차려입었네요." 그애가 말한다. 하지만 큰 관심은 없는 것 같고, 내 변명도 흘려듣는 것 같다.

내가 조부모를 만나러 토론토에 간다고 말할 때 그애는 제대로 듣는 것 같지도 않다. 그들의 나이가 아주 많겠다는 말뿐이다. 앨리스터에 대한 말은 아예 없다. 나쁜 말도 없다. 그애가 잊었을 리는 없다. 그저 그 장면을 깔끔히 정리해서 이전의 자기 모습과 함께 벽장에 치워버렸을 것이다. 혹은 어쩌면 그애는 정말로 굴욕감 따위는 개의치 않는 사람일지도 모른다.

그 당시에는 그렇게 느끼지 못했겠지만 지금 나는 그애에게 고마움을 느낀다. 나 혼자 남겨진 채로 아문센에 닿았다면 나는 어떻게 했을까? 기차에서 풀쩍 뛰어내려 그의 집으로 달려가 왜 그랬느냐고, 왜 그랬느냐고 물어보았다면. 나는 평생 수치심을 느끼며 살았을 것이다. 그때 기차가 그곳 아문센에 정차했고 차장은 얼른 내리지 않으면 토론토까지 가게 될 거라고 겁을 주었다. 그 아이들이 내릴 준비를 마치고 창문을 톡톡 치며 그들을 마중나온 사람들의 주의를 끌 만큼의 여유도 없는 시간이었다.

여러 해 동안 나는 언젠가 그와 마주치게 될 거라고 생각했다. 나는 토론토에서 살았고, 지금도 그렇다. 내가 보기에는 다들 적어도 얼마간은 토론토에 와서 사는 것 같았다. 물론 그렇다고 해서, 만나고 싶은 사람을 다 만나게 된다는 말은 아니다.

그런 일이 마침내 일어났다. 걸음을 늦출 수도 없는 북적거리는 길을 건너다가. 서로 마주보며 건너다가. 시간에 훼손된 우리의 얼굴 위로 고스란히 드러난 충격을, 동시에 응시하면서.

그가 내게 소리쳤다. "어떻게 지내요?" 내가 대답했다. "잘 지내요." 그리고 한마디 덧붙였다. "행복하게."

그 순간 그 말은 사실이었지만, 그저 대체로 그렇다는 말이었다. 나는 남편의 자식들 중 하나가 진 빚을 갚는 문제로 남편과 말다툼을 하느라 녹초가 되어 있었다. 그날 오후 나는 마음을 좀 편히 가지려고 미술관에 전시회를 보러 갔던 터였다.

그가 내게 다시 소리쳤다.

"잘됐군요."

여전히, 우리가 그 무리에서 빠져나오면 금방이라도 다시 함께할 수 있을 것처럼 느껴졌다. 하지만 우리가 지금 각자 가는 길을 계속 갈 것이라는 사실 또한 그만큼 확실했다. 그리고 우리는 그렇게 했다. 격한 울음도 없었고, 내가 보도에 다다랐을 때 내 어깨를 잡는 손도 없었다. 그가 한쪽 눈을 더 크게 뜬 그 순간 내가 보았던 섬광 같은 번쩍임뿐. 내가 기억하는 것처럼 왼쪽 눈이었다. 언제나 그 왼쪽 눈. 그 눈빛은 늘 오묘하고 경계하는 듯하고 놀라는 듯했다. 전혀 불가능한 어떤 일이, 그가 웃음을 터뜨릴 만한 일이 일어나기라도 한 것처럼.

그때 나는 아문센을 떠나올 때와 똑같은 감정을 느꼈다. 도저히 믿기지 않아 여전히 멍한 상태의 나를 기차가 태우고 떠나올 때와 같은 감정을.

사랑에 관한 한 정말로 변하는 것은 없다.

메이벌리를 떠나며

타운마다 꼭 하나씩 영화관이 있던 지나간 시절에 여기 메이벌리에
도 영화관이 하나 있었다. 그런 영화관들이 종종 그랬듯 그 영화관 이
름도 캐피털이었다. 모건 홀리가 그 영화관의 소유주이자 영사기사였
다. 그는 사람들을 대하는 것을 꺼려해서―위층 좁은 공간에 앉아 스
크린에 비치는 내용을 관리하는 것을 더 좋아했다―영화표를 팔던 젊
은 여자가 아기를 가졌다며 그만두겠다고 하자 당연하게도 짜증이 났
다. 그도 이런 일을 예상은 하고 있었겠지만―그녀가 결혼한 지 반년
이 지났고 그 시절에는 으레 임신한 티가 나기 전에 세상 사람들의 눈
을 피해야 한다고 생각했다―변화와 개인의 사생활이라는 개념 자체
를 워낙 싫어하는 사람이라 적잖이 충격을 받았다.
　다행히 그녀가 자신을 대체할 사람을 찾아냈다. 같은 거리에 사는

아가씨가 저녁에 일할 곳을 구한다는 말을 했던 것이다. 그 아가씨는 낮에는 어머니를 도와 어린 동생들을 돌봐야 했기 때문에 일을 할 수 없었다. 영리한 아가씨라 일은 잘하겠지만 수줍음이 많았다.

모건은 그런 것은 괜찮다고 했다. 손님들과 수다를 떠는 매표원은 고용하지 않는다면서.

그래서 그 아가씨가 오게 되었다. 이름은 리아였다. 모건이 그녀에게 처음이자 마지막으로 한 질문은 어떻게 지은 이름이냐는 것이었다. 그녀는 성경에서 따왔다고 했다. 그는 그녀의 화장기 없는 얼굴과 볼품없이 두피에 딱 붙여 넘겨 실핀을 찌른 머리에 주목했다. 한순간 그녀가 정말로 열여섯이 아니면 어쩌나, 법적으로 직장에 다닐 나이가 아니면 어쩌나, 하는 걱정이 들었다. 하지만 찬찬히 들여다보니 그녀의 말이 사실인 것 같았다. 그는 평일은 저녁 여덟시부터 1회 상영, 토요일은 저녁 일곱시부터 2회 상영이니 그 시간에 일을 하면 된다고 그녀에게 말해주었다. 영화가 끝나면 벌어들인 돈을 정산해 안전한 곳에 넣어두는 것까지가 그녀의 책임이었다.

딱 한 가지 문제가 있었다. 평일 밤에는 그녀가 혼자 걸어서 집에 갈 수 있었지만 토요일 밤에는 용납되지 않았고, 그녀의 아버지도 제분소 야간 근무 때문에 그날은 그녀를 데리러 올 수 없다는 것이었다.

모건은 이런 지역에서 무서울 것이 뭐가 있느냐며 꺼지라고 말하려던 찰나, 야간 순찰을 돌다가 영화를 조금이라도 보겠다며 종종 영화관에 들르는 경찰을 떠올렸다. 어쩌면 그가 리아를 책임지고 집까지 데려다줄 수 있을지도 모른다.

리아가 아버지에게 물어보겠다고 했다.

그녀의 아버지는 찬성했지만 조건이 또 있었다. 리아가 스크린을 보거나 대사를 들으면 안 된다는 것이었다. 그녀의 가족이 믿는 종교에서 허락하지 않는다고 했다. 모건은 공짜 영화나 보여주려고 매표원을 고용하는 게 아니라고 말했다. 영화에서 들리는 소리에 대해서는 영화관에 방음이 되어 있다고 거짓말을 했다.

경찰 레이 엘리엇이 야간 근무를 맡은 것은, 그래야 다만 얼마간이라도 낮시간에 아내를 돌볼 수 있기 때문이었다. 그는 오전에 다섯 시간쯤 잠을 잤고, 늦은 오후에 잠시 눈을 붙였다. 더러 눈을 붙이지 못하는 날도 있었는데, 이런저런 처리할 일이 있거나 그의 아내—이름이 이저벨이었다—가 대화를 하고 싶어했기 때문이었다. 그들은 자식이 없어서 어느 때건 어떤 것에 관해서건 대화를 나눌 수 있었다. 그는 타운 소식을 들려주며 종종 그녀를 웃게 만들었고, 그녀는 읽고 있는 책에 대해 이야기해주었다.

레이는 열여덟 살이 되자 곧바로 입대하여 전쟁터로 나갔다. 그는 공군을 선택했는데, 흔히 말하듯 공군은 그 어느 곳보다 모험이 가득했고 가장 빠른 죽음이 예고된 곳이었다. 그는 중앙총좌*에 배치된 사수였다. 이저벨로서는 그것이 어디를 말하는지 도저히 상상할 수 없었다. 그는 살아남았다. 종전이 가까워졌을 때 그는 새로운 조로 재배치되었다. 그리고 몇 주 지나지 않아 그와 함께 그토록 하늘을 누볐던 옛

---

* 전투기에서 기관총을 쏠 수 있도록 위로 솟아 있는 부분.

전우들이 격추되었다. 불가해한 이유로 자신에게 주어진 남은 삶. 그는 그 삶 동안 뭔가 의미 있는 일을 해야겠다는 막연한 생각을 품은 채 집으로 돌아왔다. 하지만 그것이 무엇인지는 몰랐다.

먼저 그는 고등학교부터 마쳐야 했다. 그가 자란 타운에는 고등학교를 마친 직후 대학에 진학하고 싶어하는 퇴역 군인들을 위한 특별 학교가 있었는데, 시민들이 감사의 표시로 설립한 학교였다. 영어와 문학 담당 교사가 이저벨이었다. 그녀는 서른 살이었고 결혼한 여자였다. 그녀의 남편 역시 퇴역 군인이었는데, 그는 그녀가 가르치는 영어 수업에서 월등한 실력을 보였다. 그녀는 그 한 해 동안은 보편적인 애국심에서 교사 일을 하지만 그뒤에는 은퇴하여 아이를 가질 계획이었다. 그녀는 학생들에게 그 사실을 공공연히 밝혔고, 학생들은 그녀가 듣지 않는 곳에서 어떤 놈들은 행운을 독차지한다고 수군거렸다.

레이는 그런 말을 듣는 것이 불편했다. 그녀를 사랑하게 되었기 때문이었다. 그녀 또한 그를 사랑하게 되었고, 그 사실은 거듭 생각해도 놀랍게만 느껴졌다. 그들 둘을 제외한 모두에게는 그 사실이 어처구니없었다. 그녀는 이혼을 했다. 그녀의 화목하고 끈끈한 가족에게는 불미스러운 사건이었고, 어렸을 때부터 그녀와의 결혼을 꿈꾸었던 그녀의 남편에게는 충격이었다. 레이는 그녀에 비해 그 과정이 비교적 수월했는데, 그에게는 이렇다 할 가족이 없었기 때문이다. 그나마 있던 가족도 그가 그보다 한참 더 나은 사람과 결혼하게 되었으니 이제 자신들은 그에게 어울리지 않는다고, 앞으로 그의 인생에서 빠지겠다고 선언했다. 그들은 레이에게서 그게 아니라거나 그러지 말라는 말을 기대했을지도 모르지만 그 기대는 어긋났다. 난 아무래도 좋아요, 그가 한 말은 그게 전부였다. 새 출발을 할 시간이었다. 이저벨은 레이가 대학을 마친 뒤 뭐든 그가 원하는 일을 하며 자리를 잡을 때까지는 가르치는 일을 계속할 거라고 했다.

하지만 그 계획은 수정될 수밖에 없었다. 그녀의 건강이 나빠졌다. 처음에 그들은 신경과민이라고 생각했다. 울컥증. 괜한 호들갑.

그리고 통증이 시작되었다. 심호흡을 할 때마다 통증이 느껴졌다. 통증은 가슴뼈 아래에서도, 왼쪽 어깨에서도 느껴졌다. 그녀는 그것을 무시했다. 대담한 사랑을 선택한 자신에게 신이 벌을 내린 거라고, 하지만 자신은 신의 존재를 믿지 않으니 신은 지금 시간 낭비를 하고 있는 거라고 농담까지 했다.

그녀의 병은 심막염이라고 했다. 심각한 병인데 그녀가 병을 무시하다가 위험한 지경에 이른 것이었다. 완치는 어려워도, 힘들지만 버텨볼 수는 있었다. 가르치는 일도 영영 끝이었다. 조금만 감염되어도 위험해지는데, 교실만큼 감염되기 쉬운 곳이 어디 있겠는가? 이제 레이가 그녀를 부양해야 했다. 그는 그레이브루스 경계 바로 너머 메이벌리라는 작은 타운에서 경찰로 일하게 되었다. 그는 일을 하는 것에 개의치 않았고, 얼마 뒤에는 그녀도 반쯤 은둔자처럼 지내는 생활에 익숙해졌다.

그들이 화제로 삼지 않는 것이 하나 있었다. 자식을 낳을 수 없다는 사실에 대해 두 사람은 상대방이 어떻게 생각하는지 궁금했다. 어느 날 레이는 그 실망감과, 이저벨이 그가 토요일 밤마다 집에 데려다주는 아가씨에 대해 낱낱이 듣고 싶어한다는 사실 사이에 어떤 연관성이 있을지 모른다는 생각이 들었다.

"정말 딱하네." 이저벨은 영화관람 금지령에 대해 들었을 때는 그렇게 말했고, 그 아가씨가 집안일을 돕느라 고등학교에도 가지 못했다는 말을 들었을 때는 더욱 안타까워했다.

"게다가 그 아가씨는 총명하다며."

레이는 그런 말을 했던 기억이 나지 않았다. 그녀가 유난히 수줍음이 많아서 같이 걸어갈 때 그가 이야깃거리를 생각해내느라 골머리를 썩인다고 말했을 뿐이었다. 그가 열심히 쥐어짜낸 어떤 질문들은 헛수고가 되었다. 예컨대, 학교에서 좋아하는 과목은 뭐니? 그 질문은 과거 시제로 했어야 했고, 어차피 어떤 과목을 좋아하건 말건 지금은 그것 자체에 의미가 없었다. 어른이 되면 무슨 일을 하고 싶냐는 질문도 마찬가지였다. 지금 그녀는 사실상 어른인데다 그녀가 원했든 그렇지 않든 그녀에게 딱 맞는 직장도 있었다. 이 타운을 좋아하냐는 질문도 마찬가지였고, 예전에 살았던 곳이 있다면 그곳이 그리우냐는 질문도 역시 무의미했다. 그녀의 가족인 꼬마들의 이름과 나이에 대해서는, 구구절절한 설명은 없었지만 이미 모두 대화를 나누었다. 그가 개나 고양이에 대해 묻자 그녀는 키우지 않는다고 했다.

마침내 그녀가 그에게 질문을 하나 했다. 그날 밤 사람들이 영화를 보면서 웃은 이유가 무엇인지.

어떤 소리도 들으면 안 되는 것 아니냐고 그녀를 일깨워줘야 한다는 생각은 그에게 떠오르지 않았다. 그는 무엇이 웃겼는지 기억나지 않았다. 그래서 뭔가 바보 같은 말 때문이었을 거라고 대답했다. 누구라도 관객을 웃게 하는 요소가 무엇인지는 절대 말할 수 없을 것이다. 그는 언제나처럼 영화를 토막토막 봐야 했기 때문에 깊이 몰두하지 못했다고 말했다. 그는 플롯을 잘 따라잡지 못했다.

"플롯." 그녀가 말했다.

그는 그것이 무슨 뜻인지―전개되는 내용을 말하는 거라고―설명해야 했다. 그때부터는 대화를 해나가는 데 아무런 문제가 없었다. 그녀에게 집에 가서 그런 말을 입 밖에 내는 것은 현명하지 못한 일이라고 주의를 줄 필요도 없었다. 그녀도 알고 있었다. 그는 자세한 내용은 말하지 말아달라는 부탁을 받았지만―어쨌거나 그러지도 못했을 것이다―보통은 사기꾼들과 순진한 사람들에 대한 이야기라고 설명했다. 사기꾼들이 처음에는 대개 범죄를 저지른 뒤 나이트클럽(댄스홀 같은 곳)에서, 가끔은 뜬금없이 산꼭대기나 생뚱맞은 야외에서 노래하는 사람들을 꼬드겨 들키지 않는 데 성공한다는 정도로만 이야기해주었다. 영화가 컬러일 때도 있었다. 시대적 배경이 과거면 의상이 화려했다. 멋지게 차려입은 배우들이 서로를 죽이는 극적인 장면을 만들어냈다. 여자들의 뺨에서 글리세린 눈물이 줄줄 흘러내렸다. 정글의 짐승들은 아마도 동물원에서 데려왔을 텐데, 그것들을 자극해 사나운 동작을 끌어냈다. 사람들은 온갖 방법으로 살해되었다가 카메라가 멀어지는 순간 벌떡 일어선다. 방금 총을 맞았거나 단두대에서 바구니로 머리통이 굴러떨어진 사람들이 살아서 멀쩡하게 돌아다닌다.

"적당히 해." 이저벨이 말했다. "당신 때문에 그 아가씨가 악몽을 꿀지도 모르잖아."

레이는 자신이었다면 놀랐을 거라고 했다. 하지만 그 아가씨는 놀라거나 혼란스러워하기는커녕 다 이해한다는 듯한 태도를 보였다. 예컨대 그 아가씨는 단두대가 무엇인지 물어본 적도 없었고, 그 위에 머리가 놓인다는 사실에 놀라는 것 같지도 않았다. 그는 이저벨에게 그 아가씨에게는 뭔가가 있다고, 누가 무슨 말을 하든 오싹한 느낌을 받거나 어리둥절해하지 않고 다 잘 받아들이려고 하는 뭔가가 있다고 말했다. 그리고 그녀가 이미 어떤 면에서는 가족들로부터 그녀 자신을 차단시킨 것 같다고 생각했다. 그들을 경멸해서도, 그녀가 매정해서도 아니었다. 그녀는 그저 딱 필요한 만큼만 마음을 썼다.

그때 그는 이런 말을 내뱉었는데, 어째서인지 생각보다 더 미안한 마음이 들었다.

"어떻게 보더라도 그 아가씨의 인생에서 앞으로 기대할 건 별로 없어."

"우리가 그 아가씨를 납치할까." 이저벨이 말했다.

그가 그녀에게 주의를 주었다. 좀 진지해지라고.

"그런 생각은 하지도 마."

크리스마스가 얼마 남지 않았을 때였다(아직 본격적인 추위는 시작되지 않았다). 한 주가 절반쯤 지났을 무렵, 어느 밤 자정에 모건이 경찰서로 찾아와 리아가 실종되었다고 말했다.

그가 아는 한 리아는 평소처럼 표를 팔았고, 창구 문을 닫았고, 돈을 두어야 하는 장소에 두었고, 집으로 출발했다. 상영이 끝난 뒤에 그도 문을 닫고 나왔는데, 모르는 여자가 다가와 리아에게 무슨 일이 생겼느냐고 물었다는 것이다. 그 여자는 리아의 어머니였다. 리아의 아버지가 제분소에서 근무할 시간이라 모건은 리아가 혹시 아버지를 만나러 제분소에 찾아간 것이 아니겠냐고 말했다. 리아의 어머니가 말을 잘 알아듣지 못하는 것 같아서, 모건은 함께 제분소로 찾아가 거기 리아가 있는지 보자고 했다. 그러자 그녀는 울면서 그것만은 하지 말아달라고 애원했다. 모건은 리아가 지금쯤 집에 돌아왔을지도 모른다고 생각하며 리아의 어머니를 집까지 태워다주었다. 하지만 그런 행운은 없었다. 그래서 그는 레이에게 가서 알리는 것이 좋겠다고 생각한 것이다.

모건은 리아의 아버지에게 그 소식을 알리는 것이 내키지 않았다.

레이는 당장 제분소로 가봐야 한다고 말했다. 리아가 거기 있을 가능성이 조금이라도 있다면. 그들은 리아의 아버지를 찾아갔지만 그 역시 리아의 그림자도 보지 못했다고 했다. 그는 외려 자기 아내가 허락도 없이 그렇게 나돌아다닌 사실에 길길이 날뛰었다.

레이는 친구들에 대해 물었고, 리아에게 친구가 없다는 사실을 알고도 놀라지 않았다. 그는 모건을 귀가시킨 뒤 리아의 집에 가보았는데, 리아의 어머니는 모건이 말한 대로 거의 정신이 나간 사람 같았다. 아이들 혹은 아이들 중 몇몇은 아직 깨어 있었지만, 그 아이들 역시 아무 말이 없었다. 그들은 낯선 사람이 집에 온 것이 무섭고 불안해서인지, 아니면 추워서인지 바들바들 떨었다. 레이 역시 실내인데도 확실히 점점 추워지는 느낌을 받았다. 어쩌면 그 아버지는 난방에 대한 규정도 마련해놓았는지 모른다.

리아는 겨울 코트를 입고 나갔다―그 사실이 그가 그들에게서 알아낸 전부였다. 그 헐렁한 갈색 체크무늬 코트. 그도 그 코트를 알고 있었는데, 적어도 한동안은 그 옷이 그녀를 따뜻하게 지켜줄 것이다. 모건이 처음 레이를 찾아왔던 그때부터 지금까지 눈이 제법 많이 내렸다.

레이는 근무가 끝나자 집으로 돌아가 이저벨에게 자초지종을 말했다. 그러고는 다시 밖으로 나갔고 그녀는 그를 붙잡지 않았다.

한 시간 뒤 그는 성과 없이 돌아왔다. 뉴스에서는 그 겨울 처음 내린 폭설로 도로가 통제될 거라고 했다.

아침이 되자 정말로 그렇게 되었다. 그해 들어 처음으로 타운이 고립되었고, 제설차가 중심가만 겨우 치워놓아 거기만 다닐 수 있었다. 가게들은 거의 다 문을 닫았고, 리아네 가족이 사는 동네는 전기가 나갔지만 손쓸 길이 없었다. 바람 때문에 나무가 휘청휘청 구부러져 꼭 땅을 비질하는 것처럼 보였다.

주간 근무를 하는 경찰이 레이가 미처 몰랐던 것을 생각해냈다. 그는 연합교회에 다녔는데, 그가 알기로—혹은 그의 아내가 알기로—리아가 매주 목사의 아내를 도와 다림질을 했다는 것이었다. 그와 레이는 리아의 실종에 단서가 될 만한 게 있는지 알아보러 목사관으로 찾아갔지만 어떤 정보도 얻지 못했다. 잠시나마 희망이 보이던 추적은 그전보다 더더욱 절망적이 되었다.

레이는 그 아가씨가 또다른 일을 하면서 자신에게는 말하지 않았다는 사실에 약간 놀랐다. 영화관과 비교했을 때 그 직장이 대단한 사회 진출로 느껴지지는 않았지만.

그는 오후에는 눈을 좀 붙여보려 했고 가까스로 한두 시간 정도 잤다. 이저벨은 저녁을 먹으며 계속 대화를 시도했지만 어떤 주제도 오

100

래가지 않았다. 레이의 이야기는 목사관에 찾아갔던 순간으로 자꾸 되돌아갔다. 목사의 아내는 최선을 다해 도우려 했고 마음도 써주었지만 목사는 흔히 목사에게 기대할 법한 행동을 딱히 하지 않았다고 했다. 그는 한창 설교문 같은 걸 쓰는 데 열중해 있다 방해를 받은 것처럼 안절부절못하며 문을 열어주었다. 목사가 아내를 불렀고, 그러자 그녀가 와서 목사에게 그 아가씨에 대해 상기시켜주었다. 다림질을 도와주러 오던 아가씨 기억나요? 리아? 그러자 그는 바람이 들어오지 않게 문을 조금 더 닫으면서 조만간 새로운 소식이 있기를 바란다고 말했다.

"글쎄, 목사가 달리 뭘 할 수 있었겠어?" 이저벨이 말했다. "기도를 하겠어?"

레이는 그것도 나쁘지 않겠다고 생각했다.

"그래봤자 모두 당황스럽기만 하고 기도가 별 효력이 없다는 것만 밝혀졌겠지." 이저벨이 말했다. 그녀는 그가 아마 상징적인 것에 더 몰두하는 아주 현대적인 목사일 거라고 덧붙였다.

날씨야 어떻든, 일종의 수색을 해야 했다. 뒤쪽 헛간들과 몇 년 동안 사용하지 않은 낡은 마구간을 지렛대로 열었고, 리아가 숨어 지낼지도 모른다는 생각에 그곳을 샅샅이 뒤졌다. 아무것도 나오지 않았다. 지역 라디오 방송에서 그 사실을 알고 인상착의를 보도했다.

레이 생각에는 리아가 히치하이킹을 했다면 눈보라가 치기 전에 차를 얻어 탔을 텐데, 그것은 좋은 일일 수도 있고 나쁜 일일 수도 있었다.

방송에서는 리아가 평균 키보다 약간 작고—레이라면 약간 크다고 말했을 것이다—갈색 생머리라고 말했다. 그러면 검정에 가까운 아주 짙은 갈색이라고 말했을 것이다.

리아의 아버지는 수색에 참여하지 않았다. 남동생들도 마찬가지였다. 물론 그 아이들은 그녀보다 어렸으니까 어쨌거나 아버지의 허락 없이는 집밖으로 나오지 않았을 것이다. 레이가 그 집까지 걸어가 문 앞에 이르렀지만 문은 좀처럼 열리지 않았고, 아버지라는 사람은 그녀가 달아났을 거라고 말하는 수고조차 하지 않았다. 그녀에 대한 처벌은 이제 그의 손에서 신에게로 넘어가 있었다. 레이에게 들어와 몸 좀 녹이고 가라는 말도 하지 않았다. 아마 그 집은 여전히 난방을 하지 않았을 것이다.

다음날 한낮에 눈보라가 수그러들었다. 제설차가 나와 타운의 거리를 치웠다. 카운티 제설차들은 고속도로를 맡았다. 운전사들은 눈밭에 얼어죽은 시체가 없는지 잘 살피라는 주의를 들었다.

그다음날 우편배달 트럭이 눈길을 뚫고 편지 한 통을 가져왔다. 수신인은 리아의 가족 누구도 아닌 목사와 그의 아내였다. 리아에게서 온 편지였는데 그녀의 결혼 소식을 알리는 것이었다. 신랑은 재즈밴드에서 색소폰을 연주하는 목사의 아들이었다. 그 아들이 편지지 맨 밑에 "놀라셨죠"라는 말을 써놓았다. 그 사실이 보도가 되었다. 이저벨은 우체국에서 상습적으로 김을 쐬어 봉투를 열어보는 게 아니라면 다른 사람이 그걸 어떻게 알았겠느냐고 묻긴 했지만.

그 색소폰 연주자는 이 타운에서 자라지 않았다. 그가 어릴 때 그의 아버지의 부임지는 다른 곳이었다. 그리고 그 아들은 집에 찾아오는 일이 드물었다. 대부분의 사람들은 그가 어떻게 생겼는지도 설명할 수 없었을 것이다. 그는 교회에는 발걸음도 하지 않았다. 이 년 전에 그가 집으로 여자를 데려왔었다. 화장을 짙게 하고 멋을 부린 여자였다. 그녀가 그의 아내라는 소문이 돌았지만 아니었던 모양이다.

그 색소폰 연주자가 집에 왔을 때 리아가 다림질을 하느라 목사의 집에 있었던 게 몇 번이나 됐을까? 몇몇 사람들이 답을 찾아냈다. 딱 한 번이었을 것이다. 레이가 그 이야기를 들은 것은 여자들 무리만큼이나 소문이 무성한 경찰서에서였다.

이저벨은 그 이야기가 굉장하다고 생각했다. 눈이 맞아 달아난 사람들에겐 잘못이 없었다. 어쨌거나 그들이 눈보라를 일으킨 것은 아니니까.

나중에 안 일이지만 이저벨은 그 색소폰 연주자에 대해 아는 것이 조금 있었다. 언젠가 그와 우체국에서 마주쳤던 것이다. 때마침 그는 집에 와 있었고, 이저벨의 증세는 밖에 나와 돌아다녀도 될 만큼 잠깐 좋아졌을 때였다. 그녀가 주문한 레코드판이 아직 오지 않았다. 그가 그녀에게 어떤 판인지 물어서 그녀가 대답해주었는데, 어떤 판이었는지는 이제 그녀도 기억나지 않았다. 그러자 그가 자신은 다른 장르의 음악을 한다고 말했다. 그의 어떤 점 때문에 그녀는 이미 그가 이 지역 사람이 아니라고 확신했다. 그가 그녀에게 몸을 기울이는 방식, 강하게 풍기는 주시프루트 껌 냄새. 그는 목사관에 관한 말을 꺼내지 않았지만 그가 그녀에게 행운을 빌며 작별인사를 하고 떠난 다음, 다른 누군가가 그와 목사관의 연관성에 대해 말해주었다.

그녀가 아주 살짝 꼬리를 치고, 혹은 기꺼이 반기는 그의 반응을 확신하고. 레코드판이 도착하면 와서 들어보라는 공연한 제안을 하고. 그녀는 그때 자신이 그렇게 한 것을 농담처럼 가볍게 생각하고 싶었다.

그녀는 그 아가씨가 그런 생각을 하게 된 것이 레이가 영화를 통해 넓은 세상을 그려주었기 때문일지도 모른다며 레이를 놀렸다.

레이는 그 아가씨가 행방불명이었던 기간 동안 자신이 느꼈던 고적한 마음을 드러내지 않았다. 그런 감정을 느꼈다는 게 믿기지도 않았다. 물론, 실제로 어떤 일이 일어났는지 알게 되자 한결 마음이 놓였다.

하지만 그녀는 떠났다. 그다지 특이하지 않은 방식으로, 희망이 전혀 없지는 않은 방식으로, 그녀는 떠나버렸다. 어처구니없게도, 그는 기분이 나빴다. 그녀의 삶에도 또다른 면이 있다는 사실을, 그녀가 그에게 넌지시라도 알려줄 수 있었을 것처럼.

그녀의 부모와 다른 아이들도 곧 떠났고, 그들이 어디로 갔는지 아무도 모르는 것 같았다.

목사는 은퇴했지만 그들 부부는 타운을 떠나지 않았다.

그들은 살던 집에서 계속 살 수 있었다. 그 집은 이제 더는 목사관이 아니었지만 여전히 그렇게 불리곤 했다. 새로 부임한 목사의 젊은 아내가 원래 목사관에 몇 가지 트집을 잡았고, 교회 관계자들은 목사관을 수리하느니 새로 지어서 그녀가 더이상 불평을 못하게 하는 게 좋겠다고 결론을 내렸다. 그때 그 연로한 목사가 원래 목사관을 헐값에 구입했다. 그 목사관에는 음악가인 아들과 그의 처가 자식들을 데리고 찾아올 때 쓰는 방이 있었다.

아들 부부는 자식을 둘 두었고, 그 아이들이 태어났을 때 신문에 이름이 실렸다. 첫째는 아들이었고 그다음엔 딸이었다. 가끔 아이들이 찾아왔는데 대개 리아 혼자 데리고 왔다. 아이들의 아버지는 춤이나 뭐 그런 것 때문에 바빴다. 그 당시에는 레이도 이저벨도 그들과 마주친 적이 없었다.

이저벨은 병세가 호전되었다. 거의 정상으로 돌아왔다. 그녀의 요리 솜씨가 아주 뛰어나 두 사람 다 몸무게가 늘어나자, 그녀는 요리를 그만두거나 적어도 맛좋은 고급 요리를 만드는 횟수를 줄여야 했다. 그녀는 타운에 사는 다른 여자들과 고전을 읽고 토론하는 모임을 가졌다. 모임의 취지를 제대로 이해하지 못한 몇 명이 빠져나가긴 했지만, 그들만 제외하면 모임은 놀라울 정도로 성공적이었다. 이저벨은 모임 사람들이 늙고 가련한 단테에게 딴죽을 걸 때는 하늘에서 난리가 나겠다며 웃어댔다.

그러던 어느 날 이저벨이 약간 현기증을 느꼈는데, 혹은 어지러워 쓰러질 뻔했는데, 병원에 찾아가지 않고 버티다가 기어코 레이가 벌컥 화를 내자 자기가 이렇게 병이 든 것은 레이의 성질 때문이라고 억지를 부렸다. 그녀가 사과를 하고 그들은 화해했지만, 그녀의 심장 상태는 영 좋지 않았다. 그들은 레이가 없을 때 그녀 곁을 지켜줄 간호조무사를 고용해야 했다. 다행히 융통할 수 있는 돈—그녀는 유산을 받았고 그는 봉급이 조금 인상되었다—이 조금 생겼지만 레이는 계속 야간 근무를 하겠다고 했다.

어느 여름날 아침 집으로 돌아오는 길에 그는 가져갈 우편물이 있는지 확인하려고 우체국에 들렀다. 어떤 때는 그때쯤 우편물 분류 작업이 끝나 있었고, 어떤 때는 그렇지 않았다. 그날 아침에는 그렇지 않았다.

그때 환한 아침햇살을 받으며 보도 위에서 리아가 그를 향해 걸어오고 있었다. 그녀는 두 살 된 여자아이를 태운 유모차를 밀고 있었고 아이는 다리로 금속 발판을 툭툭 치고 있었다. 또 한 아이는 얌전하게 주변을 구경하면서 어머니의 스커트를 꼭 잡고 있었다. 실제로는 오렌지색 긴 바지였지만. 위에는 꼭 속옷처럼 생긴 낙낙한 흰색 상의를 입고 있었다. 그녀의 머리카락은 예전보다 더 윤기가 흘렀다. 그녀는 전에는 그가 한 번도 본 적 없는 미소를 짓고 있었는데, 그 미소는 그를 기쁨에 흠뻑 젖게 해주는 것 같았다.

그녀는 이저벨의 새 친구들 중 하나라고 할 수도 있을 것 같았다. 그 친구들이란 대체로 젊은 사람들이거나 최근에 타운에서 살게 된 사람들이었다. 하지만 이 새롭고 밝은 시대에서 떠밀리듯 쫓겨난, 더 연로하고 더 신중한 주민도 몇몇 있었다. 이제 그들이 기존에 가졌던 가치관은 버려지고 그들의 언어는 딱딱하고 투박한 언어로 치부되고 있었다.

그는 우체국에 신간 잡지가 하나도 도착하지 않아 허탕을 치고 나오던 길이었다. 그 잡지가 지금의 이저벨에게 큰 의미가 있는 것은 아니었다. 한때 그녀는 잡지를 섭렵하는 재미로 살았는데, 하나같이 진지하고 생각을 자극하는 잡지였지만 위트 있는 만화가 실려 있어서 그녀를 웃게 만들었다. 모피와 보석 광고조차 그녀를 웃게 만들었고, 그는 그런 것이 지금도 그녀에게 생기를 불어넣어주기를 바랐다. 이제 적어도 그는 그녀와 대화할 거리가 생겼다. 리아에 대해.

리아는 처음 듣는 목소리로 그를 반겼고, 그녀가 다 커서—그녀의 표현에 따르면—사실상 아줌마가 되었는데도 그가 자신을 알아봤다는 사실에 놀란 것처럼 반응했다. 그녀가 꼬마 여자아이를 소개했는데, 그 아이는 고개도 들지 않고 규칙적으로 금속 발판만 계속 툭툭 치고 있었다. 남자아이는 먼 곳을 쳐다보며 뭐라고 웅얼거리고 있었다. 그녀는 남자아이가 그녀의 옷을 놓으려 하지 않자 아이를 놀려주었다.

"지금 우리는 길을 건넜어, 사랑하는 내 아가들아."

남자아이의 이름은 데이비드였고 여자아이의 이름은 셸리였다. 신문에 실렸던 그 이름들이 레이의 기억 속에 남아 있지는 않았다. 두 이름 모두 유행을 따른 것 같았다.

그녀는 남편의 부모와 함께 지낸다고 했다.

그저 잠깐 놀러온 것이 아니었다. 그들과 함께 지내는 것이었다. 그는 나중에야 그 생각이 났지만, 어쨌거나 그 말은 아무 의미도 없었을 것이다.

"우체국에 가는 길이에요."

그는 그녀에게 자신도 우체국에서 오는 길인데 아직 우편물 분류 작업이 끝나지 않았더라고 했다.

"저런, 어쩌나. 아빠한테서 편지가 왔을 것 같았는데, 그렇지, 데이비드?"

남자아이가 그녀의 옷을 다시 꼭 쥐었다.

"우체국 사람들이 분류 작업을 끝낼 때까지 기다리자." 그녀가 말했다. "아마 편지가 와 있을 거야."

그녀가 레이와 아직 헤어지고 싶어하지 않는다는 것이 느껴졌다. 레이도 아직은 그러고 싶지 않았지만 떠오르는 말은 이 말뿐이었다.

"나는 약국에 가는 길이에요." 그가 말했다.

"오, 그래요?"

"아내의 약을 받아와야 해서요."

"아, 아내분이 아프지 않으면 좋을 텐데요."

그 순간 그는 자신이 배신자처럼 느껴져 조금 무뚝뚝하게 말했다. "아니요. 그렇게 심각한 건 아니에요."

그때 그녀가 레이의 뒤쪽을 보면서 조금 전 그를 반겼던 것과 똑같은 밝은 목소리로 다른 누군가에게 인사를 건넸다.

아내가 최신식 집을 요구했다는, 새로 부임한 혹은 부임한 지 얼마 되지 않은 연합교회 목사였다.

그녀가 두 남자에게 서로 아는지 묻자 그들은 그렇다고, 서로 안다고 대답했다. 두 사람의 말투에서 잘 아는 사이는 아니라는 느낌이 풍겼는데, 그런 사이인 것이 다행이라는 마음도 엿보였다. 레이는 목사의 목에 성직자들이 두르는 흰색 칼라가 없다는 것을 알아차렸다.

"아직 잡혀갈 만한 위법행위는 하지 않았어요." 목사가 말했는데, 더 유쾌하게 말했어야 했다는 아쉬움이 느껴졌다. 그는 레이와 악수를 했다.

"오늘은 정말 행운의 날인데요." 리아가 말했다. "목사님께 여쭤보고 싶은 게 있었는데 여기서 만나게 되다니요."

"물어보세요." 목사가 말했다.

"주일학교에 대한 거예요." 리아가 말했다. "고민중인데요. 여기 한창 커가는 이 두 아이를 언제쯤 주일학교에 보내야 하고 어떤 절차를 밟아야 하는지 궁금해서요."

"아, 그렇군요." 목사가 말했다.

레이는 목사가 공적인 임무를 공개적인 자리에서 하는 것을 좋아하지 않는 사람임을 눈치챘다. 말하자면, 길거리로 나와서는 이런 이야기를 하고 싶어하지 않는 사람. 하지만 목사는 그런 불편한 마음을 최대한 잘 숨겼고, 리아 같은 외모의 여자와 이야기를 나눴으니 보상은 되었을 것이다.

"따로 이야기를 해봐야겠군요." 그가 말했다. "언제든 약속을 잡아보지요."

레이가 가봐야겠다고 했다.

"만나서 반가웠어요." 그가 리아에게 말했고 성직자에게도 목례를 했다.

레이는 두 개의 새로운 정보를 가지고 그 자리를 떴다. 자식들을 주일학교에 입학시키려는 걸 보면 리아가 당분간 여기 머물 계획이라는 것. 그녀가 자라면서 믿게 되었던 종교가 그녀의 사고방식에서 완전히 사라진 건 아니라는 것.

그는 그녀와 다시 마주치기를 바랐지만 그런 일은 일어나지 않았다.

그가 집으로 돌아와 이저벨에게 그때 그 아가씨가 얼마나 달라졌는지 이야기하자 그녀는 "어디서나 들을 수 있는 뻔한 이야기 같아"라고 말했다.

이저벨은 그가 커피를 사오기를 기다리고 있었기 때문에 약간 심통이 난 것 같았다. 간호조무사는 아홉시나 되어서야 왔고, 화상을 입을 뻔한 사고 이후 이저벨이 혼자 커피를 만드는 것은 금지였다.

크리스마스가 가까워지면서 그녀의 건강이 악화되고 몇 번 큰일을 당할 뻔하자 레이는 휴가를 냈다. 그들은 전문의들이 있는 도시로 갔다. 이저벨은 즉시 병원에 입원했고, 레이는 다른 지역에서 온 환자의 가족에게 제공되는 방 하나를 쓸 수 있었다. 갑자기 그의 일이 줄어버렸다. 날마다 이저벨의 병실로 찾아가 한참 동안 머물면서 그녀가 다양한 치료에 어떻게 반응하는지 주시하는 것으로. 처음에 그는 과거에 대한 활기찬 이야기나 그가 병원에서 관찰한 것, 잠깐 본 다른 환자들에 대한 이야기를 하면서 그녀의 주의를 다른 데로 돌리려 했다. 날씨가 어떻든 그는 거의 하루도 빠짐없이 산책을 했고, 그녀에게 그런 이야기도 전부 해주었다. 신문을 가져가 그녀에게 읽어주기도 했다. 마침내 그녀가 말했다. "당신은 정말 좋은 사람이야, 여보. 하지만 이제 난 다된 것 같아."

"뭐가 다돼?" 그의 반박에도 그녀는 말했다. "제발." 그뒤부터 그는 병원 도서관에서 빌려온 책을 혼자 묵묵히 읽었다. 그녀가 말했다. "내가 눈을 감고 있어도 걱정하지 마. 당신이 거기 있다는 걸 아니까."

그녀가 집중치료실에서 나와 그녀와 상태가 어느 정도 비슷한 여자 네 명과 같이 쓰는 병실로 옮긴 지는 좀 되었다. 그 병실의 한 여자는 기운을 차리면 이따금 "우리에게 키스해줘요"라며 레이에게 소리를 질렀다.

그러던 어느 날 그가 병실에 들어섰는데 이저벨의 침대에 다른 여자가 누워 있었다. 순간적으로 그는 그녀가 죽었는데 아무도 그에게 알려주지 않은 거라고 생각했다. 하지만 대각선에 있는 침대에 누운 입바른 환자가 소리쳤다. "위층으로 옮겼어요." 그 여자의 목소리에는 기쁨이 혹은 승리감이 묻어 있었다.

그 말은 사실이었다. 그날 아침 이저벨이 일어나지 못해 다른 층 병실로 옮겨진 것이다. 호전될 가능성은 없지만—이전 병실에 있던 환자들보다도 더 가망이 없지만—죽음을 거부하는 환자들을 모아두는 곳 같았다.

"댁에 돌아가 계시는 게 좋겠습니다." 병원에서 그에게 말했다. 무슨 변화가 생기면 바로 연락을 주겠다고 했다.

그러는 게 좋을 것 같았다. 우선 그는 보호자 숙소에 머물 수 있는 시간을 다 써버렸다. 메이벌리 경찰서에서 받은 휴가도 받은 날짜 이상으로 써버렸다. 지금 그가 할 일은 돌아가는 거라고, 모든 신호가 말하고 있었다.

하지만 그는 도시에 남았다. 병원에서 잡역부로 일하면서 청소를 하고 정리를 하고 걸레질을 했다. 그리 멀지 않은 곳에 꼭 필요한 가구만 있는 아파트도 구했다.

집으로 돌아가긴 했지만 잠시 동안이었다. 그는 도착하자마자 집과 가재도구를 팔기 위한 조치를 취했다. 부동산 중개업자들에게 일을 다 맡기고 되도록 빨리 손을 털었다. 그는 누구에게도 어떤 것도 설명하고 싶지 않았다. 그곳에서 일어났던 그 어떤 일에 대해서도 마음을 쓰지 않았다. 타운에서 보낸 세월과 그가 타운에 대해 알고 있던 모든 것이 그에게서 빠져나가는 것 같았다.

레이는 타운에 있는 동안 연합교회 목사와 관련된 스캔들에 대해 들었다. 그가 간통을 저지르고 아내와 이혼하려 한다는 내용이었다. 교구 주민과 간통을 하는 것은 아주 나쁜 일이었지만, 목사는 그것을 쉬쉬하고 슬그머니 달아나 새 삶을 살거나 내륙의 버려진 지방 교구로

가서 목사직을 계속하는 대신 설교단에서 비난을 받기로 결심했다. 그가 한 것은 고백 이상이었다. 그는 모든 것이 위선이었다고 말했다. 완전히 믿지도 않는 복음서와 십계명을 벙긋거렸다고. 사랑과 섹스에 대한 자신의 설교나 관습적이고 소극적이고 회피적이었던 조언 또한 죄다 엉터리였다고. 그는 이제 자유를 얻은 사람이었다. 그는 영혼의 삶과 더불어 육체의 삶을 즐길 수 있게 되어 얼마나 좋은지 모르겠다고 거침없이 말했다. 그를 그렇게 만들어준 여자는 리아 같았다. 레이가 듣기로, 그녀가 얼마 전 자신을 데리러 온 음악가 남편을 따라가지 않았다고 했다. 남편은 그 탓을 목사에게 돌렸지만 그가 워낙에 술꾼이어서 아무도 그의 말을 믿어야 할지 말아야 할지 몰랐다고 한다. 하지만 그의 어머니는 아들의 말을 믿었던 것 같다. 리아를 쫓아내고 아이들을 그녀에게 넘겨주지 않았으니까.

레이에게는 그 모든 것이 구역질나는 잡담처럼 느껴졌다. 간통과 술꾼과 스캔들─누가 옳고 누가 그르냐고? 그게 무슨 상관이겠는가? 그 어린 아가씨도 자라서 다른 여자들처럼 멋을 부리는 여자, 매력 있는 여자가 되었을 뿐이다. 중요한 것에 대해서는 무신경하고 자극적인 것만 찾아 날뛰는 사람들의 시간 낭비이자 인생 낭비.

물론, 그가 이저벨에게 이야기를 들려줄 수 있었던 시절에는 모든 것이 달랐다. 이저벨이 답을 찾아내려 했기 때문이 아니라, 그녀에게 말하면 그가 설명한 것에 더 많은 의미가 함축되어 있는 것처럼 느껴졌기 때문이었다. 그러면 그녀는 웃으면서 대화를 끝냈다.

그는 새로운 직장 사람들과 잘 지냈다. 볼링 모임에도 초대를 받았는데, 그는 고맙지만 시간이 없다고 말했다. 실제로는 시간이 많았지만 이저벨에게 써야 했다. 변화는 없는지, 들어야 할 설명은 없는지 계속 곁을 지켜야 했다. 어떤 것도 그냥 흘려보내지 않았다.

"이름이 이저벨이에요." 간호사들이 "자, 부인"이라거나 "자, 아주머니, 이제 가볼까요"라고 말하면 그가 다시 일러주곤 했다.

그러다 그는 그들이 그녀를 그렇게 부르는 것에 익숙해졌다. 그리고 결국 변화가 일어났다. 이저벨에게서가 아니라 그 자신에게서.

한동안 그는 하루에 한 번씩 그녀를 찾아갔다.

그러다 이틀에 한 번꼴로 찾아갔다. 그러다 일주일에 두 번.

사 년. 그는 기록에 남을 만한 시간이라고 생각했다. 그가 그녀를 돌봐주는 사람들에게 그렇지 않으냐고 묻자 그들은 "뭐, 거의 그렇죠"라고 대답했다. 그들은 뭐든 얼버무려 말하는 습관이 있었다.

그녀가 생각을 하고 있을 거라는 그 악착같던 생각을 그는 이미 버렸다. 그녀가 눈을 뜰 거라는 기다림은 이제 없었다. 다만 문제는 그가 그녀를 거기 혼자 두고 떠날 수 없다는 데 있었다.

그녀는 앙상하게 야윈 여자의 몸이었다가 그냥 어린아이도 아닌, 주먹만한 머리에 뼈만 남아 흉측하고 볼품없는 모습으로 변해갔다. 불규칙한 호흡 때문에 당장에라도 죽을 것만 같았다.

병원과 연결된, 재활과 운동에 쓰이는 큰 방들이 있었다. 그가 가는 시간대에는 대체로 그 방들에 아무도 없었다. 장비는 전부 치워져 있고 전등도 꺼져 있었다. 어느 밤, 어떤 연유에서인지 그는 평소와는 다른 길로 건물을 통과해 귀가하고 있었다. 그러다 불이 켜져 있는 것을 보았다.

　그가 살펴보러 갔을 때 그 방에 아직 누군가가 있었다. 여자였다. 그녀는 빵빵하게 바람을 넣은 짐볼에 두 다리를 벌리고 앉아 그냥 가만히 쉬고 있었다. 어쩌면 다음에 뭘 하려고 했었는지 기억을 더듬고 있었는지도 모른다.

　리아였다. 처음에는 그녀를 알아보지 못했지만 다시 보니 리아였다. 그 여자가 리아인 것을 알았다면 아마 들어가지 않았겠지만, 지금 그는 전등을 끄는 자신의 소임을 어중간하게 하다 말았다. 그녀가 그를 보았다.

　그녀가 앉은 자리에서 주르륵 미끄러졌다. 그녀는 정말로 운동을 할 생각으로 운동복을 입은 것 같았고, 살이 상당히 쪄 있었다.

　"언젠가 한번은 당신과 마주칠 거라고 생각했어요." 그녀가 말했다. "이저벨은 어때요?"

　리아가 잘 알고 지내는 사이처럼 이저벨을 이름으로 부르는 것에, 혹은 이저벨에 대한 이야기를 한다는 사실에 그는 조금 놀랐다.

　그가 이저벨의 상태에 대해 간단히 말해주었다. 지금으로서는 간단히 말할 수밖에 없었다.

　"그녀에게 말을 걸어주나요?" 그녀가 물었다.

　"지금은 그다지요."

　"어머, 걸어줘야죠. 말을 시키는 것을 그만둬서는 안 돼요."

　그녀는 언제부터 자기가 세상만사에 대해 많이 안다고 생각하게 됐을까?

　"당신은 나를 만난 게 놀랍지 않은가봐요? 아마 누가 말해줬나보죠?" 그녀가 물었다.

그는 어떻게 대답해야 할지 알 수 없었다.

"글쎄." 그가 말했다.

"난 당신이 여기 있다는 말을 들은 지 꽤 됐어요. 그래서 내가 여기 있다는 걸 당신도 알 거라고 생각했나봐요."

그는 몰랐다고 했다.

"나는 레크리에이션을 지도해요." 그녀가 그에게 말했다. "암환자들에게요. 그들에게 그럴 힘이 남았다면 말이죠."

그는 좋은 아이디어 같다고 말했다.

"아주 좋아요. 나한테도요. 나는 제법 잘 지내지만 가끔은 힘들어요. 특히 저녁 시간에요. 기분이 이상해지는 게 바로 그때예요."

그녀는 자기가 하고 있는 말을 그가 잘 알아듣지 못하고 있다는 사실을 깨닫자 기꺼이—아마도 열심히—알려주려 했다.

"난 이제 아이들도 없으니까요. 애들 아빠가 데려간 거 몰랐어요?"

"몰랐어요." 그가 말했다.

"아, 뭐. 남편 어머니가 애들을 보살필 수 있다고 판단했나봐요. 정말로요. 그 사람은 알코올중독자 모임까지 나가니까 그 사람 어머니가 없었다면 그런 판결은 내리지 않았겠죠."

그녀가 코를 훌쩍이며 아무렇게나 쓱 눈물을 훔쳤다.

"당황하지 마요. 보이는 것처럼 나쁘지는 않으니까. 그냥 저절로 눈물이 나요. 평생 울 것만 아니라면 우는 것도 나쁘지 않아요."

알코올중독자 모임에 나가는 그 남자가 색소폰 연주자일 것이다. 그렇다면 그 목사와 그때 그 사건은 어떻게 된 거지?

그가 그 질문을 소리 내어 말하기라도 한 것처럼 그녀가 말했다. "오, 그때. 칼이요. 그 사건은 정말로 큰 사건이었죠? 내 정신 상태를 검사받았어야 했을 정도니까. 칼은 재혼했어요." 그녀가 말을 이었다. "그러고 나서 그 사람도 더 나아졌죠. 나한테 어떤 감정을 가졌건 그 상황은 넘겼으니까요. 일이 정말 재미있게 되었어요. 그 사람이 다른 목사하고 결혼했거든요. 지금은 여자도 목사가 될 수 있는 거, 당신도 알죠? 그 사람 부인이 여자 목사예요. 그러니까 그는 목사의 집사람 같은 존재인 거죠. 그 사실이 정말로 웃겨요."

이제 눈물은 말랐고, 그녀는 웃고 있었다. 그는 더 많은 일이 다가오고 있다는 것을 알았지만 그것이 무엇인지는 짐작할 수 없었다.

"여기 온 지 제법 됐겠네요. 사는 곳은 있어요?"

"네."

"혼자 저녁도 해 먹고 그러나요?"

그는 그렇다고 대답했다.

"내가 가끔 저녁을 차려줄게요. 괜찮은 생각이죠?"

그녀가 밝아진 눈빛으로 그를 가만히 응시했다.

그는 그런 것 같네요, 하고 말했지만 사실 그가 사는 곳은 한 번에 한 명 이상이 돌아다닐 만한 공간이 없었다.

그리고 그는 며칠 동안 이저벨에게 가보지 않아서 지금 가봐야 할 것 같다고 말했다.

그녀가 알았다는 의미로 고개를 까딱했다. 그녀는 감정을 다친 것 같지도 않고 실망한 것 같지도 않았다.

"또 만나요."

"또 봐요."

그들은 사방을 돌아다니며 그를 찾았다. 마침내 이저벨이 떠났다. 그들은 마치 그녀가 일어나 나가버린 것처럼 "떠났다"고 말했다. 한 시간 전에 누군가 그녀의 상태를 확인했을 때만 해도 평소와 같았는데 지금 그녀는 떠나버렸다.

그렇게 되면 어떤 변화가 일어날지, 그는 종종 궁금했었다.

그녀의 빈자리는 어마어마했다.

그는 놀라서 간호사를 쳐다보았다. 간호사는 그가 이제 어떻게 하면 되는지 묻는 거라 생각하고 그것을 일러주기 시작했다. 상세히 알려주었다. 간호사의 말은 잘 이해되었지만, 그는 여전히 정신이 나간 느낌이었다.

이미 오래전부터 그는 이저벨이 그렇게 되었다고 생각하며 살아왔다. 하지만 그렇지 않았다. 지금까지는 아니었다.

그녀는 줄곧 존재해왔지만 이제는 그렇지 않았다. 사라졌다. 존재한 적조차 없는 것처럼. 사람들은 현명하게 잘 처리하면 이 충격적인 사실을 극복할 수 있을 것처럼 부산스레 돌아다녔다. 그 역시 관습을 따르며 서명하라는 곳에 서명을 했고, 그들의 말대로 유해를 처리하기 위한 조치를 취했다.

'유해遺骸'라니 얼마나 굉장한 말인가. 찬장에 남겨져 켜켜이 그을음을 묻히며 말라간 무언가처럼.

그는 곧 밖으로 나와 여느 사람들과 마찬가지로, 한 발 한 발 내디딜 평범하고 그럴듯한 이유가 있는 것처럼 걸음을 옮겼다.

지금 그에게 있는 것, 그가 지닌 것은 오직 결핍뿐이었다. 산소 결핍이나 심폐기능의 결핍 같은 그런 것. 그 증상은 영원히 지속될 것 같았다.

예전에 그와 이야기를 나누었던 아가씨, 한때 그가 알았던 그 여자—그녀가 그녀의 아이들에 대해 말했었다. 아이들을 상실한 것에 대해. 그 사실에 익숙해지는 것에 대해. 저녁때가 되면 겪는 괴로움에 대해.

상실 전문가, 그녀를 그렇게 불러도 좋으리라. 그녀와 비교하면 그는 초보였다. 지금 그는 그녀의 이름이 기억나지 않았다. 예전에 그렇게 잘 알고 있었던 그녀의 이름을 상실했다. 상실한다, 상실되었다. 그를 놀리고 싶다면, 놀려라.

그가 집에 다 와서 계단을 올라가는데 그녀의 이름이 떠올랐다.

리아.

그녀의 이름을 기억해낸 순간, 이루 말할 수 없는 안도감이 그를 감쌌다.

자갈

그때 우리는 자갈 채취장 옆에 살았다. 괴물 같은 기계가 파놓은, 그리 크지 않은 채취장. 작지만 어느 시절 어느 농부가 제법 돈을 벌었음직한 채취장 옆에. 사실 채취장은 무언가 다른 목적으로 만들어지지 않았을까 생각될 만큼 얕았다. 예컨대 짓다 만 집의 토대처럼.

그 사실을 자꾸 일깨우는 사람이 바로 내 어머니였다. "우리는 주유소 길에서 가까운 예전 자갈 채취장 옆에 살아요." 어머니는 그렇게 말하며 웃었다. 이전의 삶과 연관된 모든 것, 옛집과 그 길—그 남편—과 연관된 모든 것에서 벗어난 것이 행복했기 때문이었다.

나는 그때의 삶이 잘 생각나지 않는다. 그러니까 부분 부분은 선명하게 기억나지만 제대로 된 그림을 완성하려면 필요한 연결 고리가 빠져 있다. 타운에 있던 옛집에 대해 기억나는 거라곤 내 방의 테디베어

벽지뿐이다. 나와 언니 카로는 새집에서—실제로는 트레일러였다— 좁은 간이침대 두 개를 이층으로 쌓아 사용했다. 우리가 처음 그리로 이사했을 때 카로는 내게 옛날 집에 대해 많은 이야기를 해주면서 이 런저런 것들을 기억하게 하려 애썼다. 카로는 침대에서 그런 이야기를 꺼내곤 했고 대화는 대체로 내가 기억을 해내지 못해 카로가 삐치는 것으로 끝났다. 이따금 기억이 나는 것도 있었지만, 나는 심술을 부리 느라 혹은 잘못 알았을까 두려워 모르는 척했다.

우리가 트레일러로 이사한 것은 여름이었다. 우리는 키우던 개를 데 리고 왔다. 블리치. "블리치가 여길 정말 좋아하는구나." 어머니가 말 했고 그건 사실이었다. 아무리 잔디밭이 넓고 집이 크다고 한들, 타운 의 거리를 탁 트인 넓은 시골과 바꾸지 않을 개가 어디 있겠는가? 블리 치는 그 길이 자기 소유인 양 차가 지나갈 때마다 컹컹 짖었고, 이따금 다람쥐나 마못을 사냥해서 물고 왔다. 처음에 카로는 적잖이 당황했지 만 닐이 카로를 앉혀놓고 개의 본성과 먹고 먹히는 먹이사슬에 대해 알려주었다.

"블리치는 사료를 먹잖아요." 카로가 반박하자 닐이 말했다. "사료 가 없으면? 언젠가 우리 모두 사라지고 블리치 혼자 살아가야 한다고 생각해봐."

"난 안 그래요." 카로가 말했다. "안 사라질 거예요. 언제나 블리치 를 돌볼 거라고요."

"그렇게 생각하니?" 닐이 말했다. 어머니가 끼어들어 그의 말을 다 른 데로 돌렸다. 닐은 미국 사람들과 원자폭탄에 대해 언제든 말할 준 비가 되어 있었다. 하지만 어머니는 우리가 아직 준비가 되어 있지 않다고 생각했다. 어머니는 몰랐겠지만 닐이 그 이야기를 꺼낼 때 나는 그가 원자 빵* 이야기를 하는 줄 알았다. 내가 뭔가 잘못 알고 있는 것 같기는 했지만 질문을 해서 웃음거리가 되고 싶지는 않았다.

닐은 배우였다. 타운에 전문 배우들이 여름에만 공연하는 극장이 있었는데, 당시 새로 생긴 것이었다. 어떤 사람들은 열광했지만, 어떤 사람들은 쓰레기 같은 인간들이 꼬이지는 않을까 걱정했다. 어머니와 아버지는 좋게 생각하는 쪽에 속했고, 시간이 많은 어머니가 좀더 적극적이었다. 아버지는 보험설계사라 많이 돌아다녀야 했다. 어머니는 극장 기금을 모으기 위한 온갖 계획을 짜느라 분주했고, 자원해서 좌석 안내원으로 일했다. 어머니는 배우로 오해를 살 만큼 예쁘고 젊었다. 숄을 두르고 롱스커트에 주렁주렁 목걸이를 하고 배우처럼 옷을 입기 시작했다. 머리는 자라는 대로 내버려두었고 화장은 하지 않았다. 물론 그때 나는 그런 변화에 대해 알지 못했고, 딱히 눈치채지도 못했다. 어머니는 그냥 어머니였다. 하지만 카로는 눈치챈 것이 분명했다. 아버지도 그랬을 것이다. 하지만 내가 아는 아버지의 성격과 어머니를 향한 감정으로 미루어 짐작건대, 아버지는 어머니를 자랑스러워했을 것이다. 자유로운 스타일의 어머니가 얼마나 멋진지, 그녀가 극장 사람들과 얼마나 잘 어울리는지. 나중에 그 시절을 회상할 때면, 아버지는 자신이 늘 예술을 지지하는 사람이었다고 말했다. 이제는 나도 알 것 같다. 아버지가 어머니의 극장 친구들 앞에서 그런 선언을 했다면 어머니가 얼마나 당황했을지. 어머니는 움츠러들었을 테고, 그 모습을

---

* atomic bun. 원자폭탄(atomic bomb)과 발음이 유사하다.

애써 웃음으로 감추었겠지.

그리고 충분히 예측할 수 있었던, 아마도 예측했던 상황이 벌어졌다. 아버지만은 예측하지 못했지만. 자원해서 일했던 다른 사람들에게도 그런 사건이 일어났는지는 모르겠다. 다 기억나지는 않지만 나는 아버지가 울면서 온종일 집안 여기저기 어머니를 쫓아다닌 것을 알고 있다. 어머니를 시야에서 놓치지 않으려고, 어머니가 한 말을 차마 믿지 못해서. 하지만 어머니는 아버지의 마음을 달래주기는커녕 아버지를 더 힘들게 하는 말을 했다.

어머니는 뱃속의 아기가 닐의 아이라고 했다.

어머니는 확신했을까?

물론이었다. 어머니는 그런 날짜에 철저했다.

그러고 나서는?

아버지는 울음을 멈추었다. 그는 직장으로 돌아가야 했다. 어머니는 닐이 찾아낸 트레일러에서 그와 함께 살려고 우리를 데리고 짐을 챙겨 시골로 떠나왔다. 나중에 말하길 그때 어머니도 울었다고 했다. 하지만 살아 있다는 느낌 또한 들었다고 했다. 아마도 살면서 처음으로, 진정 살아 있다는 느낌이 들었다고. 어머니는 기회를 얻은 것 같았다. 인생을 완전히 새롭게 다시 시작했다. 은제 식기와 자기 그릇과 집을 예쁘게 꾸밀 계획과 꽃밭과 심지어 책장에 꽂아둔 책까지 다 두고 떠나왔다. 그녀는 이제 책을 읽지 않으며 살아갈 것이다. 옷은 옷장에 그대로 걸어둔 채로, 하이힐에는 구둣골을 넣어둔 채로 떠나왔다. 다이아몬드 반지와 결혼반지도 서랍장 위에 올려두었다. 실크 나이트드레스도 서랍 안에 두었다. 날씨만 따뜻하다면 어머니는 시골에서 적어도 얼마 동안은 알몸으로 지낼 생각이었다.

하지만 뜻대로 되지는 않았다. 어머니가 그렇게 하자 카로는 침대로 숨어버렸고 닐마저 영 시큰둥했던 것이다.

그는 이 모든 것에 대해 어떻게 생각했을까? 닐 말이다. 나중에 그가 얘기해준 바로는 어떤 일이 일어나든 기꺼이 받아들인다는 것이 그의 철학이었다. 모든 것이 선물이야. 주는 만큼 받는 거지.

나는 그런 말을 하는 사람을 의심하는 편이지만 내게 의심할 자격이 있는지는 모르겠다.

사실 그는 배우가 아니었다. 시험 삼아 연기에 도전한 거라고 그는 말했다. 스스로에 대해 무엇을 발견할 수 있는지 알아보고 싶었다고. 자퇴하기 전, 그는 대학에서 〈오이디푸스왕〉을 공연할 때 코러스를 맡았다. 좋았던 시절이었다. 자신을 내던지고 타인과 어울리던 그 시절. 그러던 어느 날 그는 토론토 거리에서 한 친구와 마주쳤다. 친구는 작은 타운에 새로 생긴 극장으로 여름 일자리를 구하러 가는 길이었다. 달리 할 일도 없던 터라 친구를 따라갔다가 친구는 일자리를 구하지 못하고 오히려 그가 구했다. 그는 뱅쿼* 역을 맡았다. 극장 사람들은 때에 따라 뱅쿼 유령을 보이게도 설정했고 안 보이게도 했다. 이번 공연에서는 보이는 뱅쿼였고, 그 역에 닐이 딱이었다. 완벽한 체격. 형체를 갖춘 유령.

---

* 셰익스피어의 『맥베스』에 나오는 맥베스의 동료 장군. 맥베스가 보낸 자객에게 살해된다.

내 어머니가 느닷없이 그의 앞에 나타나기 전에도, 어쨌거나 그는 우리 타운에서 겨울을 보낼 생각이었다. 이미 점찍어둔 트레일러도 있었다. 그는 극장 수리를 맡아도 될 만큼 목수 일에 경험이 있어서 충분히 겨울을 날 수 있었다. 그가 생각했던 것은 거기까지였다.

카로는 전학을 갈 필요도 없었다. 자갈 채취장과 나란히 난 짧은 시골길 끝에서 스쿨버스가 카로를 태워 갔다. 카로는 시골 아이들과 친구가 되어야 했고 작년까지 친구였던 타운의 아이들에게는 어쩌면 설명을 해야 했을 것이다. 하지만 그것 때문에 힘들었다고 해도 카로가 내게 그런 말을 한 적은 없었다.

블리치는 늘 길가에서 카로가 돌아오기를 기다렸다.

나는 유치원에 가지 않았는데 어머니에게 차가 없었기 때문이었다. 다른 아이들과 놀지 못해도 상관없었다. 카로가 집에 오면 그것으로 충분했다. 가끔은 어머니가 놀아주기도 했다. 그해 겨울 첫눈이 오자마자 어머니와 나는 함께 눈사람을 만들었다. 어머니가 "닐이라고 부를까?"라고 물어서 나는 그러자고 했고, 우리는 이것저것 갖다 붙여 눈사람을 우스꽝스럽게 만들었다. 그리고 닐의 차가 오는 게 보이면 내가 밖으로 뛰쳐나가 닐이 왔어, 닐이 왔어! 하고 외치며 눈사람을 가리키기로 했다. 나는 계획대로 했다. 그런데 닐이 차에서 내리며 불같이 화를 내더니, 내가 차에 치일 수도 있었다고 소리를 질렀다.

닐이 아버지처럼 행동하는 것을 본 몇 안 되는 경우가 그때였다.

타운에서는 땅거미가 지면 불이 켜졌기 때문에 나는 해가 짧은 겨울날이 이상하게 느껴졌다. 하지만 아이들은 변화에 잘 적응한다. 이따금 나는 우리가 살던 옛집이 궁금했다. 그 집이 딱히 그립다거나 거기서 다시 살고 싶은 건 아니었고, 그저 그 집이 어떻게 되었는지 궁금했을 뿐이다.

어머니와 닐의 즐거운 시간은 한밤중까지 이어졌다. 나는 자다 깨서 화장실에 가고 싶으면 어머니를 불렀다. 어머니는 기꺼이 와주었지만 서두르지는 않았다. 몸에 천이나 스카프 같은 것을 두르고 있었는데, 내게 촛불과 음악을 연상시키는 냄새를 풍겼다. 그리고 사랑도.

얼마간 불안감을 일으키는 사건이 일어났지만 그때 나는 그 사건에 대해 깊이 생각해보지 않았다. 우리 블리치, 그 암캐는 덩치가 크지 않았지만 카로가 코트 안에 품을 만큼 작았던 것 같지도 않다. 카로가 어떻게 그렇게 했는지 모르겠다. 한 번도 아니고 두 번씩이나. 카로는 블리치를 코트 안에 숨긴 채 스쿨버스에 올라탔고 곧장 학교로 가는 대신 한 블록도 떨어지지 않은 타운의 옛날 우리집으로 개를 데려갔다. 아버지가 혼자 외로이 점심을 먹으러 집에 왔다가, 잠가두지 않은 겨울날의 포치에서 블리치를 발견했다. 블리치가 이야기에 나오는 개처럼 혼자 집을 찾아 거기까지 온 것은 굉장히 놀라운 일이었다. 카로는 오전 내내 블리치를 보지 못했다며 수선을 피웠다. 하지만 일주일쯤 뒤 같은 행동을 또다시 하는 실수를 저질렀다. 버스에서나 학교에서는 아무도 카로를 의심하지 않았지만 이번에는 어머니가 의심했다.

아버지가 블리치를 우리에게 데려다주었는지는 기억나지 않는다. 나는 아버지가 트레일러에 있거나 혹은 트레일러 문 앞에 있거나 심지어 트레일러로 오는 길에 있는 것은 상상도 할 수 없다. 아마 닐이 타운에 있는 그 집에 가서 블리치를 데려왔을 것이다. 그 편이 더 상상하기 쉽다는 건 아니지만.

내가 지금 한 말 때문에 카로가 늘 불행해했다거나 계략을 꾸미고 있었다고 생각한다면 그건 오해다. 말했듯이 카로는 밤에 침대에 누워 내게 이런저런 말을 시키긴 했지만, 늘 투덜대기만 했던 것은 아니다. 부루퉁해 있다면 그건 카로가 아니었다. 카로는 사람들에게 좋은 인상을 주고 싶어 애를 태웠다. 사람들이 자기를 좋아해주면 좋아했다. 뭔가 유쾌한 일이 벌어질 거라는 기대감을 불러일으키며 집안 분위기를 들뜨게 하는 걸 좋아했다. 카로는 그런 것에 대해 나보다 더 많이 생각했다.

지금 생각하면 어머니를 가장 많이 닮은 사람이 카로였다.

카로가 블리치를 거기 데려다놓은 것은 뭔가를 알아보려는 속셈이었을 것이다. 그 일이 부분적으로 기억난다.

"그냥 장난친 거야."

"넌 가서 아빠랑 살고 싶니?"

분명 그런 질문을 받았을 것이고, 카로는 분명 아니라고 대답했을 것이다.

나는 카로에게 아무것도 묻지 않았다. 카로가 했던 행동이 내게는 이상하게 느껴지지 않았다. 아마 동생들은 다 그런 것 같다. 신기할 만큼 큰 영향력을 끼치는 손위 형제가 하는 행동이라면 어떤 것도 이상해 보이지 않는다.

우리가 우편물을 받는 곳은 큰길 옆에 세워둔 주석 우편함이었다. 어머니와 나는 비바람이 심한 날만 아니면 매일 그리로 가서 우리에게 온 우편물이 없는지 확인했다. 내가 낮잠을 자고 일어난 뒤에 찾으러 갔다. 가끔은 그때가 우리가 하루 중 바깥에 나가는 유일한 시간이었다. 오전에 우리는 텔레비전에서 하는 아이들 프로그램을 함께 보았다. 아니면 나는 텔레비전을 보고 어머니는 책을 읽었다. (어머니가 책을 읽지 않고 지내는 생활은 그리 오래가지 않았다.) 우리는 통조림 수프를 데워 점심을 때웠고, 그러고 나면 어머니는 책을 더 읽고 나는 낮잠을 자러 갔다. 어머니는 아기 때문에 몸집이 커졌는데, 아기가 뱃속에서 움직이는 것을 나도 느낄 수 있었다. 딸이건 아들이건 아기 이름은 브랜디*로―벌써부터 브랜디였다―지을 예정이었다.

어느 날 우리가 우편물을 가지러 좁은 시골길을 걸어가고 있는데 우편함에서 그리 멀지 않은 곳에서 어머니가 갑자기 걸음을 멈추더니 꼼짝하지 않았다.

"조용히 해봐." 어머니가 말했다. 나는 한마디도 하지 않았고 심지어 부츠 신은 발을 눈밭에 질질 끄는 놀이도 하지 않았다.

"조용히 하고 있는데." 내가 말했다.

"쉿. 돌아가자."

"우편물도 아직 안 가져왔잖아."

"그건 됐어. 그냥 걷기나 해."

그때 나는 늘 우리와 함께 앞서거니 뒤서거니 걷던 블리치가 보이지 않는다는 사실을 알아차렸다. 길 건너, 우편함에서 몇 피트 떨어지지 않은 곳에 낯선 개가 한 마리 있었다.

---

* Brandy. 정식 이름 브렌트(Brent)의 애칭.

집에 도착해 우리를 기다리고 있던 블리치를 집안에 들이자마자 어머니는 극장으로 전화를 걸었다. 아무도 전화를 받지 않았다. 어머니는 학교로 전화를 걸어, 카로를 집 앞까지 데려다달라는 말을 버스 기사에게 전해달라고 부탁했다. 버스 기사는 그 부탁을 들어줄 수가 없었다. 널이 좁은 시골길에 쌓인 눈을 마지막으로 치운 뒤 눈이 또다시 내렸기 때문이었다. 하지만 버스 기사는 카로가 집에 도착할 때까지 지켜봐주었다. 그때는 늑대가 보이지 않았다.

늑대는 애당초 없었다는 것이 널의 생각이었다. 설령 그게 늑대였다 하더라도 겨울잠을 잔 뒤라 허약해졌을 테니 그렇게 위협적이지는 않았을 거라고 했다.

카로가 늑대는 겨울잠을 자지 않는다고 했다. "학교에서 늑대에 대해 배웠어요."

어머니는 널에게 총이 있으면 좋겠다고 했다.

"당신은 내가 총을 구해서 불쌍한 어미 늑대를 쏴죽일 거라고 생각해? 당신이 당신 자식들을 보호하려는 것처럼 숲속에 우글거리는 자기 새끼들을 보호하려는 늑대를? 젠장." 그가 조용히 말했다.

카로가 말했다. "두 마리뿐이에요. 늑대는 한 번에 두 마리만 낳아요."

"알았어, 알았다고. 지금 네 엄마와 이야기하는 중이잖아."

"당신이 어떻게 알아." 어머니가 말했다. "늑대한테 굶주린 새끼들이 있는지, 뭐가 있는지 당신이 어떻게 아냐고."

나는 어머니가 널에게 그런 식으로 말할 수 있다는 생각은 한 번도 해보지 않았다.

그가 말했다. "침착해. 침착하라고. 조금만 생각을 해봐. 총은 끔찍한 물건이야. 내가 총을 구한다고 쳐. 그럼 내가 무슨 말을 할 수 있겠어? 베트남도 좋다고? 나도 베트남으로 가야겠다고?"

"당신은 미국인이 아니야."

"나한테 더는 뭐라고 하지 마."

두 사람은 대충 이런 대화를 주고받았고, 결국 닐이 총을 구하지 않는 것으로 마무리되었다. 늑대는 우리 앞에 다시 나타나지 않았다, 그것이 정말로 늑대였는지는 모르지만. 그뒤로 어머니는 우편물을 가지러 가지 않았던 것 같은데 어쨌거나 몸집이 너무 커져서 그러기도 불편했을 것이다.

눈이 마법처럼 사라졌다. 그래도 나무에는 여전히 잎이 없었고 어머니는 아침마다 카로에게 코트를 입혔다. 하지만 카로는 학교 수업이 끝나면 코트를 뒤에 질질 끌며 돌아왔다.

어머니는 아기가 틀림없이 쌍둥이일 거라고 했지만 의사는 아니라고 했다.

"굉장해. 굉장해." 닐은 쌍둥이라는 말에 아주 기뻐했다. "의사가 뭘 알겠어."

녹은 눈과 비로 자갈 채취장에 물이 가득 차오르자 카로는 채취장을 빙 돌아 스쿨버스를 타러 갔다. 작은 호수가 된 채취장은 맑은 하늘 아래 잔잔하고 눈부셨다. 카로는 큰 기대 없이 그 안에 들어가서 놀아도 되는지 물어보았다.

어머니는 미친 소리 하지 말라고 했다. "깊이가 20피트는 될 거야." 어머니가 말했다.

"아마 10피트쯤." 닐이 말했다.

카로가 말했다. "가장자리는 그렇게 깊지 않을 거야."

어머니가 그 말은 맞다고 했다. "갑자기 쑥 꺼져들어가니까 그렇지." 그리고 말을 이었다. "해변에서 물에 들어가는 것하고는 달라. 젠장, 내 말을 믿어. 아무튼 그 근처에는 가지 마."

어머니는 "젠장"이라는 말을 자주 쓰기 시작했는데, 아마 닐보다 더 많이 썼을 것이다. 그것도 더 짜증스러운 목소리로.

"블리치도 그 근처에 가면 안 돼?" 카로가 물었다.

닐은 그건 괜찮다고 했다. "개들은 헤엄칠 줄 알거든."

토요일이었다. 카로는 나와 함께 〈프렌들리 자이언트〉를 보면서 방해가 될 만큼 이러쿵저러쿵 말이 많았다. 닐은 펼치면 그와 내 어머니의 침대가 되는 소파에 누워 있었다. 그가 즐기는 담배를 피우고 있었는데, 일터에서는 피울 수가 없어서 주말이 되면 마음껏 피웠다. 가끔 카로가 한 대만 피우게 해달라고 졸랐다. 한번은 그가 카로에게 담배를 피우게 해주면서 어머니에게는 말하지 말라고 다짐을 받았다.

나도 그 자리에 있었던 터라, 내가 어머니에게 말해버렸다.

어머니는 깜짝 놀랐지만 큰 소동은 없었다.

"그 사람이 애들을 당장 데려가면 어쩌려고." 어머니가 말했다. "다시는 그러지 마."

"다시는 안 그럴게." 닐이 선뜻 대답했다. "그 사람이 애들한테 몸에 해로운 라이스 크리스피 같은 걸 먹이면 어떡해?"

처음에 우리는 아버지를 전혀 만나지 못했다. 그러다 크리스마스 이후부터 토요일에는 아버지를 만날 수 있게 되었다. 그러고 나면 어머니는 늘 우리에게 즐거운 시간을 보냈는지 물었다. 나는 늘 그렇다고 했고 그 대답은 진심이었다. 영화를 보러 가거나 휴런호를 보러 가거나 레스토랑에서 외식을 하면 그것은 내게 즐거운 시간을 보냈다는 의미였다. 카로도 그렇다고 대답을 했지만, 엄마가 상관할 바 아니라는 듯한 투였다. 그러다 아버지가 겨울에 쿠바로 휴가를 갔고(어머니는 그 이야기를 하며 좀 놀라면서도 잘했다고 생각하는 것 같았다), 거기서 잘 낫지 않는 독감에 걸려 돌아왔다. 그 바람에 아버지를 만나는 일이 중단되었다. 봄부터 다시 만나기로 했지만 아직은 아니었다.

텔레비전을 끄자 어머니는 카로와 내게 밖에 나가 놀면서 신선한 공기를 쐬라고 했다. 우리는 개를 데려갔다.

우리가 밖에 나가 맨 처음 한 일은 어머니가 우리 목에 칭칭 감아준 목도리를 풀어서 길게 늘어뜨리는 것이었다. (어머니는 배가 불러올수록 규칙적인 식사나 우리에게는 필요도 없는 목도리 같은 것들에 대해 점점 여느 어머니처럼 되어가고 있었다. 어머니는 가을에 그랬던 것만큼 야생적인 생활방식을 높이 사지 않았다. 물론 임신을 한 채로 그런 생활방식을 고수할 수도 없었겠지만.) 카로가 내게 무엇을 하고 싶은지 물었고 나는 모르겠다고 대답했다. 카로는 형식적으로 질문한 것이지만 내 입장에서는 솔직한 대답이었다. 우리는 어쨌거나 블리치가 이끄는 대로 따라갔고, 블리치의 생각은 자갈 채취장에 가보는 것이었다. 바람이 수면을 찰싹찰싹 때려 물결을 일으켰고 우리는 곧 추워져 목도리를 다시 칭칭 감았다.

우리가 얼마나 오래 물가를 돌아다녔는지는 모르겠지만 트레일러에서 우리 모습이 보이지 않을 거라는 사실은 나도 알고 있었다. 잠시 뒤 나는 내가 지시를 받고 있다는 것을 깨달았다.

내가 트레일러로 돌아가 닐과 어머니에게 말해야 한다는 것이다.

개가 물에 빠졌다고.

개가 물에 빠졌고 카로는 개가 빠져 죽을까봐 두려워한다고.

블리치. 물에 빠져 죽는다.

물에 빠져 죽는다.

하지만 블리치는 물에 들어가지도 않았는데.

블리치가 물에 빠졌을 수는 있었다. 카로가 구하러 뛰어들었을 수도 있었다.

개는 그러지 않았잖아, 언니도 그러지 않았잖아, 그런 일이 일어날 수도 있겠지만 일어나지 않았잖아, 나는 그때 그런 식으로 대들었을 것이다. 닐이 개들은 물에 빠져 죽지 않는다고 말했던 것도 기억해냈다.

카로는 시키는 대로 하라고 내게 명령했다.

왜?

나는 아마 그렇게 쏘아붙였을 테고, 어쩌면 카로의 말을 거역하면서, 또다시 입씨름을 시작하려고 하면서 그저 그 자리에 가만히 서 있었을 것이다.

마음속에서 카로가 블리치를 들어 물속에 집어던지는 모습을, 블리치가 카로의 코트에 매달리는 모습을 본다. 그리고 카로는 몇 걸음 물러났다가, 뒤로 물러났다가 다시 물로 달려든다. 뛰어간다, 뛰어오른다, 어느 순간 물속에 몸을 던진다. 하지만 개와 카로가 잇따라 수면에 첨벙 부딪히는 소리는 기억나지 않는다. 작은 소리도 큰 소리도. 어쩌면 나는 그때쯤 트레일러를 향해 돌아섰을 것이다. 틀림없이 그랬을 것이다.

그 꿈을 꿀 때마다 나는 늘 달린다. 꿈속에서 나는 달리지만 트레일러가 아니라 다시 자갈 채취장을 향해 달린다. 나는 블리치가 허우적거리는 것을, 카로가 블리치를 구하려고 헤엄치는 것을, 힘껏 헤엄치는 것을 본다. 카로의 옅은 갈색 체크무늬 코트를 보고, 격자무늬 목도리를 보고, 의기양양한 얼굴을 보고, 물에 젖어 끝부분이 짙어진 불그스름한 곱슬머리를 본다. 나는 그저 지켜보면서 행복하게 서 있으면 된다. 어쨌거나 내가 할 일은 없다.

내가 정말로 한 행동은 트레일러로 가는 작은 비탈을 올라간 것이었다. 그 앞에 다다라 나는 주저앉아버렸다. 거기 포치나 벤치가 있기라도 한 것처럼. 하지만 트레일러에 그런 것은 없었다. 나는 주저앉은 채로 앞으로 일어날 일을 기다렸다.

내가 이것을 아는 것은 이것이 사실이기 때문이다. 하지만 내가 어떻게 할 계획이었는지, 무슨 생각을 하고 있었는지는 모르겠다. 나는 아마 카로가 만든 연극의 다음 막을 기다리고 있었을 것이다. 혹은 그 개가 나오는 연극의 다음 막을.

내가 거기 앉아 있던 시간이 오 분쯤 되었을까. 더 길었을까? 더 짧았을까? 날씨가 그리 춥지는 않았다.

나는 그 문제 때문에 전문가를 찾아간 적이 한 번 있었다. 그녀는 내가 트레일러 문을 열어보려 했지만 문이 잠겨 있었을 거라고 나를 납득시켰고, 잠시나마 나는 납득했다. 어머니와 닐이 섹스를 하느라, 방해를 받지 않으려고 문을 잠가놓았을 거라고. 내가 문을 쾅쾅 두드렸으면 그들이 화를 냈을 거라고. 심리상담가는 나를 그런 결론으로 이끌어가며 만족스러워했고 나 또한 만족스러웠다. 한동안은. 하지만 나는 이제 그것이 사실이었다고 생각하지 않는다. 언젠가 그들이 문을 잠그지 않았을 때 카로가 불쑥 들어간 적이 있었는데 그때 그들은 카로의 얼굴에 떠오른 표정을 보며 웃음을 터뜨렸다. 그러니 그들이 문을 잠갔을 것 같지는 않다.

어쩌면 나는 닐의 말을 기억해냈을지도 모른다. 개는 물에 빠져 죽지 않는다는 말을. 그 말은 카로가 블리치를 구할 필요가 없다는 뜻이다. 그러니 카로는 자기가 꾸며낸 게임을 계속할 수 없었을 것이다. 카로와 함께 했던 그 많은 게임들.

나는 카로가 수영을 할 수 있다고 생각했을까? 아홉 살에는 많은 아이들이 수영을 할 줄 안다. 카로는 지난여름에 교습도 한 차례 받았는데, 우리가 트레일러로 이사하게 되면서 카로의 수영 교습도 끝났다. 카로는 아마 자기가 충분히 수영을 잘한다고 생각했을 것이다. 그리고 나는 아마 카로라면 원하는 것은 뭐든 다 할 수 있을 거라고 생각했을 것이다.

카로의 명령을 따르는 것에 싫증이 났을 거라는 말을 심리상담가가 하지는 않았지만 나는 그런 생각이 들었다. 하지만 그 생각이 완전히 맞는 것 같지는 않다. 내가 좀더 컸을 때라면 그랬을 수도 있다. 하지만 그때 나는 카로가 계속 내 세상을 채워주기를 바랐다.

내가 거기 얼마나 오래 앉아 있었을까? 그리 오래였던 것 같지는 않다. 내가 문을 두드렸던 것 같기도 하다. 잠시 뒤에. 일이 분쯤 뒤에. 어쨌거나 어머니가 어느 시점에 이유 없이 문을 열었다. 불길한 예감.

나는 어느새 트레일러 안에 있다. 어머니가 널에게 소리를 지르며 뭔가를 설득시키려고 애쓴다. 그가 일어서서 부드럽고 다정하게 어머니를 위로하는 무슨 말을 하면서 어머니를 어루만진다. 하지만 그것은 어머니가 원하는 것이 단연코 아니다. 어머니는 그를 밀어내고 밖으로 달려나간다. 그는 고개를 가로저으며 그의 맨발을 내려다본다. 크기만 하고 무력해 보이는 그의 발가락들.

그가 슬픔이 밴 단조로운 목소리로 내게 뭐라고 말하는 것 같다. 이상하다.

내가 아는 건 이게 전부다.

어머니는 물에 뛰어들지 않았다. 충격으로 산기도 보이지 않았다. 내 남동생 브렌트는 장례식이 끝나고 일주일인가 열흘 뒤에 태어났다. 달수를 완전히 채운 아기였다. 아기가 태어나길 기다리는 동안 어머니가 어디에 가 있었는지 나는 모른다. 상황이 그러했으니 병원에 입원해 최대한 마음을 안정시켰을 것이다.

장례식 날은 아주 선명하게 기억한다. 처음 보는 상냥하고 편안한 아줌마—이름이 조시였다—가 나를 데리고 어디론가 놀러갔다. 우리는 그네 같은 것을 탔고 내가 들어가도 될 만큼 큰 인형의 집에도 갔다. 점심으로 내가 좋아하는 음식도 먹었지만 배탈이 날 만큼 많이 먹지는 않았다. 나는 나중에 조시를 아주 잘 알게 된다. 그녀는 아버지가 쿠바에서 사귄 친구로, 어머니와 아버지가 이혼한 후 내 새어머니, 즉 아버지의 두번째 아내가 되었다.

어머니는 회복되었다. 그래야만 했다. 브렌트도 돌봐야 했고, 대부분의 시간은 나를 돌봐야 했으니까. 어머니가 여생을 보내기로 한 집으로 옮겨 자리를 잡는 동안 나는 아버지와 조시와 함께 지냈던 것 같다. 브렌트가 아기 의자에 앉을 만큼 자랐을 때까지는 그곳에서 브렌트와 함께 지낸 기억이 없다.

어머니는 극장으로 돌아가 예전에 하던 일을 다시 시작했다. 처음에는 예전처럼 자원하여 안내 일을 했지만 내가 입학할 무렵에는 보수를 받고 일 년 내내 해야 할 일이 있는 진짜 일을 갖게 되었다. 어머니는 극장 관리자였다. 극장은 부침을 거듭하면서 살아남았고 지금도 운영되고 있다.

장례식에 대해 회의적이었던 닐은 카로의 장례식에 참석하지 않았다. 그는 브렌트를 한 번도 보지 않았다. 그가 편지를 써서—내가 그 사실을 안 것은 훨씬 나중이었다—자신은 아버지 노릇을 할 생각이 없으니 애초에 물러나는 게 좋겠다고 알려왔다. 어머니가 속상해할까봐 나는 브렌트에게 닐에 대한 이야기를 한 적이 없었다. 또 브렌트는 닐을 닮은 구석이 거의 없었고 사실 아버지를 훨씬 많이 닮아서, 어머니가 브렌트를 가졌을 무렵 어떤 일이 있었는지 정말로 궁금했다. 아버지는 아무 말도 해주지 않았고 그 문제에 대해서는 앞으로도 그럴 것이다. 아버지는 브렌트를 대할 때도 나한테 하는 것과 똑같이 한다. 어쨌거나 아버지는 원래 그런 사람이다.

아버지와 조시 사이에는 자식이 없었지만 그것 때문에 그들이 애를 태운 것 같지는 않다. 조시는 카로 이야기를 꺼내는 유일한 사람인데, 자주 그러는 건 아니다. 그녀는 아버지가 내 어머니에게 책임을 묻지 않는다고 말한다. 아버지 역시 어머니가 더 많은 삶의 자극을 바랐을 때, 자신은 고리타분한 사람이었다고 말했다. 아버지에게는 자신을 흔들어놓을 만한 큰 사건이 필요했고 그런 일이 생겼다. 그것을 안타깝게 여길 필요는 없다. 그 큰 흔들림이 없었다면 아버지는 조시를 만나지 못했을 테고 두 사람은 지금처럼 행복하지 못했을 테니까.

"어느 두 사람이요?" 나는 아버지를 난처하게 만들려고 이렇게 묻겠지만 그는 변함없이 "조시. 물론 조시지"라고 말할 것이다.

어머니에게 그 시절을 떠올려보라는 말은 차마 할 수 없다. 나는 그 문제로 굳이 어머니를 괴롭히지 않는다. 어머니가 차를 몰고 우리가 살던 그 시골길에 다녀온 것을 알고 있다. 그곳은 많이 변해서 농사가 신통치 않던 땅에 지금은 유행하는 집들이 들어섰다고 했다. 어머니는 그 집들을 보며 느낀 경멸의 감정을 얼마간 드러내며 그런 말을 꺼냈다. 나도 그 길에 가보았지만 누구에게도 말하지 않았다. 요즘에는, 가족 안에서 일어난 무거운 사건을 애써 지워버리는 건 잘못이라는 생각이 든다.

이제 자갈 채취장이 있던 자리에도 집이 지어졌고, 그 아래 땅은 반반하게 다져졌다.

내게는 루선이라는 이름의 애인이 있다. 나보다 어리지만 좀더 현명한 것 같다. 혹은 적어도 그녀가 악마 소탕이라고 이름 붙인 그 일에 대해서만큼은 더 낙관적인 것 같다. 그녀의 설득이 없었다면 나는 닐과 연락해볼 생각은 하지도 않았을 것이다. 물론 나는 오랫동안 그런 생각을 하지 않았기에 그와 연락할 방법도 없었다. 내게 편지를 보낸 것도 결국은 그였다. 그가 '졸업생 명부'에서 내 사진을 봤다며 축하한다는 짧막한 글을 보내온 것이다. 그가 무슨 이유로 '졸업생 명부'를 본 것인지 나는 모른다. 나는 특정한 곳에서만 의미가 있고 다른 곳에 가면 별 의미가 없는 우등상을 받았다.

그는 내가 학생들을 가르치는 곳에서 50마일도 떨어지지 않은 곳에 살고 있었고, 그곳은 내가 대학을 다녔던 곳이기도 했다. 나는 내가 대학에 다닐 때도 그가 그곳에서 살았는지 궁금했다. 그렇게 가까운 곳에. 그는 학자가 된 것일까?

처음에 나는 답장할 생각이 전혀 없었다. 그런데 루선에게 말하자 그녀는 답장 쓰는 걸 고민해봐야 한다고 했다. 그래서 결국 나는 그에게 이메일을 보냈고 우리는 만날 약속을 잡았다. 그가 사는 타운에서 만나기로 했다. 위협적이지 않은 환경인 대학 카페테리아에서. 나는 그가 견디기 힘들어하는 것 같아 보이면—그 생각이 무엇을 의미하는지는 나도 잘 몰랐다—그냥 지나쳐 갈 거라고 다짐했다.

그는 예전보다 키가 더 작아 보였는데, 우리의 어린 시절 기억 속에 있는 어른들은 대체로 그렇다. 숱이 많이 없는 머리를 바짝 깎은 채였다. 그가 내게 커피를 갖다주었다. 그는 차를 마시고 있었다.

그는 어떻게 먹고살았을까?

그는 시험을 준비하는 학생들을 가르쳤다고 했다. 학생들이 에세이 쓰는 것을 돕기도 했다고. 가끔은 그가 직접 에세이를 써주기도 했을 것이다. 물론 돈을 받고.

"백만장자가 되는 길은 없어. 그것만큼은 확실해."

그는 쓰레기 폐기장에서 살았다. 혹은 그럭저럭 생활할 만한 쓰레기 폐기장에서. 그는 그렇게 사는 것이 좋았다. 옷은 구세군에서 얻어 입었다. 그런 생활 역시 괜찮았다.

"내 원칙에 잘 맞거든."

나는 그가 어떤 말을 해도 기뻐해주지 않았고, 솔직히 말하면 그가 내게 그런 기대를 했던 것 같지도 않다.

"아무튼 내가 사는 방식이 그리 흥미로울 것 같지는 않구나. 내 생각에 넌 그 일이 어떻게 된 건지 궁금할 것 같은데."

나는 어떻게 말해야 할지 알 수 없었다.

"나는 그때 취해 있었어." 그가 말했다. "게다가 수영도 잘 못했지. 내가 자란 곳에는 수영장이 많지 않았거든. 나까지 빠져 죽었을 거야. 이게 네가 알고 싶었던 거냐?"

나는 내가 정말로 궁금한 사람은 그가 아니라고 했다.

그러자 그는 제삼자가 되어 내 질문을 들었다. "카로는 무슨 생각을 했던 걸까요?"

심리상담가는 우리가 그것을 알 수는 없다고 말했었다. "카로도 자기가 뭘 원하는지 몰랐을 수 있어요. 관심이 필요했을 수도 있고. 물에 빠져 죽을 생각을 한 건 아니었을 거예요. 자기 기분이 얼마나 상했는지 관심을 가져달라고 그랬을 수도 있겠죠?"

루선은 말했었다. "자기가 원하는 대로 엄마를 움직이고 싶었던 걸까? 엄마를 정신 차리게 해서 아빠에게 돌아가야 한다는 걸 알려주려고?"

닐이 말했다. "그런 건 중요하지 않아. 아마 그애는 자기가 수영을 더 잘한다고 생각했겠지. 겨울옷이 얼마나 무거워질 수 있는지 몰랐을 수도 있고. 어쩌면 그애를 도울 수 있는 사람이 아무도 없다는 걸 몰랐을 수도 있지."

그가 내게 말했다. "시간 낭비는 하지 마. 네가 얼른 달려와서 알려주었다면 어떻게 됐을지 그런 생각을 하는 건 아니지? 죄의식에 빠져들려는 건 아니겠지?"

나는 그가 말한 것처럼 생각한 적도 있었지만 그건 아니라고 말했다.

"중요한 건 행복해지는 거야." 그가 말했다. "뭐가 어떻든 간에, 그냥 그러려고 해봐. 넌 할 수 있어. 하다보면 점점 쉬워질 거야. 주변 상황과는 아무 상관 없어. 그게 얼마나 좋은 건지 넌 모를 거야. 모든 걸 받아들이면 비극은 사라져. 혹은 가벼워지지. 어쨌든 그러면 그저 그 자리에서 편하게 세상을 살아갈 수 있게 돼."

이제, 안녕.

그가 어떤 의미로 그 말을 했는지 나는 안다. 그러는 것이 정말로 옳다. 하지만 내 마음속에서 카로는 여전히 물을 향해 달려가 의기양양하게 자기 몸을 던지고, 나는 여전히 그것에 붙들려 있다. 그녀가 무슨 말이라도 해주기를 기다리면서, 첨벙 소리가 들리기를 기다리면서.

안식처

이 모든 일은 1970년대에 일어났다. 하지만 그 타운을 비롯해 비슷한 작은 타운들의 1970년대 모습은 지금 우리가 생각하는 것과는 달랐다. 심지어 그 당시 밴쿠버에서 내가 알았던 것과도 달랐다. 청년들의 머리는 예전보다 더 길었지만 허리까지 내려오지는 않았고 자유분방함이나 반항심이 유난했던 것 같지도 않다.

이모부의 잔소리는 식사 전 기도에 대한 것에서 시작되었다. 식사 전 기도를 하지 않는 것에 대해. 나는 그때 열세 살이었고 그해에 부모님이 아프리카로 가버리는 바람에 이모 집에서 지내게 되었다. 그때까지 나는 음식이 놓인 접시 위로 고개를 숙인 적이 없었다.

"주님, 이 음식을 축복하시어 우리의 양식이 되게 하시고 우리가 당신을 섬길 수 있게 하소서." 재스퍼 이모부가 말했다. 내가 허공에 포크를 든 채 이미 입안으로 들어간 고기와 감자를 씹지 않고 참는 동안.

"놀랐니?" 이모부가 "예수님의 이름으로, 아멘"이라고 한 뒤 그렇게 말했다. 그러고는 내 부모님은 기도를 식사가 끝난 뒤에 하는지 물어보았다.

"부모님은 기도를 하지 않아요." 내가 말했다.

"기도를 안 한다고, 정말로?" 그가 말했다. 짐짓 놀라는 척하는 말투였다. "그 말을 믿으라는 건 아니지? 식사 전 기도도 하지 않는 사람들이 이교도에게 선교를 하러 아프리카에 간다고? 말이 되는 소리를 해야지!"

가나로 떠난 부모님은 학교에서 학생들을 가르쳤는데 이교도와 마주치는 일은 전혀 없는 것 같았다. 기독교는 그들 주변에 당혹스러울 정도로 융성해 있었다. 심지어 버스 뒤에 현수막이 걸려 있을 정도였다.

"부모님은 유니테리언교예요." 나는 무슨 이유에서인지 나 자신은 쏙 빼고 그렇게 말했다.

재스퍼 이모부가 고개를 가로저으며 그 단어를 설명해보라고 했다. 모세의 하느님을 믿지 않는 사람들 아니었나? 아브라함의 하느님도 믿지 않고? 분명 유대교가 맞겠지? 아닌가? 마호메트교도 아니고, 맞나?

"대체로 사람들은 신에 대해 모두 자기 나름의 생각을 가진 것 같아요." 내가 말했고 내 목소리는 이모부가 예상했던 것보다 더 단호했다. 내게는 대학에 다니는 오빠가 둘 있었는데, 그들이 유니테리언교 신자가 될 것 같지는 않았다. 종종 저녁을 먹는 자리에서 종교적인—또한 무신론적인—토론이 치열하게 오갔고, 그래서 나는 그런 것에 익숙했다.

"부모님은 좋은 일을 하며 바르게 살아야 한다고 생각해요." 내가 덧붙였다.

실수였다. 이모부의 얼굴에 믿지 못하겠다는 듯한 표정이 스쳤을 뿐 아니라―치켜세운 눈썹, 놀랐다는 듯 끄덕이는 고개―나조차 내 입에서 튀어나온 말이 낯설었다. 잘난 체하는, 하지만 확신 없는 말.

나는 부모님이 아프리카에 가는 것에 찬성하지 않았다. 내가 이모 부부에게 쓰레기처럼 버려지는 것―나는 그렇게 표현했다―에 반대했다. 인내심 많은 나의 부모님에게 선행은 무슨 얼어죽을 선행이냐는 말도 했던 것 같다. 우리집에서는 하고 싶은 말은 다 할 수 있었다. 하지만 부모님이 '좋은 일'이나 '바르게 산다' 같은 말을 했을 것 같지는 않다.

그 순간에는 이모부도 그 정도면 충분하다고 생각한 것 같았다. 이야기는 이쯤 하자고, 자신은 한시까지 진료실로 돌아가 자기 나름의 '좋은 일'을 해야 한다고, 그는 말했다.

이모가 포크를 들어 음식을 먹기 시작한 것이 아마 그때였던 것 같다. 그녀는 긴장된 분위기가 누그러질 때까지 기다렸을 것이다. 내 당돌함에 놀라서라기보다는 습관 때문에 그랬을 것이다. 그녀는 이모부가 하려던 말을 끝냈다는 확신이 들 때까지 가만히 기다리곤 했다. 내가 이모에게 바로 말을 걸었더라도 이모는 이모부를 쳐다보며 혹시 그가 대답할 말은 없는지 기다렸을 것이다. 그녀는 늘 밝은 이야기만 했고 이제 웃어도 괜찮겠다 싶으면 금세 방긋 웃어서, 그녀가 억눌려 지낸다는 생각은 잘 들지 않았다. 또한 그녀가 어머니의 언니라는 생각도 잘 들지 않았다. 이모는 곧잘 환한 미소를 짓는데다 훨씬 젊고 생기 있고 단정해 보였기 때문이었다.

어머니는 정말로 하고 싶은 말이 있으면 아버지에게 거침없이 이야기했고 그것은 흔한 일이었다. 오빠들은, 심지어 여자들을 응징하기 위해 이슬람교도가 되겠다는 오빠마저도 어머니의 말을 들을 때면 늘 동등한 권위를 가진 사람으로 어머니를 대했다.

"돈은 남편에게 완전히 인생을 바친 거야." 어머니는 중립적으로 말하려 애썼다. 혹은 더 냉담하게 이렇게 말했다. "돈의 인생은 그 남자 주변을 빙빙 돌지."

그 당시 어머니가 그런 말을 할 때 늘 비아냥거리는 느낌이 있었던 건 아니다. 하지만 나는 돈 이모처럼 진실해 보이는 여자는 처음 보았다.

물론 어머니가 말했던 것처럼 이모 부부에게 자식이 있었다면 상황은 아주 많이 달라졌을 것이다.

한번 상상해보라. 자식들. 아이들은 재스퍼 이모부를 방해하며 이모의 관심을 조금이라도 받으려 칭얼거릴 것이다. 아프고, 토라지고, 집을 엉망으로 만들고, 이모부가 좋아하지도 않는 음식을 달라며 조를 것이다.

상상도 할 수 없는 일이다. 그 집은 이모부의 집이다. 무엇을 먹을지도 그가 고르고, 라디오와 텔레비전 프로그램도 그의 마음대로다. 그가 옆 건물에 있는 진료실에 있든 왕진을 갔든, 어느 순간에든, 모든 일에 그의 승낙이 있어야 한다.

나는 그런 지배 체제가 아주 좋을 수도 있다는 사실을 서서히 깨달았다. 반짝이는 은스푼과 은포크, 광택을 낸 짙은 색 바닥, 편안한 리넨 시트—가정의 그 모든 경건함이 이모에 의해 주재되고 가정부 버니스에 의해 실행되었다. 버니스는 가공되지 않은 재료만 사용해 음식을 만들었고 행주도 다려 썼다. 타운에 사는 다른 의사들은 모두 중국인이 하는 세탁소에 리넨 시트를 맡겼지만 버니스와 돈 이모는 직접 빨아 빨랫줄에 널었다. 햇볕에 말려 새하얗고 바람에 말려 산뜻해진 시트와 붕대는, 모두 훌륭했고 좋은 냄새가 났다. 이모부는 되놈들은 풀을 너무 많이 먹인다고 생각했다.

"중국인." 이모는 이모부와 세탁소 주인 모두에게 정중히 사과한다는 듯, 부드럽지만 농담을 하는 것 같은 목소리로 말했다.

"되놈." 이모부가 쩌렁쩌렁하게 말했다.

그 말을 자연스럽게 사용하는 사람은 버니스뿐이었다.

지적인 면에서는 진지하지만 환경은 어수선했던 우리집에 대해 내가 가졌던 애착은 차츰 희미해졌다. 이만한 안식처를 유지하려면 여자가 자신의 에너지를 모두 쏟아야 했다. 유니테리언교의 강령을 타자기로 치거나 아프리카로 달아나면서는 그렇게 할 수 없었다. (처음에 나는 이 집에서 누군가가 우리 부모님이 달아났다고 말하면 매번 "아프리카로 일하러 가신 거예요"라고 정정해주었다. 그러다 그러는 것이 점점 지겨워졌다.)

안식처는 중요한 말이었다. "여자에게 가장 중요한 일은 남편을 위해 안식처를 만들어주는 것이다."

돈 이모가 정말로 그런 말을 했을까? 그렇지는 않았을 것이다. 이모는 그런 단정적인 말은 하지 않았다. 아마 내가 그 집에서 발견한 살림 잡지에서 읽은 말이었을 것이다. 어머니가 보았다면 구역질을 했을, 그런 잡지에서.

처음에 나는 타운 여기저기를 돌아보았다. 차고 뒤쪽에서 무겁고 낡은 자전거를 발견하고는 허락을 받아야 한다는 생각도 없이 그냥 타고 나갔다. 그러다 항구 위쪽에 있는, 새로 자갈이 깔린 내리막길에서 나는 그만 중심을 잃고 말았다. 한쪽 무릎이 심하게 긁히는 바람에 치료를 받으러 집 옆에 있는 진료실로 이모부를 찾아가야 했다. 그가 내 상처를 능숙하게 치료했다. 그때 그의 태도는 지극히 사무적이었고, 표정은 부드러웠지만 인간미라고는 느껴지지 않았다. 농담도 하지 않았다. 그는 그 자전거가 어디서 난 것인지 기억나지 않는다고 말했다. 그리고 그 자전거는 언제 문제를 일으킬지 모르는 낡은 괴물이니 내가 정말로 자전거를 타고 싶으면 괜찮은 자전거를 구해보겠다고 했다. 하지만 새 학교와 그 학교 여학생들이 십대가 되면 따르는 규칙에 대해더 잘 알게 되자, 나는 자전거는 가당찮다는 것을 깨달았고 그 일은 그걸로 끝이었다. 내가 놀랐던 것은 이모부가 정숙함에 대해, 혹은 여자들이 해도 되는 일과 해서는 안 되는 일에 대해 어떤 말도 꺼내지 않았다는 점이었다. 진료실에 있으면 이모부는 내가 여러모로 바로잡아야할 것이 많은 아이라든가, 특히 저녁 식탁에서 돈 이모의 행동을 보고배워야 할 게 많다든가 하는 것은 다 잊어버리는 것 같았다.

"혼자 자전거를 타고 나갔던 거니?" 이모는 그 이야기를 듣자 이렇게 말했다. "뭘 찾으러 나갔던 거야? 걱정 마, 곧 새 친구들이 생길 테니까."

이모의 말은 틀리지 않았다. 나는 새 친구가 생겼고 그것이 내 행동반경을 제한할 것이라는 말도 맞았다.

재스퍼 이모부는 그저 그런 의사가 아니었다. 말만 하면 다 아는 의사였다. 그는 타운 병원 건물의 실세였지만 그 건물에 그의 이름을 붙이겠다는 것에는 반대했다. 그는 가난한 가정에서 자랐지만 영리한 소년이었고, 의대에 진학할 돈을 마련할 때까지 학교에서 교사로 일했다. 그는 눈보라를 뚫고 달려가 농가 부엌에서 아기를 받고 맹장수술을 했다. 1950년대와 60년대에도 그런 일은 일어났다. 그는 절대 포기하지 않는다는 점에서, 패혈증이나 폐렴 같은 질병과도 싸운다는 점에서, 신약新藥에 대해 듣도 보도 못한 시대에 환자들을 살려냈다는 점에서 신뢰를 받았다.

가정에서의 모습과 비교하면 그는 진료실에서 훨씬 편안해 보였다. 집에서는 끊임없이 지켜보는 사람이더니 진료실에서는 감시라고는 하지 않는 사람 같았다. 보통은 정반대일 거라고 생각할 텐데 말이다. 그곳에서 일하는 간호사는 심지어 그를 대할 때 특별히 존경한다는 느낌도 없었다. 그녀는 돈 이모와는 딴판이었다. 이모부가 내 찰과상을 치료하고 있을 때 그녀가 진료실에 고개를 들이밀더니 일찍 퇴근하겠다고 말했다.

"전화는 직접 받아야 할 거예요, 닥터 캐슬. 잊지 마세요, 내가 분명히 말했어요."

"음, 그래." 그가 말했다.

물론 그녀는 쉰 살이 넘었을 것이고 그 연배 여자들은 권위를 세우는 버릇이 있었다.

하지만 돈 이모도 언젠가 그럴 거라고는 상상이 되지 않았다. 그녀는 수줍은 장밋빛 청춘에 그대로 머물러 있는 것 같았다. 그 집에서 지낸 지 얼마 되지 않았을 때, 내가 어디든 돌아다녀도 된다고 생각했던 시기에 나는 이모와 이모부의 침실로 들어갔다가 침대 옆 탁자에 놓인 이모의 사진을 보았다.

이모의 짙은 색 머리는 사진 속에서도 부드럽게 곱슬곱슬 흘러내렸다. 하지만 그 머리에 볼품없는 빨간 모자를 쓰고 자주색 케이프를 입고 있었다. 나는 아래층으로 내려가 이모에게 그것이 무슨 옷인지 물어보았다. "어떤 옷? 아, 간호학생 때 복장이야."

"이모가 간호사였어요?"

"아니." 이모는 그것이 분수를 모르는 터무니없는 소리라는 듯 웃었다. "자퇴했거든."

"그때 이모부를 만난 거예요?"

"그건 아니야. 이모부가 의사가 된 지 몇 년 지났을 때였어. 내 맹장이 파열됐을 때 만났어. 나는 친구 집에서─그러니까 여기 사는 친구네 가족들과─살고 있었고. 그때 내가 많이 아팠는데 왜 아픈지 이유를 몰랐어. 그런데 네 이모부가 진단을 내리고 맹장을 제거했지." 그 말을 하고 이모는 평소보다 더 얼굴을 붉혔다. 그리고 내게 허락 없이는 그 침실에 들어가지 말라는 말을 했던 것 같다. 나조차 그 말이 절대 들어가서는 안 된다는 의미임을 알 수 있었다.

"그 친구가 아직 여기 살아요?"

"오, 너도 알잖니. 결혼하고 나면 옛날처럼 친구들을 만날 수 없단다."

나는 이런 사실들을 알아내면서 내 예상과는 달리 재스퍼 이모부에게 가족이 전혀 없는 건 아니라는 사실 또한 알아냈다. 그에게는 누나가 있었다. 그녀 역시 사회적으로 성공한 사람이었다. 적어도 내 생각에는 그랬다. 그녀는 음악가, 바이올리니스트였다. 그녀의 이름은 모나였다. 아니, 모나라는 이름으로 통했지만 원래 세례 받은 이름은 모드였다. 모나 캐슬. 그녀의 존재에 대해 알게 된 것은 내가 타운에서 학교를 어느 정도 다닌 뒤였다. 어느 날 학교에서 집으로 돌아오다가 신문사 유리창에 붙어 있는 포스터를 보았다. 두 주 뒤 타운 홀에서 열리는 연주회를 홍보하는 포스터였다. 토론토 출신의 음악가 세 명. 바이올린을 든 모나 캐슬은 키가 크고 머리가 하얬다. 내가 집으로 돌아와 돈 이모에게 우연히 똑같은 이름을 보았다고 하자 이모가 말했다.

"맞아. 그 사람이 네 이모부의 누나일 거야."

그리고 이렇게 말했다. "이 집에선 그 이야기는 절대 꺼내면 안 돼."

잠시 뒤 이모는 무언가 더 말해줘야 한다고 생각한 것 같았다.

"너도 알겠지만, 이모부는 그런 음악은 좋아하지 않아. 교향곡 같은 거 말이야."

그리고 이야기는 더 이어졌다.

이모가 말하길, 이모부의 누나는 이모부보다 몇 살이 더 많은데 두 사람이 어렸을 때 어떤 일이 있었다고 했다. 누나가 음악적 재능이 아주 뛰어나서, 몇몇 친척들이 누나를 다른 곳에 데려가 더 좋은 기회를 누리게 해주어야 한다고 생각한 것이다. 누나는 다른 방식으로 키워졌고 남매는 공유할 것이 전혀 없었다. 돈 이모가 아는 것은 정말로 그게 전부였다. 하지만 이모부라면 이모가 내게 그만큼 말해주는 것도 탐탁해하지 않았을 것이다.

"이모부는 그런 음악을 좋아하지 않아요?" 내가 물었다. "그러면 어떤 음악을 좋아해요?"

"좀 옛날 음악을 좋아한다고 할까. 물론 클래식은 아니고."

"비틀스?"

"오, 맙소사."

"로런스 웰크*는 아니고요?"

"이 문제를 토론하는 건 우리 몫이 아니겠지? 이쯤에서 그만두어야 할 것 같은데."

나는 이모의 말을 무시했다.

"그러면 이모는 어떤 음악을 좋아해요?"

"난 아무거나 좋아."

"그래도 더 좋아하는 게 있어야죠."

이모는 평소처럼 살짝 웃기만 할 뿐이었다. 그 웃음은 예컨대 그녀가 재스퍼 이모부에게 저녁식사가 어땠느냐고 물을 때 짓는 것과 비슷하지만 걱정이 조금 더 담긴 불안한 웃음이었다. 이모부는 거의 매번 칭찬을 해주면서도 늘 단서를 달았다. 좋아, 하지만 맛이 너무 강하군, 혹은 너무 싱겁군. 너무 많이 익혔군, 혹은 너무 덜 익혔군. 한번은 이모부가 "별로야"라고 말한 뒤 입을 다물어버렸다. 그러자 이모의 미소가 희미해지며 입술이 굳게 닫혔고 그녀는 비장하게 그 자리를 견디며 앉아 있었다.

그날 저녁 요리는 무엇이었을까? 나는 커리였다고 말하고 싶지만 그것은 아마 내 아버지가 커리를 좋아하지 않아서일 것이다. 물론 아

---

* 1903~1992, 미국 음악가. 아코디언 연주자로 주로 듣기 편한 경음악을 연주했다.

버지는 그런 걸 가지고 불평을 늘어놓지도 않지만. 이모부는 자리에서 일어나 직접 땅콩버터 샌드위치를 만들어 먹었는데, 그 행동에서는 불평이나 다름없는 속뜻이 강하게 내비쳤다. 돈 이모가 어떤 음식을 만들었든 일부러 이모부를 자극하려는 것은 아니었을 것이다. 아마 잡지를 읽다 좋아 보였던 약간 색다른 요리였을 것이다. 그리고 내 기억에 이모부는 그 요리를 전부 먹어치운 뒤 그런 선고를 내렸다. 따라서 그가 그런 행동까지 한 것은 배가 고파서가 아니라 못마땅함을 확실하고 강력하게 선언할 필요를 느껴서였을 것이다.

지금 생각해보면 그날 병원에서 안 좋은 일이 있었던 것 같다. 죽어서는 안 되는 사람이 죽었다거나—어쨌든 음식 때문은 전혀 아니었을 것이다. 하지만 돈 이모는 그런 생각은 하지 못했을 터였다. 설령 그랬다 하더라도 이모는 그런 의심을 드러내지 않았다. 오로지 반성하는 모습뿐이었다.

그때 돈 이모에겐 또다른 고민이 있었는데, 나는 나중에야 그것을 알았다. 그 고민은 바로 옆집에 사는 부부와 관련된 것이었다. 그들은 나와 거의 같은 시기에 이사를 왔다. 남편은 카운티 장학사, 아내는 음악 교사였다. 아마 돈 이모와는 나이가 같았고 재스퍼 이모부보다는 나이가 적었을 것이다. 그들은 자식이 없어서 사람들과 자유롭게 어울릴 수 있었다. 그리고 새로운 지역사회에 이제 막 정착하는 단계여서, 모든 전망이 밝고 수월해 보였을 것이다. 그들은 그런 기분에 들떠 자신들의 집에서 같이 술을 마시자며 돈 이모와 재스퍼 이모부를 초대했다. 이모와 이모부의 사교생활은 아주 제한적이었고, 그런 점이 타운에 워낙 잘 알려져 있어서 이모는 싫다고 말하는 연습이 되어 있지 않았다. 그래서 이모 부부는 그 집으로 건너가 술을 마시고 대화를 나누게 되었는데, 이모부는 그 초대를 받아들인 이모의 대실수를 용서하지 않으면서도 그날이 오기를 은근히 기다렸던 것 같다.

이제 이모는 궁지에 빠졌다. 사람들이 당신을 집으로 초대하고 당신이 그 초대에 응했다면 당신도 그들을 초대해야 한다는 것을 그녀도 알고 있었다. 술을 대접하면 술을, 커피를 대접하면 커피를. 식사를 대접할 필요는 없었다. 준비할 것이 많지는 않았지만, 이모는 어떻게 해야 하는지를 몰랐다. 이모부가 그 이웃 부부에 대해 트집을 잡은 건 아니었다. 그저 이모부는 어떤 이유에서든 집에 사람들이 놀러오는 것을 내켜하지 않았다.

내가 이모에게 알려준 소식을 듣고 이모는 그 고민에 대한 해답을 찾은 것 같았다. 토론토에서 온 연주자 트리오—물론 모나도 포함해서—가 타운 홀에서 연주회를 하는 것은 어느 저녁 하루뿐이었다. 마침 그날은 재스퍼 이모부가 꽤 늦게까지 집에 돌아오지 않는 날이기도 했다. 카운티 의사들의 연례 총회와 만찬이 있는 밤이었기 때문이다. 연회가 아니어서 아내들은 초대받지 않았다.

이웃 부부는 그 연주회에 갈 계획이었다. 아내의 직업을 고려하면 분명 그랬을 것이다. 그들은 연주회가 끝나는 대로 이모의 집에 와서 커피와 간식을 먹기로 했다. 그리고 트리오를 만나는 것이다—이모가 도를 지나쳤던 부분이 여기다. 트리오도 집에 잠시 들르기로 되어 있었다.

이모가 이웃 부부에게 모나 캐슬과의 관계에 대해 얼마나 밝혔는지는 모르겠다. 이모가 분별력이 있는 사람이라면 아무 말도 하지 않았을 것이다. 그리고 이모는 거의 언제나 분별력이 넘쳤다. 분명 이모는 그날 저녁에 이모부가 참석할 수 없다는 것까지는 설명했겠지만 그에게 그 모임을 비밀에 부쳐야 한다는 것까지는 말하지 않았을 것이다. 저녁식사 시간에 집으로 돌아가면서 틀림없이 초대 준비에 대한 낌새를 알아챘을 버니스에게도 비밀로 했을까? 모르겠다. 그리고 무엇보다 나는 이모가 그 연주자들을 어떻게 초대했는지에 대해 전혀 아는 바가 없다. 이모가 줄곧 모나와 연락을 하고 지냈던 걸까? 그런 것 같지는 않다. 이모가 오랫동안 그런 사실을 숨기며 이모부를 속였을 리는 없다.

내 생각에 이모는 그저 들뜬 마음으로 편지를 써서 트리오가 묵고 있는 호텔로 가져갔을 것이다. 토론토 주소는 몰랐을 테니까.

호텔로 가면서도 이모는 자신이 어떤 시선을 받을지 궁금했을 것이고, 남편을 아는 매니저가 아니라 그녀가 의사의 아내라는 사실조차 모르는 젊은 외국인 여직원이 나오기를 기도했을 것이다.

이모는 음악가들에게 잠시 머무는 것 이상은 바라지 않는다는 뜻을 내비쳤을 것이다. 연주회가 끝난 후라 피곤할 테고, 그들은 다음날 아침 일찍 다른 타운으로 떠날 예정이었다.

이모가 그런 위험을 감수한 이유는 무엇이었을까? 왜 혼자서 이웃 부부를 접대하지 않았을까? 그건 말하기 어렵다. 어쩌면 혼자서는 대화를 이끌어나가기 어려울 것 같아서였는지 모른다. 어쩌면 이웃 부부 앞에서 약간은 우쭐하고 싶었는지도 모른다. 어쩌면—잘 믿기지는 않지만—이모는 내가 아는 한 만난 적이 없는 남편의 누나에게 얼마간의 친근함을 표시하거나 환영한다는 느낌을 주고 싶었는지도 모른다.

이모는 그런 일을 저지르고도 침묵하는 스스로에게 어리둥절한 채 지냈을 것이다. 그날을 앞두고 한동안, 재스퍼 이모부가 우연히라도 그 일을 알아낼 위험이 있을 때마다 이모가 다양한 방법으로 행운을 빌고 기도했으리라는 것은 말할 필요도 없다. 예컨대 길에서 음악 교사를 만나면 그녀가 쏟아내는 온갖 감사와 기대의 말이 모두 이모부에게 향하도록 유도하면서.

예상과는 달리 음악가들은 연주회가 끝난 뒤 그렇게 피곤해하지 않았다. 타운 홀을 찾은 청중 수가 적은 것에 실망하지도 않았다. 그것은 아마 그렇게 놀라운 일이 아니었을 것이다. 낮에는 칙칙한 적갈색이지만 어두워지면 축제 분위기를 풍기는 체리색 벨벳 커튼의 은은한 광택뿐 아니라 초대된 이웃 부부의 열광적인 반응, 그리고 거실의 따뜻함(타운 홀은 추웠다)─이 모든 것에 음악가들의 기분이 좋아졌을 것이다. 바깥의 쓸쓸한 느낌이 집안 분위기와 뚜렷이 대비되었고, 커피는 세상을 떠돈 이국적인 이방인들의 체온을 덥혀주었다. 커피 뒤에 나온 셰리주는 말할 것도 없고. 각각 알맞은 모양과 크기의 크리스털잔에 따른 셰리주와 포트와인, 코코넛 슬라이스를 올린 작은 케이크, 다이아몬드 또는 초승달 모양의 쇼트브레드, 초콜릿 웨이퍼도 마련되었다. 나는 지금껏 그런 것은 본 적도 없었다. 부모님이 여는 파티는 도자기 냄비에 칠리 요리를 담아 먹는 그런 파티였다.

돈 이모는 살색 크레이프 천으로 만든 얌전하게 재단된 드레스를 입었다. 나이 먹은 여자가 입을 법한 드레스로, 한껏 치장한 느낌을 주기에 적당한 옷이었다. 하지만 이모가 약간 점잖지 못한 축하연에 참석한 듯 보이는 것은 어쩔 수가 없었다. 이웃 여자 역시 잘 차려입고 왔는데 그런 초대에 어울릴 만한 옷차림보다는 조금 과했다. 첼로를 연주한 땅딸막한 남자는 검은색 정장 차림이었지만 보타이 덕분에 장의사처럼 보이지는 않았고, 그의 아내인 피아니스트는 펑퍼짐한 체격에 입기에는 지나치게 프릴이 많이 달린 검은색 드레스를 입었다. 반짝이는 재질에 일자로 떨어지는 은빛 드레스를 입은 모나 캐슬은 달처럼 반짝반짝 빛났다. 그녀는 남동생처럼 골격이 크고 코가 컸다.

돈 이모가 피아노를 조율해둔 것이 틀림없었는데 그렇지 않았다면 그들이 계속 남아 있지 않았을 것이다. (이모부가 음악이라는 주제에 대해 어떤 생각을 하는지는 곧 밝혀질 텐데, 그걸 감안하면 그 집에 피아노가 있었다는 사실 자체가 이상하게 보일 것이다. 그저 내가 할 수 있는 말은 어느 집에든 피아노가 한 대씩 있는 게 유행인 시절이 있었다는 것뿐이다.)

이웃 여자가 〈아이네 클라이네 나흐트무지크〉를 연주해달라고 부탁했고, 나도 아는 체하며 거들었다. 사실 나는 곡명밖에 몰랐는데 그것도 토론토에서 학교를 다닐 때 독일어를 배우면서 알게 된 것이었다.

이웃 남자가 또 한 곡을 신청했고 그 연주도 끝났다. 그러고 나서 이웃 남자는 돈 이모에게 주최자가 다음 곡을 신청하기 전에 자신이 좋아하는 곡을 먼저 신청한 결례에 대해 용서를 구했다.

돈 이모가 아니, 아니라고, 나는 괜찮다고, 나는 다 좋아한다고 말했다. 그러고는 달아오른 얼굴로 자리를 떴다. 이모가 음악에 조금이라도 귀를 기울였는지는 잘 모르겠지만, 그녀가 무언가에 흥분한 것만은 분명해 보였다. 혹시 자신이 주도해서 이런 시간을 만들고 이런 기쁨을 나눈 것에 흥분했던 것일까?

이모가 잊어버렸을 수도 있었을까? 어떻게 잊어버릴 수 있었을까? 카운티 의사들의 총회와 만찬, 임원단 선출은 보통 열시 반이면 끝났다. 지금은 열한시였다.

너무 늦었다, 너무 늦었어. 우리 두 사람은 그제야 몇시인지 깨달았다.

덧문이 열리고, 현관 홀의 문이 열리고, 평소처럼 부츠나 코트나 목도리를 벗느라 멈추는 순간도 없이 이모부가 성큼성큼 거실로 들어온다.

음악가들은 한창 연주에 몰입해서 멈추지 않는다. 이웃 부부가 이모부에게 반갑게, 하지만 연주를 존중하느라 목소리를 낮춰 인사를 건넨다. 코트 단추를 풀고 목도리를 헐렁하게 하고 부츠를 신은 그의 모습은 평소보다 두 배로 커 보인다. 그는 노려보지만 딱히 누군가를 쳐다보는 건 아니다. 심지어 그의 아내를 쳐다보는 것도 아니다.

그녀도 그를 쳐다보지 않는다. 그녀는 탁자 옆에 서서 접시를 모두 모으며 하나씩 포개 얹기 시작한다. 어떤 접시에는 아직 케이크 조각이 남아 있어서 그러면 곧 으스러질 테지만 전혀 알아차리지 못한다.

그는 서두르지도, 머뭇거리지도 않으면서 넓은 거실을 통과하고 식사실과 스윙도어를 통과하여 부엌으로 들어간다.

피아니스트는 손을 건반에 올린 채 가만히 앉아 있고 첼로 연주자는 연주를 멈추었다. 바이올리니스트만이 혼자 연주를 계속한다. 나는 지금도 그 곡이 원래 그런 것인지 아니면 그녀가 일부러 그를 무시한 것인지 잘 모르겠다. 내가 기억하기로, 그녀는 고개를 들어 얼굴을 찌푸린 그 남자를 쳐다보지 않았다. 그의 머리와 비슷하지만 세월에 좀더 시달린 그녀의 커다란 백발머리가 잠깐 흔들린다. 아니, 어쩌면 줄곧 흔들렸는지도 모르겠다.

그는 돼지고기와 콩을 한 접시 가득 담아 돌아온다. 아마도 방금 통조림을 따서 차가운 내용물을 그대로 접시에 쏟아부은 것 같다. 그는 굳이 겨울 코트를 벗지도 않는다. 아무도 쳐다보지 않은 채 포크를 시끄럽게 달그락거리면서, 마치 혼자 있는 것처럼, 배고픈 사람처럼 그것을 먹는다. 연례 총회와 만찬에서 먹을 거라고는 하나도 나오지 않은 것 같다.

나는 그가 그런 식으로 먹는 것을 본 적이 없다. 그는 먹을 때는 늘 당당하게, 하지만 품위 있게 먹었다.

그의 누나가 연주하던 음악도 끝난다. 그 곡은 원래 거기까지가 끝인 것 같다. 그가 돼지고기와 콩을 먹기 조금 전이다. 이웃 부부는 현관 홀로 나가 코트를 껴입고는 아낌없는 감사를 표하러 딱 한 번 고개를 들이밀 뿐, 얼른 여기서 빠져나가고 싶어 안절부절못한다.

이제 음악가들이 떠난다. 하지만 그렇게 서두르지는 않는다. 어쨌거나 악기는 조심히 다루어야 하니까. 케이스에 대충 쑤셔넣어서는 안 된다. 음악가들은 아마도 평소에 하듯 차근차근 움직인다. 그리고 그들 역시 사라진다. 그들 사이에 주고받은 말이 있기는 했는지, 혹은 돈이모가 정신을 수습한 뒤 고맙다고 말하며 그들을 문까지 배웅했는지는 기억나지 않는다. 나는 그들에게 주의를 돌릴 수가 없다. 재스퍼 이모부가 느닷없이 쩌렁쩌렁한 목소리로, 바로 나를 향해 말을 시작했기 때문이다. 그가 말을 시작하려는 찰나 그 바이올리니스트가 그를 한번 쳐다본 것이 기억난다. 이모부가 완전히 무시했을, 어쩌면 알아채지도 못했을 그 시선. 예상과는 달리 그 시선은 화가 난 것도, 심지어 놀란 것도 아니다. 그녀는 그저 지독히 피곤해 보이고, 얼굴은 상상할 수 있는 그 어떤 얼굴보다 더 하얗다.

"자, 말해보렴." 이모부는 이곳에 나 말고는 아무도 없는 것처럼 말한다. "네 부모님도 이런 걸 좋아하니? 그러니까 이런 음악을? 이런 연주회 같은 걸? 하루가 지나기도 전에 다 잊어버릴 걸 듣느라 두 시간이나 엉덩이를 뭉개는 데 돈을 쓰느냔 말이야. 그런 위선을 떠는 데 돈을 쓰느냐고? 네 부모님이 그러는 걸 봤어?"

나는 아니라고 대답했고 그것은 사실이었다. 부모님은 연주회에 대해 대체로 좋게 생각하긴 했지만, 부모님이 연주회에 가는 건 본 적이 없었다.

"그것 봐. 네 부모님은 정말로 분별력이 있어. 호들갑을 떨고 박수를 치고 그것이 경이롭다는 듯 난리를 치는 무리에 끼지 않을 만큼 분별력이 있는 사람들인 거지. 내가 어떤 치들을 말하는지 알지? 그치들은 거짓말쟁이야. 말똥 같은 인간들. 죄다 고상해 보이고 싶어하지. 하긴 고상해 보이고 싶어하는 아내들의 말을 따랐을 가능성이 더 크지만. 네가 사회생활을 하게 되면 이건 꼭 기억해둬라. 알겠니?"

나는 그러겠다고 했다. 나는 그가 하는 말이 놀랍지 않았다. 그렇게 생각하는 사람들이 많았다. 특히 남자들. 남자들은 싫어하는 것이 아주 많았다. 혹은 쓸모없다고 말하는 것이. 그리고 그 말은 정확히 사실이었다. 그들에게는 그런 것이 쓸모없었고, 그래서 그들은 그런 것을 싫어했다. 아마도 대수학에 대해 내가 느끼는 감정과 같을 것이다. 내가 대수학에서 어떤 쓸모라도 찾아낼 수 있을지는 정말 의심스러우니까.

하지만 그렇다고 그것을 세상에서 완전히 없애버릴 정도까지는 아니었다.

내가 아침에 아래층으로 내려왔을 때 재스퍼 이모부는 이미 나간 뒤였다. 버니스는 부엌에서 설거지를 했고 돈 이모는 크리스털잔들을 찬장에 넣고 있었다. 이모는 나에게 미소를 지었지만, 그녀의 손은 잔들이 부딪치며 경고음 같은 쨍그랑 소리를 낼 만큼 불안정했다.

"남자의 집은 그의 캐슬castle이지." 그녀가 말했다.

"말장난이네요." 내가 그녀의 기분을 풀어주려고 말했다. "캐슬Cassel."*

그녀가 다시 미소를 지어 보였지만 내가 무슨 말을 하는지 알아차렸을 것 같지는 않다.

"네가 가나로 엄마에게 편지를 보낼 때⋯⋯" 그녀가 말했다. "엄마에게 편지를 보낼 때 말이야. 어젯밤 우리집에서 일어난 그 작은 소동에 대해 꼭 써야 할까. 진짜 심각한 문제들과 굶어죽는 사람들을 그렇게 많이 보고 사는 네 엄마 눈에는 우리가 좀 시시하고 자기중심적으로 보일 것 같아서."

---

* 성(城)을 뜻하는 단어(castle)와 이모부의 성(Cassel)의 발음이 일치하는 것을 말한다.

나는 무슨 말인지 알아들었다. 지금까지 가나에서 굶어죽은 사람이 있다는 보도는 없었지만 그 말은 하지 않았다.

내가 부모님에게 신랄한 내용과 불평이 가득한 편지를 써 보낸 것은 처음 한 달 동안뿐이었다. 이제는 모든 것이 복잡해져서 뭐라고 설명하기가 어려웠다.

음악에 대한 대화 이후 나에 대한 재스퍼 이모부의 관심은 좀더 존중이 담긴 것으로 바뀌었다. 그는 의료보장제도에 대한 내 의견을, 내가 부모님에게서 들은 것이 아니라 스스로 생각해낸 것인 양 귀담아들어주었다. 한번은 이모부가 식탁 맞은편에 말이 통하는 똑똑한 사람이 앉아 있는 것은 즐거운 일이라고도 했다. 이모가 정말로 그렇다고 했다. 그저 맞장구를 치기 위한 말이었지만 이모부가 특유의 웃음을 짓자 이모는 얼굴이 빨개졌다. 그녀의 삶은 고달파졌다. 하지만 밸런타인데이가 되자 그녀도 용서를 받아 혈석으로 만든 펜던트를 선물 받았다. 그러자 그녀는 미소를 되찾았고 돌아서서 안도의 눈물을 몇 방울 떨구기까지 했다.

촛불 속에서 유난히 창백했던 모나의 얼굴, 은빛 드레스로도 감출 수 없었던 불거진 뼈, 그런 것들이 아마 질병의 신호였을 것이다. 그해 봄, 그녀의 죽음이 타운 홀 연주회에 대한 언급과 함께 지역신문을 통해 알려졌다. 토론토 신문에 실린 부고가 그녀의 이력에 대한 간단한 설명과 함께 다시 실렸다. 탁월하다고까지는 하지 않았지만 그녀를 치켜세우기에는 충분한 글이었다. 재스퍼 이모부는 놀라움을 표현했다.

죽음에 대해서가 아니라 그녀가 토론토에 묻히지 않는다는 사실에 대해서. 장례식과 매장은 이 타운에서 북쪽으로 몇 마일 떨어진 시골의 호산나교회에서 진행될 예정이었다. 재스퍼 이모부와 모나 혹은 모드가 어린 시절에 가족과 함께 다니던 성공회 교회였다. 재스퍼 이모부와 돈 이모는 지금 타운에 사는 대부분의 부자들처럼 연합교회에 다녔다. 연합교회 사람들은 신앙이 굳건하지만 주일마다 교회에 가야 한다고는 생각하지 않았고 가끔 술을 마시는 걸 하느님이 반대한다고도 생각하지 않았다. (가정부 버니스는 다른 교회에 다녔고 그곳에서 오르간을 연주했다. 그 교회는 신자 수가 적었다. 특이한 점은 그들이 집집마다 돌아다니며 문 앞에 소책자를 놓고 다닌다는 사실이었는데, 거기에는 지옥에 갈 사람들의 명단이 실려 있었다. 그 지역 사람들의 이름이 아니라 피에르 트뤼도* 같은 유명한 사람들의 이름이었다.)

"호산나교회는 이제 예배도 하지 않는 곳인데 누나를 거기로 옮겨가서 뭘 어쩌겠다는 거지?" 재스퍼 이모부가 말했다. "그 교회에서 허락해줄 것 같지도 않은데."

하지만 교회는 정기적으로 개방되고 있었다. 어린 시절 그 교회를 다녔던 사람들이 그곳에서 장례식을 하고 싶어했고 가끔 그들의 자식들이 거기서 결혼식을 올리기도 했다. 넉넉한 재정 덕분에 내부는 잘 관리되어 있었고 난방도 최신식이었다.

---

* 1919~2000, 캐나다 정치인. 두 차례 총리를 지냈다.

나는 돈 이모와 함께 그녀가 운전하는 차를 타고 갔다. 재스퍼 이모부는 떠나기 직전까지 바빴다.

장례식에는 처음 가보는 거였다. 내가 기억하기로 부모님이 속한 사회에서는 장례식을 삶의 축하 행사라고 말했지만, 부모님은 아이가 그런 경험을 할 필요는 없다고 생각했던 것 같다.

내 예상과 달리 이모는 검은색 옷을 입지 않았다. 은은한 라일락색 정장에 페르시아산 양가죽 재킷을 입고 거기 어울리는 페르시아산 양가죽 필박스 해트를 썼다. 아주 예뻐 보였고 숨길 수 없을 만큼 기분이 좋아 보였다.

가시가 뽑혀나온 것이다. 재스퍼 이모부의 옆구리에서 가시가 제거되었으니 그녀는 행복할 수밖에 없었다.

이모 부부와 함께 사는 동안 내 생각은 얼마간 바뀌었다. 예컨대 나는 모나 같은 사람들에 대해 더는 무비판적이지 않았다. 혹은 모나나 그녀의 음악이나 그녀의 이력에 대해. 나는 그녀가 괴짜라고—혹은 괴짜였다고—믿지는 않았지만 몇몇 사람들이 어째서 그런 생각을 하는지는 알 것 같았다. 단지 골격이 크다거나 코가 크고 하여서가 아니었다. 바이올린과 그것을 들고 있는 다소 바보 같은 자세 때문도 아니었다. 음악 자체와 음악에 대한 그녀의 헌신 때문이었다. 여자들은, 무엇에 헌신하든 그것 때문에 바보 취급을 받는다.

내가 재스퍼 이모부의 사고방식에 완전히 넘어갔다는 말은 아니다. 다만 그것이 예전처럼 낯설게 느껴지지는 않았다는 말이다. 어느 일요일 이른아침, 나는 돈 이모가 토요일 밤마다 만드는 시나몬 스콘을 하나 먹으려고 이모 부부의 침실 앞을 살금살금 지나다가 부모님이나 다른 누구에게서도 들어보지 못한 소리를 들었다. 희열이 넘치는 그 신음과 비명 소리. 공모와 체념의 감정이 깃들어 있는 그 소리는 나의 마음을 어지럽히고 가슴 저 깊은 곳을 은밀하게 뒤흔들었다.

"여기까지 운전해서 올 토론토 사람들은 많지 않을 거야." 돈 이모가 말했다. "심지어 깁슨 씨 부부도 참석하기 어렵다고 하던걸. 깁슨 씨는 회의가 있고 부인은 학생들과의 약속을 바꿀 수 없대."

깁슨 부부는 그 이웃 부부였다. 그들과의 친분은 계속 이어졌지만 소극적으로 변해 서로의 집을 찾아가는 일은 없었다.

같은 학교에 다니는 여자아이가 내게 말했었다. "사람들이 시신을 마지막으로 보라고 시킬 때까지는 그냥 가만히 있어. 나는 할머니를 봐야 했을 때 기절하는 줄 알았어."

그 최후의 일별에 대해 들어본 적은 없었지만 어떤 것인지는 알 것 같았다. 나는 실눈을 뜨고 보는 척만 해야겠다고 결심했다.

"교회에서 그 쿰쿰한 냄새만 안 나면 좋겠다." 돈 이모가 말했다. "그 냄새가 네 이모부의 부비강 _副鼻腔_ 을 자극하거든."

쿰쿰한 냄새는 나지 않았다. 돌벽이나 바닥에서 새어나오는 음울한 습기도 없었다. 누군가 아침 일찍 일어나 히터를 켜놓았을 것이다.

신자석은 거의 다 찼다.

"이모부 환자들이 꽤 많이 왔구나." 돈 이모가 부드럽게 말했다. "좋은 일이야. 타운에서 환자들이 이렇게 찾아와주는 의사는 없을걸."

오르간 연주자는 나도 잘 아는 곡을 연주했다. 밴쿠버에 있을 때 내 친구였던 여자애가 부활절 연주회에서 쳤던 곡이었다. 〈예수, 인간 소망의 기쁨 되시니〉.

오르간을 연주하는 사람은 이모 집에서 중단된 작은 연주회에서 피아노를 쳤던 여자였다. 첼리스트는 그 근처 성가대 의자에 앉아 있었다. 아마 그뒤에 연주를 할 것 같았다.

연주가 시작되고 시간이 조금 지났을 때 교회 뒤쪽에서 조그맣게 술렁거리는 소리가 들렸다. 그때 나는 제단 바로 아래에 광이 나는 짙은 색 나무상자가 가로로 놓인 것을 본 직후였기 때문에 뒤를 돌아보지 않았다. 관. 누군가는 널이라고 부르는 것. 뚜껑은 닫혀 있었다. 사람들이 어느 시점에 그것을 열지만 않는다면 나도 그 최후의 일별에 대해 걱정할 필요는 없었다. 그렇기는 하지만, 나는 관 속에 누운 모나의 모습을 상상했다. 살이 쏙 빠져 큰 코는 더 튀어나와 보이고 두 눈은 꼭 감겨 있다. 나는 그 이미지를 최대한 또렷하게 상상하면서 시신을 보고도 토하지 않도록 마음을 단단히 먹었다.

돈 이모도 나처럼 뒤에서 무슨 일이 벌어지는지 돌아보지 않았다.

그 작은 소란의 원인이 통로를 따라 점점 가까워졌다. 알고 보니 그 주인공은 재스퍼 이모부였다. 그는 돈 이모와 내가 자리를 맡아둔 줄에서 멈추지 않았다. 예의를 갖추면서도 사무적인 걸음으로 우리 옆을 그대로 지나쳤는데, 누군가와 함께였다.

가정부 버니스. 그녀가 옷을 차려입고 나타났다. 짙은 감색 정장과 그 옷에 어울리는 모자를 썼는데 모자에는 꽃들이 오밀조밀 달려 있었다. 그녀는 우리도, 그 누구도 쳐다보지 않았다. 그녀의 얼굴은 붉게 달아올라 있었고 입술은 굳게 닫혀 있었다.

돈 이모 역시 그 누구도 쳐다보지 않았다. 그 순간에 이모는 바로 앞줄 신자석 뒤에서 꺼낸 찬송가책을 열심히 뒤적이고 있었다.

재스퍼 이모부는 관 앞에서도 멈추지 않았다. 그는 버니스를 오르간으로 데려갔다. 무언가에 놀란 듯한 이상한 소리가 쾅 하고 울려퍼졌다. 그리고 낮게 끌리는 울림, 소리의 상실, 완전한 침묵. 들리는 소리라곤 무슨 일인지 궁금해 신자석에서 부스럭거리는 사람들의 소리뿐이었다.

이제 오르간 앞에 앉아 연주하던 피아니스트와 그 첼리스트는 가고 없었다. 옆에 그들이 나갈 수 있는 문이 따로 있는 것 같았다. 재스퍼 이모부는 그 여자가 앉았던 자리에 버니스를 앉혔다.

버니스가 연주를 시작하자 이모부가 사람들 앞으로 가서 손짓을 했다. 일어나 노래하라고. 그의 손짓에 몇몇이 일어섰다. 몇 명이 더, 이윽고 모두 다 일어섰다.

사람들이 부스럭부스럭 찬송가책을 뒤졌지만 대부분이 가사를 찾기 전에 노래를 시작할 수 있었다. 〈갈보리산 위에〉.

재스퍼 이모부가 할 일은 끝났다. 이제 우리가 맡아둔 자리로 와서 앉기만 하면 된다.

다만 한 가지 문제가 있었다. 그가 미처 예상하지 못했던 문제가.

여기는 성공회 교회였다. 재스퍼 이모부가 다니는 연합교회에서는 성가대 단원들이 설교단 뒤에서 입장하여 목사가 나타나기 전에 자리를 잡은 뒤 '우리 다 준비됐어요'라는 식으로 편안하게 회중을 쳐다본다. 그러고 나면 곧 목사가 들어오는데, 그것은 이제 시작해도 좋다는 신호다. 하지만 성공회 교회에서는 성가대 단원들이 교회 뒤쪽에서부터 통로를 따라 입장한다. 진지하면서도 각자의 개성을 드러내지 않는 모습으로 노래를 부르면서. 앞쪽 제단을 바라볼 때가 아니면 악보에서 눈을 떼지도 않는다. 친척이나 이웃이나 회중, 어느 누구도 의식하지 않는, 일상적인 정체성을 벗어버린 그들의 모습은 평소와는 약간 달라 보인다.

그들은 지금 다른 사람들처럼 〈갈보리산 위에〉를 부르며 통로를 걸어오고 있다. 재스퍼 이모부가 그 모든 일을 벌이기 전에 틀림없이 그들에게 미리 일러두었을 것이다. 어쩌면 그 곡이 고인이 좋아하던 곡이었다고 말해두었을지도 모른다.

문제는, 공간과 사람들의 몸이었다. 통로에 성가대가 있으니 재스퍼 이모부가 우리 자리로 올 방법이 없었다. 그는 오도 가도 못하는 상황에 처한 것이다.

한 가지, 서둘러야 가능한 일이 있는데, 그가 그 일을 한다. 성가대는 아직 맨 앞줄까지 오지 않았고, 그래서 그는 앞줄 사람들 사이에 끼어든다. 그와 함께 서게 된 사람들은 깜짝 놀라면서도 그에게 자리를 내준다. 그러니까, 가능한 만큼 공간을 만들어준다. 우연하게도, 그들은 몸집이 거대하고 그는 마르긴 했지만 골격이 크다.

최후 승리를 얻기까지
주의 십자가 사랑하리.
빛난 면류관 받기까지
험한 십자가 붙들겠네.

이모부가 그에게 주어진 공간에서 온 마음을 다해 부르는 노래가 이것이다. 그는 이동하는 성가대의 옆모습만 볼 수 있을 뿐, 몸을 돌려

제단을 바라볼 수는 없다. 그 자리에 서 있는 그의 모습은 조금은 덫에 걸린 것처럼 보인다. 모든 것이 큰 탈 없이 진행되었지만, 마찬가지로 모든 것이 그가 생각했던 것과는 전혀 달랐다. 그는 노래가 끝난 뒤에도 그 자리를 떠나지 않고 그 사람들 사이에 비좁게 끼어 앉는다. 자리에서 일어나 다시 우리가 있는 곳으로 걸어온다면 실망스러운 결말이 될 거라고 생각하는 것 같다.

돈 이모는 노래를 따라 부르지 않는다. 찬송가책에서 그 곡을 찾아내지 못했기 때문이다. 나는 그냥 따라 부르지만 이모는 그렇게 하지 못하는 것 같다.

어쩌면 이모는 이모부 얼굴에 깃든 실망의 그림자를, 이모부 자신이 알아차리기도 전에 먼저 보았을지 모른다.

그리고 어쩌면 처음으로, 그게 신경쓰이지 않는다는 사실을 깨달았을지 모른다. 이제 그러려고 해도 신경쓰이지 않는다는 것을.

"기도합시다." 목사가 말한다.

자존심

무슨 일이든 잘 풀리지 않는 사람들이 있다. 어떻게 설명해야 할까? 그러니까, 세상 모든 일이 그에게 불리한 쪽으로만 일어나는 그런 사람들 말이다. 이런 사람들은 삼진 아웃으로 모자라 이십진 아웃까지 당한다. 하지만 결국 나중에는 나아진다. 어린 시절 많은 실수를 저지르고도—예컨대 2학년 때 바지에 실수를 했다든가—사람들이 무엇 하나 잊어버리지 않는 우리 타운 같은 곳(어느 타운이건, 세상의 타운은 다 그렇다)에서 계속 살아간다. 그들은 용케 버티며 자신들이 따뜻하고 활달한 사람임을 보여주고, 다른 어떤 곳도 아닌 이곳에서 계속 살고 싶다고 진심으로 이야기한다.

어떤 사람들은 또 다르다. 그들은 떠나지 않지만, 당신은 차라리 그들이 떠나는 게 더 낫다고 생각한다. 그들 자신을 위해서라고, 당신은 그렇게 말할 것이다. 그들은 어린 시절 스스로 자기 무덤을 파기 시작해―바지에 실수를 하는 것만큼 눈에 띄는 것은 아니다―쉬지 않고 계속 파나간다. 그리고 아무도 보지 않을 것 같으면 심지어 더 크게 판다.

물론 세상은 달라졌다. 심리상담가들이 언제든 대기하고 있다. 친절함과 이해심을 갖추고. 그들은 우리에게 이야기해줄 것이다. 더 힘들게 살아가는 사람들도 있다고. 그 타격이 단지 상상 속의 것이라 할지라도, 그것이 그 사람들의 잘못은 아니다. 경우에 따라서는 실제로 타격을 받는 사람들 못지않게 그들도 똑같이 고통스러울 수 있다.

하지만 의지만 있다면 어떤 일도 좋게 만들 수 있다.

아무튼 오나이다는 우리와 같은 학교에 다니지 않았다. 다시 말해, 그녀가 미래의 삶을 풍요롭게 꾸려가기 위해 우리 학교가 해줄 수 있는 일이 없었다는 뜻이다. 그녀는 사립 여학교에 다녔는데, 예전에는 내가 그 학교 이름을 알았을지 모르지만 지금은 기억나지 않는다. 여름에도 그녀는 거의 이 부근에 없었다. 틀림없이 심코 호수 쪽에 있는 가족 별장에 머물렀을 것이다. 그들은 돈이 아주 많았다. 타운의 그 누구와도, 심지어 소문난 부자들과도 견줄 수 없을 만큼 많았다.

오나이다는 특이한 이름이었고―지금도 그렇다―여기서 유행하던 이름도 아니었다. 나중에 알아낸 바로는 인디언 이름이었다. 그녀의 어머니가 그렇게 지었을 가능성이 컸다. 어머니는 오나이다가 십대였을 때 세상을 떠났다. 내가 알기로 그녀의 아버지는 그녀를 아이다라고 불렀다.

나는 한때 타운의 역사를 연구했기 때문에 모든 신문을 산더미처럼 쌓아두고 있었다. 하지만 거기에도 비어 있는 부분이 있었다. 그 돈이 어떻게 사라졌는지에 대한 만족스러운 설명이 남아 있지 않았던 것이다. 당시에는 그럴 필요가 없었다. 그 시절에는 입에서 입으로 전해지는 것만으로 충분했을 테니까. 다만 그렇다 해도, 어떻게 그 모든 소문이 결국 완전히 묻혀버렸느냐 하는 것은 설명되지 않는다.

아이다의 아버지는 은행가였다. 그 시절에도 은행가들은 이리저리 이동이 있었는데 아마도 고객과 너무 친밀한 사이가 되는 것을 막기 위해서였을 것이다. 하지만 얀첸 집안은 타운에서 너무 오랫동안 그들 방식대로 살아와서, 그런 규정이 문제가 되지 않았다. 혹은 그런 것처럼 보였다. 확실히 호러스 얀첸은 타고난 재력가의 면모를 지니고 있었다. 사진으로 본 그의 모습은 풍채가 좋고 표정이 진중했고, 1차대전 무렵 이미 유행이 끝났음에도 풍성한 흰 수염을 기르고 있었다.

불경기였던 1930년대에도 사람들에게는 여전히 아이디어가 넘쳐났다. 철로를 따라온 남자들 앞에는 그들을 맞아줄 교도소 문이 활짝 열려 있었지만, 그들 중 일부는 백만 달러를 벌어다줄 아이디어를 품고 있었다.

그 시절의 백만 달러는 그야말로 백만 달러였다.

호러스 얀첸과 이야기를 해보겠다고 은행에 들어가는 사람들은 철로를 따라 떠도는 그저 그런 어중이떠중이가 아니었다. 한 사람이 들어갔는지 한 무리가 들어갔는지 누가 알겠는가. 모르는 사람일 수도 있고, 친구의 친구일 수도 있었다. 잘 차려입고 번드르르해 보이는 사람들임에는 틀림없었을 것이다. 호러스는 겉모습을 중시했고, 바보는 아니었지만 미심쩍은 점을 의심할 만큼 영악하지는 않았던 것 같다.

그 아이디어는 세기의 전환기에 유행했던 증기자동차를 부활시키는 것이었다. 아마 호러스 얀첸이 그런 차를 한 대 가지고 있었거나 좋아했을 것이다. 이 신형 모델은 물론 더 개량된 형태로 소음도 별로 심하지 않은데다 경제적이라는 이점까지 있었다.

나는 그때 고등학생이었던 터라 세세한 내용은 알지 못한다. 하지만 이렇게 상상해볼 수는 있다. 그 이야기가 밖으로 새어나간 뒤 누군가는 비웃고 누군가는 열광했을 것이다. 그리고 그 소식은 토론토나 윈저나 키치너에서 사업을 시작하려는 몇몇 기업가들에게 흘러들어갔을 것이다. 흔히 말하는 수완 좋은 사람들에게. 뒤를 봐주는 사람이 있는지 물어오는 사람도 있었을 것이다.

그 말은 사실이었는데, 은행에서 자금을 대출해주었기 때문이다. 그 결정은 얀첸이 내렸다. 그가 자기 돈도 투자했는지에 대해서는 의견이 분분했다. 그랬을 수도 있지만, 나중에 밝혀진 사실에 따르면 그는 부당한 방법으로 은행 자금에 손을 댔다. 그가 아무도 모르게 그 돈을 다시 채워넣을 수 있다고 생각했음에는 의심의 여지가 없다. 어쩌면 그때는 법이 그렇게 엄격하지 않았을지도 모른다. 증기자동차사업에 실제로 직원들을 고용했고 말 대여소를 비워 그곳에서 사업을 운영했다. 내 기억이 불확실해지기 시작하는 것이 이 지점인데, 그때 나는 고등학교를 졸업해서 가능하기만 하다면 돈을 벌 방법을 궁리해야 했던 것이다. 입술을 치료하긴 했지만 여전히 말을 많이 하는 직업은 꿈도 꿀 수 없는 처지라 나는 부기簿記 업무를 하는 것에 만족해야 했다. 그러려면 타운을 떠나 고드리치의 어느 회사로 가서 수습 기간을 거쳐야 했다. 내가 타운으로 돌아왔을 때는 증기자동차를 반대했던 사람들만 쑥덕쑥덕 비아냥거릴 뿐, 지지했던 사람들 사이에서는 아무런 이야기도 나오지 않았다. 전폭적으로 지지하며 타운을 찾아왔던 사람들은 자취도 찾아볼 수 없었다.

은행은 많은 돈을 잃었다.

횡령이 아니라 부실 경영에 대한 말이 나돌았다. 누군가는 책임을 져야 했다. 여느 평범한 경영자라면 가차없이 쫓겨났겠지만 다른 사람도 아닌 호러스 얀첸이었기에 그것만은 피할 수 있었다. 하지만 그에게 일어난 일은 더 가혹하다고도 할 수 있었다. 고속도로를 타고 6마일 정도 올라가면 나오는 호크스버그라는 작은 마을의 은행장으로 발령이 난 것이다. 그가 부임하기 전에는 그 은행에 은행장 자체가 없었다. 필요하지 않았기 때문이다. 그곳에는 수석 은행원과 하급 은행원이 있을 뿐이었다. 둘 다 여자였다.

당연히 거절할 수도 있었을 텐데, 자존심이라는 것이 역시나 그에게 다른 선택을 하게 만들었다. 그는 그 자존심 때문에 매일 아침 6마일을 달려 그리로 갔고, 제대로 된 사무실도 없어서 니스칠을 한 싸구려 합판 칸막이 뒤에 앉았다. 그곳에서 그는 아무것도 하지 않고 그저 앉아만 있다가 시간이 되면 차를 타고 집으로 돌아왔다.

그를 차에 태워 데리고 다닌 사람은 그의 딸이었다. 운전을 하던 그 시절의 어느 시점에 그녀는 아이다에서 오나이다로 인생을 전환했다. 마침내 그녀에게 할일이 생긴 것이다. 그녀는 살림은 하지 않았는데 버치 부인을 내보낼 수 없었기 때문이었다. 이것이 그 상황을 설명할 수 있는 한 가지 이유였다. 또하나는 그들이 그동안 버치 부인에게 돈을 충분히 주지 못했다는 점이었다. 만약 그들이 버치 부인을 내보낸다면 그녀는 빈민구호소에 들어갈 수밖에 없는 처지였다.

오나이다와 그녀의 아버지가 호크스버그를 오가는 모습을 머릿속에 그려본다. 그는 뒷좌석에 앉아 있고 그녀는 운전기사처럼 앞좌석에 앉아 있다. 아마 그가 그녀 옆에 앉기에는 몸집이 너무 커서 그랬을 것이다. 아니면 그 수염 때문에 더 넓은 공간이 필요했든가. 그런 자리 배치 때문에 오나이다가 혹사당하는 것처럼 보인다거나 불행해 보이지는 않는다. 그녀의 아버지도 정말로 불행한 것 같지는 않다. 그에게는 위엄이 있었고 그것도 늘 넘치게 있었다. 그녀는 어딘지 좀 다른 데가 있었다. 그녀가 가게로 들어가거나 길을 걸으면, 사람들이 비켜나 그녀 주위에 작은 공간이 생기는 것 같았다. 그리고 그 작은 공간은 그녀가 어떤 것을 원하건 어떤 인사를 건네건, 바로 그것을 위해 준비된 공간 같았다. 그러면 그녀는 약간 당황하는 것 같아도 기품이 넘쳤고, 그녀 자신이나 그 상황에 대해 흔쾌히 웃을 준비가 되어 있는 것 같았다. 그녀는 물론 체격이 좋고 표정은 생기가 넘쳤고 피부와 머리칼은 눈부셨다. 그러니 겉으로 드러난 것만 본다면, 사람을 잘 믿는 그녀의 순진한 성격을 내가 안타까워한다는 것이 이상해 보일지도 모른다.

상상해보라, 다른 사람도 아닌 내가 안타까워한다니.

전쟁이 시작되자 하룻밤 사이에 세상이 달라진 것 같았다. 뜨내기들은 더이상 기차를 쫓아다니지 않았다. 일자리가 생겼고, 청년들은 일자리를 찾거나 히치하이킹을 하는 대신 칙칙한 푸른색이나 카키색 군복을 입고 어디에나 나타났다. 어머니는 내가 이렇게 태어난 것이 행운이라고 말했고 나도 맞는 말이라고 생각했다. 하지만 어머니에게 집 밖에 나가면 그런 말은 하지 말라고 당부했다. 나는 수습 기간을 마치고 고드리치에서 돌아와 곧바로 크레브스 백화점에서 부기 일을 시작했다. 물론 내가 그 직장을 구한 것은 어머니가 그곳 의류 매장에서 일하기 때문이라는 말이 나돌았을 테고, 아마 그 말이 사실일 것이다. 그것 말고도 젊은 매니저 케니 크레브스가 공군에 입대했다가 훈련 비행 중 사망한 우연도 겹쳤다.

그런 충격적인 사건이 있었지만 어디에나 들뜬 환영의 기운이 감돌았고 사람들은 주머니에 돈을 넣고 다녔다. 나는 내 또래 남자들과 단절되어 있다는 느낌을 받았다. 하지만 나라는 존재가 어떤 면에서 고립되어 있다는 것이 전혀 새로운 일은 아니었다. 같은 처지에 있는 사람들은 또 있었다. 농부들의 아들은 농작물과 가축들을 돌봐야 한다는 이유로 군복무에서 면제되었다. 농장에 고용된 일꾼이 있어도 면제를 받는 사람은 면제를 받았다. 누군가 내게 입대하지 않은 이유를 묻는다면 그것이 농담이라는 건 나도 알았다. 그런 질문을 받으면 나는 장부를 살펴야 한다고 대답할 준비가 되어 있었다. 크레브스 백화점의 장부를, 머지않아 다른 곳의 장부도. 나는 숫자들을 살펴야 했다. 여자도 그 일을 할 수 있다는 사실이 잘 받아들여지지 않던 시절이었다. 여자들이 그 일을 한 지 제법 시간이 지난 전쟁 막바지에도 여전히 그랬다. 정말로 신뢰가 필요한 일은 남자가 해야 한다고 여겨졌다.

나는 이따금 스스로에게 묻는다. 티나지 않을 정도는 아니지만 꽤 훌륭하게 언청이를 고쳤고, 발음이 좀 특이하기는 해도 사람들이 알아 듣는 데는 문제가 없는데, 나는 왜 그것을 빌미로 고향에 머물렀던 걸까? 나도 통지서를 받았을 테고, 면제를 받기 위해 의사를 찾아갔을 것이다. 그런데 기억이 잘 나지 않는다. 늘 이런저런 것에 면제되는 데 이골이 나서, 다른 많은 것들처럼 그것도 그저 지극히 당연한 것으로 받아들였던 걸까?

나는 어머니에게 어떤 문제에 대해서는 이야기하지 말아달라고 부탁했다. 그렇다고 내가 어머니가 하는 말에 크게 영향을 받았던 것도 아닌데 말이다. 어머니는 한결같이 밝은 면을 보는 사람이었다. 물론 다른 면도 있다는 걸 알게 되었지만, 어머니에게 직접 들은 것은 아니었다. 나는 어머니가 나 때문에 자식을 더 낳기를 두려워했다는 것, 어머니에게 관심을 보이던 남자에게 그렇게 말했다가 그 남자를 놓쳤다는 것을 알고 있었다. 하지만 그 일이 우리 두 사람 중 누구에게도 안타까운 일이었다는 생각은 들지 않았다. 나는 얼굴도 보지 못한 돌아가신 아버지를 그리워하지도 않았고, 내 생김새가 달랐다면 사귀었을지 모르는 여자친구를 아쉬워하지도, 또 전쟁터로 떠나며 거들먹거리는 잠깐의 순간이 아쉽지도 않았다.

어머니와 나는 저녁식사 때 즐겨 먹는 음식이 있었고 즐겨 듣는 라디오 프로그램이 있었다. 특히 잠자리에 들기 전에는 늘 BBC 해외 뉴스를 들었다. 국왕이나 윈스턴 처칠이 말할 때는 어머니의 눈이 촉촉해졌다. 어머니와 함께 영화 〈미니버 부인〉을 보러 간 적이 있는데, 어머니는 그것을 보고도 감동했다. 드라마가 우리의 삶을 채워주었다. 허구의 드라마와 실제의 드라마가. 됭케르크 철수 작전, 왕족의 용감한 행동, 밤마다 런던에서 터지는 폭탄, 변함없이 울리며 음울한 뉴스를 알리는 빅벤. 그리고 바다에서 침몰한 배들. 무엇보다 끔찍했던 것은 캐나다와 뉴펀들랜드* 사이, 우리 해안과 가까운 바다에서 민간인을 태운 페리가 침몰한 것이었다.

그날 밤 나는 잠을 이룰 수 없어 타운의 거리를 배회했다. 바다 밑바닥으로 가라앉은 사람들이 자꾸 생각났다. 뜨개질을 하고 있던, 내 어머니만큼 나이가 들었을 노부인들. 치통을 앓는 꼬마. 죽기 전 마지막 삼십 분을 뱃멀미로 툴툴거리느라 다 써버렸을 사람들. 나는 한편으로는 공포와 한편으로는—최대한 비슷하게 묘사한다면—서늘한 흥분이 뒤섞인 아주 묘한 감정에 사로잡혔다. 순식간에 모든 것이 날아가고, 한순간에 나 같은 사람들이나 나보다 더 못한 사람들이나 그들 같은 사람들이나 모두 평등—이렇게 말해야겠다—평등해진다.

물론 전쟁이 어느 정도 진행되어 내가 온갖 상황에 익숙해지면서 이런 감정은 사라졌다. 벌거벗은 건강한 엉덩이도, 앙상하고 늙은 엉덩이도 모두 가스실로 보내졌다.

혹 그 감정이 완전히 사라지지 않았다면 내가 그것을 때려눕히는 법을 익혔다.

그 시절 나는 종종 오나이다와 마주쳤을 테고, 그녀의 삶을 지켜보았을 것이다. 그럴 수밖에 없었다. 그녀의 아버지는 유럽전승기념일**

---

* 1949년 캐나다 연방의 뉴펀들랜드주가 되기 전까지는 뉴펀들랜드 자치령이었다.
** 1945년 5월 8일 2차대전에서 연합국이 나치 독일의 무조건 항복을 받아들인 날.

직전에 사망하여 장례식과 경축의 분위기가 좀 어색하게 뒤섞여 있었다. 내 어머니도 같은 운명이었는데, 그해 여름 원자폭탄에 대한 뉴스가 전해지던 바로 그 무렵이었다. 어머니는 더 놀랍게도 일을 하다가 "좀 앉아야겠어" 하고는 공개적인 자리에서 곧바로 돌아가셨다.

죽기 전 마지막 한 해 동안 오나이다의 아버지는 사람들 눈에 잘 띄지도 않았고, 그의 소식이 들리지도 않았다. 호크스버그를 오가던 가식적인 생활은 끝났지만 오나이다는 그 어느 때보다 바쁜 것 같았다. 아니, 그 무렵이라면 누구를 만나든 모두 바쁘다는 느낌을 받았을 것이다. 배급통장을 들고서 계속 식량 배급을 받으러 다니고 전선으로 편지를 부치고 반송된 편지에 대해 말하느라 모두 바빴다.

오나이다의 경우에는 그 큰 집을 관리하느라 바빴는데, 지금은 오롯이 그녀 혼자의 책임이었다.

어느 날 그녀가 길에서 나를 불러 세우더니 집을 파는 것에 대해 내 조언을 듣고 싶다고 했다. 그 집을. 나는 그 일을 의논할 만한 상대가 아닌 것 같다고 그녀에게 말했다. 그녀는 내가 그럴 상대는 아닐지 모르지만 그래도 나를 안다고 했다. 물론 그녀가 나를 아는 것은 타운의 다른 누군가를 아는 것과 별반 다르지 않았지만 그녀는 고집을 부렸고 더 많은 이야기를 하고 싶다며 내 집으로 왔다. 그녀는 내가 한 페인트 칠과 새로운 가구 배치를 보며 감탄했고, 그런 변화가 어머니에 대한 그리움을 참는 데 도움이 되었겠다고 말했다.

사실이었지만 대부분의 사람들은 그런 말을 직접적으로 하지 않았다.

나는 접대에는 익숙지 않아서 다과도 전혀 내놓지 않고 그저 집을 파는 것에 대해 신중하고 진지한 조언을 몇 마디 해주었다. 그리고 내가 전문가가 아니라는 사실만 거듭 일깨워주었다.

하지만 그녀는 내가 해준 말은 싹 무시하고 밀어붙였다. 그 집을 처음 사겠다고 나선 사람에게 판 것이다. 그 사람이 그 집이 정말 마음에 든다고 했고 얼른 그 집에서 자식을 키우고 싶다고 지껄여댔다는 것이 가장 큰 이유였다. 자식이 있건 없건 그 사람이야말로 타운에서 가장 믿지 못할 작자였고 제시한 가격도 보잘것없었다. 나는 그녀에게 그 사실을 꼭 말해주어야 했다. 내가 아이들은 집을 엉망으로 만들어놓는다고 하자 그녀는 아이들이란 원래 그렇다고 말했다. 그녀의 어린 시절과는 딴판으로, 집안을 쿵쾅거리며 돌아다니는 아이들. 사실 그 아이들은 그럴 기회조차 없었는데, 구매자가 그 집을 허문 뒤 엘리베이터가 있는 4층짜리 아파트를 세우고 주변 땅은 주차장으로 만들었기 때문이었다. 타운에 최초로 세워진, 진짜 아파트 건물이었다. 그 모든 일이 일어나자 그녀는 충격에 휩싸여 자신이 할 수 있는 일이 있는지—그 건물을 역사적 유산으로 선포한다거나 서면으로 하지 않은 약속을 어긴 혐의로 구매자를 고소한다거나—알고 싶다며 나를 찾아왔다. 그녀는 사람이 그런 짓을 할 수 있다는 사실에 놀라워했다. 그것도 꼬박꼬박 교회에 가는 사람이.

"난 겨우 크리스마스에만 교회에 갈 만큼만 착하지만," 그녀가 말했다. "그래도 그런 짓은 안 했을 거예요."

그녀가 고개를 설레설레 저으며 웃음을 터뜨렸다.

"내가 바보였어요." 그녀가 말했다. "당신 말을 들었어야 했는데, 그렇죠?"

그때 그녀는 제법 좋은 집의 절반을 빌려 살고 있었는데, 집에서 보이는 풍경이라곤 길 건너 집뿐이라고 불평했다.

마치 대부분의 사람들은 그것 말고 더 많은 것을 보고 산다는 듯이. 나는 아무 말도 하지 않았다.

아파트 공사가 다 끝나자, 그녀는 그 건물 꼭대기 층으로 다시 이사를 했다. 그녀가 집값을 할인받지 않았고 심지어 그런 요구조차 하지 않았을 것은 뻔했다. 그녀는 주인에 대한 악감정은 어느새 다 털어내고 아파트 전망과 지하 세탁실에 대한 찬사를 늘어놓았는데, 그 세탁실에서는 빨래를 할 때마다 동전을 넣어야 했다.

"나는 알뜰하게 사는 법을 배우고 있어요. 내킬 때마다 빨래를 던져넣지도 않고요." 그녀가 말했다.

"결국 세상을 돌아가게 만드는 건 그런 사람들이죠." 그녀가 그 사기꾼에 대해 말했다. 그리고 집에 와서 전망을 보라며 나를 초대했지만 나는 핑계를 댔다.

하지만 그때 이후로 그녀와 나는 서로 자주 만나기 시작했다. 그녀는 집과 관련된 고민이나 결정을 이야기하려고 우리집에 찾아오는 습관이 생겼는데, 고민이 해결된 뒤에도 계속 찾아왔다. 내가 텔레비전을 구입했기 때문이었다. 그녀는 중독될까봐 두렵다며 텔레비전을 사지 않았다.

나는 하루의 대부분을 밖에서 보냈기 때문에 그런 걱정은 하지 않았다. 그 시절에는 재미있는 프로그램이 많았다. 그녀의 취향과 내 취향은 대체로 잘 맞았다. 우리는 주로 공영방송을 즐겨 보았고, 특히 영국 코미디를 좋아했다. 어떤 것은 보고 또 보았다. 코미디의 내용보다는 상황 자체가 우리의 흥미를 끌었다. 나는 처음에 외설적이기까지

한 영국인의 솔직함에 당황했지만 오나이다는 다른 어떤 것보다 그것을 재미있어했다. 그 시리즈가 처음부터 다시 방영되자 우리는 툴툴거리면서도 역시나 다시 빠져들어 열심히 보았다. 우리는 심지어 화질이 떨어진 옛날 프로까지 보았다. 요즘 나는 이따금 그런 오래된 시리즈물이 새것처럼 선명한 화질로 방송되는 것을 보는데, 그러면 어쩐지 슬퍼져 채널을 돌려버린다.

나는 일찍부터 요리를 배워 음식을 제법 잘했다. 가장 재미있는 텔레비전 프로그램이 저녁식사 시간 직후에 방영되었기 때문에, 나는 우리가 함께 먹을 음식을 만들었고 그녀는 빵집에서 디저트를 사왔다. 우리는 내가 구입한 접이식 탁자 두 개에서 저녁을 먹으며 뉴스를 보았고 그뒤에는 우리가 좋아하는 프로그램을 보았다. 내 어머니는 식탁에서 식사를 해야만 품위 있게 사는 것이라고 생각해 반드시 그렇게 해야 한다고 주장했지만, 오나이다는 그런 것에는 아무런 제약이 없는 것 같았다.

그녀가 떠나는 시간은 아마 열시 이후였을 것이다. 그녀는 걸어가도 괜찮다고 했지만 그건 내가 싫어서 내 차로 그녀를 데려다주었다. 그녀는 아버지를 태우고 다니던 차를 처분한 뒤로 다른 차를 사지 않았다. 사람들은 비웃었지만 그녀는 타운 곳곳을 걸어서 돌아다니는 자신의 모습을 누군가 봐도 전혀 신경쓰지 않았다. 걷기와 운동이 아직 유행하지 않던 시절이었다.

우리가 함께 어딘가에 간 적은 없었다. 내가 그녀를 보지 못하는 날도 있었는데, 그녀가 타운 밖으로 나가거나 혹은 멀리 나가지 않더라도 타운에 온 외부인들을 접대해야 하는 날이었다. 나는 그 사람들을 만날 일이 없었다.

그건 아니다. 내가 무시당한 것처럼 보일 수도 있겠지만, 그건 아니다. 새로운 사람들을 만나는 것은 내게 시련이었고 그녀는 분명 그 사실을 알았을 것이다. 함께 식사를 하는 것, 텔레비전 앞에서 함께 저녁시간을 보내는 것. 그 일상적인 습관은 아주 편하고 여유로운 것이어서 앞으로 어떤 난관도 없을 것 같았다. 많은 사람들이 그 사실을 알았겠지만 그 상대가 나여서 별로 주목하지 않았다. 내가 그녀의 소득세업무를 처리해줬다는 사실은 알려져 있었다. 왜 안 그랬겠는가. 내가할 줄 아는 일이 바로 그거였는데. 그녀가 그 일을 할 수 있을 거라고기대한 사람은 아무도 없었을 것이다.

그녀가 내게 비용을 지불하지 않았다는 사실도 알려졌는지는 나도잘 모르겠다. 정식으로 하자면 내가 명목상의 비용이라도 청구했겠지만 그 문제로 이야기를 나눈 적은 없다. 그녀가 인색해서가 아니었다.그녀는 그저 그런 생각을 하지 못했을 뿐이었다.

그녀의 이름을 부를 일이 있을 때 가끔 내 입에서 아이다라는 이름이 튀어나왔다. 내가 그녀의 얼굴을 쳐다보며 그 이름을 부르면 그녀는 나를 조금 타박했다. 그녀는 내가 걸핏하면 사람들을 학생 때 별명으로 부르는 것을 좋아한다는 점을 지적했다. 나는 미처 알아차리지못한 점이었다.

"아무도 안 그래요." 그녀가 말했다. "당신만 그래요."

나는 그 말에 약간 발끈했지만 그것을 감추려고 무진 애를 썼다. 내가 무엇을 하고 무엇을 하지 않는지에 관련된 문제에 대해 사람들이느끼는 바를 그녀가 왈가왈부할 자격이 있는가? 그 말에는 어쨌거나 내가 어린 시절에서 벗어나고 싶어하지 않는다는 사실이 암시되어 있었다. 그래야 어린 시절에 머무르면서 모두를 내 옆에서 지내게 할 수 있을 테니까.

그렇게 생각하면 문제는 너무 간단해졌다. 지금 생각하면 내 학창시절은 내가—내 얼굴이—어떻게 보이는지에 익숙해지다가, 다른 사람들이 그것을 어떻게 생각하는지에 익숙해지다가 다 가버린 것 같다. 내가 새로운 사람들과 끊임없이 부대끼지 않고도 이곳에서 살아남아 생계를 유지할 수 있음을 알게 된 것, 그리고 이곳에서 용케 버텨낸 것을 나는 작은 승리라고 생각한다. 하지만 내가 우리 모두를 다시 초등학교 4학년으로 데려가는 것을 원하는지에 대해 말하자면, 고맙지만 그건 사양하겠다.

그러면 자기 의견을 내세울 줄 아는 오나이다는 어땠는가? 내 생각에 그녀는 아직 안정되지 않은 것 같았다. 사실 그 저택이 사라지면서 그녀를 이루고 있던 많은 부분도 함께 사라졌다. 타운은 변하고 있었고 타운에서 그녀의 위상도 변하고 있었지만, 그녀는 좀처럼 그 사실을 깨닫지 못했다. 물론 변화는 항상 있어왔다. 전쟁 전에는 사람들이 더 나은 삶을 찾아 다른 곳으로 떠나면서 변화가 일어났다. 1950년대와 60년대, 70년대에는 이곳에 새로 들어오는 사람들이 변화를 일으켰다. 당신은 오나이다가 아파트 건물로 이사갈 때 그 변화에 대해 알아챘으리라 생각할지도 모른다. 하지만 그녀가 그 변화를 다 알아챈 건 아니었다. 마치 삶이 시작되기를 기다리는 사람처럼, 그녀에게선 여전히 묘한 망설임과 가벼움이 느껴졌다.

그녀는 물론 다른 곳으로 여행을 떠나곤 했고, 어쩌면 그곳에서 새로운 삶이 시작될 거라고 기대했을지도 모른다. 하지만 그런 행운은 없었다.

　타운 남쪽 변두리에 새로운 쇼핑몰이 들어서고 크레브스 백화점이 사업을 접었던 그 시절에(나는 아무 문제 없었다. 그 백화점이 아니어도 일거리는 충분했다), 겨울 휴가를 떠나는 타운 사람들의 수가 점점 많아지는 것 같았다. 사람들은 멕시코나 서인도제도 같은, 우리와는 전혀 상관이 없던 곳으로 떠났다. 내가 보기에 그 결과 사람들은 역시 우리와는 전혀 상관이 없던 질병에 걸려 돌아왔다. 한동안 그런 일이 일어났다. 특별한 이름이 붙은 '올해의 질병'이 생겼다. 아마 그런 일은 여전히 일어나고 있겠지만 지금은 아무도 크게 신경쓰지 않는다. 아니면 내 또래들이 신경쓰지 않는 것일 수도 있고. 자신이 어떤 심각한 병에 걸려 죽는 일은 없을 거라고 확신하거나, 아니면 이미 그런 일이 일어났거나, 둘 중 하나다.
　어느 저녁 텔레비전 프로그램이 끝났을 때 나는 오나이다가 돌아가기 전에 차를 한잔 만들어주려고 자리에서 일어섰다. 부엌으로 걸어가는데 갑자기 몸에 지독히 이상한 느낌이 찾아왔다. 나는 휘청하며 무릎을 꿇고 주저앉았다가 바닥에 쓰러졌다. 오나이다가 나를 일으켜 의자에 앉혔고, 곧 의식이 돌아왔다. 나는 그녀에게 이따금 이럴 때가 있으니 걱정할 것 없다고 말했다. 내가 왜 그렇게 말했는지는 모르겠지만 그것은 거짓말이었고, 어쨌거나 그녀는 내 말을 믿지 않았다. 그녀는 아래층 침실로 나를 옮겨주었고 신발도 벗겨주었다. 그리고 조금

저항하기는 했지만 나는 결국 그녀가 내 옷을 벗기고 잠옷으로 갈아입히는 걸 따랐다. 나는 그 상황을 드문드문 알아차릴 뿐이었다. 내가 그녀에게 택시를 잡아타고 집으로 돌아가라고 했지만 그녀는 내 말을 듣지 않았다.

그날 밤 그녀는 거실 소파에서 잠을 잤고 다음날에는 내 집을 살펴고 다니다가 아예 내 어머니의 침실에 자기 짐을 풀었다. 그러는 데 필요한 일을 하느라 낮에 아파트에 다녀왔을 테고, 아마도 내 식량을 채워주려고 쇼핑몰로 식료품도 사러 갔을 것이다. 그녀는 또한 의사에게 내 이야기를 해서 약국에서 약을 받아왔다. 그녀가 내 입술에 그 약을 대주면 나는 받아 삼켰다.

나는 거의 그 주 내내 의식이 오락가락하고 아프고 열이 났다. 때때로 그녀에게 내가 회복되고 있는 것 같다고, 나 혼자 할 수 있다고 말했지만 그것은 터무니없는 거짓말이었다. 나는 대체로 그녀가 시키는 대로 했고 병원 간호사에게 의지하듯 아무렇지 않게 그녀에게 의지하게 되었다. 그녀는 열이 오른 몸을 다루는 데는 간호사처럼 능숙하지 않아서, 나는 이따금 기력이 생기면 여섯 살짜리처럼 불평을 했다. 그러면 그녀는 미안하다고 했지만 그것을 기분 나쁘게 생각하지는 않았다. 나는 그녀에게 병이 좀 나은 것 같다고, 이제 아파트로 돌아가는 것을 고려해보라고 말하다가도 이기적인 행동을 했다. 그녀의 이름을 부른 것이다. 그녀가 그곳에 있다는 것을 확인하는 것 말고는 아무 이유도 없는 행동이었다.

이제 나는 내가 어떤 병에 걸렸든 그녀가 옮을 수도 있다는 걱정을 할 수 있을 만큼 회복되었다.

"마스크를 써요."

"내 걱정은 하지 마요." 그녀가 말했다. "내가 그 병에 걸릴 거였으면 진작 걸렸을 거예요."

처음으로 몸이 정말 나아진 것 같자, 나는 조금 여유가 생겨서 내가 또다시 어린아이가 된 듯한 느낌을 받고 있다는 사실을 인정하기가 싫었다.

그녀는 당연히 내 어머니가 아니었고, 어느 아침 눈을 떴을 때 나는 그 사실을 깨달았다. 그녀가 내게 해준 모든 일을 떠올려보니 적잖이 부끄러웠다. 어떤 남자라도 그런 기분이 들었겠지만 내 모습이 어떤지를 누구보다 잘 아는 나로서는 특히 더 그랬다. 지금은 나도 그때 일을 어느 정도 잊었지만, 생각해보면 그녀는 그때 전혀 부끄러워하지 않았던 것 같다. 그녀에게는 내가 중성적인 존재이거나 불쌍한 어린아이여서 아무렇지 않게 그런 일들을 해낼 수 있었을 것이다.

나는 이제 예의를 되찾았고, 감사의 말을 하는 중간중간에 그녀가 이제 그녀의 집으로 돌아갔으면 좋겠다는 진실한 바람도 끼워넣었다.

그녀는 무슨 말인지 알아들었지만 기분이 상한 것 같지는 않았다. 그녀도 틀림없이 그 모든 노루잠과 익숙하지 않은 간병에 지쳤을 것이다. 그녀는 내게 필요한 물품을 마지막으로 구입하고 내 체온을 마지막으로 잰 뒤 할일을 모두 끝낸 사람처럼 홀가분한 심정으로 떠났을 것이다. 떠나기 직전 그녀는 거실에서 내가 혼자서도 옷을 잘 입는지 확인하려고 기다리다가 성공하는 것을 보고 나서야 마음을 놓았다. 그녀가 채 집밖으로 나가기도 전에 나는 장부를 꺼내 내가 아파서 쓰러진 날 하고 있었던 일을 다시 시작했다.

머리 회전이 느려지긴 했지만 그래도 정확했고, 그 사실에 나는 한결 마음이 놓였다.

그녀는 우리가 텔레비전을 같이 보는 날―정확히는 그날 저녁―까지 나를 혼자 내버려두었다. 그녀가 통조림 수프를 들고 집에 찾아왔다. 한끼 식사가 되기에는 충분하지 않았고 그녀가 직접 만든 것도 아니었지만 그래도 허기는 채워주었다. 그녀는 식사를 준비하려고 여유 있게 도착했다. 그러고는 내게 묻지도 않고 통조림을 땄다. 그녀는 내 부엌에 대해 훤히 알았다. 그녀가 수프를 데워 그릇에 담았고 우리는 함께 그것을 먹었다. 내가 당장 영양분이 필요한 환자라는 사실을 일깨워주는 듯한 행동이었다. 어떤 면에서 그것은 사실이었다. 그날 점심때 나는 손이 부들거려 통조림 따개를 사용할 수 없었다.

우리는 보통 프로그램 두 개를 연속해서 보곤 했다. 하지만 그날 저녁에는 두번째 프로그램은 볼 수 없었다. 두번째 프로가 시작되기도 전에 그녀가 참지 못하고 어떤 대화를 시작한 것이다. 나는 몹시 불안해졌다.

요지는 그녀가 내 집에 들어와 살 준비가 되었다는 것이었다.

먼저 그녀는 아파트에서 사는 것이 행복하지 않다고 했다. 그건 큰 실수였다고. 그녀는 주택을 좋아했다. 하지만 그렇다고 그녀가 태어난 집을 떠난 것을 후회하는 것은 아니었다. 그때 그 집에서 혼자 살았다면 아마 미쳐버렸을 것이다. 아파트가 답이라고 단순하게 생각한 것이 실수였다. 그녀는 그 아파트에서 행복하지 않았고 앞으로도 그럴 것이다. 내 집에서 얼마간 생활하면서 그 사실을 깨달았다. 내가 아팠을 때. 그녀는 그것을 오래전에 깨달았어야 했다. 오래전 그녀가 어린아이였을 때 어떤 집들을 바라보며 그런 집에서 살고 싶다는 걸 깨달았어야 했다.

그녀는 또한 우리가 우리 자신을 온전하게 잘 돌볼 수는 없다고 했다. 지난번 갑자기 아팠을 때 내가 혼자 있었다면? 그런 일이 또 일어나면 어떻게 하는가? 혹 그녀에게 그런 일이 일어난다면?

우리는 서로에게 어떤 감정을 가지고 있다고, 그녀가 말했다. 그냥 일반적인 감정은 아니라고. 우리는 남매처럼 함께 살면서 남매처럼 서로를 잘 보살필 수 있을 테고, 그것은 세상에서 가장 자연스러운 일일 것이다. 모두가 그렇게 받아들일 것이다. 사람들이 그렇게 보지 않을 이유가 뭐가 있겠는가.

그녀가 그 말을 하는 내내 나는 기분이 매우 나빴다. 화가 났고 놀랐고 어안이 벙벙했다. 대화가 끝나갈 즈음, 그녀가 아무도 그 상황에 대해 별다르게 생각하지 않을 거라고 말했을 때가 최악이었다. 그러면서도 한편으로 나는 그녀의 말이 무슨 의미인지 알았다. 사람들이 우리가 함께 사는 데 익숙해질 거라는 말에는 아마 나도 동의했을 것이다. 우리에 대한 지저분한 농담은 한두 마디도 들리지 않을 것이다.

그녀의 말이 아마 맞을 것이다. 그럴듯한 소리다.

하지만 그녀의 말에 나는 지하실로 내동댕이쳐지고 머리 위로 판판한 문이 쾅 닫히는 기분이 들었다.

어떤 일이 있어도 그녀에게 내 마음을 들키지 않을 것이다.

나는 흥미로운 제안이기는 하지만 그럴 수 없는 이유가 한 가지 있다고 말했다.

뭐였을까?

내가 그녀에게 미처 말하지 못한 것이 있었다. 그 모든 병치레와 소란에도 불구하고. 나는 이 집을 내놓았다. 그리고 팔렸다.

아아. 그녀에게 왜 진작 그 말을 하지 않았을까?

나는 그때 전혀 눈치를 채지 못했다고 말했다, 솔직하게. 그녀가 그런 생각을 하고 있었는지 전혀 눈치채지 못했다고.

"이번에도 나는 그 생각을 더 일찍 해내지 못했네요." 그녀가 말했다. "살면서 늘 그랬던 것처럼요. 나한테 뭔가 문제가 있나봐요. 나는 늦장을 부리며 자꾸 생각하는 걸 미뤄요. 늘 시간이 충분하다고 생각하는 것 같아요."

나는 나 자신을 구출했지만 대가가 없지는 않았다. 집, 이 집을 내놓고 최대한 빨리 팔아야 했다. 그녀가 집을 팔았던 것과 거의 같은 식이었다.

나는 그녀만큼 빠르게 집을 팔았지만 그녀처럼 어처구니없는 가격에 팔지는 않았다. 그러고 나니 모든 짐을 처분해야 하는 일이 기다리고 있었다. 신혼여행을 갈 돈이 없었던 부모님이 곧바로 이 집에 들어온 뒤 계속 쌓이기만 했던 짐들이었다.

이웃들은 놀랐다. 오래된 이웃은 아니었고 내 어머니가 누군지도 모르는 사람들이었지만 내가 나갔다 들어오는 것에, 내 규칙적인 습관에 익숙해진 사람들이었다.

그들은 이제 내 계획이 무엇인지 알고 싶어했다. 하지만 나는 내게 아무런 계획도 없다는 것을 깨달았다. 내가 늘 해오던 일을 하는 것 말고는. 그리고 나는 이미 일을 줄여가고 있었고 주의할 것이 더 많은 노년을 기다리고 있었다.

나는 살 집을 찾아 타운을 돌아다녔는데 그나마 내게 적당한 집들 중 빈집은 딱 한 채뿐이었다. 그리고 그 집은 오나이다의 옛집이 있던 자리에 세워진 아파트 건물에 있었다. 그녀가 사는 전망 좋은 꼭대기 층은 아니고 맨 아래층이었다. 나는 어쨌거나 전망은 크게 중요하게 생각하지 않아서 그 집으로 결정했다. 달리 내가 무엇을 할 수 있는지도 알 수 없었고.

물론 나는 그녀에게 말할 생각이었다. 하지만 내가 이야기를 꺼내기도 전에 말이 새어나갔다. 그녀에게는 어쨌든 그녀만의 계획이 있었다. 여름 이맘때는 우리가 즐겨 보던 프로그램도 하지 않았다. 우리가 규칙적으로 만나는 시기가 아니었다. 그리고 나는 그 문제와 관련해 그녀의 양해나 허락을 구해야 한다고는 생각지 않았다. 그 집을 구경하고 임대계약서에 서명을 하는 동안 나는 그녀를 어디에서도 보지 못했다.

그 아파트를 보러 갔을 때, 혹은 나중에 다시 그때를 떠올리면서 나는 한 가지 사실을 깨닫게 되었다. 어떤 사람이 내게 말을 걸었는데, 나는 처음에 그를 알아보지 못했다가 잠시 뒤에야 내가 오랫동안 알고 지낸 사람임을, 반평생 길에서 인사를 나누었던 사람임을 알아보았다. 만약 길에서 보았다면 세월의 공격에도 불구하고 그를 알아보았을 것이다. 하지만 여기서는 알아보지 못했고 우리는 그것 때문에 웃었다. 그는 내게 묘지로 이사를 오느냐고 물었다.

나는 사람들이 이곳을 그렇게 부르는지 몰랐다고 말한 뒤 그렇다고,

그렇게 될 것 같다고 말했다.

그러자 그는 내가 유커 게임을 하는지 알고 싶어했고, 나는 어느 정도는 할 줄 안다고 대답했다.

"잘됐군요." 그가 말했다.

그때 나는 생각했다. 오래 살다보면 많은 문제들이 그냥 해결된다고. 선택된 사람들만 들어가는 모임에도 들어갈 수 있게 된다. 어떤 장애를 가지고 살았건 그 시기에 이르면 많은 문제들이 상당수 해결된다. 모두의 얼굴이 고통을 경험했다. 당신의 얼굴만이 아니라.

그러자 나는 오나이다가 떠올랐다. 내 집으로 이사를 오겠다고 말할 때 그녀의 표정이 어땠는지가. 그녀는 이제 날씬하지 않았고 밤에 내가 깰 때 같이 깨느라 수척해지고 지쳤을 것이다. 하지만 그녀의 나이가 더 많은 것을 말해주었다. 그녀의 아름다움은 줄곧 연약한 아름다움이었다. 금발에 쉽게 홍조를 띠는 얼굴, 거기에 양해를 구하는 태도와 상류층의 자신감이 묘하게 뒤섞여 있었다. 그것이 한때는 그녀가 가지고 있었으나 지금은 잃어버린 것이었다. 내게 그 제안을 했을 때 그녀는 긴장되어 보였고 표정은 야릇했다.

물론 내게 선택할 자격이 있었다면 나는 당연히 내 키를 고려해 더 작은 여자를 골랐을 것이다. 크레브스 집안의 친척이고 어느 여름 그곳에서 일했던, 머리색이 짙은 그 얌전한 대학생. 아마도 그런 여자를.

어느 날 그 여대생이 요즘에는 내 얼굴을 더 괜찮게 고칠 수 있다고 친절히 알려주었다. 깜짝 놀랄 거라고, 그녀는 말했다. 온타리오주 의료보험에 가입되어 있으면 비용도 들지 않는다고.

그녀의 말은 사실이었다. 하지만 내가 어떻게 설명할 수 있었겠는가? 병원으로 찾아가 지금껏 내게 없었던 것을 바란다고는 도저히 말할 수 없다는 것을.

　내가 짐을 꾸리고 처분하는 도중에 오나이다가 찾아왔다. 그녀는 전보다 더 좋아 보였다. 머리 모양이 달라졌는데 색깔도 좀더 갈색으로 변한 것 같았다.

　"한꺼번에 전부 내다버리면 안 돼요." 그녀가 말했다. "당신이 모은 타운의 역사 자료 말이에요."

　나는 골라서 버리고 있다고 했지만 그 말이 전적으로 사실은 아니었다. 우리 둘 다 이미 일어난 일에 대해 실제로 신경쓰는 것보다 더 관심 있는 척하는 것 같았다. 지금 타운의 역사에 대해 돌이켜보면, 결국 타운들은 다 거기서 거기라는 생각을 하게 된다.

　내가 아파트로 들어가는 것에 대해 우리는 아무 말도 하지 않았다. 오래전 이 문제에 대한 논의가 끝났고 그것을 당연하게 받아들이기라도 한 것처럼.

　그녀는 여행을 떠날 거라고 했고, 이번에는 목적지를 말해주었다. 세이버리 아일랜드로 간다고. 그 말만으로 충분하다는 듯이.

　나는 그곳이 어디인지 정중히 물었고 그녀는 이렇게 대답했다. "아, 해안에서 좀 떨어진 곳이에요."

　그것이 질문에 대한 답이라도 된다는 듯이.

　"오랜 친구가 거기 살아요." 그녀가 말했다.

　물론 그 말은 사실일 것이다.

"그 친구는 이메일을 보내요. 나더러도 그렇게 하래요. 어쨌든 나는 그런 건 별로 흥미가 없지만요. 하지만 나도 그렇게 해보려고요."

"해볼 때까지는 절대 모르니까요."

나는 무슨 말이라도 더 해야 할 것 같았다. 그녀가 가려는 곳의 날씨가 어떤지, 그런 것을 물어본다든가. 하지만 내가 무슨 말을 생각해내기도 전에 그녀가 조그맣게, 비명 같기도 하고 웃음소리 같기도 한 독특한 소리를 냈다. 그러고는 손을 입으로 가져간 뒤 커다란 보폭으로 하지만 조심스럽게 내 창문을 향해 다가갔다.

"조심해요, 조심해." 그녀가 말했다. "이것 좀 봐요, 이거."

그녀가 거의 소리도 내지 않고 웃었다. 그녀의 괴로운 심정을 나타내는 것 같은 웃음이었다. 내가 일어서자, 그녀는 조용히 하라는 듯 등 뒤로 한 손을 내저었다.

우리집 뒷마당에는 새 물통이 있었다. 오래전 어머니가 새들을 바라볼 수 있도록 그곳에 놓아둔 것이었다. 어머니는 새들을 아주 좋아했다. 생김새는 물론이고 노랫소리만으로도 어떤 새인지 알아낼 정도였다. 나는 한동안 그 물통을 내팽개쳐두었다가 그날 아침에야 물을 채워넣었다.

지금 어떤 일이 생겼는가?

새들로 북적였다. 흰색과 검은색이 섞인 새들이 폭풍처럼 몰려왔다.

새들이 아니었다. 울새보다는 크고 까마귀보다는 작았다.

그녀가 말했다. "스컹크예요. 작은 스컹크들. 검은색보다 흰색이 더 많네."

얼마나 아름다운가. 여기서 번쩍 저기서 번쩍 춤을 추듯 움직이지만, 서로의 길을 방해하지는 않는다. 몇 마리나 있는지, 한 마리의 몸이 어디에서 시작해 어디에서 끝나는지도 절대 알 수 없다.

우리가 지켜보는 동안 그것들은 한 마리씩 일어나 물통에서 멀어지더니 마당을 가로지른다. 재빠르게, 대각선으로 똑바르게. 의기양양하지만 신중하게. 다섯 마리다.

"맙소사." 오나이다가 말했다. "도심지에서."

그녀의 표정이 황홀해진다.

"이런 광경 본 적 있어요?"

나는 없다고 했다. 단 한 번도.

나는 그녀가 또다른 말을 해서 그 순간을 망칠 거라고 생각했다. 하지만 그녀는 그러지 않았다. 우리 둘 다 그러지 않았다.

우리는 그 순간 한없이 즐거웠다.

코리

"돈이 오직 한 집에만 집중되는 건 좋지 않아. 이런 타운에선 대개 그렇긴 하지만." 칼턴 씨가 말했다. "내 말은, 여기 내 딸 코리 같은 여자애한테 좋지 않다는 거야. 예를 들면 이 아이 같은 여자한테. 그건 좀 곤란해. 비슷한 수준이 아무도 없잖아."

코리는 식탁 맞은편에 앉아 손님의 눈을 똑바로 쳐다보았다. 그녀는 이 상황이 재미있는 것 같았다.

"이 아인 누구와 결혼하게 될까?" 그녀의 아버지가 말을 이었다. "이제 스물다섯인데."

코리가 눈썹을 치켜세우며 얼굴을 찡그렸다.

"한 살 뺐어요." 그녀가 말했다. "스물여섯이에요."

"우습니?" 그녀의 아버지가 말했다. "웃고 싶으면 맘껏 웃어."

그녀가 크게 소리 내어 웃었다. 정말이지 저 여자가 달리 뭘 할 수 있겠어. 손님은 생각했다. 그의 이름은 하워드 리치. 그녀보다 겨우 몇 살 많았지만 그녀의 아버지가 방금 알아낸 바에 따르면 이미 아내와 어린 자식이 하나 있었다.

그녀의 표정은 순간순간 빠르게 변했다. 이는 눈부시게 하얗고 키는 작고 곱슬머리에 머리색은 검은색에 가까웠다. 도드라진 광대뼈에 불빛이 비쳤다. 포근해 보이는 여자는 아니었다. 깡마른 편이라고, 그녀의 아버지라면 그런 말을 보탰을 것이다. 하워드 리치가 생각하기에 그녀는 대부분의 시간을 골프와 테니스를 치면서 보내는 부류의 여자였다. 꼬박꼬박 말대답을 하긴 해도 관습적인 사고방식을 가진 여자일 거라고, 그는 예상했다.

그는 이제 막 경력을 쌓기 시작한 건축가였다. 하워드가 지금 타운의 성공회 교회의 탑을 재건하는 일을 맡고 있었기 때문에 칼턴 씨는 그를 고집스레 교회 건축가라고 불렀다. 금방이라도 무너질 것 같은 그 탑을 칼턴 씨가 살려내기로 했다. 그렇다고 칼턴 씨가 성공회 신자는 아니었다. 그는 그 점을 몇 번이나 강조했다. 그는 감리교 교회에 다녔고 뼛속까지 감리교 신자였다. 그의 집에 술이 없는 이유가 그 때문이었다. 하지만 성공회 교회 건물처럼 훌륭한 건축물이 무너지는 것을 보고만 있을 수는 없었다. 성공회 신자들이 무슨 조치를 취할 거라 기대하기도 어려웠다. 가난한 아일랜드 프로테스탄트 출신인 그들은 그 탑이 무너질 때까지 내버려두었다가 타운에 오점을 남길 흉물을 새로 지어올릴 사람들이었다. 물론 그들은 셰켈*도 없었고, 목수가 아니라 건축가가 필요하다는 것도 이해하지 못했다. 그것도 교회 건축가가.

적어도 하워드가 보기에 이 집의 식사실은 형편없었다. 지금은 1950년
대 중반인데, 모든 것이 세기가 바뀌기 전부터 이 자리에 있었던 것처
럼 보였다. 음식은 그나마 괜찮았다. 식탁 상석에 앉은 남자는 이야기
를 멈추지 않았다. 지금쯤은 그 딸이 이야기를 듣다 지쳤을 거라고 생
각하겠지만 그녀는 금방이라도 웃음을 터뜨릴 것처럼 보였다. 디저트
를 다 먹기 전에 그녀가 담배에 불을 붙였다. 그러고는 하워드에게 담
배를 건네며 다 들릴 만큼 큰 소리로 말했다. "우리 아빠는 신경쓰지
마요." 그는 담배를 받긴 했지만 그녀에 대한 호감이 생긴 것은 아니
었다.

돈만 많은 응석받이 아가씨. 버릇없는.

난데없이 그녀가 그에게 서스캐처원 주지사 토미 더글러스에 대해
어떻게 생각하는지 물었다.

그는 자신의 아내가 그 사람을 지지한다고 말했다. 사실 그의 아내
는 토미 더글러스를 진정한 좌파로 보기엔 부족한 점이 많다고 생각했
다. 하지만 그는 그 문제에 대해 더이상 깊이 이야기하고 싶지 않았다.

"아빠가 그 사람을 정말 좋아하거든요. 아빠는 공산주의자예요."

그 말에 칼턴 씨가 콧방귀를 뀌었지만 그녀는 꿋꿋했다.

"왜요, 아빠는 그 사람이 하는 농담에 웃잖아요." 그녀가 아버지에
게 말했다.

곧 그녀는 하워드를 데리고 나가 주변을 구경시켜주었다. 그녀의 집
은 남성용 부츠와 작업화를 제조하는 공장 바로 건너편에 있었다. 집

---

* 이스라엘의 화폐 단위.

뒤쪽으로는 넓은 잔디밭이 펼쳐져 있고 타운의 절반을 구불구불 감아 도는 강이 흘렀다. 사람들이 오가며 만들어놓은 작은 길이 아래쪽 강 둑까지 이어져 있었다. 그녀가 앞장을 섰고, 그는 그제야 방금 전까지 뭔가 이상하다고 느껴졌던 것이 무엇이었는지 깨달았다. 그녀는 한쪽 다리를 절고 있었다.

"다시 올라가기엔 너무 가파르지 않나요?" 그가 물었다.

"나는 병자가 아니에요."

"당신 보트를 가지고 있군요." 그가 약간은 사과의 뜻으로 말했다.

"당신하고 보트를 타고 나가도 좋겠지만 지금은 아니에요. 우린 지금 일몰을 봐야 하거든요." 그녀는 낡은 부엌 의자를 가리키며 그에게 앉으라고 했다. 일몰을 바라볼 때 사용하는 의자라고 했다. 그녀는 풀 밭에 앉았다. 그는 그녀에게 잘 일어날 수 있겠는지 물어보려다가 그 러지 않기로 했다.

"난 소아마비를 앓았어요." 그녀가 말했다. "그게 전부예요. 엄마도 소아마비를 앓았는데, 돌아가셨어요."

"안타까운 일이군요."

"그렇겠죠. 난 엄마에 대한 기억이 없어요. 다음주에 이집트에 가요. 정말로 가고 싶었는데 지금은 별로 그렇지 않은 것 같아요. 가면 재미 있을 것 같아요?"

"나는 돈을 벌어야 해요."

그는 말해놓고도 깜짝 놀랐고, 아니나 다를까 그녀가 깔깔거리기 시 작했다.

"일반적으로 어떠냐는 거예요." 웃음이 멈추자 그녀가 도도하게 말했다.

"나도 일반적으로 대답한 거예요."

이집트인이건 누구건 재산을 노리고 결혼하려는 혐오스러운 자가 있다면 틀림없이 그녀를 낚아챌 것이다. 그녀는 당돌하면서도 어린아이 같았다. 처음에는 그녀에게 흥미를 보이던 남자도 곧 그녀의 오만하고 자기만족적인 성격—정말로 그렇다면—에 넌더리를 낼 것이다. 물론 그녀에겐 돈이 있었고, 어떤 남자들에게 그것은 결코 지긋지긋한 것이 될 수 없었다.

"아빠 앞에서는 내 다리에 대해 입도 벙긋하지 마요. 뇌졸중으로 쓰러지실지도 모르니까." 그녀가 말했다. "한번은 나를 놀린 아이를 쫓아내면서 그 가족을 다 해고했어요. 사촌들까지 전부."

이집트에서 보낸 독특한 엽서들이 그의 집이 아닌 회사로 날아왔다. 하긴, 그녀가 무슨 수로 그의 집주소를 알았겠는가.

그 엽서들에는 피라미드가 하나도 없었다. 스핑크스도 없었다.

그 대신 지브롤터 암벽이 인쇄된 엽서가 왔는데 '무너진 피라미드'라고 적혀 있었다. 또 한 장에는 평평한 짙은 갈색 들판이 인쇄되어 있었는데, 어딘지 짐작할 수는 없었고 '멜랑콜리아의 바다'라고만 적혀 있었다. 작은 글씨로 써놓은 또다른 메시지가 있었다. "확대경을 보냈으니 돈을 보내주세요." 다행히 엽서는 사무실 사람 누구의 손에도 들어가지 않았다.

그는 답장을 하지 않으려 했지만 결국 하고 말았다. "확대경에 결함이 있으니 환불해주세요."

이제 그녀는 피라미드의 세상에서 돌아왔을 터였다. 하지만 그녀가 지금 집에 있는지 어디 다른 곳으로 놀러갔는지 그는 알 수 없었다. 그러면서도 공연히 교회 첨탑을 살펴본다는 명목으로 그녀가 사는 타운까지 차를 몰고 갔다.

그녀는 집에 있었고 한동안은 그럴 예정이었다. 그녀의 아버지가 뇌졸중으로 쓰러진 것이다.

그녀가 해야 할 일은 별로 많지 않았다. 이틀에 한 번씩 간호사가 찾아왔다. 릴리언 울프라는 여자가 난롯불 관리를 맡았는데, 하워드가 갈 때마다 늘 불이 피워져 있었다. 물론 릴리언은 다른 집안일도 했다. 코리는 불도 제대로 지피지 못했고 음식도 잘 만들지 못했다. 타자도 칠 줄 몰랐고, 그녀의 다리에 맞춰 제작된 구두를 신고도 운전을 하지 못했다. 하워드가 와 있을 땐 그가 그 일들을 맡았다. 그가 난롯불을 살피고 집안의 온갖 일을 처리하고 코리의 아버지가 기력이 있을 때는 그 노인을 보러 가기도 했다.

잠자리에서 그는 그녀의 다리에 어떤 반응을 보여야 할지 확신이 서지 않았다. 하지만 어떤 면에서는 그 다리가 그녀의 다른 부분보다 더 매력적이고 독특해 보였다.

그녀는 그에게 자신은 처녀가 아니라고 했다. 하지만 그것은 복잡한 반쪽짜리 진실이었는데, 그녀가 열다섯 살 때 일어난 피아노 교사와의 일 때문이었다. 그녀는 사람들이 뭔가를 애타게 바라면 미안한 마음이 들곤 했고, 그래서 피아노 교사가 원하는 대로 따라준 것이었다.

"그걸 모욕으로 받아들이지는 마요." 그녀는 그렇게 말한 뒤 이제는 예전처럼 사람들에게 그런 식의 미안함을 느끼지 않는다고 했다.

"당연히 그래야죠." 그가 말했다.

그러자 그 역시 자신에 대해 뭔가 말하고 싶어졌다. 과거에 콘돔을 갖고 다닌 적이 있긴 하지만, 그렇다고 자신이 틈만 나면 여자를 꼬드기는 남자는 아니라고. 사실 그녀는 그가 잠자리를 같이한 두번째 여자였고 첫번째는 그의 아내였다. 그는 매우 종교적인 분위기에서 자랐고 지금도 어느 정도는 신을 믿었다. 아내에게는 그 사실을 비밀로 했는데, 아내는 매우 좌파적인 생각을 가진 사람이라 그 말을 농담거리로 삼을 것이 뻔했기 때문이었다.

코리는 그가 신앙을 가졌음에도 지금 그들이 하고 있는 행위—그들이 방금 마친 행위—때문에 괴로워하는 것 같지 않아서 다행이라고 말했다. 그리고 자신은 아버지만으로도 벅찼기 때문에 신에게 쓸 시간은 없었다고 했다.

두 사람이 만나는 건 그리 어려운 일이 아니었다. 하워드는 일 때문에 종종 낮에 현장을 살피러 가거나 고객을 만나러 다녀야 했다. 키치너에서 차를 몰고 오면 오래 걸리지도 않았다. 그리고 코리는 지금 그 집에 혼자 살았다. 아버지는 돌아가셨고, 그녀를 위해 일하던 릴리언은 일자리를 찾아 도시로 떠났다. 코리는 그녀의 결정에 찬성했을 뿐 아니라 심지어 더 나은 삶을 꾸릴 수 있게 타자를 배우라며 돈도 주었다.

"집안일만 하다 세월을 보내기엔 넌 너무 똑똑해." 그녀가 말했었다. "어떻게 지내는지 소식 전해줘."

릴리언 울프가 그 돈을 타자를 배우는 데 썼는지 다른 데 썼는지는 알 수 없었지만 계속 가정부로 일했던 것만은 확실했다. 하워드가 아내와 함께 만찬에 초대를 받아 키치너의 새로운 재력가의 집에 갔다가 그 사실을 알게 되었다. 릴리언이 그곳에서 식탁 시중을 들다가 코리의 집에서 만났던 남자와 맞닥뜨린 것이다. 그녀는 접시를 치우고 난롯불을 살피러 들어왔다가 그 남자를 보았다. 코리의 어깨에 팔을 두르고 있었던 그 남자를. 그리고 대화를 들으며 지금 식탁에 앉아 있는 아내가 그때도, 그리고 지금도 그의 진짜 아내라는 사실을 분명히 깨달았다.

하워드는 그 일이 큰일이 아니기를 바랐다고 말했다. 그래서 그 만찬에 대해 코리에게 바로 말하지 않은 것이라고. 그날 저녁 파티를 주최한 부부는 그나 아내와 가까운 친구도 아니었다. 나중에 아내가 정치적인 이유를 들어 그들에 대해 빈정거린 것으로 보아, 분명 그녀의 친구는 아니었다. 그 파티는 사회사업과 관련된 행사였다. 그리고 그 집은 가정부들이 안주인과 잡담을 나누는 그런 집도 아니었다.

정말로 아니었다. 릴리언이 자신은 그 문제에 대해 떠든 적이 없다고 했다. 편지에 그렇게 적혀 있었다. 그녀가 이야기를 한다 해도 그이야기를 들어야 할 사람은 그녀의 안주인이 아니었다. 하워드의 아내였다. 그의 아내가 이런 정보에 흥미를 보일까? 릴리언의 표현이었다. 그녀는 영리하게도 그의 직장 주소를 알아냈고, 그의 직장으로 그 편지를 보냈다. 하지만 그녀는 그의 집주소 또한 알고 있었다. 그녀가 염탐을 했다. 그리고 그 말과 함께 은색 여우 모피 칼라가 달린 아내의 코트에 대해서도 언급했다. 그 코트는 아내의 마음을 끊임없이 괴롭히는 물건이었다. 아내는 종종 그 코트는 물려받은 거라고, 산 것이 아니라고 말해야 할 것 같은 강박감을 느꼈다. 그건 사실이었다. 하지만 그럼에도 그녀는 그날 저녁의 파티 같은 행사에 갈 때는 그 코트를 입고 싶어했다. 싫어하는 사람들과 함께 있는 자리에서 기가 죽기 싫어 그러는 것 같았다.

"나는 커다란 은색 여우 모피 칼라가 달린 코트를 입는 그런 멋진 여성의 마음을 아프게 하고 싶지는 않아요." 릴리언은 그렇게 썼다.

"도대체 릴리언은 그게 은색 여우 모피 칼라라는 걸 어떻게 알았을까?" 그가 마침내 코리에게 그 사실을 알려주었을 때 코리가 대꾸했다. "정말로 그애가 그렇게 이야기한 거 맞아?"

"정말이라니까."

그는 그 편지 때문에 기분이 더러워져서 즉시 편지를 태워버렸다고 했다.

"그럼 그애가 이제 그런 걸 다 아나봐." 코리가 말했다. "영악한 아이라고 늘 생각했어. 죽이는 건 안 되겠지?"

그는 웃지조차 않았고 그녀는 아주 진지하게 말했다. "농담이었어."

4월이었지만 난롯불을 피우고 싶을 만큼 추웠다. 코리는 저녁 내내 그에게 불을 피워달라고 부탁할 생각이었지만 묘하게 침울한 그의 태도 때문에 차마 그러지 못했다.

그는 아내가 그 저녁 파티에 별로 가고 싶어하지 않았다고 말했다. "정말 운이 없었어."

"아내가 하자는 대로 하지 그랬어." 그녀가 말했다.

"최악이야." 그가 말했다. "이번 일은 정말 최악이야."

두 사람은 난로의 검은색 쇠살대를 쳐다보았다. 그는 아까 인사를 하면서 그녀를 딱 한 번 만졌을 뿐이었다.

"글쎄, 그건 아니야." 코리가 말했다. "최악은 아니야. 그건 아니야."

"아니라고?"

"아니야." 그녀가 말했다. "우리가 그 돈을 주면 되잖아. 많은 액수도 아닌데, 뭘."

"난 돈이……"

"당신이 아니라, 내가."

"그건 안 돼."

"괜찮아."

그녀는 대수롭지 않게 말하려 했지만 아까부터 으슬으슬 추웠다. 그가 싫다고 하면 어쩌지? 안 돼, 당신에게 그런 짓을 시킬 수는 없어. 안 돼, 이건 신호야. 우리가 그만 멈춰야 한다는 신호. 그의 목소리에서, 그리고 그의 얼굴에서 그런 것이 느껴졌다고 그녀는 확신했다. 죄에 대한 그 모든 케케묵은 논의. 죄악.

"나한테는 별것 아니야." 그녀가 말했다. "당신이 쉽게 돈을 마련할 수 있다 해도 그애한테 돈을 주긴 어려울 거야. 당신 가족의 것을 가져다주는 느낌일 테니까. 당신이 어떻게 그러겠어?"

가족. 그 말은 하지 말았어야 했다. 그 말만큼은 하지 말았어야 했다.

하지만 그의 얼굴이 정말로 밝아졌다. 그가 말했다. 안 돼, 안 돼, 하지만 자신 없는 목소리였다. 그 순간 그녀는 그래도 괜찮다는 것을 깨달았다. 잠시 뒤 그는 실질적인 문제에 대해 말했고 그 편지에 쓰여 있던 또다른 것을 기억해냈다. 현찰이어야 한다고, 그가 말했다. 수표는 릴리언에게 쓸모가 없다고.

그는 사업 거래를 하듯 고개도 들지 않고 말했다. 코리에게도 현찰이 최선일 거라고. 그래야 그녀가 휘말려들어가지 않을 거라고.

"좋아." 그녀가 말했다. "아무튼 그렇게 터무니없는 액수는 아니니까."

"하지만 우리가 그렇게 생각하는 걸 릴리언이 알면 안 돼." 그가 경고했다.

릴리언의 이름으로 우체국에 사서함을 만든다. 그녀의 이름을 쓴 봉투에 현찰을 넣어 일 년에 두 번 그곳에 넣어둔다. 날짜는 릴리언이 정한다. 하루도 늦어서는 안 된다. 그러지 않으면 자신이 걱정하게 될지도 모르겠다고 릴리언이 편지에 써놓았다.

그는 고맙다며 정중해 보이기까지 한 작별인사를 건넸을 뿐 여전히 코리를 만지지는 않았다. 이 문제는 우리 사이의 일과는 완전히 별개여야 해. 이것이 그가 말하려는 요지 같았다. 우리는 다시 새롭게 시작할 거야. 우리가 누구에게도 상처를 주지 않는다는 걸 다시 느끼게 될거야. 우리가 잘못한 게 없다는 걸. 이것이 그가 입 밖에 내지는 않았지만 그의 언어로 표현한 것이었다. 그녀도 그녀의 언어로 농담 아닌 농담을 건넸지만 그에게 제대로 전달되지는 않았다.

"우리는 이미 릴리언의 교육에 기여한 셈이야. 그애가 예전엔 이렇게 똑똑하지 않았거든."

"더 똑똑해지면 곤란해. 더 많은 걸 요구할 테니까."

"때가 되면 그런 걱정도 해야겠지. 어쨌거나 우리는 경찰에 신고하겠다고 그애를 협박할 수 있어. 그건 지금도 가능하고."

"그러면 당신과 나 사이는 끝이야." 그가 말했다. 그는 이미 작별인사를 하고 고개를 돌려버렸다. 그들은 바람이 부는 포치로 나갔다.

그가 말했다. "당신과 나 사이가 끝나는 건 견딜 수 없어."

"그렇게 말해주니 기뻐." 코리가 말했다.

시간은 어느새 다가왔고 그들은 그것에 대해 서로 말을 피했다. 그녀가 현찰이 담긴 봉투를 건넸다. 처음에 그는 혐오스럽다는 듯 약간 푸념을 하기도 했지만, 나중에는 누군가가 하기 싫은 일을 일깨워주었을 때처럼 묵인하는 한숨을 쉬었다.

"시간이 참 금세 돌아오네."

"그것만 그래?"

"릴리언의 부당이득도." 코리가 그렇게 말했다. 하워드는 처음에는 그 표현을 좋아하지 않았지만 이제는 그 자신이 그 말을 하는 데 익숙해졌다. 그녀는 초반에 그에게 릴리언을 다시 본 적이 있는지, 그런 저녁 파티가 더 있었는지 물었다.

"그 사람들은 그런 친구가 아니야." 그가 그녀에게 일깨워주었다. 그는 그들을 만나는 일이 거의 없었고, 릴리언이 그 집에서 계속 일하는지 안 하는지도 몰랐다.

코리도 그녀를 만나지 못했다. 릴리언의 가족은 시골에 살았고, 릴리언이 가족을 보러 온다 해도 급속히 쇠락해버린 이 타운에서 쇼핑을 할 것 같지는 않았다. 이제 중심가에는 편의점과 가구점만 남아 있어서, 사람들은 편의점에서 로또 복권을 사거나 부족한 식료품을 구입했다. 진열창에 늘 같은 탁자와 소파만 보이는 가구점은 절대 문을 열 것 같지 않았다. 주인이 플로리다에서 죽었으니 아마 그럴 것이다.

코리의 아버지가 죽은 뒤 구두공장은 공장을 계속 가동하겠다고 약속한─그녀는 그렇게 믿었다─큰 회사에 넘어갔다. 하지만 채 일 년도 지나지 않아 그 회사는 건물을 비우고 필요한 장비는 다른 타운으로 옮겨버렸다. 이제 그곳에는 한때 구두나 부츠를 만드는 데 사용된 구식 장비 외에는 아무것도 남아 있지 않았다. 코리는 그런 것들을 전시하는 작고 별난 박물관을 만들어야겠다는 생각을 품었다. 그녀가 직접 박물관을 세워 과거에는 그런 일을 어떻게 했는지 알려주는 투어를 만들 생각이었다. 그녀는 놀라울 정도로 아는 것이 많았다. 아마도 그녀의 아버지가 지역 산업에 대한 연구를 하던 여성단체 회원들에게 연설을 할 때─연설문은 형편없는 타자 실력으로 작성된 것이었다─활용하려고 찍은 사진들 덕분이었을 것이다. 여름이 끝나갈 무렵 벌써 몇 명이 그곳을 방문했다. 그녀는 고속도로에 안내판을 세우고 관광 가이드북에 안내글을 실으면 내년에는 더 많은 사람들이 찾아올 거라고 확신했다.

이른봄 어느 아침 그녀는 창밖을 내다보다가 낯선 사람들이 그 건물을 허무는 것을 보았다. 그녀는 계약서에 따라 일정한 임대료를 내는 동안은 그 건물을 사용할 수 있다고 생각했지만, 알고 보니 건물 안에서 발견된 물건을 전시하거나 다른 용도로 사용하는 것은 허락되지 않았다. 그 물건들이 얼마나 오랫동안 쓸모없는 취급을 받았는지는 문제가 아니었다. 오래된 쇳덩이 나부랭이조차 그녀의 소유가 될 수 없었다. 이제 그 회사—한때는 그렇게 정중하게 굴던—가 그녀의 의도를 알아챘으니 그녀가 법정에 끌려가지 않은 것이 그나마 다행이었다.

지난여름 그녀가 이 프로젝트에 착수했을 때 하워드가 그의 가족을 데리고 유럽으로 가지만 않았다면 그가 그녀를 위해 계약서 조항을 검토해주었을 테고 그러면 그녀는 많은 수고를 덜었을 것이다.

괜찮아, 마음이 차분해지자 그녀는 그렇게 말했고 곧 새로운 관심사를 찾았다.

그 관심사는 그녀가 크기만 하고 휑뎅그렁한 그녀의 집이 지긋지긋하다는 결론을 내리면서 시작되었다. 그녀는 바깥으로 나가고 싶었고 저 아래 공공도서관에서 일하는 것을 목표로 정했다.

도서관은 아름답고 관리가 쉬운 빨간 벽돌 건물이었다. 도서관을 이용하는 사람은 이제 얼마 없었지만—월급을 주며 사서를 둘 필요가 있을까 싶을 정도였다—카네기도서관 중 한 곳이라 쉽게 없애기는 어려웠다.

코리는 일주일에 두 번씩 그곳에 가서 잠긴 문을 열고 사서 책상에 앉았다. 기분이 내키면 서가의 먼지를 털었고, 기록을 훑으며 책을 빌려간 지 여러 해가 지난 사람들에게 전화를 걸었다. 그녀의 연락을 받은 사람들은 종종 그런 책에 대해서는 들어본 적도 없다고 말했다. 예전에 친척 아주머니나 할머니가 책을 빌려 읽곤 했는데 지금은 세상을 떠났다는 것이었다. 그러면 그녀는 그 책이 도서관 자산이라는 이야기를 꺼냈고, 가끔은 책이 실제로 반납함에 들어와 있기도 했다.

도서관에 앉아 있는 동안 딱 한 가지 마음에 들지 않은 점은 소음이었다. 지미 커즌스가 도서관 건물을 빙 돌며 잔디를 깎는 소리였는데, 그는 일이 다 끝났나 싶으면 곧바로 또 일을 시작했다. 달리 할 것이 없었기 때문이었다. 그래서 그녀가 그를 고용해 그녀의 집에서 잔디를 깎게 했다. 그녀가 운동 삼아 직접 해오던 일이었지만 그녀의 몸매에는 운동이 꼭 필요하지도 않았고 절름거리는 다리로는 평생이 걸려도 그 일이 끝날 것 같지 않았다.

하워드는 그녀의 삶에 일어난 변화가 다소 당황스러웠다. 이제는 그녀의 집에 찾아가는 횟수가 좀 줄었지만 더 오래 머물 수 있었다. 그는 여전히 같은 직장에 다녔고 지금은 토론토에서 살았다. 그의 자식들은 십대가 되었거나 대학에 다녔다. 딸들은 썩 잘해나가고 있었지만 아들들은 그가 기대했던 만큼은 아니었다. 하지만 아들들이란 원래 그런 법이니까. 그의 아내는 지역 정치가의 사무실에서 풀타임으로, 이따금 그 이상으로 일했다. 봉급은 보잘것없었지만 그녀는 행복한 것 같았다. 그는 그렇게 행복한 아내의 모습은 처음 보았다.

지난봄 그는 깜짝 생일선물로 아내를 스페인에 데려갔다. 코리는 그때 한동안 그의 소식을 듣지 못했다. 아내의 생일선물로 떠난 휴가에서 코리에게 편지를 보낸다면 그것은 몰지각한 일이었을 것이다. 그는 그런 행동은 절대 하지 않을 것이고 그녀도 그가 그러는 것을 좋아하지 않았을 것이다.

"당신이 하는 걸 보면 당신은 우리집을 무슨 성지로 생각하는 것 같아." 그가 돌아오자 그녀가 말했다. "정확히 맞았어." 그가 말했다. 그는 화려한 장식 천장부터 어둡고 우울한 느낌의 패널까지 그 큰 방들의 모든 것을 사랑했다. 그 방들에서는 웅장한 부조리함이 느껴졌다.

하지만 그녀는 다르다는 것을, 이따금 그녀도 밖으로 나갈 필요가 있다는 것을 그는 깨달았다. 그들은 짧은 여행을 떠나기 시작했고, 약간 더 긴 여행을 떠나면 모텔에서 자고—하룻밤 이상은 아니었지만—적당히 비싼 레스토랑에서 식사를 했다.

그들은 아는 사람 누구와도 마주치지 않았다. 예전이었다면 분명 누구든 마주쳤을 것이다—확실했다. 지금은 달랐는데 그 이유는 그들도 몰랐다. 누군가 아는 사람을 만난다 하더라도 이제는 그리 위험하지 않기 때문일까? 사실 그들이 만났을 법하지만 실제로 만나지는 않았던 사람들은, 그들이 그런 죄스러운 관계를 맺고 있으리라 의심하지 않았을 것이다. 그는 사람들에게 별다른 인상을 심어주지 않으면서 그녀를 사촌—그가 찾아가보려 생각했던 절름발이 친척—이라고 소개할 수 있었다. 그의 아내는 몇몇 그의 친척들을 정말로 신경쓰고 싶어하지 않았다. 한쪽 발을 질질 끄는 중년의 정부를 쫓아다니는 사람이 누가 있겠는가? 그런 사실을 기억해두었다가 아슬아슬한 순간에 폭로할 사람은 아무도 없었다.

브루스 비치에서 하워드를 만났는데 여동생과 함께 있었어요, 맞지요? 하워드는 좋아 보이던데요. 같이 있던 사람은 아마도 사촌이겠죠? 절름발이 말이에요.

전혀 문제가 될 것 같지 않았다.

그들은 물론 여전히 사랑을 나누었다. 이따금, 조심스럽게, 아픈 어깨나 민감한 무릎을 피해가며. 그들은 그렇게 늘 관습적이었고, 상상력을 요하는 어떤 자극도 필요 없다는 사실에 기뻐하며 계속 같은 방식을 유지했다. 그런 자극은 결혼한 사람들에게나 필요한 것이었다.

이따금 코리는 눈물이 그렁그렁한 채 그에게 얼굴을 묻었다.

"우리는 정말 운이 좋아." 그녀가 말했다.

그녀는 그에게 한 번도 행복하냐고 물어보지 않았지만, 그는 에둘러 자신이 행복하다는 사실을 드러냈다. 그는 직장에서 좀 보수적인, 어쩌면 그래서 별로 유망하지는 않은 계획을 진행하고 있다고 했다. (그녀는 그가 언제나 좀 보수적이었다는 생각은 혼자만 했다.) 그는 피아노 레슨을 받아 그의 아내와 가족을 놀라게 했다. 결혼생활에서 그런 취미를 갖는 것은 좋은 일이었다.

"확실히 그렇지." 코리가 말했다.

"내 말은 그게 아니라……"

"나도 알아."

어느 날─9월이었다─지미 커즌스가 도서관에 찾아와 그날은 그녀 집의 잔디를 깎을 수 없다고 통보했다. 묘지에 가서 무덤을 파야 한다는 것이었다. 이 근방에 살았던 사람의 무덤이라고 했다.

코리는 『위대한 개츠비』 책장 사이에 손가락을 끼운 채 그 사람의 이름을 물었다. 그리고 그런 유언을 남겨 친척들을 귀찮게 하면서 이곳으로 돌아오는 사람들이─혹은 시신들이─그렇게 많다는 것이 참 흥미롭다고 말했다. 사람들은 근처 혹은 멀리 떨어진 도시로 나가 인생의 모든 나날을 보내고 그 장소에 꽤 만족하는 것처럼 보여도, 죽고 나면 더이상 그곳에 남고 싶지 않은 모양이었다. 늙으면 그런 생각이 드는 것 같았다.

지미가 노인의 무덤은 아니라고 했다. 성은 울프였다. 이름은 지금 기억이 나지 않는다고 했다.

"릴리언 아니에요? 릴리언 울프?"

그는 그런 것 같다고 했다.

코리는 그동안 한 번도 읽은 적이 없던, 도서관에서 받아보는 지역 신문에서 그녀의 이름을 확인했다. 릴리언은 키치너에서 마흔여섯의 나이로 생을 마감했다. 그녀의 장례식은 로즈 어노인티드 교회에서 두 시에 진행될 예정이었다.

흠.

장례식 날짜는 도서관 문을 여는 이틀 중 하루였다. 코리는 갈 수 없었다.

로즈 어노인티드 교회는 타운에 새로 생긴 교회였다. 이제 이 지역에 서는 그녀의 아버지가 '괴상한 종교'라고 불렀던 것 말고는 아무것도 번성하지 않았다. 도서관 창문 하나에서 그 교회 건물이 내다보였다.

그녀는 두시가 되기 전 그 창가로 가서 제법 많은 사람들이 교회 안으로 들어가는 것을 지켜보았다.

요즘은 여자든 남자든 모자는 쓰지 않아도 되는 것 같았다.

그에게는 어떻게 알려야 할까? 직장으로 편지를 보낸다, 그래야 할 것이다. 전화를 걸 수도 있겠지만 그러면 그가 아주 방어적이고 사무적으로 반응할 테고, 그들이 해방되는 데서 오는 놀라움이 반감될 것이다.

그녀는 다시 『위대한 개츠비』를 읽기 시작했지만 글자만 읽을 뿐 안 절부절못했다. 그녀는 도서관 문을 닫고 타운을 거닐었다.

사람들은 늘 이 타운이 장례식장 같다고 말했지만 사실 이곳은 장례식이 있을 때 가장 활기찬 모습을 보였다. 그녀는 장례식에 참석했던 사람들을 한 블록 떨어진 곳에서 지켜보며 다시금 그 사실을 상기했다. 사람들은 교회 문밖으로 나와 엄숙한 분위기를 내려놓은 채 잡담을 나누고 있었다. 그러다 이상하게도 그들 대부분이 교회를 빙 돌아 다시 옆문으로 들어갔다.

참, 그랬지. 그녀는 잊고 있었다. 장례식이 끝나고 나면, 뚜껑 닫힌 관이 영구차에 실리고 나면, 고인이 땅에 묻히는 것을 보러 따라갈 만큼 가까운 사람들을 제외하고는 모두가 다과를 즐기러 갔다. 다과는 주일학교 교실과 쾌적한 부엌이 있는, 교회의 다른 장소에 준비되어 있었다.

그녀는 자신이 그 사람들에게 가면 안 될 이유는 전혀 없다고 생각했다.

그러나 마지막 순간에 그녀는 그곳을 그냥 지나치려 했다.

너무 늦었다. 방금 사람들이 들어간 문에서 한 여자가 도전적인—적어도 당당하고 장례식 분위기에는 어울리지 않는—목소리로 그녀를 불렀다.

여자가 그녀에게 가까이 다가와 말했다. "장례식 때 안 오셔서 섭섭했어요."

코리는 그 여자가 누구인지 짐작조차 할 수 없었다. 코리는 참석하지 못해 유감이지만 도서관을 지켜야 했다고 말했다.

"아무렴, 그러셨겠죠." 여자는 그렇게 말하면서 파이를 옮기는 다른 사람과 이야기를 하려고 이미 돌아서 있었다.

"냉장고에 이걸 넣을 자리가 있어?"

"나도 몰라. 가서 봐야지."

코리는 자신에게 말을 건넨 여자의 꽃무늬 드레스를 보며 안에 있는 여자들도 비슷한 옷을 입고 있지 않을까 생각했다. 장례식에 가장 잘 어울리는 옷은 아니더라도 주일에 입는 가장 좋은 옷은 될 것 같았다. 하지만 주일에 입는 가장 좋은 옷에 대한 코리의 생각은 이미 시대에 뒤처진 것인지도 몰랐다. 이곳에 있는 몇몇 여자들은 코리처럼 바지를 입고 있었다.

또다른 여자가 그녀에게 플라스틱 접시에 담긴 스파이스 케이크 한 조각을 갖다주었다.

"배고프시죠?" 그녀가 말했다. "다들 그럴 거예요."

코리의 미용사였던 여자가 말했다. "아마 당신도 잠시 들를 거라고 내가 모두한테 이야기했거든요. 도서관 문을 닫을 때까지는 어려울 거라는 말도 했고요. 당신이 장례식에 못 와서 정말 아쉽다는 말도요. 내가 그렇게 말했어요."

"아름다운 장례식이었어요." 또다른 여자가 말했다. "케이크를 다 먹으면 차가 마시고 싶어질 거예요."

그렇게 계속되었다. 그녀는 누구의 이름도 떠오르지 않았다. 이 지역에서는 연합교회와 장로교 교회만 간신히 버티고 있었다. 성공회 교회는 일찌감치 문을 닫았다. 모두가 여기로 옮겨온 걸까?

다과회 자리에는 코리만큼 관심을 받고 있는 여자가 한 명 더 있었다. 이 여자는 장례식에 어울리는 옷차림을 했다고 코리는 생각했다. 라일락색이 도는 아름다운 회색 드레스와 얌전한 회색 여름 모자.

누군가가 코리에게 그 여자를 데려왔다. 목에는 은은한 진짜 진주 목걸이가 걸려 있었다.

"아, 그렇군요." 그녀가 부드러운 목소리로, 장례식 분위기를 흐리지 않을 정도로만 즐겁게 말했다. "당신이 코리로군요. 이야기를 참 많이 들었어요. 만난 적은 없지만 내가 잘 아는 사람 같아요. 하지만 당신은 내가 누군지 궁금하겠죠." 그녀가 코리에게는 생소한 이름을 댔다. 그리고 고개를 가로저으며 작게 한숨 섞인 웃음을 지었다.

"릴리언은 키치너에 온 이후로 줄곧 우리집에서 일했어요." 그녀가 말했다. "아이들이 그녀를 몹시 따랐지요. 손자들도요. 정말로 그녀를 따르고 좋아했어요. 맙소사. 릴리언이 쉬는 날에는 내가 일을 해야 했는데 나는 정말로 형편없었답니다. 우리 모두 그녀를 몹시 좋아했어요, 정말로요."

그녀는 생각에 잠겨 흐뭇하게 말했다. 그 정도 되는 여자가 그럴 수 있는 방식으로, 자기를 낮추는 매력적인 겸손함을 드러내면서. 그녀는 그 공간에서 자신이 쓰는 언어로 말하면서 자신의 말을 곧이곧대로 받아들이지 않을 유일한 사람으로 코리를 점찍었을 것이다.

"릴리언이 아픈 줄 몰랐어요." 코리가 말했다.

"이렇게 빨리 가다니." 찻주전자를 든 여자가 말하면서 진주 목걸이를 한 여자에게 차를 더 권했지만 그녀는 사양했다.

"릴리언 나이에 가려니 진짜 노인들보다 훨씬 빨리 가네요." 찻주전자를 든 여자가 말했다. "병원에는 얼마나 오래 있었어요?" 그녀가 진주 목걸이를 한 여자에게 약간 싸늘하게 물었다.

"가만있자, 한 열흘?"

"그보다 짧았다고 들었어요. 집에 있는 가족들한테 알리기엔 짧아도 너무 짧았죠."

"릴리언은 그 사실을 혼자만 알고 있었어요." 릴리언의 고용주였던 여자가 조용하지만 확신에 찬 목소리로 말했다. "수선을 피울 사람이 절대 아니었죠."

"그럼요, 아니었죠." 코리가 말했다.

그 순간 통통한 젊은 여자가 미소를 지으며 다가와 자신을 목사라고 소개했다.

"지금 릴리언 이야기 하는 거 맞죠?" 그녀가 물었다. 그러고는 믿을 수 없다는 듯 고개를 가로저었다. "릴리언은 축복받은 사람이에요. 정말 보기 드문 사람이죠."

모두 그렇다고 했다. 코리도 포함해서.

"나는 밀레이디 목사가 의심스러워." 코리는 집으로 돌아오는 길에 머릿속으로 하워드에게 보낼 긴 편지를 구상했다.

그녀는 그날 저녁 앉아서 편지를 쓰기 시작했지만 아직은 부칠 수 없었다. 하워드는 가족과 함께 이 주 동안 무스코카에 있는 산장에 가고 없었다. 모두에게 조금씩 불만이 있었지만—그의 아내는 정치 일을 할 수 없어서, 그는 피아노를 칠 수 없어서—늘 해오던 일을 빼먹고 싶지는 않았다고, 그가 코리에게 미리 설명했다.

"물론 릴리언의 부당이득이 교회를 세울 정도로 많았다고 생각하는 건 말도 안 되지만." 그녀가 썼다. "아무리 못해도 첨탑은 지었겠지.

어쨌거나 멍청해 보이는 첨탑이야. 나는 아이스크림콘을 뒤집어놓은 듯한 저 첨탑이 교회가 거저 얻은 경품 같은 거라고는 생각도 못했어. 신앙이 상실된 증거가 바로 거기에 있었던 거야, 안 그래? 자기들도 모르게 그 사실을 선포한 셈이지."

그녀는 그 편지를 구겨버리고 보다 즐겁고 행복한 어조로 다시 쓰기 시작했다.

"협박 편지의 시절은 이제 끝났어. 온 세상에 뻐꾸기 소리가 들려."

그녀는 그것이 자신에게 얼마나 무거운 일이었는지 미처 깨닫지 못했지만 이제는 알겠다고 썼다. 돈 때문이 아니었다. 그도 잘 알다시피 그녀는 돈은 크게 신경쓰지 않았다. 어쨌거나 세월이 흐르면서 그 돈의 액수는 시세로 치면 더 적어졌는데 릴리언은 그 점을 전혀 깨닫지 못하는 것 같았다. 코리를 불행하게 만든 것은 그 토할 것 같은 느낌, 결코 안전하지 못한 느낌, 오래된 사랑에 지워진 무거운 짐이었다. 우체통 옆을 지날 때마다 코리는 그런 기분이 들곤 했다.

그녀는 혹시라도 그가 그녀의 편지를 받기 전에 그 소식을 듣게 되지 않을지 궁금했다. 불가능했다. 아직 그가 부고를 확인할 시점은 아니었다.

그녀가 그 돈을 봉투에 넣고 그가 그 봉투를 주머니에 찔러넣는 것은 매년 2월과 8월이었다. 나중에 그가 액수를 확인하고 봉투에 릴리언의 이름을 타자로 쳐서 그것을 사서함에 넣었다.

릴리언이 이번 여름에 받아갈 돈을 챙겨갔는지 확인하기 위해 그가 사서함을 들여다보았는지, 그것이 문제였다. 코리가 돈을 보냈을 때는 릴리언이 아직 살아 있었지만 사서함까지 확인하지는 못했을 것이다.

분명 그러지 못했을 것이다.

코리가 하워드의 얼굴을 보며 그에게 마지막으로 봉투를 건넨 것은 그가 산장으로 떠나기 바로 직전이었다. 그녀는 그때가 정확히 언제였는지, 그가 돈을 전달한 뒤 사서함을 확인할 시간이 있었는지, 아니면 곧장 산장으로 가버렸는지 열심히 따져보았다. 예전에 그는 산장에 가 있는 동안 가끔 시간을 내서 코리에게 편지를 써 보냈다. 하지만 이번에는 그러지 않았다.

그녀는 그에게 보낼 편지를 완성하지 못한 채 잠자리에 든다.

그리고 해는 아직 떠오르지 않았지만 하늘이 희뿌옇게 밝아올 무렵, 일찍 잠에서 깬다.

새들이 모두 날아가버린 것을 깨닫는 그런 아침은 항상 존재한다.

그녀는 뭔가를 깨달았다. 자는 동안 깨달았다.

그에게 알려줄 소식은 없다. 어떤 소식도. 지금까지 그런 소식은 있었던 적이 없으니까.

릴리언에 대한 소식은 없다. 릴리언은 중요하지 않고, 중요했던 적도 없으니까. 사서함도 없다. 돈은 곧장 은행계좌로 들어갔거나 어쩌면 지갑으로 들어갔을 테니까. 일반 경비. 대단치 않은 비상금. 스페인 여행. 누가 상관이나 하겠는가? 가족, 여름 산장, 교육시킬 자식들, 지불할 청구서가 수북한 사람들─그들은 그만한 액수의 돈을 어디에 쓸지 걱정할 필요가 없다. 뜻밖의 횡재라고 부를 수조차 없다. 그 돈이 어디서 났는지 설명할 필요조차 없다.

그녀는 자리에서 일어나 재빨리 옷을 입고 집에 있는 모든 방을 돌아다니며 이 새로운 사실을 벽과 가구들에게 전한다. 어디에나 구멍이 있다. 특히 그녀의 가슴에. 그녀는 커피를 내리지만 마시지는 않는다. 그녀는 결국 또다시 침실로 돌아오고, 다시 처음부터 지금의 현실을 이야기해야 할 것 같다.

아주 짧막한 편지, 그 편지를 던져버리듯 보낸다.

"릴리언이 죽었어, 어제 묻혔어."

그녀는 그 편지를 그의 사무실로 보내지만, 그것은 중요하지 않다. 속달우편, 누가 상관이나 하겠는가.

그녀는 기다림의 고통을 겪지 않으려 전화선을 뽑아놓는다. 적막. 어쩌면 다시는 그의 소식을 듣지 못할지도 모른다.

하지만 곧 답장이 온다. 그녀가 썼던 편지보다 더 길지도 않다.

"이제 다 잘됐군, 기뻐. 곧 만나."

그렇게 그들은 그냥 내버려둔다. 달리 무언가를 해보기에는 너무 늦었다. 더 좋지 않은 일이 있을 수도 있었다. 이보다 훨씬 더 좋지 않은 일이.

기차

이 기차는 어쨌거나 완행열차이고 커브를 돌면서 속도는 더 느려진다. 남은 승객은 잭슨뿐, 다음 역인 클로버역까지는 20마일 정도 남았다. 그뒤로 리플리, 킨카딘, 그리고 호수를 지난다. 지금 같은 행운을 그가 놓칠 수는 없다. 기차표의 반쪽은 이미 떼어갔다.

그가 가방을 힘껏 집어던진다. 가방은 레일 사이에 멋지게 떨어진다. 이제 선택의 여지는 없다. 기차가 더 느려질 것 같지는 않다.

그가 기회를 잡는다. 청년은 체격이 좋고 그 어느 때보다 민첩하다. 도약, 착지. 하지만 실망감이 뒤따른다. 그의 동작은 기대했던 것보다 둔하다. 가만 서 있다가 몸을 날린 탓에 그는 선로의 양쪽 레일 사이 자갈밭에 손바닥을 세게 짚으며 엎어진다. 살갗이 벗겨졌다. 따끔거린다.

기차가 커브를 돌아 시야에서 사라지고, 속도를 높여 저멀리 달려가는 소리가 들린다. 그는 다친 두 손에 침을 뱉고 박힌 자갈을 빼낸다. 그러고는 가방을 집어들고 방금 기차가 지나온 방향으로 되돌아 걷기 시작한다. 기차를 뒤쫓아 걸어간다면 해가 떨어지고 한참이 지나서야 클로버역에 도착할 것이다. 그는 깜박 잠이 들었다가 깨어났는데 경황이 없어서 내려야 할 기차역을 놓친 줄 알았다고 툴툴거리며 둘러댈 수 있을 것이다. 몽롱한 상태에서 뛰어내리는 바람에 걸어와야 했다고.

사람들은 그의 말을 믿어줄 것이다. 그렇게 멀리서, 전쟁터에서 집으로 돌아오는 것이니 머릿속이 뒤죽박죽일 만도 했다. 아직 늦지 않았다. 자정이 되기 전에는 애초에 내리려고 했던 곳에 도착할 수 있다.

하지만 그는 그렇게 생각하면서도 계속 반대 방향으로 걸어간다.

그는 나무 이름을 많이 모른다. 단풍나무, 그건 누구나 아는 것이고. 소나무. 그 밖에는 그다지 아는 게 없다. 그는 자신이 뛰어내린 곳이 숲속이라고 생각했지만 사실은 그렇지 않았다. 선로를 따라 나무들이 비탈에 빽빽이 자라 있긴 했지만 그 사이로 언뜻언뜻 들판이 보였다. 초록색이나 녹이 슨 듯한 색이나 노란색 들판. 목초지, 경작물, 그루터기. 그가 아는 것은 그 정도다. 아직 8월이었다.

기차 소리가 완전히 사라지자 그는 생각했던 것만큼 주변이 완벽히 고요하지는 않다는 사실을 깨닫는다. 여기저기 정적을 방해하는 것들이 많다. 바람도 없는데 흔들리는 8월의 바짝 마른 나뭇잎들, 그를 질책하는 듯한 보이지 않는 새들의 시끄러운 지절거림.

기차에서 뛰어내리는 것은 무언가를 취소하는 행위다. 몸을 각성시키고 무릎을 준비시키고 다른 공기의 세계로 뛰어든다. 당신이 기대한 것은 공허다. 그런데 오히려 당신이 얻은 것은 무엇인가? 곧바로 새로운 환경이 당신을 덮쳐, 당신이 기차에 앉아 창밖을 바라볼 때는 결코 몰랐던 방식으로 당신의 주의를 끈다. 당신 여기서 뭐하는 거야? 어디로 가려고? 당신이 몰랐던 존재들이 당신을 지켜보는 느낌. 방해자가 된 듯한 느낌. 주위의 존재들이 당신은 볼 수 없는 곳에서 당신에 대해 자기들끼리 결론을 내린다.

지난 몇 년 동안 그가 만났던 사람들은, 도시 출신이 아닌 사람은 모두 시골 출신이라고 생각하는 것 같았다. 그것은 사실이 아니었다. 시골과 도시의 중간에는 그곳에 사는 사람이 아니면 구분할 수 없는 특징이 존재했다. 잭슨은 배관공의 자식이었다. 그는 살면서 외양간에 들어가본 적도, 소를 몰거나 낟가리를 쌓아본 적도 없었다. 혹은 지금처럼 철도 선로를 따라 터덜터덜 걸어본 적도 없었다. 평소 그에게 선로는 사람과 화물을 실어나르는 데 쓰인다고만 여겨졌다. 그런데 이제는 야생능금과 가시 돋친 베리 덤불과 치렁치렁한 포도 덩굴과 보이지 않는 곳에 올라앉아 당신을 꾸짖는 까마귀들—그도 까마귀 정도는 알았다—의 땅으로 보인다. 그리고 바로 지금 레일 사이로 가터뱀이 꿈틀거리며 지나가는데, 그가 자기를 밟아 죽일 만큼 민첩할 리 없다고 절대적으로 확신하는 것 같다. 그도 그 뱀이 해롭지 않다는 것쯤은 알고 있지만 뱀의 확신에 언짢은 마음이 든다.

이름이 마거릿 로즈인 어린 저지종 젖소는 아침저녁으로 하루에 두

번 우유를 짜는 시간에 맞춰 대체로 꼬박꼬박 외양간 문에 나타났다. 벨이 굳이 마거릿 로즈를 부를 필요도 없었다. 하지만 오늘 아침 마거릿 로즈는 목초지의 움푹 꺼진 땅 옆으로 보이는 무언가에, 혹은 울타리 너머 철도 선로를 가린 나무들 사이로 보이는 무언가에 정신이 팔려 있었다. 어린 젖소는 벨의 휘파람소리, 뒤이어 벨이 자기를 부르는 소리가 들리자 마지못해 걸음을 옮겼다. 그러다 다시 돌아가 한번 더 보기로 했다.

벨은 양동이와 스툴을 내려놓고 촉촉하게 젖은 아침 풀밭을 터벅터벅 걸어갔다.

"착하지, 착하지."

그녀가 반쯤은 달래듯, 반쯤은 꾸짖듯 말했다.

나무에서 뭔가가 움직였다. 괜찮다고 외치는 남자의 목소리가 들렸다.

당연히 괜찮았다. 젖소가 그를 겁낸다고 생각한 건가? 차라리 그가 뿔 달린 소를 겁낸다고 하는 편이 더 말이 될 것이다.

그는 선로 옆 울타리를 기어오르며 손을 흔들었다. 그 동작이 소를 안심시킨다고 생각하는 것 같았다.

그의 동작이 지나쳤는지 마거릿 로즈가 야단법석을 떨었다. 이리 뛰고 저리 뛰고. 그 앙증맞은 사악한 뿔을 쳐들었다. 저지종 젖소는 대단한 일이 아닌데도 재빠른 움직임과 욱하는 성질로 언제든 당신을 놀라게 하고 불쾌하게 만들 수 있다. 벨이 젖소를 꾸짖고는 그를 안심시키려 소리를 질렀다.

"이 녀석이 당신을 해치지는 않을 거예요. 그냥 움직이지만 마요. 나름 성질을 부리는 거니까."

그녀의 눈에 그가 들고 있는 가방이 들어왔다. 그 가방이 야단법석의 원인이었다. 그녀는 그가 그저 선로를 따라 걷고 있다고 생각했는데, 어디론가 가는 중이었나보다.

"이 녀석이 당신 가방을 보고 놀랐나봐요. 잠시만 내려놓을래요? 우유를 짜려면 녀석을 외양간으로 데려가야 하거든요."

그는 그녀가 시키는 대로 했다. 더는 조금도 움직일 생각이 없다는 듯 가만히 서서 지켜보았다.

그녀는 외양간 저쪽, 양동이와 스툴이 있던 자리로 마거릿 로즈를 데려갔다.

"이제 가방을 들어도 괜찮아요." 그녀가 소리쳤다. 그리고 그가 가까이 다가가자 더 친근하게 말했다. "그 가방을 녀석한테 흔들지만 않으면요. 군인인가봐요? 우유를 다 짤 때까지 기다리면 당신에게 아침을 만들어줄게요. 멍청한 이름이지만 녀석의 이름을 부를 일이 생기면 마거릿 로즈라고 부르세요."

그녀는 키는 삭지만 건장한 여자였다. 곧게 자란 회색 머리에는 한때 눈부신 금발이었을 머리칼이 섞여 있었고 아이처럼 앞머리를 내렸다.

"나는 그럴 의무가 있는 사람이에요." 그녀가 자리를 잡고 앉으며 말했다. "나는 왕정주의자거든요. 한때 그랬거나. 레인지 뒤쪽에 만들어둔 포리지*가 있어요. 우유를 짜는 데 오래 걸리지는 않을 거예요. 괜찮으면 헛간을 빙 돌아서 녀석의 눈에 띄지 않는 곳에서 기다려요. 당신에게 달걀 요리를 해줄 수 없는 게 유감이네요. 우리도 예전에는 암

---

* 오트밀에 우유나 물을 부어 걸쭉하게 죽처럼 끓인 음식.

닭을 길렀는데 여우들이 자꾸 잡아가서 넌더리가 났죠."

우리. 우리도 예전에는 암탉을 길렀다. 그 말은 여기 어딘가에 남자가 있다는 뜻이었다.

"포리지, 좋죠. 제가 음식값은 내겠습니다."

"그럴 거 없어요. 잠시만 안 보이는 곳에 가 있어요. 녀석이 온통 그쪽에 신경을 쏟고 있어서 우유가 잘 안 나오네요."

그는 그 자리를 떠나 헛간을 빙 돌아갔다. 헛간의 상태는 형편없었다. 그는 그녀가 어떤 차를 가지고 있는지 보려고 판자 사이를 흘끔 들여다보았다. 하지만 보이는 것이라곤 낡은 마차와 망가진 고물 기계뿐이었다.

정돈된 느낌은 있었지만 딱히 부지런을 피운 흔적은 보이지 않았다. 집 건물에 칠한 흰색 페인트는 벗겨지지 않은 곳이 없었고 색깔은 회색으로 변해가고 있었다. 창문은 못을 쳐서 판자로 막아놓았는데 거기에는 한때 깨진 유리창이 있었을 것이다. 다 허물어져가는 닭장이 아마도 그녀가 여우들이 닭을 잡아갔다고 말한 그 닭장일 것이다. 지붕을 이는 널빤지도 쌓여 있었다.

이곳에 남자가 산다면 틀림없이 아픈 사람이거나 게을러터진 작자일 것이다.

집 옆으로는 길이 나 있었다. 집 앞에는 울타리를 친 작은 들판과 흙길이 있었다. 들판에 노니는 점박이 말 한 마리가 한가로워 보였다. 소를 키우는 이유는 그도 알 것 같았지만 말은 왜? 전쟁 전부터 사람들은 이미 농장에 말을 없애고 새로 트랙터를 들여놓았다. 게다가 그녀는 그냥 재미로 말에 올라타 주변을 한가로이 돌아다닐 사람으로 보이지는 않았다.

그때 그는 깨달았다. 헛간에 있는 마차. 그것은 지난 시절의 유물이
아니라 그녀가 가진 전부였다.

조금 전부터 계속 이상한 소리가 들렸다. 길은 오르막이었는데 그
언덕 너머에서 타박타박 타박타박 소리가 들려왔다. 그 소리와 함께
잘랑거리는 방울소리 혹은 휘파람소리도 들렸다.

그리고 지금. 언덕 너머에서 아주 작은 말 두 마리가 끄는 유개마차가
달려오고 있었다. 말들은 들판에 있던 말보다 작았지만 더 씩씩해 보
였다. 그리고 마차에는 작은 체구의 남자가 여섯 명 남짓 타고 있었다.
모두 검은색 옷을 입고 머리에는 점잖은 검은색 모자를 쓰고 있었다.

소리를 낸 것은 그들이었다. 노랫소리. 달콤하기 그지없는, 조심스럽
고 높은 작은 목소리들. 그들은 지나가면서 그를 쳐다보지도 않았다.

그러자 그는 오싹한 느낌이 들었다. 헛간에 있는 마차와 들판에 있
는 말은 그것에 비하면 아무것도 아니었다.

그가 여전히 그곳에 서서 이쪽저쪽 둘러보고 있는데 그녀가 그를 부
르는 소리가 들렸다. "다 끝났어요." 그녀는 집 옆에 서 있었다.

"여기로 들어오면 돼요." 그녀가 뒷문을 가리키며 말했다. "지난겨
울부터 앞문은 꼼짝을 하지 않아요. 문이 아직 얼어서 그런 건지 그냥
열리지가 않네요."

그들은 울퉁불퉁한 흙바닥에 깔린 널빤지 위를 걸어서 창문을 판자
로 막아놓아 어두컴컴한 곳으로 들어갔다. 그곳은 그가 잠을 자던 구
덩이만큼이나 추웠다. 구덩이에서 웅크려 잘 때 그는 설핏설핏 깨면서
체온을 잃지 않으려고 자꾸 자세를 바꾸었다. 여자는 추위에 떨지 않

왔다. 그녀에게서 열심히 일한 사람의 건강한 냄새와 소가죽냄새가
났다.

그녀는 신선한 우유를 큰 대접에 따르고 그 위에 가지고 있던 무명
천을 덮은 뒤 그를 그 집의 중심 공간으로 데려갔다. 그곳은 창문에 커
튼이 없어서 빛이 환하게 들어왔고, 장작난로도 보였다. 수동 펌프가
달린 개수대가 있었고, 식탁에는 군데군데 닳아서 나달나달해진 유포
가 깔려 있었다. 소파에는 낡은 퀼트가 덮여 있었다.

그리고 깃털이 빠져나온 베개가 있었다.

지금까지 살펴보기로는 낡고 허름하긴 해도 그리 나쁘지 않았다. 보
이는 모든 게 쓸 만했다. 하지만 눈을 들어 저 위쪽 선반을 바라보자
신문이며 잡지, 종이 같은 것이 천장까지 높이 쌓여 있었다.

그는 결국 그녀에게 묻고 말았다. 불이 날까 겁나지 않아요? 예컨대
장작난로에서?

"아, 내가 늘 여기 있는걸요. 그러니까 내가 여기서 자거든요. 여기
말고는 저걸 둘 데가 없어요. 내가 잘 지켜보고 있어요. 여태 굴뚝에서
불이 난 적도 없는걸요. 지나치게 뜨거워진 적은 몇 번 있었지만 내가
그 위에 베이킹파우더를 뿌렸죠. 걱정할 것 없어요."

"어머니도 여기서 지내야 했고요." 그녀가 말을 이었다. "여기 말고
는 어머니가 편히 지낼 곳이 없었어요. 여기에 어머니의 침대를 뒀어
요. 내가 다 잘 지켜봤어요. 신문을 모조리 거실로 옮길까도 생각해봤
지만 거기는 정말로 습기가 너무 많아서 신문이 다 썩을 거예요."

그러고는 그녀는 설명을 좀 해야 할 것 같다고 했다. "어머니는 돌아
가셨어요. 5월에요. 날씨가 막 풀리던 때였죠. 라디오에서 종전을 알리

는 뉴스까지는 들으셨어요. 알아듣는 데는 전혀 문제가 없으셨거든요. 말을 잃은 건 오래전이었지만 알아들을 수는 있었어요. 말이 없어진 어머니에게 길들여진 탓인지 지금도 가끔은 어머니가 여기 있는 것 같아요. 물론 어머니는 없지만요."

잭슨은 안타까운 일이라고 말해야 할 것 같았다.

"어쩔 수 없죠. 예상은 했었어요. 겨울이 아니었던 게 그나마 다행이었죠."

그녀는 그에게 오트밀 포리지를 내놓고 차를 따라주었다.

"너무 강하지는 않아요? 차 맛이?"

그는 입안 가득 음식물을 넣은 채 고개를 가로저었다.

"나는 차만큼은 아끼지 않아요. 아까우면 차라리 뜨거운 물을 마시죠? 지난겨울 날씨가 지독히 안 좋았을 때 차가 동이 났어요. 전기도 안 들어오고 라디오도 고장나고 차도 다 떨어졌죠. 나는 우유를 짜러 갈 때 붙잡으려고 뒷문에 밧줄을 걸어놨어요. 마거릿 로즈를 뒤쪽 부엌으로 데려올 생각이었는데 녀석이 눈보라 때문에 몹시 당황해서 도저히 녀석을 잡을 수가 없더라고요. 아무튼 녀석은 살아남았어요. 우리 모두 살아남았죠."

그가 대화 중간에 틈을 보아 물었다. 근처에 혹시 난쟁이가 사느냐고.

"난 본 적 없는데요."

"마차를 타고 있던데요?"

"아, 노래를 하던가요? 메노파 교회의 어린 남자아이들일 거예요. 그애들은 마차를 타고 교회로 가는 내내 노래를 불러요. 여자아이들은 부모들과 함께 마차를 타야 하지만 남자아이들은 자기들끼리 갈 수 있어요."

"나를 쳐다보지도 않는 것 같던데요."

"그럴 거예요. 나는 어머니에게 말하곤 했죠. 메노파 교회 신자들은 우리랑 비슷한 점이 많아서, 이 길에 사는 게 우리한테 딱이라고요. 말과 마차, 그리고 우유를 저온살균하지 않고 마시는 것까지요. 딱 한 가지 다른 점이 있다면 어머니나 나는 노래를 부르지 않았다는 거예요.

어머니가 돌아가셨을 때 그 사람들이 먹을 것을 아주 넉넉히 가져다줘서 몇 주 동안 그 음식을 먹었어요. 우리가 경야經夜나 뭐 그런 걸할 거라고 생각했던 모양이에요. 그 사람들이 있어서 나는 운이 좋았죠. 하지만 생각해보면 그들도 운이 좋은 거죠. 그들은 꼭 자선을 베풀어야 하는데 내가 여기 그들의 문간에서 자선을 베풀 기회를 만들어준셈이니까요. 그걸 자선이라고 볼 수 있다면 말이지만."

그는 다 먹은 뒤 음식값을 내겠다고 했지만, 그녀는 손사래를 치며그의 돈을 밀어냈다.

하지만 그녀는 한 가지 부탁이 있다고 말했다. 떠나기 전에 말 여물통을 고쳐주면 좋겠다고.

그 일은 사실 여물통을 새로 만드는 것이나 다름없었고, 그렇게 하려면 주변을 돌아다니며 필요한 자재나 도구를 구해야 했다. 그가 그일을 하는 데 꼬박 한나절이 걸렸다. 그녀는 그에게 저녁식사로 팬케이크와 메노파 교회 신자들이 만든 메이플 시럽을 대접했다. 그녀는그에게 일주일 뒤 여기로 오면 갓 만든 잼을 실컷 먹게 해주겠다고 했다. 그녀가 철도 선로를 따라 자라는 야생 베리를 땄다면서.

그들은 해가 질 때까지 뒷문 밖에 내놓은 부엌 의자에 앉아 있었다.

그녀는 그에게 여기에 살게 된 경위를 들려주었다. 그는 그녀의 말을 듣고는 있었지만 완전히 집중하지는 않은 채 주위를 둘러보며 누군가 여기 눌러앉아 이것저것 손을 본다면 다 쓰러져가긴 해도 완전히 희망이 없는 곳은 아니겠다는 생각을 하고 있었다. 돈을 좀 투자해야 할 테고 시간과 노력은 더 많이 투자해야겠지. 도전이 될 것이다. 그는 떠나야 한다는 사실에 거의 아쉬운 마음까지 들었다.

그가 벨―그녀의 이름이었다―이 하는 말에 오롯이 집중할 수 없었던 또다른 이유는 그녀가 들려주는 삶이 그로서는 잘 상상이 가지 않는 것이었기 때문이다.

그녀가 말하길, 그녀의 아버지―그녀는 아빠라고 불렀다―는 여름에만 이곳에서 지내려고 집을 구입했다가 일 년 내내 여기서 살아도 괜찮겠다는 결정을 내렸다고 했다. 그는 〈토론토 이브닝 텔레그램〉에 글을 써서 돈을 벌었기 때문에 어디에서 일해도 상관없었다. 우편배달부가 그가 쓴 글을 가져가 기차에 실어 보냈다. 그는 온갖 세상사를 다 다루었다. 벨을 푸시캣이라 부르며 그녀에 대한 이야기를 쓴 적도 있었다. 벨의 어머니 또한, 어느 책의 등장인물 이름을 따서 프린세스 카사마시마라고 부르며 글에 가끔 언급했다. 하지만 더는 의미 없는 이름이 되었다고 벨이 말했다. 그들이 일 년 내내 이곳에서 살아야 했던 것은 아마 어머니 때문이었을 것이다. 그녀의 어머니는 많은 사람들이 목숨을 잃은 1918년의 그 지독한 독감에 걸렸고, 병은 나았지만 좀 이상하게 변했다. 단어를 말할 수는 있었으니 정말로 벙어리가 된 것은 아니었지만 많은 단어를 잃어버렸다. 아니면 단어들이 그녀를 잃어버렸거나. 그녀는 스스로 먹는 법이나 화장실에 가는 법도 완전히 다시

익혀야 했다. 말을 못하는 것도 문제였지만, 날씨가 더워도 옷을 다 벗으면 안 된다는 것마저 새로 배워야 했다. 그녀가 도시의 어느 거리를 헤매다가 웃음거리가 되는 것은 누구라도 보고 싶지 않았을 것이다.

벨은 겨울 동안에는 그곳을 떠나 학교에 가 있었다. 학교 이름은 비숍 스트론이었는데, 그녀는 그가 그 학교에 대해 모른다는 사실에 놀라워했다. 그녀가 철자를 말해주었다. 그 학교는 토론토에 있었는데, 주로 부잣집 소녀들이 다녔지만 그녀처럼 친척들로부터 특별한 지원을 받거나 스스로의 의지로 입학한 소녀들도 있었다. 그 학교에서 그녀는 좀더 도도해지는 법을 배웠다. 하지만 그 학교는 먹고사는 법에 대해서는 아무것도 가르쳐주지 않았다.

그날의 사고 때문에 그녀의 삶의 방식이 결정되었다. 그녀의 아버지는 여름날 저녁이면 종종 철도 선로를 따라 걷곤 했는데, 그러던 어느 날 기차에 치이고 말았다. 그녀와 어머니는 그 사고가 일어나기 전 둘 다 잠자리에 들었다. 벨은 선로에 어슬렁거리던 가축이 치인 것이라고 생각했지만 그녀의 어머니는 대번에 알아차렸는지 끔찍한 신음소리를 냈다.

이따금 학교 친구였던 여자아이가 그녀에게 편지를 보내 도대체 거기서 무엇을 할 수 있느냐고 물었지만 그들도 별로 아는 것이 없었다. 우유 짜기, 요리하기, 어머니 돌보기, 그리고 그때는 닭도 키웠다. 그녀는 감자를 어떻게 잘라야 조각 하나하나에 감자눈이 들어가는지, 또 감자를 어떻게 심고 다음 여름에 캐야 하는지도 배웠다. 그녀는 운전을 할 줄 몰라서 전쟁이 시작되자 아버지의 차를 팔았다. 메노파 교회 신자들이 더는 농장 일을 할 수 없는 말을 그녀에게 키우라며 주었고,

그 신자들 중 하나가 마구를 채워 말을 타는 법을 알려주었다.

로빈이라는 옛친구가 그녀를 만나러 왔다가 그녀가 사는 것을 보며 기막혀했다. 친구는 그녀더러 토론토로 돌아가자고 했지만, 그러면 그녀의 어머니는 어떻게 하는가? 어머니는 이제 훨씬 잠잠해져서 옷도 얌전히 입었고 라디오도 즐겨 들었고 토요일 오후에는 오페라도 들었다. 물론 토론토에서도 어머니는 그런 것을 할 수 있을 테지만 벨은 어머니를 다른 곳으로 옮기고 싶지 않았다. 로빈은 벨에게, 너는 지금 네 이야기를 하고 있는 거라고, 다른 곳으로 옮겨가기를 두려워하는 건 바로 너 자신이라고 말했다. 그녀—로빈—는 멀리 떠나갔고, 여자들이 간다는 군대에 입대했다.

추운 날씨에 대비해 그가 가장 먼저 해야 할 일은 부엌을 제외한 다른 방들을 잠자기 적합한 공간으로 만드는 것이었다. 그는 생쥐를 몇 마리 쫓아내야 했고, 날씨가 서늘해지면서 안으로 기어들어오는 들쥐도 쫓아내야 했다. 그가 그녀에게 고양이를 들여놓지 않는 이유를 묻자 그녀는 이상한 논리를 댔다. 고양이가 쥐를 죽여 맨날 그녀의 눈앞에서 질질 끌고 다닐 텐데 그건 보고 싶지 않다는 것이었다. 그는 쥐덫이 철컥 떨어지는 소리에 귀를 열고 있다가, 그녀가 무슨 일이 생겼는지 알아차리기 전에, 걸려든 쥐를 치웠다. 그가 부엌에 가득 쌓인 신문에 대해 불이 날지도 모른다고 잔소리를 하자, 그녀도 거실에 습기만 없다면 그리로 옮겨도 괜찮다고 했다. 그것이 그의 가장 주된 일이 되었다. 그는 히터를 사서 들여놓고 벽을 수리한 뒤 그녀를 설득했다. 그녀는 그달 내내 사다리를 타고 올라가 신문을 내리고는 기사를 다시 읽고 정리해서 그가 만든 다른 선반에 올려놓았다.

그제야 그녀가 신문에 아버지의 글이 실려 있다고 했다. 소설이라고 부를 때도 있었다. 그는 그것에 대해 아무것도 물어볼 생각이 없었지만, 어느 날 그녀가 먼저 그것은 마틸다와 스티븐 두 사람에 관한 이야기라고 말했다. 역사소설.

"역사 시간에 배운 것 기억나요?"

그는 고등학교 오 년 과정을 좋은 성적으로 마쳤고 삼각법과 지리에서 두각을 나타냈지만 역사에 대해 기억하는 것은 많지 않았다. 어쨌거나 마지막 학년에는 오직 전쟁터에 나가야 한다는 생각밖에 없었다.

"전혀 기억나지 않아요." 그가 말했다.

"비숍 스트론 학교에 다녔다면 다 기억했을 텐데. 억지로 머릿속에 쑤셔넣어야 했거든요. 영국 역사긴 하지만."

그녀는 스티븐이 영웅이었다고 했다. 시대에 비해 지나치게 훌륭했던 고결한 인물. 자기만 생각하지도 않고, 약속을 깨는 것이 더 손쉬운 순간이 와도 약속을 깨지 않는, 그런 보기 드문 인물이었다. 결과적으로 그는 끝내 성공하지 못했다.

그리고 마틸다. 그녀는 정복자 윌리엄의 직계 후손으로, 예상하는 것처럼 잔인하고 거만한 여자였다. 하지만 그녀가 여자라는 이유만으로 그녀를 옹호하는 어리석은 사람들도 있을 것이다.

"아빠가 그 소설을 끝낼 수 있었다면 아주 훌륭한 작품이 됐을 거예요."

물론 잭슨도, 앉아서 책을 쓰는 사람들이 있기에 이 세상에 책이 존재하는 거라는 사실은 알고 있었다. 책이 어느 날 갑자기 불쑥 나타나는 것은 아니었다. 하지만 왜? 그것이 의문이었다. 이미 나와 있는 책들이 있었고, 그것도 아주 많았다. 그는 그중 두 권을 학교에서 읽어야 했다. 『두 도시 이야기』와 『허클베리 핀』. 두 책에 쓰인 언어는 서로 다른 방식으로 그를 지치게 만들었다. 그것까지는 이해할 수 있었다. 모두 과거에 쓰인 것이니까.

그가 이해할 수 없었던 것은, 왜 현재에도, 지금도 자리에 앉아 또다른 작품을 쓰고 싶어하는 사람이 있느냐는 것이었다. 물론 그런 생각을 털어놓을 마음은 없었지만.

비극이었어요, 벨이 짤막하게 말했다. 잭슨은 그녀의 아버지가 그렇다는 것인지 미완성으로 끝난 책에 나온 등장인물이 그렇다는 것인지 알 수가 없었다.

어쨌든 그 방이 살 만한 장소가 되자 그의 마음은 이제 지붕에 올라가 있었다. 방을 고쳐봐야 지금 지붕 아래서는 한두 해 지나면 또 살 수 없는 곳이 될 터였다. 아쉬운 대로 그가 손봐놓기는 했지만 두 번의 겨울을 날 수 있는 정도일 뿐, 그 이상은 그도 장담할 수 없었다. 여전히 그는 크리스마스 즈음에는 다시 길을 떠날 생각을 하고 있었다.

옆 농장에 사는 메노파 교회 신자 가족들은 처녀들이 주로 집안일을 했다. 그가 보았던 어린 소년들은 힘쓰는 일을 할 만큼 강하지 않았다. 잭슨은 그해 가을 수확철에 그들의 농장에서 일거리를 얻을 수 있었다. 그는 그 사람들과 같이 식사를 하게 되었는데, 놀랍게도 그에게 음식을 대접하는 처녀들은 발랄했고 그의 예상과 달리 말수도 적지 않았다. 어머니들은 처녀들에게서 눈을 떼지 않고 아버지들은 그에게서 눈을 떼지 않는다는 사실을, 그는 알아차렸다. 그는 자신이 부모 양쪽을 모두 만족시킬 수 있어 다행이라고 생각했다. 부모들은 그가 어떤 동요를 일으키는 것도 보지 못했다. 모든 것이 안전했다.

물론 벨에 대해서는 말할 것도 없었다. 그녀는 그보다─그는 그 사실을 예전에 알아냈다─열여섯 살이나 많았다. 그런 말을 꺼내는 것은, 심지어 그런 농담을 하는 것만으로도 모든 것을 망쳐버릴 것이었다. 그녀는 그런 여자였고, 그는 그런 남자였다.

그들은 필요한 것이 있을 때마다 오리올이라는 타운으로 쇼핑을 갔다. 그가 자란 타운과는 반대 방향에 있었다. 중심가에는 이제 말을 매는 말뚝이 남아 있지 않아서 그는 연합교회의 말 보관소에 말을 묶어두었다. 처음에 그는 철물점과 이발소를 경계했다. 하지만 곧 작은 타운에 대한 무언가를 이해하게 되었다. 그 역시 그런 타운에서 자랐기 때문에 알 수밖에 없는 것들이었다. 타운 사람들은 야구장이나 하키장에서 시합이 열릴 때가 아니면 서로 아무 상관도 없이 지냈다. 시합 때 편싸움을 하는 것도 일부러 그러는 것 같았다. 사람들은 타운의 가게에서 사기 힘든 물건이 있으면 더 큰 도시로 갔다. 타운에 있는 의사가 진찰할 수 없는 병에 걸렸을 때도 도시로 갔다. 그는 낯익은 얼굴과도 한 번도 마주치지 않았고, 누구도 그에게 호기심을 보이지 않았다. 간혹 그와 벨이 끌고 온 말에 한두 번 눈길을 주는 사람들이 있었지만, 겨울에는 그마저도 없었다. 시골길들은 제설을 하지 않아서, 우유는 유제품공장으로, 달걀은 식료품점으로 운반해야 하는 사람들도 겨울 동안 만큼은 그와 벨처럼 말로 실어날라야 했기 때문이었다.

벨은 어떤 영화가 상영중인지 보려고 늘 걸음을 멈췄지만, 실제로 영화를 보러 들어가겠다는 생각은 한 번도 하지 않았다. 그녀는 영화나 영화배우에 대해 많은 것을 알고 있었지만 마틸다와 스티븐처럼 지난 시절의 것이었다. 예컨대 그녀는 클라크 게이블이 레트 버틀러가 되기 전 현실에서 누구와 결혼했는지 말할 수 있었다.

머지않아 잭슨은 머리를 자를 때가 되면 머리를 자르러, 담배가 다 떨어지면 담배를 사러 타운에 가게 될 터였다. 지금은 농부처럼 담배를 직접 말아서 피웠지만 실내에서는 절대 불을 붙이지 않았다.

한동안 중고차는 찾아볼 수 없더니 신형 자동차가 등장하면서 마침내 다시 중고차를 구할 수 있게 되었다. 전쟁중에 떼돈을 번 농부들이 기꺼이 쓰던 차를 내놓았고 그는 벨과 상의했다. 그녀의 말 프레클스는 늙기도 했지만 오르막만 나오면 움직이지 않으려 완강하게 버텼다.

자동차 딜러는 그를 눈여겨보고 있었지만 그가 찾아올 거라는 기대는 하지 않았다.

"난 늘 당신과 당신 누나가 옷만 다르게 입는 메노파 교회 신자일 거라고 생각했죠." 거래상이 말했다.

잭슨은 그 말을 듣고 약간 발끈했지만 그래도 남편과 아내 같다는 말보다는 나았다. 그리고 세월이 흐르는 동안 그도 나이를 먹고 변했다는 것을, 기차에서 뛰어내린 비쩍 마르고 불안해하던 군인의 모습은 지금 그에게 남아 있지 않다는 것을 깨달았다. 반면 벨은 그가 보기에 인생의 어느 지점에서 그대로 멈춰 어른 아이로 머물러 있는 것 같았다. 그녀가 하는 이야기를 듣고 있으면 그 느낌은 더욱 강해졌다. 이야기가 과거로 갔다가 현재로 왔다가 뒤죽박죽이었다. 그들이 마지막으로 타운에 갔을 때와 그녀가 부모님과 함께 마지막으로 영화를 보러 갔을 때, 그리고 지금은 죽은 마거릿 로즈가 겁먹은 잭슨을 향해 뿔을 들이댄 우스운 사건이 일어났던 때를 그녀는 전혀 구분하지 않는 듯했다.

그들의 소유가 된 차는 당연히 누군가 몰던 중고차였다. 1962년 여름, 그들은 그 차를 타고 토론토로 갔다. 미리 준비한 여행도 아니었고, 잭슨에게는 여행을 가기 좀 곤란한 시기이기도 했다. 우선 그는 농사로 바쁜 메노파 교회 신자들을 위해 새로 마구간을 짓고 있었다. 게다가 오리올에 있는 식료품점에 내다팔곤 했던 채소를 수확할 시기도 다가오고 있었다. 하지만 벨에게 종양이 생겼고 마침내 그녀도 치료를 받아야 한다는 말에 설득당해 토론토에서 수술 날짜를 잡아놓은 것이었다.

정말 많이 변했네, 벨은 틈만 나면 말했다. 우리가 지금 캐나다에 있는 거 맞지?

그들이 키치너를 지나가기 전이었다. 새로 생긴 고속도로에 이르자 그녀는 정말로 깜짝 놀라며 그에게 다른 길로 가거나 차를 돌려 집으로 돌아가자고 애원했다. 그는 그 말에 날 선 목소리로 대꾸했다. 교통량은 그에게도 놀라웠던 것이다. 그녀는 그뒤로 내내 침묵을 지켰다.

그녀가 체념해서 눈을 감았는지 기도를 하느라 눈을 감았는지 그는 알 길이 없었다. 그녀가 평소에 기도를 하는지도 전혀 알지 못했다.

심지어 오늘 아침에도 그녀는 가지 말자며 그의 마음을 돌리려 했다. 그녀는 종양이 점점 작아지고 있다고, 커지고 있지 않다고 했다. 모든 사람이 의료보험의 혜택을 누리게 된 뒤로 사람들은 의사에게 달려가 병원과 수술로 이루어진 한 편의 긴 드라마를 찍는 것 말고는 아무것도 하지 않는 것 같다고 했다. 그래봤자 삶의 마지막 순간에 골칫거리가 되는 기간만 연장시킬 뿐이라면서.

고속도로에서 빠져나와 도시에 들어서자 그녀는 차분해지고 기분도 더 나아졌다. 애비뉴 로드로 들어서자 그녀는 어떻게 이렇게 모든 것이 달라질 수 있느냐며 깜짝 놀라면서도 블록마다 그녀가 예전에 알던 것들을 알아보는 것 같았다. 비숍 스트론 학교의 교사 한 명이 살았던 아파트 건물도 남아 있었다. 그 건물 지하에는 우유와 담배와 신문을 살 수 있는 가게가 있었다. 이상하지 않겠냐고, 그녀가 말했다. 그 안에 들어가 〈토론토 이브닝 텔레그램〉을 발견했는데, 거기에 아버지의 이름뿐 아니라 아직 머리카락이 온전히 남아 있을 때 찍은 흐릿한 사진까지 실려 있다면.

그러다 그녀가 작게 탄성을 내질렀다. 저 아래 골목길에서 그녀의 부모가 결혼식을 올린 교회—그녀는 그 교회라고 장담했다—를 본 것이다. 그녀의 부모가 그 교회에 다닌 것은 아니었지만 그녀를 그곳에 데려가 구경시켜준 적이 있었다. 그녀의 부모는 그 교회는커녕 어떤 교회에도 다니지 않았다. 그것은 차라리 농담 같은 일이었다. 그녀의 아버지는 지하실에서 결혼식을 올렸다고 했지만 어머니는 제의실에서였다고 했다.

그때 그녀의 어머니는 말을 못하는 사람이 전혀 아니었고 여느 누구와도 다르지 않았다.

어쩌면 그 시절에는 반드시 교회에서 결혼식을 올려야 한다는 법이 있었을지도 몰랐다.

에글린턴에서 그녀는 지하철 표시를 보았다.

"세상 참, 난 지하철은 타본 적이 없어."

그녀는 그 말을 아픔과 자부심이 뒤섞인 심정으로 내뱉었다.

"평생 아무것도 모른 채 살아간다고 생각해봐."

병원에 도착하자 수술 준비가 되어 있었다. 그녀는 계속 활기가 넘쳤고 병원 사람들에게 많은 차량을 보며 무서웠던 것이나 그사이에 일어난 변화에 대해 이야기했다. 크리스마스 때 이튼 상점 옆에서 아직도 공연을 하는지도 궁금해했다. 그리고 〈토론토 이브닝 텔레그램〉을 읽는 사람이 아직 있는지도.

"차를 타고 꼭 차이나타운을 지나가보세요." 한 간호사가 말했다. "지금은 그게 볼만해요."

"집으로 돌아갈 때 꼭 봐야겠네요." 그녀가 웃으며 말했다. "돌아갈 수 있다면요."

"약한 소리 하지 마세요."

또다른 간호사는 잭슨에게 어디에 주차했는지 물어보더니 딱지를 떼이지 않으려면 차를 어디로 옮겨야 하는지 말해주었다. 그리고 시외에 거주하는 보호자들에게 제공되는 숙소가 있다는 것을 그가 아는지 확인하고는 거기서 묵는 비용이 호텔보다 훨씬 저렴하다고 알려주었다.

그들이 이제 벨을 침대에 눕힐 거라고 말했다. 의사가 그녀를 보러 올 것이고 잭슨은 나중에 잘 자라는 인사를 하러 오면 된다고 했다. 그 때쯤 그녀는 약간 몽롱한 상태가 되어 있을 거라면서.

그녀가 옆에서 그 말을 듣고 있다가 자신은 항상 몽롱한 상태로 사니 그가 놀랄 일은 없을 거라고 말했다. 그 말에 그곳 분위기가 조금은 명랑해졌다.

간호사가 그에게, 가기 전에 무엇인가에 서명을 하라고 했다. 그는 환자와의 관계를 기입하는 곳에서 약간 망설였다. 그는 '친구'라고 적었다.

저녁 무렵 그가 병실로 돌아왔을 때 약간의 변화가 있기는 했지만, 벨의 상태가 몽롱하다고만은 할 수 없었다. 병원에서 그녀에게 목과 팔이 거의 다 드러나는 초록색 자루 같은 옷을 입혀놓았다. 그렇게 맨살을 드러낸 그녀의 모습은 좀처럼 본 적이 없었다. 고스란히 드러난, 턱에서 쇄골까지 이어지는 목선에 주목한 적도 없었다.

그녀는 입안이 말랐다며 골이 나 있었다.

"여기선 아무것도 못 먹게 하면서 물도 개미 눈물만큼만 줘."

그녀가 그에게 코카콜라를 사다달라고 부탁했다. 그가 알기로 그녀는 여태 콜라는 입에 대본 적도 없었다.

"복도 끝으로 가면 자판기가 있어. 틀림없이 거기 있을 거야. 사람들이 그쪽에서 병을 들고 오는 걸 봤어. 그걸 보니까 나도 목이 마르네."

그는 병원 지시를 어길 수 없다고 했다.

그녀는 눈에 눈물이 차오르더니 뿌루퉁해서 돌아누웠다.

"집에 가고 싶어."

"곧 갈 거예요."

"내 옷을 좀 찾아줘."

"그건 안 돼요."

"네가 해주지 않으면 내가 직접 할 거야. 혼자 기차역에 갈 거야."

"이제 우리가 사는 데까지 가는 기차도 없을걸요."

바로 그 순간 그녀는 달아나려던 계획을 포기한 것 같았다. 잠시 뒤 그녀는 그녀의 집과 그들이—대체로는 그가—수리한 모든 것을 떠올리기 시작했다. 외벽에는 흰색 페인트가 반짝거렸고, 뒤쪽 부엌에는 흰색 도료를 바르고 바닥에 판자를 깔았다. 지붕도 다시 이었고 창문도 원래의 소박한 스타일로 복원했다. 그중에서 가장 훌륭한 것은 배관 공사였는데, 겨울이 되면 몹시 뿌듯했다.

"네가 그때 나타나지 않았다면 내 생활은 완전히 엉망이 되었을 거야."

그는 그때 그녀가 이미 그렇게 살고 있었다는 말은 군이 하지 않았다.

"여기서 나가면 유언장을 써야겠어." 그녀가 말했다. "전부 네가 가져. 네가 들인 노력이 허사가 되지는 않을 거야."

그도 물론 그런 생각을 해보았다. 그는 그녀에게 그런 일은 그리 쉽게 일어나지 않을 거라고 진심으로 다정하게 말해주었다. 물론 그가 장차 주인이 된다는 사실에 내심 좋아했으리라 생각할 수도 있겠지만, 지금은 아니었다. 그것은 그와는 그다지 상관없는 아주 먼 이야기 같았다.

그녀가 다시 짜증을 부리기 시작했다.

"아, 지금 여기가 아니라 집에 있다면 좋을 텐데."

"수술 뒤에 깨어나면 훨씬 좋아질 거예요."

하지만 그가 들은 이야기를 모두 종합해보면 그것은 터무니없는 거 짓말이었다.

갑자기 그는 매우 고단해졌다.

그의 말은 예상했던 것보다 결과적으로 더 진실에 가까웠다. 종양을 제거하고 이틀 뒤 벨은 다른 병실에서 일어나 앉아 그를 열렬히 반겼고 커튼에 가려진 옆 침대에서 들려오는 여자의 신음소리에도 전혀 동요하지 않았다. 그 소리는 어제 벨이 냈던 소리와 별반 다를 것이 없었다. 어제 그녀는 눈을 뜨지도, 그를 알아보지도 못했다.

"저 여자는 신경쓰지 마." 벨이 말했다. "의식이 전혀 없으니까. 아마 아무것도 못 느낄 거야. 내일이 되면 1달러짜리 동전처럼 반짝반짝 살아날걸. 그러지 못할 수도 있겠지만."

병원의 권위 있는 의사가 제법 만족스러운 표정으로, 그러나 베테랑다운 예사로운 태도로 나타났다. 그녀는 침대에 몸을 일으키고 앉아 구부러지는 편리한 빨대로 밝은 오렌지색 음료를 마시고 있었다. 잭슨이 벨을 병원에 데려온 지 얼마 되지도 않았는데 그녀는 그때보다 훨씬 젊어 보였다.

그녀는 그에게 잠은 충분히 잤는지, 식사를 할 만한 곳은 찾았는지, 걸어다니기에 날씨가 너무 덥지는 않은지, 그녀가 추천했던 것으로 기억하는 왕립 온타리오박물관에 가볼 시간은 있었는지 물어보았다.

하지만 그녀는 그의 대답에 집중하지 못했다. 그녀는 무언가에 놀란 듯했지만, 그것을 억제하는 모습이었다.

"너한테 할말이 있어." 그가 박물관에 가지 못한 이유를 설명하고 있는데 그녀가 끼어들었다. "그렇게 놀란 표정 짓지 마. 그런 표정을 보면 웃음이 나오고 그러면 꿰맨 자리가 아프단 말이야. 그런데 도대체 내가 왜 웃을 생각을 하는 거지? 이건 정말로 지독히 슬픈 이야기인데. 비극이거든. 너도 내 아버지에 대해 알겠지. 내가 너한테 말해줬으니까……"

그는 그녀가 아빠라고 말하지 않고 아버지라고 말한 것을 알아차렸다.

"내 아버지와 어머니는……"

그녀는 이야기를 다시 시작할 다른 방법을 찾으려는 것 같았다.

"우리집은 원래 네가 처음 봤을 때보다 훨씬 상태가 괜찮았어. 분명 그랬지. 우리는 계단 맨 위에 있는 방을 욕실로 썼어. 물론 물통에 물을 담아 오르내려야 했고. 네가 왔을 때는 내가 아래층 욕실을 쓰고 있었지만 그건 나중 일이었어. 선반이 있는 곳, 너도 알지, 식료품 저장실로 썼던 거기?"

그 선반을 떼어내 욕실로 옮긴 사람이 그였다는 것을 그녀가 어떻게 기억하지 못할 수가 있지?

"그렇다 한들 무슨 상관이야?" 그녀가 그의 생각을 읽은 것처럼 말했다. "나는 스펀지로 간단히 몸을 씻으려고 물을 데워 2층으로 날랐어. 그리고 옷을 벗었지. 음, 그랬을 거야. 진짜 욕실처럼 세면대가 있었고 그 위로 큰 거울이 달려 있었어. 다 씻은 뒤에 마개를 뽑으면 물이 양동이로 다시 쏟아지는 것만 달랐지. 변기는 다른 곳에 있었어. 그림이 그려지지? 나는 몸을 씻기 시작했어. 당연히 완전히 벌거벗은 채로. 밤 아홉시쯤이었을 테니 아직 환했을 거야, 여름이었으니까. 내가 말했던가? 서쪽으로 난 그 작은 방 말이야.

그때 발소리가 들렸어. 물론 아빠였지. 우리 아버지. 아버지가 어머니를 이미 침대에 눕혔을 시간이었어. 아버지가 계단을 올라오는 소리가 들렸는데 발소리가 무겁게 느껴졌어. 평소와는 좀 달랐어. 단단히 벼른 듯한 느낌. 그냥 나중에 그런 느낌이 든 것일 수도 있지만. 시간이 흐르면 사건을 극적으로 재구성하는 경향이 있잖아. 발소리는 욕실 바로 앞에서 멈췄어. 그때 내가 무슨 생각을 했다면 아, 아버지가 무척 고단한가보다, 그런 생각을 했을 거야. 나는 문을 잠그지 않았어. 잠금장치가 아예 없었거든. 그냥 문이 닫혀 있으면 우리는 안에 누가 있나보다 생각했지.

그래서 아버지가 문밖에 서 있어도 나는 별로 신경쓰지 않았어. 그 순간 문이 열리더니 아버지가 가만히 서서 나를 바라봤어. 무슨 말이냐면 내 얼굴만 본 게 아니라 내 전부를 본 거야. 내 얼굴은 거울을 향해 있었고, 아버지는 거울 속의 내 모습과 내게는 보이지 않는 내 뒷모습을 보고 있었어. 어떻게 생각해도 평소의 표정이 아니었어.

내가 무슨 생각을 했는지 알아? 나는 아버지가 몽유병에 걸렸다고 생각했어. 어떻게 해야 할지 알 수가 없었어. 몽유병에 걸린 사람을 놀라게 해서는 안 되잖아.

그런데 그때 아버지가 말했어. '미안하구나.' 나는 아버지가 잠든 상태가 아니란 걸 알았어. 아버지는 좀 웃기는 목소리로, 그러니까 좀 이상한 목소리로 말을 했어. 마치 내가 혐오스럽다는 듯이. 아니면 나한테 화가 났거나. 나로서는 알 수가 없었지. 아버지는 문을 열어놓은 채 통로를 따라 가버렸어. 나는 물기를 닦고 잠옷을 입은 뒤 침대로 가서 곧바로 잠이 들었지. 아침에 보니까 내가 내려보내지 않은 물이 그대로 있더라. 그 근처에도 가고 싶지 않았지만 갈 수밖에 없었어.

모든 것이 평소와 똑같아 보였고 아버지도 벌써 일어나서 타자기를 두드리고 있었어. 아버지는 그저 굿모닝, 하고 외친 뒤 내게 단어 몇 개의 철자를 물었어. 평소에 하던 대로, 내가 철자는 더 잘 알았으니까. 그래서 나는 철자를 알려주고 아버지에게 작가가 되고 싶으면 철자법을 배워야 할 거라고 했어. 아버지는 철자에 대해서는 구제불능이었거든. 그날 시간이 좀 지나고 내가 설거지를 하고 있는데 아버지가 내 바로 뒤로 다가왔어. 나는 온몸이 얼어붙는 것 같았어. 아버지가 말했어. '벨, 미안하구나.' 그래서 나는 생각했지. 그 말을 하지 않았다면 좋았을걸. 나는 그 말에 무서워졌어. 아버지의 미안한 마음이 진심인 것은 알았지만 아버지가 그것을 그렇게 입 밖에 내어 말해버리니 무시할 수가 없어진 거야. 나는 이렇게만 말했어. '괜찮아요.' 하지만 내 목소리는 편하게 들리지도, 정말로 괜찮은 것처럼 들리지도 않았어.

난 그럴 수가 없었어. 아버지에게 아버지가 우리를 바꿔놓았다는 걸 알려줘야 했으니까. 난 설거지물을 버리러 나갔다가 돌아와서 하던 일을 계속했지만 다른 말은 한마디도 하지 않았어. 그러고는 낮잠을 자던 어머니를 깨우고 저녁을 준비한 뒤 아버지를 불렀어. 하지만 아버지는 오지 않았지. 내가 어머니에게 아버지는 산책을 하러 갔을 거라고 했어. 글을 쓰다가 막히면 종종 그랬거든. 나는 어머니가 음식을 썰어 먹는 걸 도와주었지만 자꾸만 역겨운 생각들이 떠올랐어. 가장 먼저 이따금 부모님 방에서 들리던 그 소리들. 나는 그 소리를 듣지 않으려고 이불을 푹 뒤집어쓰곤 했어. 그러자 나는 거기 앉아 저녁을 먹고 있는 어머니에 대해 궁금해졌어. 어머니는 그것에 대해 어떻게 생각하는지, 어쨌거나 그것에 대해 알고는 있는지.

나는 아버지가 어디로 갔는지 몰랐어. 평소에는 아버지가 하던 일이었지만 그날은 내가 어머니를 침대에 눕혔어. 그리고 기차가 달려오는 소리를 들었는데 갑자기 기차가 끽 멈추더니 순식간에 소동이 일어났지. 정확히 언제 알았는지는 모르겠지만, 나는 무슨 일이 일어난 건지 알았어.

내가 말한 적 있지. 아버지가 기차에 치였다고.

지금 내가 이 이야기를 하려는 건 말이야, 그저 괴로워서 너한테 이 이야기를 털어놓는 게 아니야. 처음에 나는 그 사실을 견딜 수가 없었어. 그래서 아주 오랫동안 그런 일이 일어난 건 아버지가 작품에 몰두한 채 선로를 따라 걷다가 기차가 달려오는 소리를 듣지 못해서라고 애써 생각했지. 그런 거라면 괜찮았어. 나는 그것이 나 때문이라는 생각도, 심지어 애초에 무엇 때문이었는지에 대한 생각도 하지 않으려 했어.

성性.

이제 나도 알아. 이제는 정말로 이해하게 됐어. 그건 누구의 잘못도 아니야. 비극적인 상황에서 인간의 성 때문에 벌어진 잘못이었지. 나는 커가는 중이었고 어머니는 그 모양이었으니 아빠도 당연히 그럴 수밖에 없었을 거야. 내 잘못도 아니고, 아빠 잘못도 아니야.

우리는 인정해야 해. 내가 말하고 싶은 건 그거야. 사람들이 어떤 상황에서 찾아갈 수 있는 곳. 그런 것에 대해 부끄러워하거나 죄의식을 가져서는 안 돼. 내가 창녀촌을 말하는 거라고 생각한다면 네 생각이 맞아. 네가 창녀를 떠올린다면 그것도 맞아. 알겠니?"

잭슨은 그녀의 머리 위쪽을 쳐다보며 알겠다고 했다.

"이제 마음이 한결 편해진 것 같아. 내가 그 비극을 느끼지 않게 되어서가 아니라 그 비극을 밖으로 꺼내놓았으니까. 그건 그저 인간이기에 저지르는 실수에 불과해. 내가 안타까워할 줄 몰라서 웃고 있는 거라고 생각한다면 곤란해. 나는 정말로 안타까워하고 있으니까. 하지만 내 마음이 한결 편해졌다는 말은 해야겠어. 어쨌거나 지금 더 행복하다는 말도. 이 이야기 때문에 당황한 건 아니지?"

"아니요."

"넌 내가 지금 정상이 아니란 걸 알 거야. 나도 내가 그렇다는 걸 알고 있어. 모든 게 더없이 분명해졌어. 나는 그게 정말 고마워."

그러는 동안에도 옆쪽 침대에 누운 여자의 리드미컬한 신음소리는 전혀 누그러들지 않았다. 잭슨에게는 그 반복되는 소리가 자기 머릿속에 들어와 있는 것처럼 느껴졌다.

간호사가 신발을 끌며 복도를 걸어오는 소리가 들렸고, 그는 그 소리가 이 병실로 들어와주기를 바랐다. 간호사가 들어왔다.

간호사는 잠자기 전에 먹는 약을 주러 왔다고 했다. 그는 간호사가 벨에게 굿나잇 키스를 시킬까봐 두려웠다. 그가 지켜본 바로는 병원에서는 키스가 아주 흔했다. 그가 일어서는데도 키스에 대한 말이 없자 그는 기뻤다.

"내일 봐요."

그는 아침 일찍 일어났고 식사 시간 전에 산책을 하기로 했다. 잠은 잘 잤지만 병원 공기에서 잠시 벗어나야 한다고 혼잣말을 했다. 벨에게 일어난 변화 때문에 생각이 많아서가 아니었다. 오늘이나 며칠 뒤면 그녀는 정상으로 되돌아올 거라고, 그럴 가능성이 높다고 그는 생각했다. 어쩌면 그녀는 자신이 그에게 한 이야기도 기억하지 못할 것이다. 그렇다면 정말 다행일 것이다.

해마다 이맘때면 그렇듯 해는 벌써 중천에 떴고, 버스와 전차에는 이미 사람들이 많이 타고 있었다. 그는 남쪽으로 조금 걷다가 서쪽으로 돌아 던더스 스트리트로 들어섰고 잠시 뒤에는 말로만 듣던 차이나타운에 와 있었다. 사람들이 채소를 가게 안으로 나르고 있었는데 그가 이름을 아는 채소도 많았지만 모르는 채소도 많았다. 껍질을 벗긴 작은 식용동물들이 벌써 내걸린 채 팔리기를 기다리고 있었다. 거리에는 불법 주차한 트럭들과 악을 쓰듯 뚝뚝 끊어져 들리는 시끄러운 중국어가 가득했다. 중국어. 높고 날카로운 목소리로 떠들어대는 소리를 듣고 있으면 마치 그들이 싸움을 하고 있는 것 같지만 아마도 그들에게는 일상일 것이다. 그렇기는 하지만 그는 그곳에서 벗어나고 싶어 중국인이 경영하는 식당으로 들어갔다. 그곳에서는 달걀과 베이컨으로 이루어진 평범한 아침식사를 광고하고 있었다. 그는 식당에서 나와 발걸음을 돌려 왔던 길로 되돌아갈 생각이었다.

하지만 그는 또다시 남쪽으로 걸어가고 있었다. 그는 높고 상당히 좁은 벽돌집이 늘어선 주택가로 들어섰다. 그 집들은 지역 주민들이 자동차 진입로에 대한 필요성을 느끼기 전에, 어쩌면 그들이 차를 사기도 전에 지어졌을 것이다. 차라는 것이 등장하기도 전에. 계속 걷다 보니 퀸 스트리트라는 표지판이 보였다. 그 거리 이름은 그도 들어본 적이 있었다. 그는 다시 서쪽으로 향했고 몇 블록 걸어가다가 방해물에 맞닥뜨렸다. 도넛가게 앞에 몇몇 사람들이 웅성웅성 모여 있었던 것이다.

사람들이 걸음을 멈춘 것은 구급차 때문이었는데 보도 바로 위까지 차가 올라와 있어서 지나갈 수가 없었다. 어떤 사람들은 지체된 것에 대해 툴툴거리며 구급차를 보도에 세우는 것이 합법적인 것인지 시끄럽게 따졌고, 또 어떤 사람들은 아주 느긋하게 무슨 일이 생겼는지 수런거렸다. 누가 죽었을 거라는 말이 나왔다. 어떤 구경꾼들은 죽은 사람이 누구일지 이 사람 저 사람 이름을 댔고, 또 어떤 구경꾼들은 구급차가 지금 여기 서 있을 수 있는 합법적인 이유는 그것밖에 없다고 말했다.

마침내 어떤 남자가 들것에 실려 나왔는데 얼굴을 덮어놓지 않은 것을 보면 죽은 것은 확실히 아니었다. 하지만 의식이 없었고 피부는 시멘트 같은 회색이었다. 누군가는 농담처럼 도넛가게에서 사람이 실려 나올 거라고—도넛의 품질을 비꼰 말이었다—예상했지만 그렇지는 않았고 건물 정문을 통해 실려 나왔다. 벽돌로 지은 제법 괜찮은 5층짜리 아파트 건물이었는데, 1층에 도넛가게와 함께 세탁소가 있었다. 정문에 새겨진 이름에서 지난날의 어리석음뿐 아니라 자부심도 엿볼 수 있었다.

보니 던디.*

마지막으로 구급대원복을 입지 않은 남자가 나왔다. 그는 흩어지려는 사람들 무리를 조급한 듯 쳐다보며 서 있었다. 이제 남은 일은 구급차가 요란하게 사이렌을 울리며 거리로 나가 한시바삐 달려가는 것밖에 없었다.

잭슨은 그 자리를 떠나지 않고 남은 사람들 중 하나였다. 그 사건에 호기심이 있어서는 아니었다. 그보다는 그가 출발했던 곳으로 다시 그를 데려갈, 기어코 오고야 말 그 불가피한 돌아섬의 순간을 기다리는 것이었다. 방금 건물에서 나온 남자가 그에게 다가오더니 지금 바쁜지 물었다.

아니요. 딱히.

남자는 그 건물의 주인이었다. 구급차에 실려간 남자는 건물의 경비원이자 관리인이었다.

"나는 병원에 가서 그 사람에게 무슨 문제가 생겼는지 알아봐야 해요. 어제만 해도 더할 나위 없이 건강했거든. 불평 한마디 없었고. 내가 아는 사람 중에는 믿고 맡길 사람이 없군요. 가장 큰 문제는 열쇠를 찾을 수 없다는 거예요. 그에게도 없고 그가 평소에 두는 곳에도 없어요. 그래서 내가 집으로 가서 여벌의 열쇠를 가져와야 하는데 그동안

---

* 스코틀랜드의 민요이자, 1825년 월터 스콧이 영국의 제임스 2세 지지자들의 영웅이었던 존 그레이엄을 기리며 쓴 시의 제목.

잠시만 여기를 지켜봐줄 수 있겠소? 나는 집에도 가야 하고 병원에도 가봐야 해요. 세입자들에게 부탁할 수도 있겠지만 그러고 싶지는 않아서. 내가 무슨 말을 하는지 알 거요. 내가 더 많이 아는 것도 아닌데 그들이 귀찮게 캐묻는 게 싫어서요."

그는 잭슨에게 정말 그래도 괜찮겠는지 다시 한번 확인했고, 잭슨은 괜찮다고 대답했다.

"누가 드나드는지 잘 지켜보다가 열쇠를 보여달라고 해요. 비상사태라고, 오래 걸리지는 않을 거라고만 말해요."

남자가 떠나면서 뒤를 돌아보았다.

"앉아 있는 편이 나을 거요."

잭슨이 미처 보지 못했던 의자가 있었다. 의자는 구급차를 댈 자리를 만드느라 접힌 채 치워져 있었다. 그냥 캔버스천 의자였지만 꽤 편안하고 튼튼했다. 잭슨은 고맙다고 말하며 지나가는 사람이나 아파트 주민들에게 거치적거리지 않을 곳에 의자를 놓았다. 그에게 주의를 기울이는 사람은 없었다. 그는 병원에 대해, 자신은 곧 그리로 돌아가야 한다는 사실에 대해 말할 생각이었다. 하지만 그 남자는 급했고, 이미 다른 일에 정신이 팔려 있었고, 가능한 한 빨리 돌아오겠다고 분명히 말하기도 했다.

잭슨은 의자에 앉자 비로소 자신이 얼마나 오래 여기저기 헤매고 다녔는지 깨달았다.

그 남자는 그에게 도넛가게에서 커피를 마시거나 뭘 먹고 싶으면 얼마든지 그러라고 말했었다.

"내 이름만 대요."

하지만 잭슨은 남자의 이름을 몰랐다.

주인이 돌아와 늦어진 것에 대해 사과했다. 구급차에 실려갔던 남자가 죽었다고 했다. 밟아야 할 절차들이 있었다. 열쇠도 새로 맞춰야 했다. 새로 만든 열쇠가 여기에 있다. 장례식에는 이 건물에서 오래 산 사람들이 참석할 것이다. 신문에 부고를 내면 아마 몇 명이 더 올 것이다. 이 일이 정리될 때까지 얼마간 골치가 아플 것이다.

이렇게 하면 문제가 해결될 것이다. 잭슨이 맡아줄 수 있다면. 임시로. 임시로만 맡아주면 된다.

네, 할 수 있어요. 잭슨은 자기도 모르는 사이에 대답하고 있었다.

잭슨에게 시간이 얼마간 필요하다면 그 문제는 조정할 수 있다고 했다. 그 남자─잭슨의 새로운 고용주─가 그렇게 말했다. 장례식이 끝나고 몇 가지 물건을 정리하고 난 다음에 바로. 그때 잭슨이 며칠간 여유를 가지면서 개인적인 문제들을 정리하고 이리로 아예 옮겨오는 것이다.

그런 것은 필요 없다고 잭슨이 말했다. 개인적인 문제들은 이미 다 정리되었고 소지품은 가지고 다닌다고.

당연히 의심을 살 만한 말이었다. 이틀 뒤 그의 새 고용주가 경찰서에 갔다 왔다는 말을 듣고도 잭슨은 놀라지 않았다. 모든 일이 잘 풀리는 것 같았다. 그는 이런저런 일에 깊이 휘말리기는 했지만 법을 위반한 적은 없는 그런 외톨이 중 하나로 여겨졌다.

어쨌거나 그를 찾고 있는 사람은 아무도 없는 것 같았다.

잭슨은 그 건물에 대체로 나이 많은 사람들이 사는 것이 좋았다. 그리고 대체로 독신자들이었다. 좀비라고 부를 정도의 사람들은 아니고. 취미생활을 가진 사람들. 어떤 경우에는 재능이라고 불러도 좋을 것이다. 한번 주목을 받았고 한때 그것으로 생계를 유지했지만 평생 그것에 매달려 살 수는 없는 그런 재능. 여러 해 전 전쟁 기간에 라디오에서 듣던 익숙한 목소리의 아나운서, 지금 그의 성대는 완전히 망가졌다. 대부분의 사람들은 아마도 그가 죽었다고 생각할 것이었다. 하지만 그는 여기 독신자 아파트에 살면서 〈더 글로브 앤드 메일〉을 구독하며 최신 뉴스를 따라잡았는데, 신문에 잭슨이 관심을 보일 만한 내용이 실려 있으면 그에게 그 신문을 넘겨주었다.

그런 기사가 있었던 적은 딱 한 번이었다.

마조리 이저벨라 트리스, 그녀는 오랫동안 〈토론토 이브닝 텔레그램〉의 칼럼니스트로 일해온 윌러드 트리스와 그의 아내 헬레나(네* 애벗) 트리스의 딸이자 로빈(네 실링햄) 포드의 오랜 친구로, 암과 용감하게 사투를 벌이다 끝내 숨졌다. 오리올 신문은 이 부고를 실어줄 것. 1965년 7월 18일.

그녀가 어디에서 살았는지에 대한 언급은 없었다. 아마도 토론토에서, 그녀의 사정을 아주 잘 아는 로빈과 함께 살았을 것이다. 그녀는 예상했던 것보다 더 오래 버텼을 것이고 숨이 끊어질 때까지 꽤 편안하고 씩씩하게 살았을 것이다. 그녀에게는 환경에 쉽게 적응하는 재능이 있었다. 어쩌면 그런 면에서는 잭슨보다 뛰어났을지도 모른다.

---

* née. 프랑스어에서 기혼 여성의 처녓적 성(姓)에 붙이는 말.

그가 그녀와 함께 지냈던 방들이나 그녀의 집에서 했던 일을 그리워하면서 세월을 보낸 것은 아니었다. 그럴 필요가 없었다. 그런 기억들이 종종 꿈속에 나타난 것이다. 그러면 그는 그리움이라기보다는 조바심에 더 가까운 감정이 들었다. 아직 끝내지 못한 일을 당장이라도 해치워야 할 것처럼.

보니 던디의 세입자들은 집세가 더 오를까봐 보수공사를 한다고 하면 그게 뭐든 간에 마뜩잖게 여겼다. 그는 존중하는 태도와 뛰어난 회계 감각을 이용해 그런 문제를 에둘러 말할 줄 알았다. 건물이 더 좋아지자 임대 대기자들까지 생겨났다. 건물 주인은 그곳이 괴짜들의 안식처가 되어간다며 불평했다. 하지만 잭슨은 세입자들이 대체로 평균보다 더 깔끔하고 이상한 짓을 하지 않을 만큼 나이를 먹었다고 말했다. 한때 토론토 교향악단에서 연주를 하던 여자도, 지금까지 실패투성이였음에도 여전히 낙관적인 발명가도, 억양 때문에 어려움을 겪었으나 지구상 어딘가에 여전히 그가 출연한 광고가 나가고 있는 헝가리 망명 배우도 있었다. 그들은 모두 올바르게 처신했고 에피큐어 레스토랑에 가서 오후 내내 자신들의 이야기를 해도 될 만큼은 돈을 가지고 있었다. 또한 그들의 친구 중에는 어쩌다 한 번씩 그들을 찾아오는, 정말로 유명한 사람도 몇 명 있었다. 또한 보니 던디의 무시할 수 없는 이점은 그곳에 목사가 살고 있다는 점이었다. 목사는 자신의 교회에서 입지가 불안하긴 했지만, 요청만 하면 와서 의식을 집전해주었다.

사람들은 목사가 집전해주는 마지막 의식이 필요할 때까지 그곳에 머무르곤 했는데, 그러는 편이 달아나는 것보다는 나았다.

캔디스와 퀸시라는 어린 커플만은 예외였다. 그들은 집세도 정산하지 않고 야반도주했다. 그들이 방을 구하러 왔을 때 마침 건물 주인이 사무실을 지키고 있다가 그들에게 방을 내주었는데, 그는 이곳에도 산뜻한 얼굴이 필요해서 그랬다며 자신의 경솔했던 선택에 핑계를 댔다. 남자친구의 얼굴이 아니라 캔디스의 얼굴이 그랬을 것이다. 그 남자친구는 머저리였다.

어느 뜨거운 여름날 잭슨은 배달부들이 드나드는 뒤쪽 이중문을 열어놓은 채 최대한 환기를 시키며 탁자에 니스칠을 하고 있었다. 광택이 다 사라졌다는 이유로 거저 얻어온 예쁜 탁자였다. 그는 탁자를 입구에 놓고 그 위에 우편물을 올려두면 근사할 거라고 생각했다.

건물 주인이 사무실에서 집세를 확인하는 중이라 그는 밖에 나와 있을 수 있었다.

정문 초인종을 가볍게 누르는 소리가 들렸다. 잭슨은 계산에 열중한 건물 주인이 방해를 받고 싶어하지 않을 거라 생각해 붓을 씻고 몸을 일으키려 했다. 하지만 그가 나갈 필요도 없이 문이 열리는 소리, 여자의 목소리가 들려왔다. 지친 기색이 역력했지만 어딘지 모르게 매력이 흐르는 목소리, 어떤 말을 하건 그 목소리가 들리는 범위 안에 있는 사람 모두의 마음을 사로잡을 만큼 절대적인 확신이 느껴지는 목소리였다.

그 여자는 아마도 그 재능을 목사인 아버지에게서 물려받았을 것이다. 그런 생각을 하다가 잭슨은 정신이 번쩍 들었다.

여자는 자신이 가진 주소가 딸의 행방을 찾을 수 있는 마지막 주소

라고 했다. 그녀는 딸을 찾고 있었다. 캔디스, 그녀의 딸을. 딸은 아마
도 친구와 함께 여행을 하고 있을 것이다. 어머니인 그녀는 브리티시
컬럼비아주에서 여기까지 왔다. 그녀와, 딸의 아버지가 살고 있는 켈
로나에서.

일린. 잭슨은 그녀의 목소리를 똑똑히 알아들었다. 그 여자는 일린
이었다.

그녀가 자리에 앉아도 되는지 묻는 소리가 들렸다. 이어서 건물 주
인이 잭슨의 의자를 꺼내는 소리가 들렸다.

그녀는 자기도 온타리오주에서 자라 이곳에 대해 잘 알지만 토론토[*]
는 생각보다 훨씬 더 덥다고 했다.

그녀가 물을 한잔 마실 수 있겠는지 물었다.

그녀의 목소리가 작아진 것으로 보아 아마 머리를 두 손에 파묻었을
것이다. 건물 주인이 복도로 나와 자판기에 동전을 넣고 세븐업을 뽑
았다. 그는 숙녀에겐 코카콜라보다 세븐업이 더 어울린다고 생각했을
것이다.

건물 주인은 구석에서 대화를 듣고 있는 잭슨을 보더니 잭슨에게 넘
겨받아달라는 몸짓을 했다. 정신 나간 세입자들을 다루는 능력은 잭슨
이 더 뛰어날 테니까. 하지만 잭슨은 격하게 머리를 저었다.

싫어요.

그녀는 오래 넋이 나가 있지는 않았다.

그녀는 건물 주인에게 사과를 했고, 그는 오늘같이 더운 날에는 날

---

[*] 온타리오주의 주도.

씨가 그렇게 농간을 부린다고 말했다.

이제 캔디스에 대해. 그들은 이번 달에 떠났다. 아마도 삼 주쯤 전에. 어디로 가는지 주소는 남기지 않았다.

"이런 경우에는 대체로 주소를 남기지 않아요."

그녀가 무슨 말인지 알아챘다.

"아, 당연히 제가 정산을 해드려야……"

정산을 하는 동안 잠시 중얼거리고 부스럭거리는 소리가 들렸다.

이어서, "제가 그애들이 살던 곳을 볼 수는 없겠죠."

"그 집 세입자는 지금 여기 없어요. 있다 하더라도 집을 보여주라고 할 것 같지는 않군요."

"그렇겠죠. 내가 바보 같았어요."

"특별히 더 알고 싶은 게 있습니까?"

"오, 없어요. 없습니다. 감사했어요. 제가 시간을 뺏었네요."

그녀가 일어섰고 그들은 이동했다. 사무실에서 나와 계단을 두어 단 내려가 정문으로 갔다. 문이 열렸고, 거리의 소음이 그녀가 했을지도 모르는 작별인사를 삼켰다.

비록 그녀는 실망했지만 품위를 지키며 밖으로 나갔다.

건물 주인이 사무실로 돌아오자 잭슨이 모습을 드러냈다.

"놀라운 일이 생겼어." 주인이 말했다. "우리가 돈을 받았어."

주인은 적어도 개인의 사생활에 대해서는 기본적으로 호기심이 없는 남자였다. 잭슨은 그의 그런 점을 높이 샀다.

물론 잭슨도 그녀를 만나보고 싶었을 것이다. 지금 그녀는 가버렸고 그는 그 기회를 놓친 것이 조금 후회스럽기까지 했다. 하지만 그녀의 머리칼이 아직 검은색에 가까운 짙은 색인지, 키가 크고 날씬한 몸에 가슴은 아주 작은지 궁색하게 주인에게 물어보지는 않을 것이다. 그는 그 딸에 대해서는 깊은 인상을 받지 못했다. 머리는 금발이었지만 염색을 했을 가능성이 컸다. 요즘은 나이를 가늠하기가 어렵긴 하지만 기껏해야 스무 살 남짓이었을 것이다. 분명 남자친구의 손에 놀아났을 터였다. 집에서 달아나고, 온갖 청구서들로부터 도망치고, 부모의 가슴에 못을 박는다. 그 모든 것이 남자친구 같은 시답잖은 존재 때문이었다.

켈로나는 어디에 있는가? 서부 어디쯤. 앨버타주나 브리티시컬럼비아 어딘가에. 누군가를 찾으러 오기에는 아주 먼 곳이다. 물론 그 어머니는 집요한 사람이었다. 낙관주의자. 아마 여전히 그럴 것이다. 그녀는 결혼을 한 것 같았다. 그 딸이 혼외자식이 아니라면. 그리고 그럴 가능성은 거의 없어 보였다. 그녀도 그 이후로는 비극의 주인공이 되어서는 안 된다고 다짐했을 것이다. 그 딸도 그렇게 되지는 않을 것이다. 세상을 겪을 만큼 겪고 나면 집으로 돌아갈 것이다. 어쩌면 아기를 데리고 갈지도 모르지만, 요즘은 그런 일이 유행처럼 퍼져 있었다.

1940년 크리스마스 바로 전, 고등학교에서 큰 소란이 일어났다. 이번 소란은 3층까지 전해졌다. 보통 3층은 타자기와 계산기를 두드리는 요란한 소리 때문에 아래층에서 나는 어떤 소리도 잘 들리지 않았다. 그곳은 학년이 가장 높은 여학생들이 썼다. 작년에는 라틴어와 생물과 유럽사를 배우던 여학생들이 지금은 그곳에서 타자를 배우고 있었다.

그들 중 한 명이 일린 비숍으로, 재미있게도 목사의 딸이었다. 일린의 아버지의 연합교회에는 주교가 없었는데도.* 일린이 가족과 함께 여기로 온 것은 9학년 때였고 알파벳순으로 앉는 규칙에 따라 오 년 동안 잭슨 애덤스의 뒤에 앉았다. 그 무렵 경이롭기까지 하던 잭슨의 수줍음과 과묵함은 다른 학급 친구들에게는 이미 익숙했지만 그녀에게는 생소했다. 그녀가 오 년 동안 그 사실을 무시하자 얼음이 녹기 시작했다. 그녀는 그에게 지우개와 펜촉과 기하학 준비물을 빌리곤 했는데, 그것은 얼음을 깨기 위해서라기보다는 그녀가 타고난 덜렁이였기 때문이었다. 그들은 문제의 정답을 맞춰보았고 서로의 시험지를 채점했다. 길에서 만나면 인사도 했는데, 그가 그녀에게 건네는 '안녕'은 실제로 웅얼거림 그 이상이었다. 또박또박 두 음절에 강세도 있었다. 서로 농담도 주고받았지만 그 이상으로 발전할 것 같지는 않았다. 일린은 수줍음은 없었지만 똑똑하고 외톨이에 딱히 인기도 없어서, 아마그런 점이 그와 잘 맞았을 것이다.

모두가 그 소동을 보러 나왔고 일린도 계단에 자리를 잡고 서서 아래를 내려다보았다. 놀랍게도 소동을 일으킨 두 남학생 중 하나가 잭슨이었다. 다른 한 명은 빌리 와츠였다. 불과 일 년 전만 해도 구부정하게 앉아 책만 내려다보고 이 교실 저 교실 충실히 옮겨다니던 그들이 지금은 완전히 달라져 있었다. 군복을 입은 그들은 몸집이 두 배는 커 보였고 성큼성큼 걸으면 부츠에서 박력 있는 소리가 났다. 그들은 모두 참전을 해야 하니 오늘은 휴교를 해야 한다고 소리를 질러댔다.

---

* 일린의 성 'Bishop'에는 '주교'라는 뜻도 있다. 이를 가지고 하는 말장난.

사방에 담배를 나눠주고, 아직 면도도 해보지 않은 아이들이 집어가도록 바닥에 담배를 마구 뿌려댔다.

무모한 용사들, 함성을 지르는 침략자들. 그들은 눈알이 벌게지도록 취해 있었다.

"나는 겁쟁이가 아니야." 그들이 소리를 질러댔다.

교장이 그들에게 나가라고 소리를 질렀다. 하지만 그때만 해도 입대 서류에 서명한 사내들에게 약간의 감탄과 특별한 존경심을 보이던 전쟁 초기였다. 일 년 뒤였다면 교장도 가차없이 대응했겠지만 그때는 그러지 못했다.

"자, 자." 교장이 말했다.

"나는 겁쟁이가 아니에요." 빌리 와츠가 그에게 말했다.

잭슨도 아마 그렇게 말하려고 입을 벌렸을 테지만 그 순간 일린 비숍과 시선이 마주쳤다. 그때 그녀는 그에 대해 뭔가를 깨달았다.

일린 비숍이 알아차린 것은, 잭슨이 정말 술을 많이 마시긴 했지만 지금은 술에 취한 척을 하고 있다는 것, 그래서 겉으로 드러나는 취한 정도를 그가 조절할 수 있다는 사실이었다. (빌리 와츠는 그저 코가 삐뚤어지게 취해 있었다.) 그 사실을 알아차린 일린은 웃으며 계단을 내려갔고 담배 한 개비를 받아 불을 붙이지 않은 채 손가락 사이에 끼워 들었다. 그녀는 두 영웅과 양쪽으로 팔짱을 끼고 행진하듯 학교를 빠져나갔다.

그들은 학교 밖으로 나가 담배에 불을 붙였다.

나중에 이 일을 두고 일린 아버지의 교회 신자들 사이에서 약간의 논쟁이 있었다. 어떤 사람들은 일린이 실제로 담배를 피운 것이 아니라 그 청년들을 진정시키기 위해 피우는 척만 했을 뿐이라고 말했고, 또 어떤 사람들은 그녀가 정말로 담배를 피웠다고 말했다. 그들 목사의 딸이. 담배를 피웠다고.

빌리가 두 팔로 일린을 끌어안고 키스를 하려 했지만 그만 발을 헛디뎌 학교 계단에 주저앉고 말았다. 그는 앉아서 수탉처럼 꺽꺽 울었다.

그는 두 해 안에 죽는다.

아무튼 빌리는 집으로 돌아가야 했다. 잭슨이 빌리를 끌어올려 그의 두 팔을 자신들의 어깨에 걸친 채 그를 끌고 갔다. 다행히 그의 집은 학교에서 그리 멀지 않았다. 그들은 의식을 잃은 빌리를 집 앞 계단에 내려놓았다. 그리고 대화를 시작했다.

잭슨은 집에 돌아가고 싶어하지 않았다. 왜? 집에 계모가 있어서 그렇다고 했다. 그는 계모를 싫어했다. 왜? 이유는 없었다.

일린은 그가 아주 어렸을 때 그의 어머니가 자동차 사고로 죽은 것을 알고 있었다. 그 사실이 때때로 그가 수줍음이 많은 이유로 거론되곤 했다. 그녀는 그가 술기운 때문에 아마 더 과장해서 말하리라 생각해 더는 그 이야기를 계속하게 두지 않았다.

"좋아." 그녀가 말했다. "그러면 우리집에 와 있어."

마침 일린의 어머니는 일린의 병든 할머니를 보살피느라 집에 없었다. 일린이 아버지와 두 남동생을 위해 어설프게나마 집안 살림을 해내고 있던 무렵이었다. 어떤 사람들은 그것이 불운이었다고 했다. 그녀의 어머니가 있었다면 난리를 쳤을 거라는 말이 아니라, 자초지종을 캐물으며 그 청년이 누구인지 물어보았을 거라는 말이다. 적어도 어머니는 평소처럼 일린을 학교에 보내기라도 했을 것이다.

군인과 처녀, 그들은 갑자기 아주 가까운 사이가 되었다. 그동안 내내 로그와 어형 변화 외에는 아무것도 존재하지 않던 관계에서.

일린의 아버지는 그들에게 관심을 기울이지 않았다. 그는 교구민들이 보통 목사에게 기대할 법한 수준보다 더 전쟁에 관심이 많았고, 그래서 자신의 집에 군인이 머물고 있다는 사실에 자부심을 느꼈다. 또한 그는 딸을 대학에 보낼 수 없다는 사실을 안타까워했다. 그가 돈을 모아야 언젠가 일린의 남동생들을 대학에 보낼 수 있을 테고, 그래야 그애들도 자기 생활을 꾸려갈 수 있을 테니까. 그래서 그는 일린이 뭘 하건 너그러웠다.

잭슨과 일린은 영화를 보러 가지 않았다. 댄스홀에도 가지 않았다. 그들은 날씨가 어떻든 산책을 하러 나갔고, 종종 해가 진 뒤에도 산책을 했다. 이따금 그들은 레스토랑에 가서 커피를 마셨지만 어느 누구에게도 애써 친절하게 굴지 않았다. 그들에게 어떤 일이 생긴 걸까? 그들이 서로 사랑하게 된 걸까? 그들은 걷다가 서로 손이 스치기도 했고 그는 그런 스침에 점점 적응해나갔다. 우연히 스치던 손을 그녀가 의도적으로 잡았을 때 그는 조금 당황스러웠지만 이내 마음을 추스르고 그것에도 익숙해졌다.

그는 점점 차분해졌고, 이제는 키스도 할 수 있을 것 같았다.

일린은 잭슨의 가방을 챙기러 혼자 그의 집에 갔다. 그의 계모는 새하얀 의치를 드러낸 채 재미있는 먹잇감이 나타난 것처럼 신나 보였다.

둘이 무엇을 하려는 거냐고 그의 계모가 물었다.

"그건 조심하는 게 좋을걸." 그녀가 말했다.

그녀는 입이 거칠기로 평판이 자자했다. 실제로 입이 험했다.

"내가 그 녀석 엉덩이를 씻어줬는데 그건 기억하는지 그 녀석한테 물어봐." 그녀가 말했다.

일린은 그 말을 전하면서 자신은 그 여자를 참아줄 수 없었기 때문에 오히려 더 깍듯하게 예의를 갖추었고 심지어 도도하게 행동했다고 말했다.

하지만 잭슨은 학교에서 질문을 받았을 때처럼 구석에 몰린 절박한 심정이 들며 얼굴이 화끈 달아올랐다.

"그 여자 이야기는 꺼내지 말 걸 그랬나봐." 일린이 말했다. "목사관에서 살다보면 사람들을 희화화하는 버릇이 생기거든."

그는 괜찮다고 했다.

마침내 잭슨이 떠날 때가 되었다. 그들은 서로 편지를 주고받았다. 일린은 타자와 속기를 다 배운 뒤 타운 서기관 사무실에서 일하기로 했다는 내용의 편지를 써 보냈다. 그녀는 학교에 다닐 때보다 매사에 더 딱 부러졌고 더 풍자적이었다. 어쩌면 전쟁터에 나가 있는 사람들에게는 농담이 필요하다고 생각했는지도 몰랐다. 그리고 그녀는 자기가 많이 아는 축에 속한다는 점을 강조했다. 서기관 사무실에서 급히 혼인신고를 하는 사람들에 대해 쓸 때는 편지에 '신부의 처녀성'을 언급했다.

목사관을 찾아와 손님방에서 자고 간 목사들에 대해서는 그 방의 매트리스가 '괴상한 꿈'이라도 꾸게 만드는 모양이라고 써 보냈다.

그는 일드프랑스에 모여든 군중과 독일 유보트*를 피해 재빠르게 도망 다니던 일에 대해 써 보냈다. 잉글랜드에 도착해 자전거를 구입했을 때는 돌아다녀도 되는 지역 내에서 자전거를 타고 어디어디를 둘러보았는지 얘기해주었다.

그의 편지는 그녀의 편지보다 따분했지만 끝에는 늘 '사랑을 담아'라고 적혀 있었다. 디데이**가 다가오자 그녀가 고뇌의 침묵이라고 부른 기간이 이어졌다. 그녀도 이유는 잘 알고 있었다. 다시 편지를 보낼 수 있게 되자 그는 모든 것이 잘되었다고 소식을 전하면서도 자세한 내용은 적지 않았다.

그 편지에서 그는 그녀가 줄곧 그래온 것처럼 결혼에 대해 말했다.

마침내 유럽이 승리했고 그는 집으로 돌아오는 배를 탔다. 그는 여름밤 별들이 소나기처럼 머리 위로 쏟아진다고 써 보냈다.

일린은 바느질을 배웠다. 그녀는 그의 귀향을 기념해 새 여름 드레스를 만들고 있었다. 라임색이 도는 초록색 레이온 실크 드레스로 스커트가 풍성하고 캡 소매가 달려 있었다. 허리에는 금색 모조 가죽으로 만든 얇은 벨트를 맸다. 여름 모자에는 드레스와 같은 천으로 만든 초록색 리본을 두를 생각이었다.

"내가 이런 걸 모두 자세하게 알려주는 건 네가 나를 바로 알아볼 수 있게 하기 위해서야. 그래야 네가 우연히 기차역에 나와 있던 다른 예쁜 여자랑 달아나지 않을 테니까."

그는 핼리팩스에서 그녀에게 편지를 보내 토요일 저녁에 기차로 도착할 거라고 알려주었다. 그리고 자신은 그녀를 또렷이 기억하고 있으

---

* 1, 2차대전에 사용된 독일의 잠수함으로, 연합군에게 큰 피해를 입혔다.
** 2차대전 당시 연합군이 노르망디상륙작전을 벌인 1944년 6월 6일을 가리킨다.

니 그날 저녁 마침 기차역에 그런 여자들이 수두룩하더라도 그녀와 다른 여자를 혼동할 염려는 없다고 썼다.

그가 떠나기 바로 전날 저녁, 그들은 목사관 부엌에 늦게까지 앉아 있었다. 부엌에는 그해에 어디에서나 볼 수 있었던 조지 6세의 초상이 걸려 있었다. 그 밑에는 이런 시가 적혀 있었다.

내가 그해의 문 앞에 서 있는 남자에게 말했다.
"미지의 세계로 안전하게 들어갈 수 있도록 내게 빛을 주세요."
그러자 그가 대답했다. "어둠으로 나가 신의 손을 잡으시오. 그것이 그대에게 빛보다 더 좋고 알려진 길보다 더 안전할 것이오."

그들은 조용히 계단을 올라갔고 그는 손님방으로 자러 들어갔다. 그녀가 그에게 온 것은 서로 뜻이 맞아서였겠지만, 어쩌면 그는 그녀가 왜 온 것인지 잘 몰랐을 수도 있었다.

그것은 재앙이었다. 하지만 그녀의 동작을 보면 그녀도 잘 몰랐던 것 같았다. 상황이 꼬일수록 그녀는 더 미친듯이 움직였다. 그가 그녀의 노력을 멈추게 하거나 뭔가를 설명해줄 방법은 없었다. 여자가 그렇게까지 모를 수도 있는가? 마침내 그들은 모든 것이 잘 끝난 것처럼 서로에게서 떨어졌다. 그리고 다음날 아침, 그녀의 아버지와 남동생들이 있는 곳에서 작별인사를 했다. 얼마 지나지 않아 편지 왕래가 시작되었다.

그는 사우샘프턴에서 술에 취한 채 다시 한번 시도해보았다. 여자가 말했다. "그만 됐어, 꼬마 도련님. 다 죽었잖아."

그가 여자에 대해 좋아하지 않는 것 한 가지는 늙었건 젊었건 옷을 차려입는 것이었다. 장갑, 모자, 사락거리는 스커트, 어떤 사람들이 요구하고 신경쓰는 모든 것. 하지만 그녀가 그 사실을 어떻게 알았겠는가. 라임색이 도는 초록색. 그는 그 색깔이 어떤 색깔인지도 잘 몰랐다. 그 말이 밉살스럽게 들렸다.

그때 그에게 그 자리에 나타나지 않으면 그만이라는 생각이 자연스럽게 떠올랐다.

그녀는 스스로에게 혹은 다른 누군가에게 자신이 날짜를 착각한 거라고 말할까? 그는 그녀가 거짓말을 잘 꾸며낼 거라고 믿기로 했다. 어쨌거나 그녀는 기지가 있는 여자였다.

그녀가 떠나자 잭슨은 그녀가 보고 싶어졌다. 그는 건물 주인에게 그녀가 어떤 모습이었는지, 그녀의 머리 색깔이 짙었는지 회색이었는지, 그녀가 여전히 비쩍 말랐는지 아니면 뚱뚱해졌는지 절대 물어보지 못할 것이다. 괴로워하는 와중에도 그녀의 목소리는 믿기지 않을 만큼 그대로였다. 그 목소리는, 그 선율 같은 목소리는 아주 중요한 의미를 띠는 것 같았고, 한편으로는 아주 미안해한다는 느낌을 담고 있었다.

그녀는 먼길을 찾아왔다. 끈질긴 여인이었다. 누구라도 그렇게 말할 것이다.

그리고 그녀의 딸은 돌아갈 것이다. 멀리 떨어져 지내기에는 너무 제멋대로다. 일린의 딸이라면 당연히 제멋대로일 테고, 어떤 좌절도 자신을 오래 괴롭힐 수는 없다는 듯 세상과 진실을 자신에게 맞춰 변화시킬 것이다.

그를 보았다면 그녀는 알아보았을까? 그는 그랬을 거라고 생각했다. 어떻게 변했건 간에. 그리고 그 자리에서 그를 용서했을 것이다. 아무렴, 그 자리에서 바로. 늘 그랬듯, 스스로에 대한 그녀 자신의 생각을 지켜내기 위하여.

다음날이 되자, 일린이 그의 삶을 스쳐간 것에 대해 그가 느꼈던 어떤 편안함이 사라져버렸다. 그녀가 이곳을 알고 있다. 그러니 되돌아올지도 몰랐다. 그녀는 한동안 이곳에 머물면서, 여기저기 거리를 떠돌며 온기가 채 가시지 않은 딸의 자취를 찾아 헤맬 것이다. 그 애처로운 듯 제멋대로인 목소리로 겸손하게, 하지만 정말로 겸손하지는 않게 사람들에게 물어볼 것이다. 그가 이 문만 열고 나가면 곧바로 그녀와 마주칠 수도 있었다. 그녀는 그와의 만남을 늘 예상했다는 듯이 아주 잠시만 놀랄 것이다. 살다보면 그런 일이 생기기도 하더라면서.

모든 것은 가두어 잠가버릴 수 있다. 그러는 데 필요한 것은 단지 결심뿐이다. 그는 여섯 살인가 일곱 살 때 그의 계모가 놀림 혹은 장난이라고 말했던 그 놀림을 가두고 잠가버렸다. 어둠이 내린 뒤 그는 거리로 뛰쳐나갔다가 계모에게 붙잡혀 돌아왔다. 그녀는 자신이 그 행동을 그만두지 않으면 그가 정말로 달아나리라는 사실을 깨달았고, 그래서 그만두었다. 그리고 누군가 자기를 미워한다는 사실은 차마 인정할 수 없어서, 이제는 그를 놀리는 게 시시해졌다고 말했다.

그는 보니 던디라는 이름의 그 건물에서 세 밤을 더 잤다. 그는 아파트 한 채 한 채에 대한 설명과 관리비는 언제 받아야 하고 그 항목은 무엇인지를 정리해 주인에게 넘겼다. 어디로 가는지, 왜 떠나는지도 밝히지 않고 그저 다른 곳으로 가게 되었다고만 했다. 그는 은행계좌에서 돈을 모두 찾고 몇 가지 소지품만 챙겼다. 그리고 저녁에, 늦은 저녁에 기차에 올랐다.

그는 밤새 자다 깨다를 반복했고, 설핏 잠이 들었을 때 메노파 교회의 어린 소년들이 마차를 타고 지나가는 것을 보았다. 그들이 작은 목소리로 부르는 노랫소리가 들려왔다.

아침에 그는 카푸스카싱에서 내렸다. 공장냄새를 맡았고, 서늘해진 공기에 기운이 솟았다. 그곳에서 일하면 된다. 제재소가 있는 타운에는 틀림없이 일자리가 있을 것이다.

호수가 보이는 풍경

여자가 새로 처방전을 받으러 의사를 찾아간다. 하지만 의사는 없다. 그녀가 쉬는 날이다. 사실 여자가 날짜를 잘못 알았다. 월요일과 화요일을 헷갈린 것이다.

처방전도 새로 받아야 하지만, 여자가 의사와 상담하고 싶은 것이 바로 이것이다. 여자는 자신의 정신이 살짝 나간 건 아닌지, 그것이 궁금하다.

"재미있군요." 그녀가 의사에게서 기대한 반응은 이것이다. "부인의 정신이요? 다른 사람도 아니고 부인의 정신이 나갔다고요?"

(의사가 그녀를 그렇게 잘 아는 것은 아니지만 그들에게는 공통으로 아는 친구들이 있다.)

그 대신, 다음날 의사의 조수가 전화를 걸어 처방전이 준비되었고 여자—이름은 낸시다—의 정신 문제에 대해 전문가의 검사를 받을 날짜가 잡혔다고 알려준다.

문제는 정신이 아니다. 다만 기억력이 문제일 뿐.

뭐가 됐건, 그 전문의는 노인 환자를 진료한다.

정말이다. 정신이 나간 노인 환자를.

의사의 조수인 젊은 여자가 웃는다. 마침내, 누군가가 웃는다.

젊은 여자는 그 전문의가 있는 병원이 하이먼*이라는 마을에 있다고 알려준다. 낸시가 사는 곳에서 20마일 정도 떨어진 곳이다.

"오, 맙소사, 부부관계 전문가." 낸시가 말한다.

젊은 여자는 무슨 말인지 알아듣지 못해 다시 말해달라고 한다.

"아무것도 아니에요. 내가 그리로 찾아가볼게요."

지난 몇 년 사이 변화가 일어나 전문의들이 여기저기에 흩어져 자리를 잡았다. CAT 촬영은 이 타운에서, 암 검진은 저 타운에서, 폐 질환은 또다른 타운에서, 뭐 이런 식이다. 이렇게 하면 대도시에 있는 병원까지 갈 필요가 없다지만, 모든 타운에 병원이 있는 것도 아니고 그곳에 가더라도 병원이 어디에 있는지 범인을 찾듯 샅샅이 뒤져야 하므로 걸리는 시간은 비슷하다.

낸시가 예약일 전날 저녁에 노인 전문의—그녀는 그 의사를 이렇게 부르기로 한다—가 있다는 마을로 차를 몰고 가보기로 결심한 이유도 그 때문이다. 병원 위치를 알아낼 시간이 넉넉하니 그녀가 허둥대거나 약간이라도 늦게 도착하여 처음부터 나쁜 인상을 줄 염려는 없다.

---

* Hymen. 처녀막이라는 뜻.

남편이 같이 가도 좋겠지만 그가 텔레비전으로 축구를 보고 싶어한다는 것을 그녀는 잘 안다. 그는 밤 시간의 절반은 스포츠를 보고 절반은 집필을 하는 경제학자인데, 사람들에게는 자신이 은퇴했다고 말하라고 한다.

그녀는 혼자 그곳을 찾아보고 싶다고 말한다. 병원의 젊은 여자가 그 타운으로 가는 길을 알려주었다.

그날 저녁은 아름답다. 그녀가 고속도로에서 빠져나와 서쪽으로 달리는 동안, 햇빛이 그녀의 얼굴에 곧바로 쏟아질 만큼 태양이 낮게 걸려 있다. 그래도 허리를 펴고 똑바로 앉아 턱을 들면 햇빛을 피할 수 있다. 게다가 그녀는 좋은 선글라스도 가지고 있다. 표지판이 보인다. 하이먼Highman 마을까지는 8마일이 남았다고 쓰여 있다.

하이먼. 저렇게 쓰는 거였구나. 농담을 한 게 아니라. 인구 1553명.

왜 굳이 3까지 써놓은 거지?

모든 사람을 계산에 포함시키려고.

그녀는 작은 지역에 가면 재미삼아 자신이 그곳에서 살 수 있겠는지 살펴보는 습관이 있다. 이곳은 꼭 알맞은 것 같다. 근처 들판에서 생산된 것은 아니겠지만 꽤 신선한 채소와 흡족한 커피를 구입할 수 있는 제법 큰 규모의 시장. 그리고 세탁소와, 수준 높은 잡지를 갖다놓지는 않지만 처방전에 따라 약을 조제해주는 약국.

이 지역에 더 좋았던 시절이 있었다는 흔적 또한 물론 남아 있다. 이제 더는 시간을 알려주지 않는 시계가 진열창을 주인처럼 차지하고 있는데, 내걸린 간판에는 '보석 액세서리'라고 되어 있지만 지금은 오래된 자기 그릇, 항아리, 양동이, 철사를 꼬아 만든 화환만 보인다.

그녀가 그런 잡동사니들을 쳐다본 것은 그것들이 진열된 가게 앞에 주차를 하기로 마음먹었기 때문이다. 병원은 걸어다니며 찾아보는 게 좋겠다고 생각한다. 반가움을 느끼기엔 좀 이르다 싶지만, 지난 세기의 실용주의 스타일로 지어진 짙은 색 단층 벽돌 건물이 보이자 그녀는 반색을 하며 그 건물에 의사가 있을 거라고 생각한다. 작은 타운의 의사들은 한때 집의 일부를 진료실로 썼지만 곧 주차할 공간이 필요해지면서 이런 건물을 세우게 된 것이다. 붉은색이 도는 갈색 벽돌에, 명판에는 아니나 다를까 '내과/치과'라고 되어 있다. 건물 뒤쪽으로는 주차장이 있다.

주머니에 의사 이름이 적힌 종이쪽지가 들어 있다. 그녀는 이름을 확인하려고 종이쪽지를 꺼낸다. 성에가 낀 유리문에 붙어 있는 이름은 치과의사 닥터 H. W. 포사이스와 내과의사 닥터 도널드 맥밀런이다.

낸시가 가진 쪽지에 그런 이름은 없다. 쪽지에 적힌 것이라곤 숫자밖에 없으니 놀랄 일도 아니다. 지금은 세상을 뜬, 남편 누나의 구두 사이즈. 치수는 O 7½. O는 올리비아를 의미하는 것인데, 급하게 갈겨쓴 터라 그 사실을 알아내기까지 시간이 좀 걸린다. 올리비아가 입원했을 때 슬리퍼를 사온 기억만 희미하게 떠오른다.

어쨌거나 지금은 쓸모없는 것이다.

그녀가 만나야 할 의사가 이 건물로 새로 옮겨오고서 아직 밖에 내건 명판을 바꾸지 않은 것이라면 문제는 해결된다. 누군가에게 물어보아야 한다. 먼저 그녀는 혹시 늦게까지 일하는 사람이 안에 있지 않을까 생각하며 벨을 누른다. 아무도 나오지 않는다. 한편으로는 다행인 것이, 그 순간 그녀가 찾아야 할 의사의 이름이 의식의 수면 밑으로 슬그머니 사라져버렸기 때문이다.

또다른 생각. 혹시 이럴 수도 있지 않을까. 그러니까—그녀가 머릿속으로 미친 자들의 의사라고 부르기로 한—그 사람이 그의(혹은 그녀의—그녀 나이 때 여자들이 대부분 그러듯 그녀도 의사가 여자일 가능성은 자동적으로 배제한다) 병원 건물을 따로 두지 않고 진료를 하는 의사는 아닐까? 그것도 충분히 가능할 것 같다. 그렇게 하면 경비도 덜 들 것이다. 어차피 미치광이들을 치료하는 데는 장비가 많이 필요하지 않을 테니까.

그녀는 중심가에서 벗어나 계속 걸음을 옮긴다. 그제야 찾고 있는 의사의 이름이 떠오른다. 이런 일이 다 그렇듯 긴장하지 않아야 더 잘 떠오르는 것 같다. 그녀가 지나치는 집들은 대체로 19세기에 지어진 것들이다. 어떤 집들은 목재로, 어떤 집들은 벽돌로. 벽돌집은 종종 2층 높이이고, 목조집은 그보다는 소박해서 1층하고 절반 높이인데 위층에 있는 방들은 천장이 약간 경사졌다. 어떤 집들은 앞문을 열고 몇 피트만 나오면 바로 보도에 닿는다. 또 어떤 집들은 앞에 넓은 베란다가 딸려 있는데 간혹 베란다에 유리가 끼워져 있다. 한 세기 전이라면 사람들은 이런 저녁에 베란다나 앞쪽 계단에 앉아 있었을 것이다. 설거지를 마치고 그날 마지막으로 부엌을 치운 주부들, 잔디에 흠뻑 물을 준뒤 호스를 감아놓는 것까지 끝낸 남편들이. 그때는 지금처럼 비워진채 과시하듯 자리만 차지하는 정원 가구가 없었다. 그저 나무 계단이나 부엌에서 꺼내놓은 의자들이 전부였다. 날씨, 달아난 말, 몸겨누웠으나 회복 가능성이 없는 누군가에 대한 대화를 나누었을 것이다. 그녀가 대화를 듣지 못할 만큼 멀어지면 그녀에 대한 추측을 주고받았을

지도.

하지만 그녀가 걸음을 멈추고, 실례지만 의사의 집이 어디인가요? 라고 물어 그들의 경계심을 풀어주지 않았을까?

새로운 대화 주제. 저 여자는 대체 왜 의사를 찾는 거지?

(그녀가 소리를 듣지 못할 만큼 멀어지면, 이번에는 이 주제로 대화를 나누었을 것이다.)

지금은 사람들이 하나같이 선풍기나 에어컨을 켜고 집안에 있다. 도시에서처럼 집집마다 번지수가 있다. 의사가 있다는 표시는 찾을 수 없다.

보도가 끝나는 곳에 커다란 박공지붕 벽돌 건물이 있고 시계탑도 보인다. 아이들이 버스를 타고 더 크고 더 따분한 배움의 전당으로 통학을 하기 전에는 아마 그 건물이 학교였을 것이다. 시곗바늘은 열두시에 멈춘 채 정오 아니면 자정을 가리키지만 물론 시간은 맞지 않는다. 전문가의 손길이 닿은 듯한 여름 꽃들이 만발하다 ─ 일부는 손수레에, 또 일부는 손수레 옆 우유통에 흘러넘칠 듯 심어져 있다. 간판이 하나 보이는데 햇살이 그 위로 바로 비쳐 읽을 수가 없다. 그녀는 다른 각도에서 간판을 보려고 잔디밭에 올라선다.

장례식장. 이제 그녀는 아마도 영구차가 세워져 있을 차고를 본다.

신경쓰지 말자. 지금은 계속 가야 한다.

골목길로 접어들자 관리가 매우 잘된 집들이 나타나는데 이런 규모의 타운에도 교외가 있을 수 있다는 것을 보여준다. 집들은 조금씩 다르게 생겼지만 어쨌거나 모두 똑같아 보인다. 은은한 색깔의 돌이나 옅은 색깔의 벽돌, 둥그스름하거나 위가 뾰족한 창문, 지난 수십 년 동안 유행한 랜치 스타일*이자 실용주의적 외관에 대한 거부다.

여기엔 사람들이 있다. 그들은 에어컨과 함께 그들 자신을 차단시키지 않았다. 한 소년이 자전거를 타고 보도를 대각선으로 가로지른다. 자전거를 타는 아이의 모습이 어딘지 이상한데 처음에 그녀는 잘 알아차리지 못한다.

그애가 탄 자전거는 뒤로 달리고 있다. 그래서 이상한 것이다. 재킷이 평소처럼 펄럭여서 당신은―혹은 지금 그녀는―어디가 이상한지 알 수 없다.

소년의 어머니라기엔 나이가 너무 많아 보이는―하지만 군살이 없고 생기가 넘친다―한 여자가 길에 서서 소년을 바라보고 있다. 그녀가 줄넘기를 든 채 남편으로는 보이지 않는 남자에게 말을 건다. 두 사람은 지나치게 다정하다.

길은 막다른 커브길이다. 더는 갈 수 없다.

낸시가 실례한다고 말하며 나이 많은 그들에게 말을 건다. 그녀는 지금 의사를 찾고 있다고 말한다.

"아니, 아니요." 그녀가 말한다. "놀라지 마세요. 주소만 알면 돼요. 당신들이 혹시 알지도 모른다고 생각했어요."

그때 그녀는 자신이 아직도 의사의 이름을 정확히 모른다는 문제를 다시금 깨닫는다. 그들은 아주 예의가 발라서 그 사실에 전혀 놀라는

---

* 1940~1970년대에 미국에서 유행한 건축 스타일로, 단층으로 길게 집을 짓는 것이 특징이다.

기색을 내비치지 않지만 그녀에게 도움을 주지도 못한다.

소년이 심술궂게 그들 셋을 아슬아슬하게 피하며 기습적으로 한 바퀴 획 돈다.

웃음이 터진다. 꾸중은 없다. 어리디어린 야만인. 그들은 소년을 정말로 긍정적으로 생각하며 감탄하는 것 같다. 그들 모두 그날 저녁의 아름다움에 대해 말하고, 낸시는 돌아서서 왔던 길로 되돌아간다.

하지만 완전히 되돌아가지는 않는다. 장례식장 건물까지도 가지 않는다. 그녀가 그냥 지나쳤던 골목길이 있는데, 아마 포장이 안 된 길이라 의사가 그런 환경에서 살 리 없다고 생각해 지나쳤을 것이다.

보도는 없고 집들 주변에는 쓰레기가 널려 있다. 남자 둘이 트럭 보닛을 연 채 그 밑에서 바쁘게 움직이고 있다. 그들을 방해하면 안 되겠다는 생각이 든다. 게다가 길 앞쪽에 무언가 흥미로운 것이 보인다.

거리로 바짝 산울타리가 나와 있다. 울타리는 꽤 높아서 그 너머가 보일 것 같지는 않지만 어쩌면 그 사이로 안을 들여다볼 수 있을지도 모른다.

그럴 필요가 없다. 산울타리를 지나다 보니 그 땅—중심가 네 개 정도를 합쳐놓은 크기의 부지—은 그녀가 걷고 있는 길에 제법 개방되어 있다. 공원 같아 보이는데, 판석을 깐 보행로들이 싱그럽고 무성한 풀밭을 가로지르며 대각선으로 뻗어 있다. 보행로들 사이의 풀밭에는 꽃들이 피어 있다. 몇몇 종은 그녀도 알아본다. 짙은 금색과 옅은 노란색의 데이지나 분홍색과 장미색과 가운데가 붉은 흰색 풀협죽도 같은 것들. 하지만 그녀는 원래 정원을 잘 가꾸는 사람이 아닌데다 여기에는 그녀가 이름도 모르는 온갖 색깔의 꽃들이 무리 지어 피어 있거나 넝쿨을 이루고 있다. 어떤 넝쿨은 격자 모양 구조물을 타고 올라가고 어떤 넝쿨은 제멋대로 퍼져 있다. 모든 것이 예술적이다. 부자연스러운 것은 하나도 없다. 심지어 분수도 7피트 높이로 솟구쳤다가 바위로 빙 둘러놓은 물웅덩이로 떨어진다. 그녀는 시원한 물보라를 조금 맞으려고 길에서 벗어난다. 그러고는 그 안으로 들어가 철제 벤치가 있는 것을 보고 거기에 앉는다.

한 남자가 전지가위를 들고 보행로를 따라 걸어온다. 여기 정원사들은 늦은 시간까지 일을 해야 하나보다. 하지만 그가 고용된 일꾼으로는 보이지 않는다. 그는 키가 크고 비쩍 말랐고 몸에 꼭 맞는 검은색 셔츠와 바지를 입었다.

이곳이 타운 공원이 아닐 수도 있다는 생각을 그녀는 미처 하지 못한다.

"여긴 정말로 아름답네요." 그녀가 어느 때보다 확신에 찬 목소리로 칭찬을 아끼지 않는다. "관리가 아주 잘되어 있어요."

"고맙습니다." 그가 말한다. "맘껏 쉬어 가세요."

조금은 딱딱한 그의 목소리에서 이곳은 공원이 아니라 사유지라는 사실이 전해진다. 그가 마을에서 고용한 일꾼이 아니라 주인이라는 사실도.

"제가 허락을 구했어야 했군요."

"괜찮습니다."

그는 허리를 숙인 채 길을 침범하며 자라는 식물을 잘라내는 일에 몰두해 있다.

"여기가 당신 땅인가요? 전부 다요?"

잠시 부지런히 손을 놀린 뒤, "네, 전부 다요."

"미처 몰랐네요. 하긴 공유지라고 하기에는 상상력이 넘치는 곳이에요. 아주 독특하고."

대답이 없다. 그녀는 그에게 저녁에 자주 여기 앉아 있곤 하는지 물어보려 한다. 하지만 묻지 않는 편이 나을 것 같다. 그는 가까이하기에 편한 사람 같지는 않다. 어쩌면 그렇다는 사실에 자부심을 느끼는 부류일 수도 있고. 그녀는 잠시 뒤 고맙다고 말하며 일어나야겠다고 생각한다.

그런데 잠시 뒤 그가 그녀 옆으로 와서 앉는다. 그러고는 질문을 받기라도 한 것처럼 말한다.

"사실 나는 주의를 온통 기울여야 하는 일을 할 때에만 마음이 편안해져요." 그가 말한다. "그냥 앉아 있으려면 모든 것에서 시선을 돌리고 있어야 해요. 안 그러면 금방 더 할 일이 없는지 찾고 있을 테니까."

그가 가벼운 농담을 주고받는 걸 즐기는 사람이 아님을 그녀는 바로 알았어야 한다. 하지만 그녀는 여전히 궁금하다.

전에는 이곳이 뭐였을까?

그가 정원을 만들기 전에는?

"편물공장이요. 이런 작은 지역에는 전부 그런 공장이 있었어요. 입에 풀칠도 할 수 없는 박봉으로 살아가던 시절이었지요. 하지만 결국 공장은 파산했고 이곳을 요양원으로 바꾸고 싶어하는 업자가 나타났어요. 그런데 무슨 문제가 있었는지 타운에서 허가를 내주지 않았지요. 노인들이 많아지면 여기가 우울한 곳이 될 거라고 생각했던 모양이에요. 그래서 나는 잘 모르지만 그가 공장에 불을 질렀다나, 아니면 허물었다나 그랬다나봐요."

그는 이곳 출신이 아니다. 만약 그가 이곳 출신이라면 절대 그렇게 숨김없이 말해주지 않았으리라는 걸 그녀도 안다.

"나는 여기 출신이 아니에요." 그가 말한다. "여기 출신인 친구가 하나 있었는데, 그 친구가 죽었을 때 그의 집을 정리하러 왔다가 바로 떠날 참이었지요. 그러다 이 땅을 헐값에 구입하게 됐어요. 그 업자가 이 땅에 파놓은 구멍이 워낙 보기 흉했거든요."

"내가 캐묻는 것처럼 느껴졌다면 미안해요."

"괜찮습니다. 내키지 않으면 알려주지도 않으니까요."

"난 여기 처음 와봤어요." 그녀가 말한다. "와봤을 리가 없어요. 그랬다면 이런 곳을 놓쳤을 리 없으니까요. 나는 조금 전까지 뭘 찾느라 걷고 있었어요. 차를 세워놓고 걸으면 더 찾기 쉬울 거라고 생각했거든요. 실은 어떤 의사가 하는 병원을 찾고 있었어요."

그녀는 아픈 건 아니지만 내일 병원 예약이 잡혀 있다고, 아침에 거길 찾느라 헤매고 싶지는 않았다고 말한다. 그러고는 차를 세워둔 것과 자신이 찾고 있는 의사의 이름이 어디에도 보이지 않아 놀란 이야기를 한다.

"전화번호부를 찾아볼 수도 없었어요. 요즘에는 전화번호부나 공중전화 부스가 모두 사라졌잖아요. 아니면 그런 것들을 찾았다고 해도 못쓰게 되어 있거나. 내가 하는 말이 점점 바보같이 들리는군요."

그녀가 그에게 의사 이름을 알려주었지만 그는 그런 이름은 들어본 적이 없는 것 같다고 말한다.

"나는 병원에는 가지 않아서요."

"의사를 찾아가지 않아도 될 만큼 멀쩡한가보군요."

"그런 뜻은 아니에요."

"아무튼 나는 차로 다시 돌아가야겠어요."

그녀가 일어서자 그도 일어서며 같이 가주겠다고 한다.

"내가 길을 잃을까봐요?"

"그런 건 아니고요. 저녁 이맘때쯤에는 늘 다리를 펴주려고 하거든요. 정원 일을 하다보면 다리에 쥐가 나서요."

"그 의사를 찾지 못하는 데에는 납득할 만한 이유가 분명히 있겠지요. 당신은 어떤 일이 일어난 이유에 대해 지금보다 과거에 더 잘 이해된 적이 있나요?"

그는 대답하지 않는다. 어쩌면 죽은 친구를 생각하는지도 모른다. 정원은 아마 죽은 친구에게 바치는 기념물일 것이다.

그녀가 건넨 말에 그가 대꾸를 하지는 않았지만 이제 그녀는 당황하기는커녕 그 대화에서 상쾌함과 평온함을 느낀다.

그들은 걸어가면서 누구와도 마주치지 않는다.

곧 중심가에 다다르고 저만치 한 블록 너머에 병원 건물이 있다. 그녀는 그 광경이 조금 불편하다. 처음에는 이유를 몰랐지만 잠시 뒤 알게 된다. 병원 건물이 보이자마자 가슴이 덜컹하며 바보 같은 생각이 떠오른 것이다. 그 이름, 그녀가 찾을 수 없다고 했던 그 이름이 줄곧 저기에 있었다면 어쩌지. 그녀의 걸음이 빨라지고 몸이 후들거린다. 시력이 꽤 좋은 그녀는 전과 똑같이 이름 두 개를 보았지만 이번에도 아니다.

그녀는 진열창에 뭐가 있는지 보려고 서두른 척한다. 도자기 머리를 한 인형들, 옛날 스케이트, 요강, 나달나달해진 퀼트.

"슬프군요." 그녀가 말한다.

그는 관심을 기울이지 않는다. 그러다 방금 어떤 생각이 떠올랐다고 말한다.

"그 의사 말이에요." 그가 말한다.

"네?"

"그 의사가 요양원과 연관이 있을지도 모르겠군요."

그들은 다시 걸음을 옮긴다. 보도에 앉아 있는 청년 두 명을 지나치는데 한 명이 다리를 뻗고 있어서 그를 피해 가야 한다. 그녀와 함께 가는 남자는 그들을 쳐다보지 않지만 목소리는 작아졌다.

"요양원이요?" 그녀가 말한다.

"고속도로로 왔다면 아마 못 봤겠군요. 타운에서 빠져나가서 호수 쪽으로 계속 가다보면 그곳을 지날 거예요. 반 마일도 채 안 돼요. 남쪽에 자갈더미가 있는데 거기를 지나 조금만 더 가면 맞은편에 있어요. 요양원에 상주하는 의사가 있는지는 모르겠지만, 있다고 하는 편이 더 말이 되죠."

"있다고 하는 편이," 그녀가 말한다. "더 말이 되겠네요."

그녀는 자신이 바보 같은 농담을 하려고 일부러 그를 따라 한 것이라고 그가 생각하지 않기를 바란다. 바보 같은 농담이든 뭐든 그녀가 그에게 더 말을 붙이고 싶은 건 사실이다.

하지만 지금 그녀에게 또다른 문제가 생겼다. 차에 타기 전 그녀는 종종 열쇠를 어디에 두었는지 기억해내야 하는데, 지금도 그렇다. 열쇠를 안에 두고 차를 잠갔거나 어디 다른 곳에 두고 온 건 아닌지 걱정을 한 것이 한두 번이 아니다. 그녀에게 익숙하고 지긋지긋한 두려움이 밀려온다. 하지만 주머니 어딘가에서 열쇠가 나온다.

"한번 가볼 만은 해요." 그가 말하자 그녀도 그러겠다고 한다.

"공간이 넓으니까 차를 대고 살펴볼 수 있을 거예요. 요양원에 상주하는 의사라면 굳이 타운에 그의 이름을 올려놓을 필요가 없겠지요. 여의사라면 그녀의 이름을요."

그 역시 그녀와 헤어지는 것을 꼭 바라는 것 같지는 않다.

"정말 고맙네요."

"그냥 직감이에요."

그는 그녀가 차에 탈 때 문을 잡아주고 올바른 방향으로 차를 돌릴 때까지 기다려주었다가 손을 흔들어 인사를 한다.

그녀는 타운을 빠져나가는 길에 백미러로 다시 한번 그를 쳐다본다. 그는 가게 벽에 등을 기댄 채 보도에 앉아 있는 소년들 혹은 청년들에게 허리를 숙여 말을 걸고 있다. 아까는 아예 못 본 척하더니 지금은 그들에게 말을 걸고 있는 것이 그녀는 놀랍다.

어쩌면 그녀의 어리벙벙한 태도나 어리석음에 대해 뭐라고 농담을 했을지도 모른다. 혹은 그저 그녀의 나이에 대해. 그렇게 친절하던 남자가 그녀에게 상처를 남긴다.

그녀는 돌아가는 길에 다시 마을을 지나며 그에게 고맙다는 인사를 하고 그 의사가 맞았는지 아니었는지 말해줄 생각이었다. 그저 차의 속력을 늦추고 웃으면서 차창 밖으로 외치면 될 것이었다.

하지만 이제 그녀는 호숫가 길을 택해 그가 있는 근처로는 가지 않겠다고 생각한다.

그는 잊자. 저만치 자갈더미가 보인다. 그녀는 이제 가야 하는 곳에 주의를 기울여야 한다.

그가 말한 대로다. 표지판. 레이크뷰 요양원. 여기서는 정말로 호수 풍경이 보인다. 옅은 푸른색 실오리처럼 드리운 수평선.

주차장은 널찍하다. 기다란 건물에 독립된 거주 공간이 칸칸이 나뉘어 있다. 적어도 제법 널찍한 방들이 보이고 각각의 공간마다 작은 정원이나 앉을 자리가 딸려 있다. 각각의 공간 앞에는 사생활이나 안전을 보장하기 위한 격자 모양 가림판이 꽤 높게 세워져 있다. 하지만 지금은 밖에 나와 앉아 있는 사람이 아무도 없다.

당연히 없을 것이다. 이런 시설에서는 취침 시간이 이르다.

그녀는 격자무늬 가림판이 상상의 여지를 주는 것이 마음에 든다. 개인 주택도 그렇지만 지난 몇 년 사이 공공건물도 변하고 있다. 매정하고 매력 없어 보이던 외관—그녀의 젊은 시절에는 유일하게 허용되었던 것—은 이제 사라졌다. 지금 그녀는 환영하는 듯한 혹은 지나치게 발랄한 외관의 밝은 돔 앞에 차를 세운다. 그것을 가식적이라고 생각할 수도 있겠지만 사람들이 원하는 게 바로 그런 것 아닌가? 그 모든 유리가 노인들, 심지어 그렇게 나이들지는 않았지만 건강이 조금 안 좋을 뿐인 사람들의 기분까지 밝게 해줄 것이다.

그녀는 문 쪽으로 걸어가면서 눌러야 할 버튼을, 초인종을 찾는다. 하지만 그럴 필요가 없다. 문은 저절로 열린다. 안으로 들어가자 공간이 생각보다 훨씬 넓고 높다. 유리는 푸르스름한 색조다. 바닥에는 온통 은색 타일이 깔려 있는데, 아이들이 쭈르륵 미끄러지기 좋아하는 그런 종류다. 그녀는 환자들이 놀이 삼아 쭈르륵 미끄러지는 것을 잠시 상상해본다. 그 생각에 마음이 가벼워진다. 물론 사람들의 목이 부러지기를 바라지는 않을 테니 바닥이 보기만큼 미끄럽지는 않을 것이다.

"차마 해보지는 못했어요." 그녀는 머릿속으로 누군가에게, 아마 남편에게 매력적인 목소리로 말한다. "그렇게 되지는 않았을 거예요, 그렇죠? 미끄러지다가 내가 바로 의사 앞에서 멈췄을 수도 있었을 거예요. 내 정신 상태를 검사하려고 하는 그 의사요. 그랬다면 그가 뭐라고 했을까요?"

그 순간 어디를 봐도 의사는 없다.

의사는 없을 것이다. 있을까? 여기 의사들은 환자가 오기를 기다리며 책상 앞에 앉아 있지 않는다.

그리고 그녀가 지금 면담을 하러 온 것도 아니다. 그녀는 내일로 예약된 시간과 장소를 확인하는 중이라고 또 설명해야 할 것이다. 그 모든 일을 생각하니 그녀는 좀 피곤해진다.

허리 높이의 둥그스름한 안내 데스크가 보인다. 데스크의 짙은 색 패널은 마호가니처럼 보이긴 하지만 아마 아닐 것이다. 지금 데스크 뒤에는 사람이 아무도 없다. 물론 근무 시간은 끝났다. 그녀는 호출 벨을 찾아보지만 보이지 않는다. 그녀는 의사들 명단이 있는지, 혹은 당직 의사의 이름이 있는지 살펴본다. 그것도 보이지 않는다. 아마 당신은 시간이 몇시건 누군가를 호출할 방법이 있을 거라고 생각할 것이다. 이런 곳에서는 누군가가 대기중일 거라고.

데스크 뒤에는 중요한 물건도 없다. 컴퓨터도, 전화기도, 서류도, 누를 수 있는 색깔 버튼도 없다. 물론 그녀가 데스크 바로 뒤로 가볼 수는 없었는데, 잠금장치가 있거나 그녀가 안을 볼 수 없도록 칸막이가 되어 있었을 것이다. 안내 데스크 직원이 누를 수 있는 버튼이 있지만 그녀의 손에는 닿지 않는다.

그녀는 일단 데스크 쪽은 단념하고 그녀가 들어와 있는 공간을 유심히 살핀다. 육각형 공간인데 일정한 간격을 두고 문이 있다. 문은 모두 네 개다. 하나는 햇빛이 들어오고 방문객들이 드나드는 커다란 문이고, 데스크 뒤에 있는 다른 하나는 직원 전용으로 보이는데 접근하기가 쉽지 않다. 나머지 두 개는 완전히 똑같이 생겼고 서로 마주보고 있는데, 그 문을 열면 기다란 건물이 나오고 복도와 입주자들이 사는 방들이 이어질 것이다. 그 두 개의 문에는 위쪽에 작은 창이 뚫려 있는데 거기 끼워진 유리는 안을 들여다볼 수 있을 만큼 깨끗하다.

그 문으로는 들어갈 수 있을 것 같다. 그녀는 그중 하나로 걸어가 문을 두드린 뒤 손잡이를 돌려보지만 문은 꿈쩍도 하지 않는다. 잠겨 있다. 작은 창으로도 안이 잘 보이지 않는다. 가까이 다가가 보니 물결처럼 형태가 왜곡된 유리가 끼워져 있다.

맞은편 문에 있는 유리도 마찬가지고 손잡이도 마찬가지다.

바닥에 구두가 또각거리는 소리, 유리가 부리는 요술, 반질거리지만 쓸모없는 손잡이 때문에 그녀는 스스로 인정하는 것보다 더 의욕을 잃었다.

하지만 포기하지 않는다. 그녀는 또다시 같은 순서로 문을 열어본다. 이번에는 손잡이 두 개를 힘껏 흔들며 "누구 없어요?"라고 소리도 지른다. 처음에는 심각하지 않은 경쾌한 목소리로, 그러다 점점 애가 타는, 그러나 희망적이지는 않은 목소리로.

그녀는 데스크 뒤로 몸을 비집고 들어가 뒤쪽에 있는 문을 기대 없이 쾅쾅 두드린다. 그 문에는 손잡이도 없이 열쇠구멍뿐이다.

이곳에서 나가 집으로 돌아가는 수밖에 없다.

그녀는 이곳의 모든 것이 쾌적하고 우아하지만 일반 사람들을 위해 봉사한다는 인상은 전혀 받을 수 없다고 생각한다. 물론 여기서는 입주자건 환자건, 뭐라고 부르건 그들 모두를 일찌감치 재울 것이다. 주변 경관이 아무리 아름답다 한들 어디에서나 마찬가지다.

그녀는 여전히 그런 생각에 잠긴 채 입구 쪽 문을 민다. 너무 무겁다. 다시 한번 민다.

다시 한번. 문은 꿈쩍도 하지 않는다.

건물 밖 야외에 꽃을 심어놓은 화분들이 보인다. 길에 차 한 대가 지나간다. 은은한 저녁 햇살.

그녀는 멈추어 생각해야 한다.

이 안에는 전등이 없다. 여기는 곧 어두워질 것이다. 아직은 바깥에 햇살이 머뭇거려도 날은 벌써 어두워지는 것 같다. 아무도 나타나지 않을 것이다. 다들 할일을 끝냈을 테니, 적어도 이 공간에서 해야 할 일은 다 끝냈을 테니. 지금 어디에 있건 그들은 계속 그곳에 있을 것이다.

그녀는 소리를 지르려고 입을 벌리지만 아무 소리도 나오지 않는 것 같다. 온몸이 부들거리고 아무리 애를 써도 폐로 숨을 들이쉴 수가 없다. 목구멍에 뭔가가 걸린 것 같다. 질식. 그녀는 다르게 행동해야 한다는 것을, 무엇보다 다르게 생각해야 한다는 것을 알고 있다. 침착하게. 침착하게. 숨을 쉬고. 숨을 쉬고.

패닉 상태가 오래 지속되었는지 짧게 끝났는지 그녀는 모른다. 심장은 아직 쿵쾅거리지만 그녀는 무사한 것 같다.

여기 샌디라는 이름의 여자가 있다. 그녀가 달고 있는 명찰에 그렇게 적혀 있고, 낸시는 어쨌거나 그녀를 안다.

"우리가 어떻게 해드리면 될까요?" 샌디가 말한다. "우리는 부인이 잠옷으로 갈아입으면 정말 좋겠는데요. 그러고 나면 다시 저녁 식탁에 오를까봐 두려워하는 닭처럼 굴어도 좋아요."

"꿈을 꾸셨나봐요." 샌디가 말을 잇는다. "이번에는 무슨 꿈이었어요?"

"별거 아니에요." 낸시가 말한다. "남편이 살아 있고 내가 아직 운전을 하던 시절로 돌아갔어요."

"차는 좋은 차였어요?"

"볼보."

"봐요. 아직 쌩쌩하시잖아요."

돌리

그해 가을 죽음에 대한 이야기가 오갔다. 우리의 죽음. 그때 프랭클린은 여든셋, 나는 일흔하나, 우리는 자연스럽게 장례식(하지 않는다)과 미리 마련해둔 장지에 매장하는(죽자마자) 문제에 대해 계획을 세웠다. 우리는 화장을 하지 않기로 결정했지만 우리 친구들 사이에서는 화장이 유행이었다. 이제 남겨진 혹은 운에 맡겨진 문제는 실제로 죽는 것뿐이었다.

어느 날 우리는 차를 타고 우리가 사는 곳에서 그리 멀지 않은 시골 주변을 돌아다니다가 우리가 미처 몰랐던 길을 발견했다. 단풍나무, 떡갈나무 같은 나무들이 인상적인 크기로 자라 있었지만 이차림*이어

---

* 처녀림 벌채 후 자연 발생한 숲.

서 과거 이곳이 개간지였다는 것을 알 수 있었다. 한때 농장이 있었을 테고, 목초지와 집과 헛간 들이 있었을 것이다. 하지만 이제는 아무런 흔적도 남아 있지 않았다. 비포장길이었지만 지나다닌 흔적이 없지는 않았다. 하루에 차량 몇 대가 지나갈까 말까 한 길로 보였다. 아마 이 길을 지름길로 사용하는 트럭들이 있을 것이다.

그 점이 중요하다고 프랭클린이 말했다. 우리는 하루나 이틀, 어쩌면 일주일 동안 발견되지 않은 채 그곳에 방치되어 있고 싶지는 않았다. 우리가 차를 세워놓고 사라져서 경찰이 숲속을 뒤지며 코요테들이 이미 뜯어먹었을지도 모르는 유해를 찾게 만들고 싶지도 않았다.

또한 그날은 너무 멜랑콜리해서도 안 된다. 비가 와서도, 때 이른 눈이 내려서도 안 된다. 나뭇잎들의 색깔은 변했더라도 낙엽이 많으면 안 된다. 바로 그날 그렇게 된 듯이 황금빛으로 물들어 있어야 한다. 햇살이 환하게 비쳐서도 안 된다. 한낮의 황금빛, 그 화려함 때문에 우리는 훼방꾼이 된 기분이 들 것이다.

우리는 유서에 대해서는 서로 생각이 달랐다. 그러니까, 우리가 유서를 남길지 말지에 대해서. 나는 사람들에게 해명을 해야 한다고 생각했다. 심각한 병 때문은 아니었다는 것을, 통증이 급습하여 품위 있는 삶을 계속 영위할 가능성이 차단된 건 아니었다는 것을 사람들이 알아야 했다. 맑은 정신으로, 달리 말해 편한 마음으로 내린 결정이라는 사실을 사람들에게 분명히 밝혀야 했다.

형편이 조금이라도 더 나을 때 떠난다.

아니. 나는 그 말은 철회했다. 경박하다. 모욕이다.

프랭클린의 생각은 그 어떤 해명도 모욕이라는 것이었다. 타인에게

가 아니라 우리 자신에게. 우리 자신에게 모욕이라고. 우리는 우리 자신의 것이고 서로의 것이니 프랭클린에게 해명이란 그저 칭얼거림일 뿐이었다.

나는 그의 말뜻을 알아들었지만 여전히 동의하고 싶지는 않았다.

바로 그 사실―우리의 생각이 다르다는 것―때문에 그가 머릿속에서 그 가능성을 모두 몰아낸 것 같았다.

그는 그것이 쓰레기 같은 생각이라고 말했다. 자신은 상관없지만 내가 너무 어리다는 것이다. 내가 일흔다섯이 됐을 때 다시 논의하면 된다고 했다.

나는 앞으로 우리 인생에서 더는 어떤 일도 일어나지 않을 거라고, 바로 그 점이 나를 조금이나마 괴롭히는 유일한 문제라고 이야기했다. 우리에겐 더이상 중요한 문제도 없고, 다루어야 할 문제도 없다고.

그는 우리가 방금 다투었는데 뭘 더 바라느냐고 말했다.

내가 얼마나 예의를 차려 말했는데요, 내가 말했다.

대화를 하다 전쟁 이야기―2차대전을 말한다―가 나올 때를 빼면 나는 프랭클린보다 내가 더 젊다고 느낀 적이 없었다. 요즘은 그나마 그런 이야기도 거의 하지 않지만. 한 가지 이유로 그는 나보다 체력 소모가 더 심한 운동을 한다. 한때 그는 승마장을 관리하는 일을 했다. 사람들이 경주마가 아니라 승용마를 타는 그런 곳 말이다. 그는 지금도 일주일에 두세 번씩 그리로 가서 자기 소유의 말을 타며 이따금 그의 조언을 구하는 책임자와 대화를 나눈다. 하지만 그는 대체로 가급

적 관여하지 않겠다고 말한다.

사실 그는 시인이다. 정말로 시인이고, 정말로 말 조련사다. 그는 여러 대학에서 한 학기짜리 강의를 맡아왔지만 승마장에 갈 수 없을 만큼 먼 곳으로는 절대 가지 않는다. 그는 자신이 작품 낭송을 하는 것은 인정하지만, 아주 가끔뿐이라고 말한다. 자신이 시를 쓴다는 사실은 강조하지 않는다. 이따금 나는 그런 태도—나는 그것을 부끄러움을 타는 성격이라고 말한다—에 짜증이 나지만 그가 그러는 이유를 안다. 당신이 승마를 하느라 바쁘다고 하면 사람들도 당신이 바쁜 줄 알겠지만, 시를 쓰느라 바쁘다고 하면 게을러 보일 수 있다. 그리고 무엇을 하고 있는지 설명하려면 스스로가 약간 이방인처럼 느껴지거나 창피한 생각이 들 것이다.

또다른 문제는, 그는 과묵하다고 할 수 있는 사람임에도 이 근방—즉 그가 성장한 곳—에서 그라는 존재를 가장 잘 알린 시는 흔히 외설적이라고 말하는 시라는 점이다. 상당히 외설적이라고, 그가 자기 입으로 말하는 것을 들었다. 변명을 하려는 의도에서가 아니라 아마도 그저 누군가를 겁주어 쫓아내려는 의도에서. 그는 특정한 것을 거북해하는 사람들이 어떻게 느끼는지는 직감적으로 알고 있지만, 그럼에도 대체로 표현의 자유를 무척 옹호하는 사람이다.

무언가를 거리낌없이 말하거나 출간물을 읽는 것에 대한 이 근방 사람들의 의식에 변화가 없었다는 말은 아니다. 수상 경력이 도움이 된다. 물론 신문에 이름이 언급되는 것도.

308

나는 오랫동안 고등학교에서 학생들을 가르쳤는데, 당신의 예상과는 달리 문학이 아니라 수학을 가르쳤다. 그러다 집에서 지내게 되면서 점점 좀이 쑤셔서 무언가 다른 일을 시작했다. 부당하게 잊혔거나 마땅히 받아야 할 관심을 받지 못한 캐나다 소설가들에 대해 깔끔하고 (바라건대) 재미있는 전기를 쓰기로 한 것이다. 프랭클린이 아니었다면 나는 그런 일을 하지도, 우리가 대화의 주제로 삼지 않는 문학적 명성—나는 스코틀랜드에서 태어나 캐나다 작가는 정말이지 아무도 몰랐다—을 얻게 되지도 않았을 것이다.

나는 내가 소설가들에게, 그러니까 그들의 사그라진 혹은 심지어 소멸된 위상에 보이는 연민을 프랭클린이든 누구든 시인들이 받을 자격이 있다고는 생각하지 않는다. 정확한 이유는 나도 모른다. 아마 나는 시가 그 자체로 목적이라고 생각하는 것 같다.

나는 그 일이 좋았고, 가치 있는 일이라고 생각했고, 교실에서 여러 해를 보낸 뒤라 그런지 절제되고 조용한 분위기도 좋았다. 하지만 내게도 그저 느긋하게 쉬고 싶고 말벗이 그리워지는 시간이 온다. 이를테면 오후 네시처럼.

한 여자가 화장품을 잔뜩 짊어지고 우리집 문 앞에 나타난 것은 따분하고 답답한 어느 날 그 시간 즈음이었다. 다른 때였다면 그녀가 반갑지 않았겠지만 그때는 반가웠다. 이름은 그웬이었고, 전에는 사람들로부터 내가 그런 타입이 아니라는 말을 들어서 찾아오지 않았다고 했다.

"그런 타입이 어떤 것이건 간에요." 그녀가 말했다. "아무튼 이런 생각이 떠올랐어요. 본인한테 직접 듣자, 그 사람은 그저 싫다고만 하면 된다."

나는 그웬에게 방금 커피를 내렸는데 마시겠느냐고 물었고, 그녀는 당연히 그러겠다고 했다.

그녀는 막 떠나려고 마음을 먹은 참이었다고 말했다. 그러고는 끙 소리를 내며 짐을 내려놓았다.

"당신은 화장을 하지 않네요. 나도 이 일을 하지 않았다면 화장은 하지 않았을 거예요."

그녀가 그 말을 하지 않았다면 나는 그녀의 얼굴도 나처럼 맨얼굴이라고 생각했을 것이다. 맨얼굴, 칙칙한 얼굴색, 주름이 자글자글한 입가. 눈동자는 옅은 푸른색이었고, 안경 때문에 눈이 커 보였다. 그녀의 모습에서 유일하게 꾸민 티가 나는 부분은 뱅 스타일로 자른 숱이 적은 천박한 노란색 앞머리였다.

안으로 들어오라는 말이 아마도 그녀를 불안하게 만든 것 같았다. 그녀는 흠칫거리며 자꾸 주변을 두리번거렸다.

"오늘 정말 춥네요." 그녀가 말했다.

그러고는 다급하게 덧붙였다. "근처에 재떨이 같은 게 보이지 않는데, 혹시 있나요?"

내가 그릇장에서 하나를 찾아왔다. 그녀는 담배를 꺼내더니 마음이 좀 놓이는 표정으로 다시 앉았다.

"담배 안 피우세요?"

"예전에는 피웠어요."

"누군들 안 그랬겠어요."

내가 그녀에게 커피를 따라주었다.

"블랙이네요." 그녀가 말했다. "이거 정말 좋은 거 아닌가요? 무슨 일을 하고 있었는지 모르겠지만 내가 방해한 건 아니었으면 좋겠네요. 편지를 쓰고 있었어요?"

나는 그녀에게 무관심의 대상이 된 작가들에 대해 말했고, 그 당시 내가 작업하고 있던 작가의 이름까지 말해주었다. 마사 오스텐소, 『기러기』라는 책과 지금은 전부 잊힌 다른 많은 책을 쓴 작가였다.

"그러니까 이게 전부 인쇄되어 나온다는 말인가요? 신문에 실리는 것처럼요?"

책으로요, 내가 말했다. 그녀가 약간 못 믿겠다는 듯 연기를 내뿜자 나는 그녀에게 더 재미있는 사실을 이야기해주고 싶어졌다.

"그 작가의 남편이 그 소설의 일부를 썼을 거라고 짐작되지만, 이상한 건 그 책에서 그의 이름은 쏙 빠져 있다는 거예요."

"어쩌면 그 남편은 사람들이 자기를 놀리는 게 싫었을지도 모르죠." 그녀가 말했다. "알잖아요. 책을 쓰는 남자에 대해 사람들이 어떻게 생각할까, 뭐 그런 거요."

"그런 생각은 못했네요."

"하지만 그 남편도 돈이야 고맙게 받겠죠." 그녀가 말했다. "당신도 남자들을 잘 알잖아요."

그러고는 그녀가 빙그레 웃더니 고개를 저으며 말했다. "당신은 분명 똑똑한 사람이겠군요. 우리집 사람들한테 지금 집필중인 책을 봤다고 말해줘야겠어요."

그 화제가 당황스러워 나는 그녀의 관심을 다른 데로 돌리려고 집에 누가 있는지 물었다.

여러 사람들이 있었지만 나는 제대로 알아듣지 못했고, 굳이 애써 알아들으려 하지도 않았다. 그 사람들이 언급된 순서에 대해서는 확신이 없지만 그녀의 남편이 마지막이었고 그가 죽었다는 사실만큼은 확실했다.

"작년이에요. 정식 남편은 아니었지만요. 알죠, 무슨 말인지?"

"내 남편도 마찬가지예요." 내가 말했다. "그러니까 지금 남편 말이에요."

"그래요? 지금은 그렇게 사는 사람들이 아주 많잖아요. 예전에는, 오 맙소사, 어쩜 그런 일을, 이랬는데 요즘에는 알 게 뭐야, 그냥 그러고 말죠. 그렇게 동거하며 한 해 한 해 넘기다 마침내, 오, 이제 결혼해야겠어, 하는 사람들도 있고요. 그러면 이런 생각이 들죠. 도대체 뭐하러? 요즘 시대에는 그렇군, 이러고 말거나 흰색 드레스로 한껏 치장을 하겠군, 뭐 그런 생각뿐이죠. 내 얘기가 우습게 들릴지 모르지만 나는 무지하게 심각해요."

그녀는 자신의 딸이 그런 식으로 떠들썩하게 화려한 결혼식을 올렸지만 지금은 마약 밀매로 수감되어 있으니 호되게 경험을 한 거라고 했다. 어리석기도 하지. 딸이 그런 꼴로 살게 된 것은 결혼한 남자 때문이었다. 그래서 그웬은 지금 달리 돌봐줄 사람이 없는 딸의 어린 두 자식을 돌봐야 했다. 게다가 화장품도 팔아야 했다.

그녀는 이 말을 하는 내내 기분이 아주 좋아 보였다. 그녀가 점점 애매한 태도를 보이고 슬슬 조바심을 내기 시작한 것은 나름 성공한 또

다른 딸에 대한 이야기로 넘어가면서부터였다. 그 딸은 정식 간호사로, 지금은 퇴직해서 밴쿠버에 살고 있었다.

그 딸은 어머니에게 그들 모두를 내버려두고 자신에게 와서 같이 살자고 했다.

"하지만 나는 밴쿠버가 싫어요. 나 빼고 모든 사람이 다 좋아하겠지만요. 나는 그냥 싫네요."

아니. 진짜 이유는 그녀가 그 딸과 함께 살려면 담배를 끊어야 한다는 것이었다. 밴쿠버가 문제가 아니라, 담배를 끊는 것이 문제였다.

나는 내 젊음을 되돌려줄 로션값을 지불했고 그녀는 다음번에 올 때 로션을 갖다주겠다고 약속했다.

나는 프랭클린에게 그녀에 대해 전부 말해주었다. 그녀의 이름은 그웬이라고.

"또다른 세상이었어요. 나는 그 세상을 즐겼던 것 같아요." 내가 말했다. 그러고 나자 그런 말을 한 나 자신이 싫어졌다.

그는 나더러 밖으로 더 자주 나가야 한다고, 임시교사 자리에도 이름을 올려놓으라고 말했다.

그녀는 곧 로션을 들고 다시 나타났고 나는 놀랐다. 어쨌거나 이미 값을 지불한 뒤였다. 그녀는 심지어 내게 다른 것을 팔려고 하지도 않았는데, 전략적인 이유에서 그러는 것이 아니라 차라리 그러는 편이

속 편한 듯 보였다. 나는 이번에도 커피를 내렸고, 우리는 서두르기는
했어도 지난번처럼 편하게 대화를 나누었다. 나는 그녀에게 마사 오스
텐소에 대해 쓸 때 참조했던 『기러기』를 주었다. 나는 전집이 나오면
한 권을 다시 받을 테니 그녀에게 그 책을 가져도 좋다고 했다.

그녀는 그 책을 읽겠다고 했다. 어떤 일이 있어도 읽겠다고. 너무 바
쁘게 사느라 책을 읽은 게 언제였는지 기억도 나지 않지만 이번에는
읽겠다고 약속했다.

그녀는 나에게 당신처럼 많이 배웠지만 편한 사람은 만나본 적이 없
다고 했다. 나는 약간 우쭐해졌지만 어떤 학생이 나에게 반했다는 것
을 깨달았을 때처럼 신중해졌다. 그러다 곧 내가 그런 우월감을 느낄
자격이 없는 것처럼 느껴져 창피했다.

그녀가 차를 운전하려고 나갔을 때는 이미 날이 어두웠다. 차는 시
동이 걸리지 않았다. 그녀는 해보고 또 해봤지만 엔진은 털털거리며
안간힘만 쓰다가 멈춰버렸다. 그때 마당으로 프랭클린이 들어섰고, 나
는 그가 그냥 지나쳐버리기 전에 얼른 그에게 그 문제를 말했다. 그가
오는 것을 보자 그웬은 운전석에서 내려 이 차가 최근 들어 이렇게 애
를 먹인다고 그에게 설명했다.

그는 열심히 시동을 걸어보았고, 우리는 방해가 되지 않게 트럭 옆
에 서 있었다. 그도 어떻게 해볼 방법이 없었다. 그는 마을에 있는 자
동차 정비소에 전화를 걸려고 집안으로 들어갔다. 바깥 날씨가 추웠지
만 그녀는 다시 안으로 들어가기를 꺼려했다. 가장이라는 남자의 존재
때문에 그녀의 말수가 줄어든 것 같았다. 나는 그녀와 함께 기다렸다.
그는 문으로 와서 우리에게 정비소 영업이 끝났다고 외쳤다.

그렇게 되자 우리는 그녀에게 저녁을 먹고 가라고 말할 수밖에 없었다. 그리고 하룻밤 자고 가라고. 그녀는 미안해서 어쩔 줄 몰라하다가 새로 담배를 꺼내 자리에 앉자 좀더 편안해했다. 나는 저녁식사 거리를 이것저것 꺼내기 시작했다. 프랭클린은 옷을 갈아입으러 갔다. 나는 그녀에게 집에 누가 있는지 모르겠지만 전화를 하는 게 어떻겠냐고 물어보았다.

그녀는 그러겠다고, 그러는 편이 좋겠다고 했다.

나는 누군가 이리로 와서 그녀를 데려갈 수 있을지도 모르겠다고 생각했다. 저녁 내내 우리가 떠드는 동안 프랭클린은 가만히 앉아 듣고만 있을 텐데, 그 상황이 나는 정말이지 내키지 않았다. 물론 그가 자기 방―그는 그 방을 서재라고 부르려 하지 않는다―으로 가버릴 수도 있겠지만, 그를 그렇게 쫓아내면 그게 내 잘못인 것처럼 느껴질 것이다. 우리는 뉴스를 같이 보는데, 그녀가 그 시간 내내 대화를 하고 싶어할 수도 있었다. 심지어 가장 똑똑한 내 여자 친구들도 그랬었고, 그는 그것을 싫어했다.

어쩌면 그녀가 묘하게 어리둥절한 표정으로 조용히 앉아 있을 수도 있었다. 그것도 똑같이 나쁜 상황이었다.

아무도 전화를 받지 않는 모양이었다. 그러자 그녀는 이웃집으로 전화를 걸었고―아이들이 그 집에 있었다―처음에는 미안해하는 웃음을 쏟아내더니 이어서 아이들에게 얌전히 있겠다는 다짐을 받았다. 그러고는 다시 아이들을 봐주는 사람들에게 재차 약속을 하고 진심어린 감사의 말을 했다. 그 이웃들이 내일 어딘가에 가야 해서 그 아이들도 데려가야 하는 상황이 된 것이다. 어쨌거나 난처한 상황이었다.

그녀가 전화를 끊은 순간 프랭클린이 부엌으로 돌아왔다. 그녀는 나를 돌아보며 그 사람들이 어디 간다는 계획은 꾸며낸 것일 테고 그들은 늘 그런 식이라고 말했다. 그들에게 필요한 것이 있을 때 그녀가 도와줬던 것은 아예 생각도 하지 않는 것 같다고.

그때 그녀와 프랭클린이 동시에 얼어붙은 듯 동작을 멈췄다.

"어쩜 세상에." 그웬이 말했다.

"이럴 수가." 프랭클린이 말했다. "나야, 나."

그들은 그 자리에 꼼짝 않고 서 있었다. 어떻게 몰라볼 수가 있지, 그들이 말했다. 그러다, 내가 보기엔, 두 팔을 벌리고 부둥켜안으면 안 된다는 사실을 깨달은 것 같았다. 그 대신 두 사람은 이것이 현실이라는 것을 확신하려면 주위를 둘러보기라도 해야 한다는 듯 묘하게 부자연스러운 동작으로 움직였다. 또한 놀란 듯 놀리는 듯 서로의 이름을 반복해서 불렀다. 내가 예상한 이름들이 아니었다.

"프랭크."

"돌리."

잠시 뒤 나는 그웬, 그웬돌린이라는 이름은 돌리라는 애칭으로도 불릴 수 있다는 사실을 깨달았다.

그리고 젊은 남자라면 누구든 프랭클린이 아니라 프랭크로 불릴 것이다.

그들은, 혹은 프랭클린은 그 한순간을 빼고는 내 존재를 잊지 않았다.

"당신, 내가 돌리에 대해 말한 적 있지?"

그의 목소리에서는 우리가 다시 평소로 되돌아왔다는 주장이 느껴졌지만, 돌리 혹은 그웬의 목소리에서는 그들이 서로를 찾아낸 것이 엄청나고 초자연적인 농담 같은 일이라는 단언이 느껴졌다.

"내가 그 이름으로 불린 게 언제가 마지막이었는지 기억도 안 나요. 이제 나를 그 이름으로 알고 있는 사람은 당신 말고 아무도 없어요. 돌리라니."

지금 애매하게 된 것은 내가 이 보편적인 떠들썩한 즐거움에 동참하게 되었다는 것이었다. 곧 내 눈앞에서 놀라움이 떠들썩한 즐거움으로 변할 테니까. 그리고 그 순간 그런 일이 벌어지고 있었다. 우리가 알게 된 그 모든 사실이 상황을 순식간에 바꾸어놓았다. 그리고 나는 내 몫의 역할을 충실히 하겠다는 생각에 와인 한 병을 꺼냈다.

프랭클린은 지금은 술을 마시지 않는다. 많이 마신 적도 없었지만 소리소문 없이 완전히 끊어버렸다. 그래서 새롭게 들뜬 기분이 되어 수다를 떨고 설명을 하고 세상사의 우연을 끊임없이 들먹이는 것은 그 웬과 나의 몫이 되었다.

프랭클린을 알게 되었을 때 그웬은 보모로 일하고 있었다고 했다. 토론토에서 일하면서 어린 영국 꼬마 두 명을 돌봤는데, 전쟁을 피해 부모가 캐나다로 보낸 아이들이었다. 그 집에는 다른 가정부도 있어서 그녀는 저녁 시간을 대부분 자유롭게 쓸 수 있었다. 그녀는 젊은 아가씨가 으레 그러듯 밖으로 나가 즐거운 시간을 보냈다. 그녀를 만났을 때 프랭클린은 외국으로 떠나기 전 마지막 휴가를 보내고 있었고, 둘은 상상할 수 있는 것처럼 광란의 시간을 보냈다. 그가 그녀에게 편지를 한두 통 보냈겠지만 그녀는 답장을 하기에는 너무 바빴다. 그러다 전쟁이 끝났고 그녀는 되도록 빨리 그 영국인 꼬마들을 돌려보내기 위해 배를 탔다. 그리고 그 배에서 한 남자를 만나 결혼했다.

하지만 결혼생활은 오래가지 않았다. 전쟁이 끝난 뒤의 영국은 몹시 을씨년스러워서 그녀는 죽을 것만 같아 집으로 돌아왔다.

그것은 내가 미처 몰랐던 그녀의 삶이었다. 하지만 나는 그녀가 프랭클린과 보냈던 두 주에 대해서는 알고 있었다. 그리고 내가 앞에서 말했듯 다른 사람들도 그 두 주에 대해 알고 있었다. 적어도 그들이 시를 읽은 사람들이라면. 사람들은 그녀가 얼마나 사랑에 헤픈지도 알았다. 하지만 그들은 내가 아는 다른 것, 그녀가 쌍둥이 중 하나였고 죽은 동생의 머리카락을 넣은 로켓을 목에 걸고 다녀서 임신을 할 수 없다고 믿었다는 사실은 알지 못했다. 그녀는 별의별 미신을 다 믿었고 프랭클린이 외국으로 떠날 때에는 그를 안전하게 지켜줄 마법의 이빨—그는 그것이 누구의 것인지는 몰랐다—을 그에게 주었다. 그는 그것을 곧 잃어버렸지만 목숨에는 지장이 없었다.

그녀에게는 이런 규칙도 있었다. 보도를 내려설 때 다른 쪽 발을 먼저 디디면 하루를 망친다고 생각해서 혹시 그랬을 경우 반드시 보도로 다시 올라갔다가 내려왔다. 그런 규칙들이 그를 홀렸다.

그 이야기를 들었을 때 나는 표현하지는 않았지만 솔직히 아무런 매력도 느끼지 못했다. 나는 그때 남자들이란 여자가 예쁘기만 하면 아둔하고 해괴한 면에도 매력을 느낀다고 생각했다. 물론 그것은 이제 지나간 이야기가 되었다. 적어도 내 바람은 그렇다. 어린애 같은 여자의 머릿속을 온통 차지한 그런 즐거움이라니. (내가 처음 수학을 가르치러 갔을 때, 그러니까 오래지 않은 과거에 여자는 수학을 가르칠 수 없던 시절이 있었다는 말을 들었다. 지적 능력이 부족하다는 이유로 못하게 한 것이다.)

318

물론 그 여자, 내가 그를 몰아붙여 털어놓게 만들었던 그 매력적인 여자는 아마도 대개는 만들어진 인물일 것이다. 그녀는 누군가의 창조물일 수도 있었다. 하지만 나는 그렇게 생각하지 않았다. 그녀는 그녀 자신의 발칙한 선택에 의해 만들어진 것이었다. 그녀는 그녀 자신을 뼛속까지 사랑했다.

물론 나는 그가 내게 해주었던 이야기와 그 시에 관련된 이야기에 대해서는 입을 다물었다. 프랭클린 또한 그런 이야기는 거의 꺼내지 않았고, 북적거리던 전쟁 시절에 토론토가 어땠는지, 그 바보 같은 주류법이나 교회 퍼레이드의 소극笑劇에 대해서만 입을 열었다. 내가 이 시점에서 그가 그녀를 작품의 소재로 삼을지도 모른다고 생각했다면, 그건 잘못된 판단일 터였다.

그는 피곤하다며 잠을 자러 갔다. 그웬 혹은 돌리와 나는 소파에 그녀의 잠자리를 만들었다. 그녀는 마지막 담배를 들고 소파 한쪽에 앉아 걱정하지 말라고, 집을 홀랑 태울 생각은 없다고, 다 피울 때까지는 절대 눕지 않는다고 내게 말했다.

창문이 평소보다 더 많이 열려 있어서 우리 방은 추웠다. 프랭클린은 잠들어 있었다. 그는 정말로 잠들어 있었는데, 나는 그가 잠든 척하는지 아닌지에 대해서는 틀린 적이 없었다.

나는 지저분한 접시를 식탁에 내버려둔 채 자는 걸 싫어하지만 그웬이 돕겠다고 나설 것이 뻔하고, 그녀의 도움을 받아 설거지를 해야 한다고 생각하니 문득 피곤함이 몰려왔다. 나는 아침 일찍 일어나 치워야겠다고 생각했다.

하지만 나는 햇빛이 환하게 비칠 때에야 잠에서 깼다. 부엌에서 달그락거리는 소리가 들리고 담배 냄새와 아침식사 냄새가 풍겨왔다. 말소리도 들렸는데, 나는 그웬일 거라고 예상했지만 말을 하는 사람은 프랭클린이었다. 그가 무슨 말을 하건 그녀는 웃었다. 나는 곧바로 일어나 옷을 입고 머리를 매만졌다. 보통은 이렇게 이른 시간에 절대 그러지 않지만.

어제저녁의 평온함과 즐거움이 이제는 내게서 모두 사라졌다. 나는 일부러 시끄럽게 쿵쾅거리며 계단을 내려왔다.

그웬은 개수대 앞에 서서 식기건조대에 반짝거리는 깨끗한 유리병을 늘어놓고 있었다.

"식기세척기 쓰는 게 서툴러서 전부 손으로 씻었어요." 그녀가 말했다. "그리고 저 위에 유리병이 보이기에 이왕 하는 김에 같이 닦는 게 좋겠다고 생각했고요."

"그건 안 씻은 지 백 년은 됐을걸요." 내가 말했다.

"그렇군요. 그렇게는 안 보였는데."

프랭클린은 나가서 다시 차를 움직여봤지만 소용없었다고 했다. 그가 정비소로 연락을 했고 거기서 오후에 사람을 보내 살펴봐주기로 했다. 하지만 그는 마냥 기다리는 대신 정비소로 차를 견인해 가면 아침에 차를 손볼 수 있을 거라고 했다.

"그렇게 하면 그웬에게 부엌을 싹 치울 기회를 줄 수 있겠군요." 내가 말했지만 누구도 내 농담에 웃지 않았다. 그는, 그웬도 같이 가는 게 좋을 거라고, 그녀의 차니까 정비소에서 그녀와 이야기하고 싶어할 거라고 말했다.

그가 돌리라는 이름을 제쳐놓고 그웬이라고 부르는 것을 약간 어색해하는 것이 느껴졌다.

나는 농담이었다고 말했다.

그는 내게 아침을 차려줄 테니 먹겠느냐고 물었고 나는 괜찮다고 했다.

"어떻게 그런 몸매를 유지하는지 알겠네요." 그웬이 말했다. 어느새 이런 칭찬조차 그들이 함께 웃을 수 있는 것이 되어 있었다.

두 사람이 내 기분을 알아차린 것 같지는 않았다. 하지만 나는 내가 이상하게 행동하고 있다는 느낌이 들었고, 내 입에서 나오는 모든 말이 귀에 거슬리는 조롱처럼 들렸다. 두 사람은 오로지 그들에 대한 생각뿐인 것 같았다. 나도 왜 그런 식으로 말이 나오는지 이해할 수 없었다. 프랭클린이 차를 견인시킬 준비를 하러 나가자 그웬은 잠시도 그를 시야에서 놓칠 수 없다는 듯 쫓아 나갔다.

그녀는 떠날 때 나를 돌아보며 얼마나 고마운지 모르겠다고 말했다.

프랭클린은 내게 잘 있으라는 의미로 경적을 울렸는데 그가 평소 하던 행동이 아니었다.

나는 그들을 쫓아가 죽도록 두들겨패고 싶었다. 그 쓰라린 흥분이 나를 점점 무겁게 눌러오자 나는 이리저리 서성였다. 내가 무엇을 해야 하는지 의심의 여지가 없었다.

나는 곧 집을 나섰다. 앞문 구멍으로 집 열쇠를 떨어뜨린 뒤 차에 올랐다. 내 옆에는 여행가방이 놓여 있었지만 그 안에 무엇을 넣었는지는 이미 잘 생각이 나지 않았다. 나는 마사 오스텐소에 관해 몇 가지 확인할 사실이 있다는 내용의 간단한 메모를 남긴 뒤 프랭클린에게 보내는 좀더 긴 편지를 쓰기 시작했다. 틀림없이 그와 함께 돌아올 그웬은 절대 읽지 말았으면 하는 편지였다. 나는 편지에, 그는 원하는 대로 자유롭게 행동할 수 있지만 단 한 가지 내가 참을 수 없는 것은 기만이라고, 어쩌면 자기기만이라고 썼다. 그가 자신이 원하는 게 무엇인지 인정하는 것 말고는 방법이 없었다. 그것을 지켜보는 건 내게 너무나 우스꽝스럽고 잔인한 일이니 나는 빠져줄 생각이었다.

나는 계속 써나갔다. 그 어떤 거짓말도 결국 우리가 스스로에게 하는 거짓말만큼 강력하지는 않다고. 그 역겨운 것이 입 밖으로 나오지 못하게 하기 위해서는 안타깝게도 계속 거짓말을 해야 하고, 그러다보면 우리는 산 채로 잠식당할 거라고, 당신도 곧 그 사실을 알게 될 거라고 썼다. 그런 식으로, 그 짧은 지면에서도 내용은 다소 반복적이고 두서없는 질책이 되어갔고 점점 품위나 우아함을 잃어갔다. 그러다보니 편지가 프랭클린의 손에 바로 들어가게 하기보다 우선 다시 써야 할 것 같았다. 그래서 나는 편지를 가져가 우편으로 보내기로 했다.

우리집 진입로 끝에서 나는 마을과 정비소가 있는 곳과는 반대 방향으로 차를 돌렸고, 어느새 주요 고속도로를 타고 동쪽으로 달리고 있었다. 나는 어디로 가고 있었는가? 곧 마음을 정하지 못하면 토론토로 가게 될 것이고, 그러면 어디론가 숨어버리기는커녕 내 지난날의 행복과 연관된, 그리고 프랭클린과 연관된 장소들과 사람들을 마주할 것 같았다.

그런 일이 일어나서는 안 되므로 나는 방향을 돌려 코부르로 향했다. 그곳은 우리가 같이 가본 적이 없는 타운이었다.

시간은 아직 정오도 되지 않았다. 나는 시내에 있는 모텔의 방을 빌렸다. 간밤에 투숙객이 있던 방을 청소하는 메이드들을 지나쳤다. 내 방은 비어 있던 방이라 아주 추웠다. 나는 히터를 켜고 산책을 하러 나가기로 했다. 그리고 문을 열었는데 나갈 수가 없었다. 몸이 부들부들 떨렸다. 나는 문을 잠근 뒤 옷을 모조리 껴입고 침대에 누웠지만, 여전히 몸이 떨려서 이불을 귀까지 덮었다.

잠에서 깼을 때는 햇빛이 환한 오후였고 나는 땀범벅이 되어 있었다. 히터를 끈 다음 가방에서 새 옷을 꺼내 갈아입고 밖으로 나갔다. 나는 아주 빠르게 걸었다. 배가 고팠지만 걸음을 늦추거나 자리에 앉거나 음식을 먹는 건 영영 못할 것 같았다.

내게 일어난 일은 드문 일은 아닌 것 같았다. 책에 없다면 진짜 인생에는 있을 것이다. 그 문제를 다루는 상투적인 방법이 있을 것이다. 틀림없이 있어야 한다. 이렇게 걷는 것도 물론 한 방법이었다. 하지만 걸음을 멈춰야 할 때가 있었다. 이런 규모의 타운에서조차 자동차와 빨간 신호등 때문에 멈춰야 했다. 가다 서다 하며 어설프게 돌아다니는 사람들도 있었고, 내가 가르쳤던 아이들처럼 떼지어 돌아다니는 학생들도 있었다. 왜 그렇게 많이 돌아다니는지, 왜 그렇게 소리를 질러대며 바보같이 구는지, 쓸데없고 불필요한 존재들이 넘쳐났다. 어느 곳에나 노골적인 모욕이 흘러넘쳤다.

상점과 간판처럼, 섰다 출발하는 자동차 소음도 모욕이었다. 어디에서나 이것이 삶이라고 외쳐댔다. 우리에게 그것이 필요하다는 듯이, 더 겪어봐야 한다는 듯이.

마침내 상점들이 드문드문 줄어들더니 오두막집들이 나타났다. 창문을 판자로 가린 채 철거를 기다리는 빈집. 모텔이 들어서기 전, 사람들이 소박한 휴가를 보내던 곳. 그 순간 나 또한 그곳에 묵었던 기억이 떠올랐다. 그랬다. 오두막집의 수가 줄어들고 줄어들어 대낮의 죄인들만 찾아들 만큼 줄었을 때, 그 죄인들 중 하나였던 나도 그 한 곳에―아마 비수기였을 것이다―있었다. 나는 그때 학교 선생이었다. 지금 판자로 막아놓은 그 오두막에서 무언가 떠올리지 못했다면, 그 일이 있었던 게 이 타운이었다는 사실도 기억하지 못했을 것이다. 남자는 교사, 나보다 나이가 많았다. 그의 아내는 전업주부, 당연히 자식들도 있었다. 그들의 삶이 유린될 것이다. 그녀가 알면 안 된다. 그녀의 심장을 찢어놓을 테니까. 나는 조금도 상관하지 않았다. 찢어질 테면 찢어지라지.

기억해내려 애쓰면 뭔가 더 떠오를 것 같았지만 그럴 가치가 없었다. 하지만 그 기억이 떠오른 후, 내 걸음은 느려져 평소 속도에 가까워졌고 나는 다시 모텔로 향했다. 그곳 서랍장 위에 내가 쓴 편지가 있었다. 봉인은 했지만 우표는 붙이지 않았다. 나는 다시 밖으로 나갔고 우체국을 찾아 우표를 산 뒤 편지를 보내는 곳에 봉투를 떨어뜨렸다. 어떤 생각도, 어떤 의혹도 없었다. 내가 그 편지를 식탁에 두고 왔다 한들 뭐가 문제였겠는가? 모든 것이 끝났다.

걸어오다가 몇 걸음 떨어진 곳에 레스토랑이 있는 것을 봐두었다. 나는 그곳을 다시 찾았고 게시된 메뉴를 살펴보았다.

프랭클린은 외식을 좋아하지 않았다. 나는 좋아했다. 레스토랑이 문을 열기를 기다리며 이번에는 평소 속도로 좀더 걸었다. 나는 진열창에서 마음에 드는 스카프를 보았고, 들어가서 사야겠다고, 나한테 잘 어울릴 것 같다고 생각했다. 하지만 나는 그 스카프를 집었다가 다시 내려놓아야 했다. 그 실크 같은 감촉에 속이 메슥거렸다.

레스토랑에서 나는 와인을 마셨고 음식이 나오기를 한참 기다렸다.

레스토랑 안에는 사람이 거의 없었고, 지금은 저녁 시간에 맞춰 밴드 무대를 준비하고 있었다. 나는 화장실로 갔고 내 눈에 비친 내 모습에 깜짝 놀랐다. 나를 유혹할 생각을 할 남자—늙은 남자—가 있긴 할지 그것이 궁금해졌다. 그 생각은 어처구니없었는데, 그 남자가 몇 살일지를 생각했기 때문이 아니라, 내 머릿속에는 영원히 프랭클린밖에 떠오르지 않을 거라는 생각이 들었기 때문이었다.

그런 생각이 들자 음식이 넘어가지 않았다. 음식 탓이 아니었다. 이렇게 혼자 앉아서 혼자 먹는 것의 어색함, 입을 쩍 벌린 고독과 그 비현실적인 느낌 때문이었다.

나는 좀처럼 수면제를 복용하지 않았지만 그래도 챙겨가자는 생각을 했다. 사실 그 수면제는 아주 오랫동안 갖고만 있던 것이라 효과가 있을지는 알 수 없었다. 효과는 있었다. 나는 잠이 들었고 한 번도 깨지 않다가 아침 여섯시가 되어서야 눈을 떴다.

모텔에 세워져 있던 큰 트럭들이 벌써 빠져나가고 있었다.

나는 내가 어디에 있는지 깨달았고, 내가 무엇을 했는지 깨달았다. 그리고 내가 끔찍한 실수를 저질렀다는 것을 깨달았다. 나는 옷을 입고 최대한 빨리 모텔에서 빠져나왔다. 데스크에 있는 여자가 다정하게 말을 거는 것도 참을 수가 없었다. 그녀는 이따 늦게 눈이 내릴 거라고 했다. 조심하세요, 그녀가 내게 말했다.

고속도로는 이미 차가 막히고 있었다. 그리고 사고가 나서 속도는 더 느려졌다.

나는 프랭클린이 나를 찾으러 고속도로에 나와 있을지도 모르겠다고 생각했다. 그가 사고를 당했을 수도 있었다. 어쩌면 우리는 서로 다시는 만나지 못할지도 모른다.

그웬은 우리 사이에 끼어들어 어이없는 문제를 일으킨 사람이었다. 그렇게밖에는 생각되지 않았다. 작고 통통한 다리, 바보 같은 머리 모양, 자글자글한 주름. 캐리커처 같다고도 말할 수 있을 것이다. 비난할 수도 없고, 심각하게 생각해서도 안 되는 존재.

그리고 나는 집으로 돌아왔다. 우리집은 변하지 않았다. 진입로로 들어서자 그의 차가 보였다. 고맙게도 그가 있었다.

그런데 그의 차가 평소의 자리에 세워져 있지 않았다.

이유는 그 자리에 다른 차, 그웬의 차가 세워져 있었기 때문이었다.

나는 그것을 받아들일 수가 없었다. 돌아오는 내내 나는 그녀에 대해 생각했다. 그녀는 이미 한쪽으로 비켜난 인물, 그 최초의 방해 이후 우리 삶에서 더는 어떤 역할도 맡을 수 없는 인물이었다. 나는 여전히 내가 그리고 그가, 무사히 집에 와 있다는 사실에 깊이 안도하고 있었다. 내 온몸에 그런 확신이 퍼져서 내 몸은 당장이라도 차에서 뛰쳐나가 집으로 달려들어갈 준비가 되어 있었다. 나는 집 열쇠를 어떻게 했는지 까맣게 잊어버린 채 아까부터 열쇠를 찾고 있었다.

어쨌거나 열쇠는 필요하지 않았다. 프랭클린이 문을 열고 있었다. 그는 놀라서 혹은 안도하며 소리를 지르는 일 따위는 하지 않았고, 내가 차에서 내려 그에게 다가갈 때에도 마찬가지였다. 그는 침착하게 집 앞 계단을 내려왔다. 그리고 내가 다가가자 그의 말이 나를 멈춰 세웠다. 그가 말했다. "기다려."

기다린다. 물론. 그녀가 거기에 있으니까.

"다시 차에 타." 그가 말했다. "여기서는 이야기할 수 없어. 너무 추워."

우리가 차에 타자 그가 말했다. "인생은 절대적으로 예측불허지."

그의 목소리는 이상하게 부드럽고 슬펐다. 그는 나를 쳐다보지 않고 똑바로 앞유리만, 우리집만 응시했다.

"내가 미안하다고 말해도 소용없겠지." 그가 말했다.

"당신도 알겠지만," 그가 계속했다. "그건 사람 때문이 아니야. 어떤 기운 때문이지. 주문에 걸리는 거야. 물론 정말은 사람 때문이겠지만, 어떤 기운이 사람을 둘러싸고 그 사람이 되어 나타나는 거지. 혹은 사람이 그 어떤 기운에 육체를 내주거나. 그건 나도 모르겠군. 이해할 수 있겠어? 그저 일식이나 월식처럼 갑자기 덮치는 거야."

그가 푹 숙인 고개를 저었다. 어쩔 줄 몰라하며.

그는 그녀에 대한 이야기를 하려 애를 태웠고, 누구라도 그것을 알 수 있었다. 평소라면 그는 이런 장황한 변명을 해야 한다는 것에 넌더리를 냈을 것이다. 그래서 나는 희망을 잃었다.

슬슬 지독한 한기가 느껴졌다. 나는 그가 그 상대에게도 이런 변화에 대해 알려주었는지 물어보려고 했다. 그러다 물론 벌써 알려주었겠다는 생각이 들었다. 그러니 그녀가 지금 우리와 함께, 자기가 잘 닦은 식기와 함께 부엌에 있는 거겠지.

홀린 듯한 그의 모습은 몹시 쓸쓸해 보였다. 여느 누구와 다르지 않았다. 쓸쓸했다.

"그만 말해요." 내가 말했다. "그냥 그만 말해요."

그가 처음으로 나를 돌아보며 말을 했는데, 놀라서 나를 달래려는 듯한 느낌은 딱히 들지 않는 목소리였다.

"맙소사, 농담이야." 그가 말했다. "당신이 눈치챌 거라고 생각했는데. 괜찮아. 괜찮아. 이런, 맙소사, 조용히 하고. 잘 들어."

이제 나는 화가 나면서도 마음이 놓여 엉엉 울고 있었다.

"괜찮아. 내가 당신한테 좀 화가 나서 그랬어. 당신 약을 올려주려고. 집에 왔는데 당신이 없으니까 내가 무슨 생각을 했겠어? 괜찮아, 내가 바보야. 뚝. 뚝."

나는 울음을 그치고 싶지 않았다. 이제는 괜찮다는 것을 알았지만 우는 것이 그렇게 위로가 될 수 없었다. 게다가 곧 다시 심사가 뒤틀렸다.

"그런데 그 여자 차가 왜 여기 있어요?"

"정비소에서도 고칠 수가 없대. 고물이라고."

"그런데 왜 여기 있느냐니까?"

그 차가 여기 있는 이유는, 많지는 않지만 차의 부품 중 고물이 아닌 것이 이제 그의 소유가 되었기 때문이라고 그가 말했다. 우리의 소유가.

그가 그녀에게 차를 사주었기 때문에.

"차를? 새 차를?"

원래 그녀의 차보다 훨씬 잘 달리는 새 차를.

"노스베이로 가고 싶다고 했어. 거기 친척인지 누군지가 살고 있다고. 거기까지 갈 적당한 차만 구하면 그리로 가고 싶다고 했어."

"그 여자 친척은 여기 있어요. 어딘지는 모르겠지만 집도 여기고요. 돌봐줘야 할 세 살짜리 꼬마들도 있다고요."

"뭐 노스베이에 사는 친척들이 그녀하고 더 잘 맞는 거겠지. 난 세 살짜리 꼬마들에 대해서는 몰라. 아마 그애들도 데려가겠지."

"그 여자가 당신한테 차를 사달라고 했어요?"

"아무 부탁도 하지 않았어."

"그러니까 이제," 내가 말했다. "이제 그 여자가 우리 인생에 끼어든 거네."

"그녀는 노스베이로 갔어. 집으로 들어가자. 난 재킷도 안 입고 나왔어."

나는 들어가면서, 그녀에게 그의 시에 대해 말해주었는지 물었다. 혹은 그 시를 읽어주었는지.

"맙소사, 아니야. 내가 왜 그런 짓을 해?" 그가 말했다.

내가 부엌에서 처음 본 것은 반짝이는 유리병들이었다. 나는 의자를 홱 빼서 그 위에 올라가 그릇장 맨 위 선반에 그 병들을 올려놓기 시작했다.

"좀 도와줄래요?" 내가 말했다. 그가 유리병들을 내게 건네주었다.

나는 궁금해졌다. 혹시 그가 그 시에 대해 내게 거짓말을 한 건 아닐까? 그녀는 자신에게 읽어주는 그 시를 들었을까? 아니면 그 시를 받아들고 혼자 읽었을까?

그랬다면 그녀는 만족스러운 반응을 보이지 않았을 것이다. 누구의 반응이 그럴 수 있겠는가?

그녀가 그 시가 아름답다고 말했다면 어땠을까? 그는 싫어했을 것이다.

어쩌면 그녀는 그에게, 예전에 교묘하게 피해갔던 것을 어떻게 또 이렇게 피해갈 수 있었는지 물어보았을 것이다. 외설적이라고 말했을 수도 있다. 그 반응이 더 나았겠지만 당신이 생각하는 만큼 더 낫지는 않았을 것이다.

시인의 시에 대해 시인에게 완벽하게 말할 수 있는 사람이 누가 있겠는가? 너무 과하지도, 너무 모자라지도 않게, 딱 적당히.

그가 나를 팔로 감싸안고 의자에서 들어올려 바닥에 내려놓았다.

"우리는 싸울 여력이 없어." 그가 말했다.

참으로 그렇다. 나는 우리가 얼마나 늙었는지 잊고 있었다. 모든 것을 잊고 있었다. 생각해보면 세상에는 늘 괴로워할 것과 불평할 것이 존재한다.

이제 열쇠가 내 눈에 들어왔다. 내가 문구멍으로 떨어뜨린 그 열쇠. 그 열쇠는 까끌까끌한 갈색 매트와 문지방 사이에 떨어져 있었다.

나는 노심초사하며 내가 써 보낸 그 편지를 기다려야 할 것이다.

그 편지가 오기 전에 내가 죽는다면? 우리는 스스로가 꽤 건강하다고 생각하지만 어느 순간 그냥 죽을 수도 있다. 만약을 대비해 프랭클린에게 쪽지를 남겨야 할까?

내가 당신에게 보낸 편지가 오면 찢어버려요.

문제는 그가 내 부탁대로 할 거라는 점이다. 나라면 그러지 않는다. 어떤 약속을 했건 나는 편지를 뜯어볼 것이다.

하지만 그는 내가 시킨 대로 할 것이다.

그가 기꺼이 그렇게 하는 것을 보면 나는 화가 나면서도 한편으로는 그가 존경스러울 것이다. 돌이켜보면 우리가 함께했던 삶 전체가 그랬다.

피날레

이 책의 마지막 네 작품은 소설이라고는 할 수 없다. 이 작품들은 별도로 구성되었고, 정서적인 측면에서는 자전적이지만 때때로 사실적인 측면에서는 꼭 그렇지는 않다. 나는 이 네 편이 내 삶에 대해 내가 이야기하는 최초이자 마지막—그리고 가장 내밀한—작품이 될 거라고 생각한다.

시선

내가 다섯 살 때 난데없이 남동생이 태어났고, 어머니는 그것이 내가 늘 바라던 일이었다고 말했다. 나도 몰랐던 생각을 어머니는 어떻게 알았던 걸까. 어머니는 그 생각을 상당히 장황하게 늘어놓았다. 모두 꾸며낸 것이었지만 반박하기가 힘들었다.

그리고 일 년 뒤 여동생이 태어났고 또다시 시끌시끌했지만 처음보다는 한결 차분해진 분위기였다.

첫째 동생이 태어났을 때까지는 내가 실제로 느낀 것과 내가 느꼈다고 어머니가 말해준 것이 다르다는 것을 자각하지 못했던 것 같다. 그 무렵까지는 온 집안에 어머니가 가득했다. 어머니의 발걸음, 어머니의 목소리, 어머니가 있든 없든 온 방에서 풍기는 파우더향이 밴 불길한 냄새.

나는 왜 불길하다고 하는가? 내가 느낀 감정이 두려움은 아니었다. 어머니가 나더러 사물에 대해 어떻게 느끼라고 실제로 일러준 것도 아니었다. 어머니는 그런 것에 대해 무엇 하나 물어볼 수도 없을 만큼 권위적이었다. 어린 남동생에 대해서뿐 아니라 레드리버 시리얼에 대해서도 마찬가지여서, 몸에 좋으니 나는 당연히 그것을 좋아해야 했다. 그리고 내 침대 발치에 걸려 있던 그림, 예수가 어린아이들에게 가까이 다가오는 것을 허락하는suffering 장면을 그린 그 그림을 해석하는 내 시각에 대해서도 그랬다. 그 시절에 'suffering'이라는 단어에는 다른 의미가 있었지만* 아무튼 우리의 관심은 그것이 아니었다. 어머니가 가리킨 것은 예수에게 가까이 다가가고 싶지만 수줍어서 구석에 반쯤 숨어 있는 어린 소녀였다. 그 소녀가 나라는 어머니의 말에 나는 그런가보다 생각했다. 하지만 어머니가 말해주지 않았다면 몰랐을 테고 모르는 편이 더 좋았을 것이다.

나는 이상한 나라의 앨리스가 토끼 굴에 빠지고 몸이 커지는 게 정말 불쌍했지만 어머니가 즐거워하는 것 같아서 그냥 웃었다.

하지만 남동생이 태어나고 그 아이가 내게 선물이라는 이야기를 지겹게 들은 뒤, 나는 나에 대한 어머니의 생각이 내 생각과 얼마나 많이 다를 수 있는지를 인정하기 시작했다.

내 생각에는 이 모든 것 덕분에 세이디가 우리집에 일하러 왔을 때 내가 그녀를 받아들일 수 있었던 것 같다. 어머니의 존재는 어머니가 아기들과 함께 있는 공간만큼의 크기로 줄어들었다. 어머니가 곁에 없

---

* suffer는 일반적으로 '고통받다'의 의미로 쓰이지만, 고어에서는 '허락하다'의 의미로도 쓰였다.

는 시간이 많아지자, 나는 무엇이 진실이고 무엇이 진실이 아닌지 생각해볼 수 있게 되었다. 나는 이 사실을 누구에게도 말하지 않을 만큼 똑똑했다.

세이디의 가장 특이한 점은—우리집에서는 별로 중요하게 생각하지 않았지만—그녀가 유명인이라는 사실이었다. 세이디는 우리 타운의 한 라디오 방송국에서 기타를 치며 직접 작곡한 오프닝송을 불렀다.

"헬로, 헬로, 헬로, 여러분……"

삼십 분이 지나면 "굿바이, 굿바이, 굿바이, 여러분"이 흘러나왔다. 두 곡 사이에 그녀는 직접 고른 곡뿐 아니라 신청곡도 불렀다. 타운의 더 교양 있는 사람들은 그녀가 부르는 노래와 캐나다에서 가장 작다는 그 방송국에 대해 농담을 하곤 했다. 그들은 그 시대의 유행가—작은 물고기 세 마리와 엄마 물고기—를 틀어주고 짐 헌터가 고함을 질러대며 절박한 전쟁 뉴스를 보도하는 토론토 방송을 들었다. 하지만 농장 사람들은 지역 방송국과 세이디가 부르는 노래를 좋아했다. 그녀는 강렬하고 애수가 깃든 목소리로 외로움과 슬픔을 노래했다.

커다란 가축 울타리
오래된 꼭대기 가로장에 기대어,
오래전 떠나간 내 친구를 찾아
황혼의 자취를 내려다보네……

우리 지역의 농장들은 대부분 백오십 년 전쯤 개간되어 자리를 잡았다. 농가와 농가 사이에 있는 거라곤 들판 몇 개가 전부여서 어느 집에서 내다보아도 다른 집이 바라보였다. 그런데도 농부들이 듣고 싶어했던 노래는 죄다 외로운 목장 노동자나 유혹적이지만 실망만 안겨주는 머나먼 곳에 관한 것이었다. 아니면 죄지은 자들로 하여금 어머니나 신의 이름을 부르며 죽어가게 만드는 쓰라린 죄악에 관한 것이거나.

세이디가 슬픔을 담아 알토 음색으로 목청껏 부르는 노래도 그런 노래였다. 하지만 우리집에서 일할 때의 그녀는 활력과 자신감이 넘쳤고 이야기하기를 좋아했다. 대체로 그녀 자신에 대한 이야기를 했다. 그런데 보통 나 말고는 대화할 사람이 없었다. 세이디가 하는 일과 어머니가 하는 일이 서로 달라 두 사람이 함께 있을 시간이 거의 없기도 했지만, 어쨌든 그들이 즐겁게 대화를 나누었을 것 같지는 않다. 내 말에서 짐작했겠지만 어머니는 진지한 사람이었고 나를 가르치기 전에는 학생들을 가르쳤다. 어쩌면 어머니는 자신이 세이디에게도 도움을 줄 수 있다고 생각했을지 모른다. 'youse'*라는 말을 쓰지 않도록 가르치면서. 하지만 세이디는 누군가의 도움을 바란다거나 혹은 그녀가 줄곧 말해온 방식과 다른 방식으로 말하고 싶다는 내색은 전혀 하지 않았다.

제대로 된 식사—점심식사였다—를 하고 나면 세이디와 나 둘만 부엌에 남았다. 어머니는 낮잠을 자러 갔고 운이 좋으면 아기들도 낮잠을 잤다. 잠에서 깨면 어머니는 한가로운 오후를 즐기기라도 할 것처럼 다른 옷으로 갈아입었지만, 그녀를 기다리는 거라곤 기저귀 갈아주는 일과 쪽쪽 젖을 빠는 막내뿐이었다. 그 장면은 정말이지 보기가 뭣해서 나는 가급적 고개를 돌려버렸다.

---

* 복수형 you에 불필요하게 se를 붙인, 문법적으로 틀린 말.

아버지도 낮잠을 잤다—아마 축사로 돌아가기 전 〈새터데이 이브닝 포스트〉를 얼굴에 덮고 포치에서 십오 분 정도 눈을 붙였을 것이다.

세이디는 레인지에 물을 데웠고 내 도움을 받으며 설거지를 했고 열기가 들어오지 못하게 블라인드를 내렸다. 그 일이 다 끝나면 세이디는 대걸레로 바닥을 닦았고 나는 내가 개발한 방법—스케이트를 타듯이 걸레에 올라타고—으로 물기를 훔쳤다. 그러고 나면 아침을 먹은 뒤 매달아두었던 파리 잡는 노란색 끈끈이를 떼어냈는데, 이미 죽었거나 다 죽어가며 앵앵거리는 검은 파리들로 꽤 묵직했다. 그리고 그 자리에 저녁때가 되면 새로 죽은 파리들이 덕지덕지 달라붙을 새 끈끈이를 매달았다. 그러는 동안 세이디는 내게 그녀의 삶에 대한 이야기를 계속 들려주었다.

그때 나는 나이라는 것에 대한 판단력이 별로 없었다. 사람들은 아이 아니면 어른이었고, 내 생각에 그녀는 어른이었다. 그녀는 열여섯, 어쩌면 열여덟이나 스물이었을 것이다. 몇 살이었는지는 몰라도 그녀는 결혼을 서두를 마음이 전혀 없다고 몇 번이나 말했다.

그녀는 주말마다 춤을 추러 갔는데 늘 혼자 갔다. 혼자, 혼자만, 그녀가 말했다.

그녀가 내게 댄스홀에 대해 들려주었다. 타운에는 중심가를 벗어난 곳에 하나 있었는데, 겨울이면 컬링* 링크가 생기는 곳이었다. 한 곡 추는 데 십 센트였다. 누가 단상에 올라가 춤을 추면 사람들이 사방에서 얼빠진 듯 바라보았다. 그녀는 그런 것에는 관심도 없었다. 그녀는 누

---

* 얼음판 위에서 무겁고 납작한 돌들을 목표물을 향해 미끄러뜨리는 경기.

구한테 신세 지는 것이 싫어서 자기 돈은 늘 자기가 내려고 했다. 가끔은 남자가 그녀에게 먼저 다가왔다. 그러고는 춤을 신청하면 그녀는 대뜸 이렇게 말했다. 춤을요? 춤출 줄 알아요? 그녀가 퉁명스럽게 물으면 그는 별소리 다 듣겠다는 듯 그녀를 쳐다보면서 그럼요, 하고 대답했다. 그렇지 않다면 여기 왜 왔겠느냐는 듯. 남자가 말하는 춤은 대체로 두툼한 고깃덩이 같은 축축한 손으로 그녀를 잡고 두 발로 휘젓고 돌아다니는 것을 의미했다. 이따금 그녀는 남자를 내버려두고 혼자 떨어져나와 춤을 추었고—어쨌거나 그녀가 원한 것은 그것이었다—그러면 그는 어쩔 줄 몰라했다. 그녀는 남자가 돈을 지불한 만큼만 춤을 추었지만, 돈 받는 사람이 다가와 혼자 추면 돈을 더 내야 한다고 따지면 더는 말하고 싶지 않다며 쏘아붙였다. 혼자 춤춘다고 비웃고 싶으면 얼마든지 비웃으라지.

타운을 빠져나오자마자 고속도로 변에 댄스홀이 하나 더 있었다. 그곳에서는 입구에서 돈을 받았는데, 춤 한 곡당이 아니라 밤새 이용할 수 있는 요금을 받았다. '로열-T'라고 불리는 곳이었다. 그녀는 그곳에서 돈을 낼 때도 그녀만의 방식을 고집했다. 그곳에서 춤을 추는 사람들은 대개 실력이 더 좋아서 그녀는 누군가가 그녀를 플로어로 데리고 나가기 전에 먼저 그들이 어떻게 춤을 추는지 관찰하려 했다. 처음 말한 댄스홀에 다니는 사람들은 시골뜨기였지만 로열-T를 이용하는 사람들은 대체로 타운 출신이었다. 그 사람들—타운 출신들—은 발놀림이 더 좋았지만 조심해야 하는 것은 발만이 아니었다. 그들이 당신의 어디를 잡고 싶어하는지를 조심해야 했다. 이따금 그녀는 그들에게 엄중하게 경고하며, 그만하지 않으면 큰코다칠 거라고 말했다. 그녀가 거기 온 것은 춤을 추기 위해서이고 그러기 위해 그녀만의 방식으로 돈을 냈다는 점을 그들에게 알려주었다. 더욱이 그녀는 그들의 어디를 공격해야 하는지 알았다. 그러면 그들도 정신을 차렸다. 어떤 사람들은 춤을 잘 추었고, 그녀는 춤을 즐겼다. 마지막 곡이 연주되면 그녀는 부리나케 집으로 돌아갔다.

그녀는 자신이 일부 사람들과는 다르다고 말했다. 붙잡힐 마음은 없었다.

붙잡힌다. 그녀가 그 말을 했을 때 내 눈앞에 커다란 철망이 내려오는 장면이 떠올랐다. 철망을 둘러싼 작은 악의 피조물들이 당신을 겹겹이 에워싸고 당신이 절대 빠져나갈 수 없게 당신의 숨통을 조인다. 세이디가 내게 무서워하지 말라고 한 것을 보면 분명 내 얼굴에 그런 것이 드러났을 것이다.

"이 세상에 무서워할 건 없어. 자기만 조심하면 돼."

"너와 세이디는 할 이야기가 많구나." 어머니가 말했다.

조심해야 할 무언가가 다가오고 있다는 느낌이 들었지만 그것이 무엇인지는 알 수 없었다.

"너 세이디를 좋아하지?"

나는 그렇다고 했다.

"물론 좋아하겠지. 나도 좋아하니까."

나는 그것뿐이기를 바랐고 잠시 그렇다고 생각했다.

그때였다. "아기들이 생겨서 너랑 같이 보낼 시간이 많지 않구나. 아

기들 때문에 우리 시간이 너무 없지? 하지만 우리는 아기들을 사랑하
잖아, 그렇지?"

내가 얼른 그렇다고 대답했다.

어머니가 말했다. "정말?"

어머니는 내가 정말 그렇다고 말할 때까지 계속할 테고, 그래서 나
는 그렇다고 했다.

어머니는 뭔가를 애타게 바라고 있었다. 좋은 친구들을 바랐던 걸
까? 브리지 게임을 하고, 조끼까지 챙겨 입는 정장 차림으로 출근하는
남편이 있는 여자들? 그건 아니었다. 어쨌거나 그런 희망은 없었다. 아
니면 예전의 나? 소시지 모양으로 머리를 말 때도 꼼짝 않고 얌전히 있
고, 주일학교에서 빼어난 암송 실력을 뽐내던 나? 지금은 어머니가 그
런 것을 관리해줄 시간이 없었다. 게다가 내 안의 무언가가 점점 반항
적으로 변해갔는데, 어머니도 나도 이유를 몰랐다. 나는 주일학교에서
타운 친구들은 한 명도 사귀지 않았다. 그 대신 세이디를 많이 따랐다.
어머니가 아버지에게 그렇게 말하는 것을 들은 적이 있다. "저애가 세
이디를 많이 따라."

아버지는 세이디가 하늘에서 보내준 사람이라고 했다. 무슨 뜻이었
을까? 아버지의 목소리는 밝았다. 어쩌면 그것은 아버지가 누구의 편
도 들지 않을 거라는 의미였을지도 모른다.

"저 아이를 위해 보도를 포장해줘야겠어요." 어머니가 말했다. "포장
된 보도가 있으면 저애도 롤러스케이트를 배워 친구를 사귈 테니까."

롤러스케이트는 나도 바라던 것이었다. 하지만 왜 그런지는 몰라도 내가 그 사실을 절대 인정하지 않으리라는 걸 나는 알고 있었다.

어머니는 학교에 다니게 되면 나아질 거라고 말했다. 나에 대한 뭔가가 좀더 나아지거나 세이디와 관련된 뭔가가 더 나아지거나. 나는 듣고 싶지 않았다.

세이디는 내게 그녀의 노래를 몇 곡 가르쳐주었고, 나는 내가 노래에는 그리 재능이 없다는 걸 알게 되었다. 나는 실력이 더 좋아져야 하거나 그만두어야 하는 것이 노래가 아니기를 바랐다. 진심으로 그만두고 싶지 않았다.

아버지는 말이 많지 않았다. 나중에 내가 정말로 말대꾸를 많이 해서 벌을 받아야 했던 때를 제외하면 나에 관한 문제는 어머니가 맡았다. 아버지는 내 남동생이 자라 아버지의 몫이 되기를 기다렸다. 남자아이는 그렇게 까다롭지 않을 테니까.

그리고 정말로 남동생은 그렇지 않았다. 그애는 바람직하게 잘 자라났다.

나는 학교에 입학했다. 몇 주 전, 나뭇잎이 빨갛고 노랗게 물들기 전에. 이제는 나뭇잎이 거의 다 떨어졌다. 나는 지금 학교 갈 때 입는 코트가 아니라 짙은 색 벨벳 커프스와 칼라가 달린 좋은 코트를 입고 있다. 어머니는 교회에 갈 때 입는 코트를 입고 있고 머리를 거의 다 가리는 터번을 쓰고 있다.

어머니는 우리가 가야 할 어딘가를 향해 운전을 하고 있다. 운전을 자주 하는 편은 아니지만, 어머니가 운전을 할 때면 늘 아버지보다 더 엄숙하면서도 불안한 느낌이 든다. 어머니는 커브를 돌 때마다 경적을 울린다.

"자," 어머니는 이렇게 말하지만 차를 제대로 대려니 시간이 좀 걸린다.

"이제 다 왔구나." 어머니의 목소리는 용기를 주려는 것 같다. 어머니가 내 손을 만지며 내게 어머니의 손을 잡을 기회를 주지만, 내가 알아차리지 못한 척하자 어머니는 손을 거둔다.

그 집에는 진입로도 없고 심지어 보행로도 없다. 단아한 느낌이지만 아주 소박하다. 어머니가 장갑 낀 손을 들어 노크를 하려 하지만 그럴 필요가 없다. 우리를 위해 문이 열린다. 어머니는 내게 용기를 주려고 무언가 말을 건네는데—네 생각보다 더 빨리 지나갈 거야, 같은 그런 말이다—끝을 맺지는 못한다. 어머니의 말투는 어느 정도 근엄하지만 조금은 위로가 담겨 있다. 문이 열려 있는 것을 보더니 어머니는 머리 숙여 인사라도 하듯 조심스럽고 부드러운 태도로 변한다.

문은 우리를 맞아들이려고 그런 것만은 아니고 몇몇 사람들이 나오려고 열어놓은 것이다. 밖으로 나오던 여자 하나가 목소리를 낮추지도 않고 뒤를 돌아보며 말한다.

"그애가 저 부인 댁에서 일했어요. 저 아이를 돌봐주었죠."

그때 옷을 단정하게 입은 여자가 어머니에게 다가와 말을 붙이며 어머니가 코트 벗는 것을 도와준다. 어머니는 코트를 다 벗고 나서 내 코트를 벗기며 여자에게 내가 세이디를 유난히 따랐다고 말한다. 나를 데려온 것이 괜찮기를 바란다고.

"오, 사랑스러운 아이로군요." 여자가 말하자 어머니는 나를 가볍게 토닥여 인사를 시킨다.

"세이디는 아이들을 사랑했어요." 여자가 말했다. "정말로 사랑했어요."

그곳에 다른 아이들도 둘 있다. 남자아이들. 학교에서 본 아이들이다. 한 명은 나처럼 1학년, 다른 한 명은 나이가 더 많다. 그애들은 부엌 같아 보이는 곳에서 이쪽을 내다본다. 동생은 입안에 쿠키를 우스꽝스럽게 통째로 쑤셔넣고 있고 형은 역겹다는 얼굴로 쳐다본다. 쿠키를 쑤셔넣은 아이가 아니라 나를. 그들은 물론 나를 미워한다. 학교가 아닌 곳에서 만나면 남자아이들은 우리를 무시하거나(학교에서도 역시 무시했다), 저런 얼굴을 하고는 끔찍한 욕을 해댔다. 그런 애들에게 가까이 가야 한다면 나는 몸이 경직되고 어쩔 줄 몰라할 것이다. 물론 주변에 어른이 있다면 달랐다. 그 남자아이들은 조용히 있었지만 누군가가 그 둘을 홱 당겨 부엌으로 데려갈 때까지 내 기분은 조금 비참했다. 나는 어머니의 목소리가 유난히 다정하고 연민이 가득하다는 것을 알아차렸다. 지금 어머니와 이야기하고 있는 여자의 목소리보다 더 여성스러웠다. 어쩌면 그 역겨워하는 얼굴은 어머니를 향한 것이었는지도 몰랐다. 이따금 어머니가 나를 찾으러 학교에 오면 사람들은 어머니 목소리를 흉내내곤 했다.

어머니와 대화를 나눈, 이곳의 책임자인 듯한 여자가 우리를 어딘가로 데려갔다. 그곳에는 한 남자와 한 여자가 소파에 앉아 있었는데, 자신들이 왜 여기 있어야 하는지 모르겠다는 표정이었다. 어머니가 허리를 숙이더니 그들에게 예의를 갖춰 말하며 나를 가리켰다.

"이 아이가 세이디를 아주 사랑했어요." 어머니가 말했다. 그 순간 나는 무언가 말을 해야 한다고 생각했지만 미처 그러기도 전에 앉아 있던 여자가 비명 같은 울음을 터뜨렸다. 그녀는 우리 중 누구도 쳐다보지 않은 채 짐승에게 물어뜯겼을 때나 낼 법한 소리를 토해냈다. 그녀는 무언가를 쫓아내려는 것처럼 자기 팔을 찰싹찰싹 때렸지만 그것은 사라지지 않았다. 그녀는 내 어머니가 이 일과 관련해 뭐라도 해야 한다는 듯, 어머니를 쳐다보았다.

나이든 남자가 그녀를 진정시켰다.

"많이 힘들어하고 계세요." 우리를 데려온 여자가 말했다. "본인이 지금 뭘 하는지도 몰라요." 그 여자가 허리를 더 숙이고 말했다. "자, 자. 아주머니 때문에 저 아이가 겁을 먹겠어요."

"저 아이가 겁을 먹는다고." 나이든 남자가 알아들었다는 듯 말했다.

그가 그 말을 마칠 때쯤 여자는 더이상 소리를 내지 않았고 자신들에게 무슨 일이 일어났는지 모르겠다는 듯 자신의 긁힌 팔을 탁탁 쳤다.

"참 안됐어요." 어머니가 말했다.

"게다가 외동딸이었어요." 우리를 데려온 여자가 말했다. 그리고 내게 말했다. "걱정하지 마."

나는 걱정이 되었지만 그 비명 같은 울부짖음 때문은 아니었다.

여기 어딘가에 세이디가 있다는 것을 알았지만 그녀를 보고 싶지 않았다. 어머니는 내게 그녀를 봐야 한다고 말하지도 않았지만, 보지 않아도 된다는 말 역시 하지 않았다.

세이디는 로열-T 댄스홀에서 집으로 걸어가다가 죽었다. 댄스홀 주차장과 타운의 포장된 보도가 시작되는 곳 사이, 작은 자갈길에서 어떤 차가 그녀를 받았다. 그녀는 그 길에서 평소처럼 걸음을 재촉하면서 차들이 당연히 자기를 볼 거라고 혹은 자신에게도 차들만큼 이 길에 대한 권리가 있다고 생각했을 것이다. 어쩌면 그녀 뒤에 있던 차가 방향을 홱 꺾었거나, 그녀가 자신이 생각했던 곳에서 벗어나 있었을 수도 있다. 차가 그녀를 뒤에서 받았다. 그녀를 받은 차는 바로 뒤에서 달리던 차에 방해가 되지 않게 비켜주는 중이었고, 그 뒤차는 타운 거리로 들어가려고 방향을 꺾고 있었다. 댄스홀에서는 술을 팔지 않았지만 술을 마시는 사람들도 있었다. 그리고 춤추는 시간이 끝나면 늘 빵빵거리고 꽥꽥거리고 이리저리 방향을 틀며 쌩쌩 차를 모는 사람들도 있었다. 세이디는 손전등도 없이 걸음을 재촉하면서 모두가 그녀에게 길을 비켜주어야 할 것처럼 행동했다.

"남자친구도 없이 여자 혼자 걸어서 춤을 추러 가다니요." 여전히 어머니의 말벗이 되어주고 있는 그 여자가 말했다. 그녀의 목소리는 아주 부드러웠고 어머니는 유감의 뜻을 표하는 듯한 말을 중얼거렸다.

화를 자초한 거라고, 그 친절한 여자가 더 부드럽게 말했다.

여기 오기 전에 집에서 무슨 이야기를 들었지만 나는 무슨 말인지 이해할 수 없었다. 어머니는 세이디와 그녀를 친 차에 대해 뭔가 조치를 취하면 좋겠다고 했고, 아버지는 그냥 내버려두라고 했다. 타운에서 일어난 일은 우리와는 상관없다고, 아버지가 말했다. 그때 나는 그 말이 무슨 의미인지 이해하려는 노력조차 하지 않았다. 세이디가 죽었다는 사실은 물론이고 그녀에 대한 어떤 생각도 하고 싶지 않았기 때문이다. 우리가 세이디의 집으로 간다는 사실을 알았을 때 나는 가고 싶지 않았지만 엄청나게 무례한 행동을 하지 않고서는 피할 방법이 없었다.

그 나이든 여자가 격렬한 울음을 터뜨린 후라, 나는 이제 우리가 돌아서서 집으로 돌아가도 될 것 같다고 생각했다. 그러면 나는 그 진실을 인정하지 않아도 될 것이다. 사실은 내가 시체를 끔찍이 무서워한다는 진실을.

그런 일이 가능할지도 모른다는 생각을 하고 있을 때, 어머니와 공모를 하고 있는 듯한 여자가 그 어떤 말보다 더 끔찍한 말을 하는 것이 들려왔다.

세이디를 본다.

그래야지요, 어머니가 말했다. 물론 세이디를 봐야지요.

죽은 세이디.

나는 눈을 아래로 내리깐 채 대체로 나보다 키가 작은 남자아이들, 그리고 앉아 있는 그 나이든 사람들만 쳐다보고 있었다. 하지만 그때 어머니가 내 손을 잡아끌고 다른 쪽으로 갔다.

그 방에는 내내 관이 있었지만 나는 그것이 다른 것일 거라고 생각했다. 관을 제대로 본 적이 없었기 때문에 그것이 어떻게 생겼는지 정확히 알지 못했다. 우리가 다가가고 있는 그 사물은 꽃을 놓는 선반이거나, 뚜껑을 닫아놓은 피아노일 거라고 생각했다.

아마 그 주위를 둘러싼 사람들 때문에 그것의 진짜 크기와 형태와 목적이 감춰졌을 것이다. 하지만 이제 사람들이 정중하게 길을 내주었고 어머니는 난생처음 듣는 아주 조용한 목소리로 말했다.

"이리 오렴." 어머니가 내게 말했다. 어머니의 부드러운 목소리가 내게는 증오심이 담긴 것처럼, 승리감에 젖은 것처럼 들렸다.

어머니가 허리를 숙여 내 얼굴을 들여다보았다. 틀림없이 내가 방금 전에 한 행동—눈을 꼭 감고 있는 것—을 하지 못하게 하려고 그랬을 것이다. 어머니는 곧 시선을 거두었지만 내 손은 계속 꼭 잡고 있었다. 나는 어머니가 내게서 눈을 떼자마자 눈을 내리깔았다. 하지만 넘어지거나 누군가가 나를 내가 가고 싶어하지 않는 곳으로 밀어버릴까봐 눈을 완전히 감지는 않았다. 꽃들의 곧은 줄기와 나무의 반짝이는 광택이 흐릿하게 보였다.

어머니가 코를 훌쩍이는 소리가 들렸다. 내게 어머니의 움직임이 조금 더 느껴진 뒤 딸깍하고 가방 열리는 소리가 났다. 가방에 손을 넣느라 내 손을 잡은 어머니의 힘이 약해졌고 나는 어머니에게서 벗어날 수 있었다. 어머니가 울고 있었다. 어머니가 울고 훌쩍거리는 바람에 내가 풀려날 수 있었다.

나는 똑바로 관을 들여다보았다. 거기 세이디가 있었다.

한번에 그 모습을 다 보지는 못했지만, 목과 얼굴에는 사고의 흔적이 없었다. 그녀의 모습은 전반적으로 내가 두려워했던 것만큼 끔찍하지는 않았다. 나는 재빨리 눈을 감았지만 시선이 저절로 다시 그곳을 향했다. 먼저 그녀의 목 아래에 놓인 작은 노란색 쿠션을 보았다. 그 쿠션이 그녀의 목과 턱과 내 쪽에서 잘 보이는 한쪽 뺨까지 가려주었다. 요령은 그녀를 재빨리 휙 쳐다보고, 다시 쿠션을 보고, 그다음에는 무섭지 않을 만큼만 조금 더 쳐다보는 것이었다. 그곳에 있는 것은 세이디였다. 정말 그녀였다. 적어도 내가 서 있는 곳에서 보이는 모습으로는.

뭔가가 움직였다. 나는 보았다. 내 쪽에서 가까운 그녀의 눈꺼풀이 움직이는 것을. 눈을 완전히 떴다거나 반쯤 떴다거나 그런 것이 아니라, 그저 아주 조금 눈꺼풀을 들어올린 것이었다. 당신이 그녀라면, 당신이 그녀의 몸속에 들어갔다면 속눈썹 사이로 밖을 바라볼 수 있을 만큼만. 어디가 밝고 어디가 어두운지 분간할 수 있을 만큼만.

나는 그때 놀라지 않았고 조금도 무섭지 않았다. 그 장면은 곧장 내가 세이디에 대해 알고 있는 모든 것 속으로 섞여들어갔고, 어째서인지 나 혼자서만 경험한 그 모든 특별한 순간들 속으로도 섞여들어갔다. 나는 다른 사람들의 관심을 그리로 돌리겠다는 생각은 꿈에도 하지 않았다. 그것은 그 사람들을 위한 것이 아니라 오로지 나만을 위한 것이었기 때문이었다.

어머니는 다시 내 손을 잡고 이제 돌아갈 시간이라고 말했다. 사람들과 몇 마디 더 주고받은 뒤, 내 느낌으로는 조금도 지체하지 않고 우리는 밖으로 나왔다.

어머니가 말했다. "너한테는 잘된 일이야." 어머니가 내 손을 꼭 잡았다. "자, 이제 다 끝났어." 어머니는 잠시 걸음을 멈추고 그 집으로 가던 누군가와 대화를 나누었고, 그러고 나서 우리는 차에 올라타고 집으로 향했다. 어머니는 내가 무언가를 말하기를, 아니면 어머니에게 무슨 말이라도 붙이기를 바라는 것 같았지만 나는 그러지 않았다.

그런 일은 다시는 일어나지 않았다. 학교에서 받은 충격 때문에, 세이디는 내 마음에서 아주 빠르게 잊혀갔다. 그곳에서 나는 죽고 싶을 만큼의 공포와 으스댐이 뒤섞인 기묘한 감정으로 어찌어찌 버티는 법을 배웠다. 사실 내게 세이디의 중요성은 9월 첫째 주, 그녀가 이제 집에서 아버지와 어머니를 돌봐야 하니 우리집에서는 일할 수 없다고 말했던 그때 이미 희미해졌다.

어머니는 그 직후 세이디가 유제품공장에서 일한다는 사실을 알아냈다.

그런데도 오랫동안 그녀를 생각할 때면, 나는 그날 내가 보았다고 생각한 장면에 대해 의문을 품지 않았다. 아주 오랜 시간이 흐른 뒤 내가 부자연스러운 시체 분장에 아무런 관심이 없어졌을 때에도 나는 여전히 그런 일이 일어났었다고 생각했다. 한때 있던 젖니가 빠지고 새이가 나도 당신은 젖니가 실제 존재했었다고 생각하고 기억하는 것처럼, 나는 그 일을 그렇게 쉽게 믿었다. 어느 날, 아마 십대였을 때, 마음속에 어두운 구멍을 간직한 내가 지금의 나는 더이상 그것을 믿지 않는다는 사실을 깨달았을 때까지.

밤

내가 어렸을 때는 출산이건 맹장파열이건 모든 급작스러운 신체적 문제는 꼭 눈보라와 함께 일어나는 것 같았다. 도로는 폐쇄되었을 테고, 어쨌거나 눈 속에 파묻힌 차를 끌어내는 것도 불가능했다. 타운에 있는 병원까지 가려면 말 몇 마리를 마차에 매야 했다. 아직 주변에 말들이 있다는 것이 그나마 다행이었다. 보통 때라면 말들도 이용할 수 없었겠지만 전쟁과 휘발유 배급 때문에 적어도 얼마 동안은 상황이 달랐다.

내가 옆구리에 통증을 느낀 것이 대략 밤 열한시. 눈보라가 휘몰아치고 있었고, 그때 뭔가 조치를 취해야 했다. 그 당시 우리집에서는 말을 키우지 않았기 때문에 이웃들이 와서 나를 병원에 데려가기 위해 움직였다. 채 1.5마일도 안 되는 거리였지만 그래도 모험이기는 마찬가지였다. 예상대로 의사가 내 맹장을 제거할 준비를 한 채 기다리고 있었다.

그 당시에는 맹장을 제거하는 것이 흔한 일이었나? 나는 지금도 그런 일이 일어난다는 것을 알고, 꼭 필요한 일이기도 하지만—심지어 빨리 맹장을 떼어내지 않아 죽은 사람이 있다는 것도 안다—내 기억에 맹장수술은 내 또래 상당수 아이들이 겪어야 했던 일종의 의식 같은 것이었다. 물론 아주 많은 아이들이 경험한 것은 아니지만, 그렇게 느닷없는 일도 아니었고 아마 그렇게 불행한 일도 아니었을 것이다. 학교에도 안 갈 수 있었고 특별대우를 받기도 했다—죽음이라는 운명의 날개에 살짝 닿았다는 이유로 다른 아이들과 달라 보일 수 있었던 것이다. 그런 일이 기쁜 경험이 될 수도 있는 나이였다.

그렇게 나는 맹장을 떼어낸 채 며칠 동안 누워 지내면서 상록수에서 눈가루가 쓸쓸하게 흩날리는 장면을 병원 창문으로 지켜보았다. 이 특별대우에 대한 비용을 아버지가 어떻게 지불할 것인지는 조금도 궁금해하지 않았던 것 같다. (내 생각에 할아버지의 농장을 처분했을 때 남겨두었던 숲을 팔았던 것 같다. 아마 아버지는 덫을 놓거나 단풍 설탕을 만드는 데 그곳을 이용하고 싶었을 것이다. 어쩌면 그 땅에 말로 표현할 수 없는 향수를 느꼈을지도 모르고.)

그리고 나는 학교로 돌아갔고 필요 이상으로 오랫동안 체육 수업을 받지 않으며 그 상황을 즐겼다. 어느 토요일 아침 어머니와 나만 부엌에 있을 때였다. 어머니는 내가 알고 있는 것처럼 병원에서 내 맹장을 제거한 것은 맞지만, 그것만 제거한 건 아니라고 했다. 의사는 수술을 하며 당연히 맹장을 제거했지만 더 문제가 된 건 종양이었다. 칠면조 알 크기의 종양이었다고 어머니가 말했다.

하지만 걱정할 거 없어, 어머니가 말했다. 이제 다 끝났으니까.

나는 암일지도 모른다는 생각은 하지 못했고, 어머니도 그 말을 입 밖에 내지 않았다. 요즘에는 그런 말을 들으면 당연히 암인지 아닌지 질문을 하거나 철저히 캐물었을 것이다. 암인지 양성종양인지, 당장에 알고 싶어했을 것이다. 우리가 그 말을 왜 꺼내지 못했는지 설명할 수 있는 유일한 길은, 섹스라는 단어가 구름에 가려져 있듯 그 단어도 구름에 가려져 있었다는 것뿐이다. 심지어 더 나빴다. 섹스는 혐오감을 주면서도 희열—어머니들은 의식하지 못했겠지만 우리는 희열이 있다는 것을 알았다—이 느껴지는 단어였다. 하지만 암이라는 단어는 뺑 걷어차버린 뒤에도 다시는 쳐다보고 싶지 않은, 고약한 냄새를 풍기는 어두운 생명체 같았다.

그래서 나는 어떤 질문도 하지 않았고, 어떤 말도 듣지 못했다. 그저 내가 오늘날 살아 있는 걸 보면 양성이었을 거라고, 혹은 아주 솜씨 좋게 제거되었을 거라고 짐작할 따름이다. 그 사실이 잘 떠오르지도 않아서, 나는 살면서 지금껏 수술 기록을 알려달라는 요구를 받으면 별 생각 없이 '맹장'이라고만 말하거나 쓰곤 한다.

어머니와 내가 그 이야기를 나눈 것은 아마도 부활절 휴가 때였을 것이다. 눈보라도, 산을 덮고 있던 눈도 흔적 없이 사라지고, 범람한 시냇물이 삼킬 수 있는 것은 다 삼키는 시기, 몰염치한 여름이 그 존재 감을 드러내던 시기였다. 내가 살던 곳의 기후는 머뭇거림도, 자비심도 없었다.

무덥던 6월 초, 기말고사를 보지 않아도 될 만큼 성적을 잘 받은 나는 학교를 가지 않았다. 나는 건강해 보였고 집안일을 도우며 평소처럼 책도 읽었기 때문에 나를 괴롭히는 문제가 있다는 사실을 아무도 몰랐다.

여동생과 내가 같이 쓰던 침실의 잠자리 배치에 대해 설명해야겠다. 그 방은 좁아서 싱글침대 두 개를 나란히 놓을 수 없었다. 그래서 침대를 이층으로 올리고 사다리를 설치해 위쪽에서 자는 사람은 사다리를 타고 침대로 올라갔다. 위로 올라가는 사람이 나였다. 나는 어렸을 때 짓궂은 장난을 좋아했는데, 얇은 매트리스 모서리를 들어올리고는 아래쪽에 속수무책으로 누워 있는 여동생에게 침을 뱉겠다고 협박하곤 했다. 물론 동생—이름이 캐서린이었다—이 정말로 속수무책이었던 건 아니었다. 동생은 이불 속으로 숨을 수 있었다. 하지만 그애가 숨이 막히고 궁금해서 결국 밖을 내다볼 때까지 계속 지켜보는 것, 그리고 그 순간 삐죽 나온 그애 얼굴에 침을 뱉거나 감쪽같이 뱉는 척해서 그애를 열받게 하는 것, 그것이 내가 하는 장난이었다.

그때 내 나이는 그런 장난을 하기에는 너무, 정말 너무 많았다. 동생은 아홉 살, 나는 열네 살이었다. 우리 관계는 늘 불안정했다. 나는 동생을 터무니없는 방식으로 괴롭히거나 못살게 굴기도 했지만, 지적인 상담자나 머리칼을 쭈뼛 서게 만드는 이야기꾼의 역할을 맡기도 했다. 동생에게 어머니의 혼수함에 들어 있던 옛날 옷을 입히기도 했다. 잘라서 퀼트로 만들기에는 너무 좋은 옷이지만 그렇다고 입고 다니기에는 너무 구닥다리인 그런 옷들이었다. 나는 오래되어 굳은 어머니의 볼연지와 파우더를 동생의 얼굴에 발라준 뒤 정말 예쁘다고 말해주었다. 물론 동생은 예뻤지만 내가 해준 화장 때문에 기이한 외국 인형처럼 보였다.

내가 그애를 철저히 통제했다거나 우리 인생이 끊임없이 얽혔다는
말을 하려는 것은 아니다. 동생에게는 그애만의 친구들, 그애만의 놀
이가 있었다. 친구들도 놀이도 화려하다기보다는 가정적인 성향이 강
했다. 인형을 유모차에 태워 산책을 하러 나갔고, 가끔은 새끼 고양이
들에게 옷을 입혀 인형 대신 유모차에 태워 산책을 나갔다. 고양이들
은 늘 빠져나가려고 발버둥을 쳤다. 또 이런 놀이도 있었다. 선생님 역
할을 맡은 아이가 반항적이고 멍청한 행동을 한다는 이유로 다른 아이
들의 손목을 때리는 시늉을 하면 맞은 아이들은 우는 척하는 것이다.

이미 말했듯 나는 6월에 학교를 가지 않고 혼자 지냈는데, 내 성장
기의 다른 시기에도 이런 적이 또 있었는지는 기억나지 않는다. 내가
집에서 일을 돕긴 했지만 그때는 아직 어머니가 집안일을 대부분 해
낼 만큼 건강했을 것이다. 아니면 그때만 해도 다른 사람들은 다 일하
는 아가씨라고 불렀지만 어머니는 가정부라고 부르던 사람을 고용할
만큼 우리집에 여유가 있었을 것이다. 어쨌거나 내가 우리집의 품위를
지키기 위해 자진해서 싸웠던 그 늦여름의 나날 동안 내 앞에 잔뜩 쌓
인 집안일들과 씨름했던 기억은 없다. 그 신비로운 칠면조 알 덕분에
내게 환자 자격이 생겼던 것 같고, 그래서 얼마 동안은 손님처럼 유유
히 지낼 수 있었다.

밖으로 드러난 근심의 그림자는 아무것도 없었다. 우리 식구들 중
누구도 그것을 들출 수 없었을 것이다. 그 느낌은 오로지 내면에만 머
물러 있었다—내가 쓸모없고 이상한 사람이라는 느낌. 하지만 쓸모없
다는 느낌이 오래가지는 않았다. 늘 그랬듯 봄이면 쭈그리고 앉아 뿌

리가 먹기 좋은 크기로 자랄 수 있도록 베이비캐럿을 솎았던 기억이
나니까.

앞선 혹은 뒤이어 온 여름들과 마찬가지로 그때도 온종일 할 일이
많았던 것 같지는 않다.

내가 쉽게 잠들지 못한 이유가 아마 그것 때문이었을 것이다. 처음
에는 그저 잠자리에 누워서, 다른 식구들은 모두 잠들었는데 나만 한
밤중까지 말짱하게 깨어 있다는 사실을 이상하게 생각했던 것 같다.
나는 책을 읽다가 평소처럼 지루해져서 전등을 끄고 가만히 누워 있었
다. 초저녁부터 내게 소리를 지르며 불을 끄고 자라고 말하는 사람은
아무도 없었다. 나는 난생처음으로(그 사실 또한 내가 특별대우를 받
는다는 증거였다) 그런 것을 내 마음대로 할 수 있었다.

집을 비추던 한낮의 햇빛이 사라지기까지, 늦은 시간까지 켜져 있던
전등빛이 사라지기까지 얼마간 시간이 걸렸다. 무언가를 다 하고, 끝
내고, 마무리를 할 때 들리는 일상적인 소음이 사라지고 나면 집은 낯
선 장소가 되어갔다. 그 안에서 사는 사람들과 그들의 생활에 영향을
미치는 일들이 잠잠히 가라앉고, 그들 주위에 있는 모든 것의 쓰임새
가 서서히 줄어들었다. 가구들도 모두 그 자체의 세계로 물러났다. 더
는 누군가의 관심을 받기 위해 그곳에 존재하는 것이 아니었다.

그것을 해방이라고 생각할지도 모르겠다. 처음에는 아마 그랬을 것
이다. 자유. 낯선 느낌. 하지만 내가 잠들지 못하는 날이 많아지고 결
국 새벽이 될 때까지 잠을 이루지 못하자 나는 점점 불안해졌다. 나는
라임을 중얼거리기 시작하다 이어서 진짜 시를 읊조렸는데, 처음에는
잠을 자보려고 그런 것이었지만 나중에는 그러려고 하지 않아도 저절

로 그렇게 되었다. 그 행위가 나를 조롱하는 것 같았다. 단어들이 말도 안 되는 내용으로, 세상에서 가장 멍청한 엉터리 언어로 바뀌어가는 것을 보며 나는 나 자신을 조롱했다.

나는 내가 아니었다.

살면서 이따금 사람들이 그런 말을 하는 것을 들어보기는 했지만 지금껏 그 의미에 대해 생각해본 적은 없었다.

그렇다면 당신은 당신이 누구라고 생각하는가?

나는 그런 말도 들어봤지만, 그 말에 악의적인 의미가 담겼다고는 생각하지 않았고 그저 습관적인 조롱으로만 받아들였다.

다시 생각해보자.

그때 내가 바라던 것은 이미 잠이 아니었다. 나는 잠을 잘 수 있을 것 같지 않았다. 어쩌면 바라지도 않았을 것이다. 무언가가 나를 붙잡고 있었고, 그것을 물리치는 것이 내가 해야 할 일, 내가 바라는 것이었다. 나는 그럴 만큼의 지각은 있었지만 겨우 그럴 수 있는 정도였다. 그것이 무엇이었건, 그것은 내게 어떤 행동을 하라고 계속 다그쳤다. 특별한 이유가 있어서가 아니라 그저 그런 행동이 가능한지 알아보라는 것이었다. 그것은 내게 동기 따위는 필요하지 않다고 속살거렸다.

그 생각에 따르기만 하면 됐다. 얼마나 이상한가. 복수심 때문도, 어떤 일반적인 이유가 있어서도 아니었다. 그저 당신이 어떤 생각을 떠올렸기 때문이었다.

그리고 그 생각을 한 것은 바로 나였다. 내가 그 생각을 쫓아버리려 할수록 그 생각은 더 자주 떠올랐다. 복수심이나 증오심 때문이 아니었다―내가 말했듯 아무런 이유가 없었다. 나를 사로잡고 있는, 충동이라기보다는 사색에 가까운 지극히 차갑고 깊은 생각 같은 것 말고는. 나는 그 생각을 해서는 안 됐지만 생각을 멈출 수 없었다.

그 생각이 거기, 내 마음에 걸려 있었다.

아래층 침대에서 잠들어 있는 동생, 세상 그 누구보다 사랑하는 동생의 목을 내가 조를 수도 있다는 그 생각이.

내가 그런 행동을 한다면 그건 질투심, 사악함, 분노 때문이 아니라 밤중에 내 바로 옆에 누워 있는 광기 때문일 것이다. 잔인한 광기도 아니고, 그저 짓궂게 골려주고 싶은 어떤 마음. 내 안에서 오랫동안 잠복해 있다가 더디고 짓궂게 슬그머니 들고일어나는 것 같은 부추김.

그 생각이 내게 말할 것이다. 뭐 어때. 가장 나쁜 짓을 하는 게 뭐가 어때서?

가장 나쁜 짓. 여기, 가장 익숙한 장소, 우리가 지금껏 누워 자던 방, 우리가 가장 안전하다고 생각했던 그 공간에서. 나는 그 누구도, 나조차도 이해할 수 없는 이유로 그런 짓을 할 수 있었다. 어쩔 수 없었다는 것 말고는 달리 이유도 없었다.

그러지 않으려면 침대에서 일어나 그 방에서, 그 집에서 나와야 했다. 나는 사다리를 타고 내려가면서 동생이 잠든 쪽으로는 눈길 한 번 주지 않았다. 그리고 아무도 깨우지 않고 조용히 계단을 내려와 불빛 없이도 훤히 찾아갈 수 있는 부엌으로 들어갔다. 부엌문은 잠긴 적이 없었다—열쇠가 있었던 적이 있는지도 모르겠다. 문손잡이 아래에 의자를 받쳐놓아서 누구든 들어오면 우당탕 소리가 날 것이었다. 그 의자를 소리 없이 치우려면 천천히 조심스럽게 움직여야 했다.

첫번째 밤 이후 나는 요령이 생겨서 내 느낌으로는 몇 초 안에 무리

없이 밖으로 나올 수 있었다.

가로등 불빛은 물론 없었다―우리집은 타운에서 아주 멀었다.

모든 것이 더 커 보였다. 우리는 집 주위의 나무들을 항상 정확한 이름으로 불렀다―너도밤나무, 느릅나무, 떡갈나무. 단풍나무들은 늘 붙어 자라서 단풍나무'들'이라고 불렀고, 한 그루 한 그루를 구분하지도 않았다. 지금 모든 나무들은 농밀한 검은색으로 보였다. 흰색 라일락 나무도(꽃이 다 졌다), 자주색 라일락 나무도 그랬다―라일락은 아주 크게 자라서 항상 나무라고 불렀지 누구도 관목이라고 부르지 않았다.

앞쪽, 뒤쪽, 옆쪽 잔디밭은 우리집도 타운의 집들처럼 품위 있어 보이게 만들겠다는 생각으로 내가 직접 깎았기 때문에 지나다니기가 쉬웠다.

우리집의 동쪽과 서쪽은 서로 다른 두 개의 세상을 바라보고 있었다. 내게는 그렇게 보였다. 동쪽에는 타운이 있었는데 타운의 어느 곳도 보이지는 않았다. 2마일도 떨어지지 않은 곳에 줄지어 들어선 집들과 가로등, 수도시설이 있었다. 어느 곳도 보이지 않는다고는 했지만 오래오래 쳐다보면 불빛 같은 것이 보였을지도 모르겠다.

서쪽으로는, 길게 휘감아 도는 강과 들판과 나무와 일몰이 가로막히는 것 없이 다 보였다. 사람들과 얽혀들 일도 없고, 일상적인 생활도 영원히 없을 것 같았다.

나는 이리저리 서성였다. 처음에는 집에서 멀리 벗어나지 않았지만 펌프 손잡이나 빨랫줄 아래 단에 부딪히지 않을 만큼 내 시력을 믿게 되자 이곳저곳 더 멀리 나가보았다. 새들이 하늘을 휘돌며 지저귀기 시작했다―저 높은 나무 위에서 새들이 저마다 그럴 생각을 하고 있었던 것처럼. 새들은 내가 생각했던 것보다 훨씬 일찍 일어났다. 최초의 지저귐이 들려오고 얼마 지나지 않아 하늘이 희뿌옇게 밝아왔다. 갑자기 졸음이 쏟아졌다. 나는 다시 집안으로 들어갔고, 그러면 어둠이 불쑥 나를 휩쌌다. 의자를 제대로, 조심스럽게, 조용히 기울여 문손잡이 아래 다시 받친 뒤 아무 소리도 내지 않고 위층으로 올라갔다. 눈이 감기다시피 했지만 그래도 단단히 조심하며 문들을 통과하고 계단을 올라갔다. 나는 베개 위로 쓰러졌고 느지막이—우리집에서는 늦은 시간이 대략 여덟시였다—일어났다.

그때 나는 기억력이 좋았지만 그 일은 아주 어리석게 느껴져서—그 행동의 가장 안 좋은 점이 바로 어리석다는 것이었다—머릿속에서 아주 쉽게 몰아낼 수 있었다. 동생들은 공립학교에 수업을 들으러 갔고 식탁에는 아직 동생들이 남긴 음식이 놓여 있었다. 남은 우유에는 시리얼 몇 알이 떠 있었다.

어리석었다.

여동생이 학교에서 돌아오면 우리는 해먹의 양쪽 끝을 차지하고 앉아 흔들거렸다.

나는 낮에 해먹에서 살다시피 했다. 밤에 잠을 이루지 못한 것은 아마 그 때문이었을 것이다. 내가 밤에 겪고 있는 어려움에 대해 누구에게도 말하지 않았기 때문에 아무도 내게 낮 시간의 활동량을 늘리는 것이 좋겠다는 간단한 정보를 알려주지 않았다.

물론 밤이 되면 그 문제는 되살아났다. 악마들이 또다시 나를 사로

잡았다. 나는 좀더 노력하면 상황이 나아져서 잠을 잘 수 있을 거라는 헛된 생각은 접고, 곧바로 일어나 침대에서 빠져나오기 시작했다. 이전처럼 슬그머니 집밖으로 빠져나왔다. 전보다 더 쉽게 돌아다닐 수 있었다. 심지어 방안의 모습도 더 잘 보였는데, 더 낯설게 느껴졌다. 백 년 전쯤 이 집을 지을 때 목재의 홈과 촉을 서로 끼워 시공한 부엌 천장도 알아볼 수 있었고, 내가 태어나지도 않은 오래전 어느 밤 집안에 갇혀 있던 개가 물어뜯어놓은 북쪽 창틀도 알아볼 수 있었다. 까맣게 잊고 있었던 일이 떠오르기도 했다—북쪽 창문 밖에 모래 놀이장이 있어서 어머니가 창문으로 나를 지켜보았던 일. 지금은 그곳에 무성하게 자란 조팝나무들이 꽃을 피워서 바깥이 거의 보이지 않았다.

부엌 동쪽 벽에는 창문은 없었지만 현관 계단으로 통하는 문이 있었다. 우리는 그곳에 서서 하얀색 시트부터 두꺼운 짙은 색 작업복까지 무거운 젖은 빨래들을 널었고, 빨래가 말라 뽀송뽀송한 냄새가 나고 자랑스럽게 펄럭이면 다시 걷어들였다.

밤 산책을 나갈 때 이따금 나는 그 현관 계단에서 걸음을 멈추었다. 그곳에 앉았던 적은 한 번도 없지만 타운 쪽을 바라보는 것만으로도, 어쩌면 그냥 그곳의 분위기를 느끼는 것만으로도 마음이 편안해졌다. 머지않아 일하러 나가야 하는 사람들이 모두 일어나 문을 열고 우유병을 안에 들여놓으며 부산하게 움직일 것이다.

어느 밤—내가 일어나서 돌아다닌 지 스무번째 밤인지, 열두번째 밤인지, 아니면 여덟번째나 아홉번째 밤인지 모르겠다—바로 앞에 누군가가 있는 것 같았는데 뒤돌아서기엔 이미 늦은 듯했다. 누군가가 그곳에서 기다리고 있었고, 나는 계속 걸어갈 수밖에 없었다. 만약 돌아선다면 붙잡힐 테고 그러면 정면으로 부딪치는 것보다 더 곤란해질 것이다.

그 사람은 누구였을까? 바로 아버지였다. 아버지는 타운이, 보이지 않는 그 불빛이 바라보이는 현관 계단에 앉아 있었다. 낮에 입는 옷차림—오버올과 비슷하지만 오버올은 아닌 짙은 색 작업복 바지와 튼튼한 짙은 색 셔츠와 부츠—을 하고 있었다. 아버지는 담배를 피우고 있었다. 물론 직접 만 것이었다. 어쩌면 다른 누군가가 있다는 걸 내가 알아차린 것도 담배연기 때문이었을 것이다. 물론 그 시절에는 건물 안이든 건물 밖이든 어디서건 담배연기 냄새를 맡을 수 있었지만, 그것 말고는 누군가가 있다는 걸 알아차릴 방법이 없었다.

아버지가 굿모닝이라고, 아마도 짐짓 자연스럽게 말했겠지만, 전혀 자연스럽지 않았다. 우리집 사람들은 그런 인사를 하는 데 익숙하지 않았다. 서로 반감 같은 게 있었던 건 아니었고, 그저 하루에도 몇 번씩 얼굴을 보는 사이에 굳이 그런 인사는 불필요하다고 생각했던 것 같다.

나도 굿모닝, 하고 인사했다. 정말로 아침이 다가오고 있었을 것이다. 그게 아니라면 아버지가 그렇게 낮에 입는 옷차림을 하고 있지는 않았을 테니까. 하늘이 희뿌옇게 밝아왔을 테지만 울창한 나무들 사이에 가려 보이지 않았다. 새들도 지저귀고 있었다. 내가 침대에서 빠져나와 어슬렁거리는 시간이 점점 더 길어졌고, 이제는 그렇게 해도 처음처럼 마음이 편해지지 않았다. 한때 침실에만, 이층침대에만 있었던 그 가능성들이 지금은 어느 곳 어느 구석에나 퍼져 있었다.

이제야 드는 생각이지만, 아버지는 그때 왜 오버올을 입고 있지 않앗을까? 아버지는 아침 일찍부터 타운에 볼일이 있는 사람처럼 옷을 입고 있었다.

나는 모든 리듬이 깨져버려 걸음을 옮길 수가 없었다.

"잠드는 데 무슨 문제라도 있니?" 아버지가 말했다.

순간적으로 나는 아니라고 대답하려 했지만 그러면 내가 돌아다니고 있었던 걸 설명하기가 곤란해질 것 같아 그렇다고 대답했다.

아버지는 여름밤에는 종종 그런 일이 생긴다고 했다.

"지쳐 떨어져 침대에 눕지만 잠이 드는 것 같다고 생각할 때 잠이 싹 달아나거든. 그런 거니?"

나는 그렇다고 했다.

내가 일어나서 돌아다니는 소리를 아버지가 들은 것이 그날 밤만은 아니라는 사실을 이제는 안다. 자기 땅에 가축을 키우는 사람이라면, 변변치 않아도 돈벌이가 되는 것을 가까이 두고 사는 사람이라면, 책상 서랍에 권총을 넣어두는 사람이라면 계단에서 살금살금 움직이는 기척이나 살그머니 문손잡이를 돌리는 소리만 들려도 분명 몸이 움찔할 것이다.

그때 내 불면에 대해 아버지가 어떤 대화를 더 나누려 했는지는 잘 모르겠다. 아버지는 잠을 못 자는 것이 골칫거리라고 선언하듯 말했지만 그것이 전부였을까? 나는 단연코 아버지에게 더 많은 말을 할 생각이 없었다. 아버지가 그것 말고도 무언가가 더 있다는 사실을 안다는 내색을 조금이라도 했다면, 그 이야기를 들으려고 여기 나온 거라는 힌트를 조금이라도 주었다면, 아버지는 내게서 아무것도 캐내지 못했을 것이다. 나는 먼저 침묵을 깨며 잠을 잘 수 없다고 말했다. 침대에서 빠져나와 돌아다녀야 했다고.

이유가 뭐니?

나도 몰라요.

악몽 때문은 아니고?

아니요.

"바보 같은 질문을 했구나." 아버지가 말했다. "좋은 꿈 때문에 침대에서 빠져나와 쫓기듯 돌아다니지는 않을 테니까."

나는 아버지가 더 말하기를 기다렸지만 아버지는 더이상 묻지 않았다. 나는 그쯤에서 그만둘 생각이었지만 말을 멈출 수가 없었다. 나는 사실을 아주 조금만 바꿔서 말했다.

여동생 이야기를 꺼내며 내가 그애를 다치게 할까봐 두렵다고 했다. 나는 그 정도면 충분할 거라고, 아버지가 내 말뜻을 충분히 알아들었을 거라고 믿었다.

"목을 조를까봐서요." 그리고 내가 말했다. 나는 결국 멈추지 못했다.

이제 그 말을 주워 담을 수도 없었고, 그 말을 하기 전의 나로 되돌아갈 수도 없었다.

아버지가 그 말을 들었다. 내가 아무 이유 없이 자고 있는 어린 캐서린의 목을 조를 수 있다고 생각한다는 말을 들었다.

아버지가 말했다. "음."

그러더니 걱정하지 말라며 이렇게 말했다. "사람들은 이따금 그런 생각을 한단다."

아버지는 그 말을 사뭇 진지하게 했다. 당황한 기색이나 화들짝 놀라는 반응은 없었다. 사람들은 보통 그런 생각들을 품곤 하지, 두려움이라고 해도 좋고. 하지만 걱정할 건 없단다. 그저 꿈 같은 것이거든. 장담할 수 있어.

아버지는 내가 그런 행동을 할 위험이 없다고 분명하게 말하지는 않았다. 당연히 그런 일은 일어날 리 없다고 생각하는 것 같았다. 에테르의 영향일 거야, 아버지가 말했다. 병원에서 준 에테르 말이야. 꿈만큼이나 비현실적인 생각이야. 우리집에 유성이 떨어지지 않는 것과 마찬가지로 그런 일도 일어나지 않아(물론 유성이 떨어질 수도 있지만 그 일은 불가능의 범주에 들어간다).

아버지는 그런 생각을 한 나를 나무라지 않았다. 그런 나에게 놀라지 않았다는 것이 아버지가 한 말이었다.

아버지는 아마 다른 말도 했을 것이다. 내가 여동생을 어떻게 생각하는지, 내 생활 전반에 무슨 불만은 없는지 말해보라고 했던 것 같다. 만약 요즘 같은 때 그런 일이 일어났다면 아버지는 내게 심리치료를 받게 했을지도 모른다. (한 세대가 지나고 소득이 늘어난 지금, 나라면 아이에게 그렇게 할 것 같다.)

사실인즉, 아버지의 말은 내게 효과가 있었다. 아버지는 어떤 경멸이나 놀라움도 내비치지 않았고, 나는 그렇게 우리가 사는 세상으로 되돌아왔다.

사람들은 어떤 생각들을 하지만 그것들은 이내 사라진다. 살다보면 그렇게 된다.

요즘에는 부모 노릇을 오래 하다보면 실수인 줄 아는 실수뿐 아니라 딱히 실수인 줄 모르는 그런 실수도 하게 된다는 사실을 깨닫는다. 그러면 내심 얼마간 초라해지고 이따금 스스로에게 혐오감을 느끼기도 한다. 내 아버지가 그런 감정을 느꼈을 것 같지는 않다. 만약 내가 아버지에게, 면도칼을 가는 가죽띠나 벨트를 내게 휘두른 것에 대해 따져 묻는다면 아버지는 분명 좋든 싫든 해야만 하는 일이 있다고 말했을 것이다. 그때 그런 매질을 한 것이 아직 아버지의 마음속에 남아 있을 수도 있다. 하지만 혹 그렇다 하더라도 건방지고 꼬박꼬박 말대꾸를 하는 아이에게 마땅히 물려야 할 적절한 재갈을 물린 것 이상으로는 생각하지 않을 것이다.

"넌 네가 아주 영리하다고 생각했겠지." 아버지는 벌을 주면서 그런 이유를 댔을 텐데, 그 시절에는 그런 말이 흔했다. 영리함은 아들을 때려서라도 없애야 할 추악한 악마 같은 것으로 여겨졌기 때문이었다. 그러지 않으면 아들이 자기가 영리한 줄 알고 성장할 위험이 있었다. 때에 따라서는 아들이 아니라 딸자식일 수도 있었다.

하지만 그날 아침 동이 틀 무렵 아버지는 그저 내가 들어야 할 말과 내가 머지않아 까맣게 잊어버릴 말만 해주었다.

아마 아버지는 그날 아침 은행에 볼일이 있어서 더 단정한 작업복을 입었겠지만, 예상했던 대로 대출금 상환기한을 연장할 수 없다는 이야기만 들었을 것이다. 아버지는 최선을 다해 열심히 일했지만 경기는 회복되지 않았다. 우리를 부양하고 그 당시 지고 있던 빚을 갚으려면 새로운 방법을 찾아야 했다. 어쩌면 아버지는 어머니가 몸을 부들부들 떠는 것에 정식 병명이 있다는 것을, 그리고 그 증상이 멈추지 않을 거라는 사실을 알았을지도 모른다. 혹은 그가 자신이 감당할 수 없는 여자를 사랑했다는 것을.

어찌됐건. 그때부터 나는 잠을 잘 수 있었다.

목소리들

어머니가 어렸을 때는 어머니를 포함한 가족 전체가 춤을 추러 갔다. 춤추는 곳은 작은 학교 건물일 때도 있었고 커다란 거실이 있는 농가일 때도 있었다. 나이에 상관없이 모두 춤을 추러 왔다. 누군가는 피아노—집이나 학교에 있는—를 쳤고, 누군가는 바이올린을 가져왔다. 스퀘어댄스는 패턴과 스텝이 복잡해서 특별히 춤을 잘 추는 사람이 목청껏 구령을 붙였는데(늘 남자였다), 유난히 급박하게 외쳐서 그 춤을 이미 아는 사람이 아니면 전혀 도움이 되지 않았다. 하지만 열 살이나 열두 살쯤이 되면 다들 그 춤을 뗐다.

만약 어머니가 아직도 그런 댄스파티가 열리는 진짜 시골에서 살았다면 여전히 춤을 즐겼을 것이다. 결혼도 했고 아이도 셋이나 있었지만 어머니의 나이와 기질을 생각하면 그랬을 것 같다. 어머니라면 커

플로 추는 라운드댄스도 좋아했을 듯한데, 그 춤이 옛날부터 추던 춤의 인기를 어느 정도 빼앗고 있었다. 하지만 어머니가 살고 있는 환경은 어중간했다. 우리의 환경이 그랬다. 우리 가족은 타운 밖에서 살았지만 그렇다고 진짜 시골도 아니었다.

아버지는 어머니보다 훨씬 호감이 가는 사람이었는데, 우리가 어떤 형편에 처하든 그것을 받아들여야 한다고 믿었다. 어머니는 그렇지 않았다. 농장 처녀의 삶에서 벗어나 교사가 되었지만 그것만으로는 충분하지 않았다. 교사가 되었어도 어머니는 바라던 지위를 얻지 못했고 타운에서 사귀고 싶었던 친구들도 사귀지 못했다. 어머니는 자신에게 어울리지 않는 곳에서 살았고, 돈도 충분하지 않았고, 무엇보다 그럴 만한 준비가 되어 있지도 않았다. 어머니는 유커 게임은 할 줄 알았지만 브리지 게임은 할 줄 몰랐다. 여자가 담배 피우는 것을 보면 불쾌감을 느꼈다. 사람들은 어머니를 고압적이고 지나치게 문법을 따지는 사람이라고 생각했을 것이다. 어머니는 "기꺼이"나 "참으로 그렇지"라는 표현을 즐겨 썼다. 어머니가 그런 말을 하는 것을 듣고 있으면, 어머니는 식구들이 모두 항상 그런 식으로 말하는 이상한 가정에서 자랐을 것만 같았다. 하지만 어머니의 가족은 그렇지 않았다. 그들은 그런 사람들이 아니었다. 농장의 친척 어른들은 다른 사람들과 별다를 바 없이 말했다. 그리고 그들은 내 어머니를 그렇게 좋아하지도 않았다.

그렇다고 어머니가 형편이 지금과는 달라지기를 바라는 데 모든 시간을 허비했다는 뜻은 아니다. 빨래통은 부엌으로 옮겨야 하고 수도 시설도 갖추지 않은 집에 살면서 여름 내내 겨울에 먹을 음식을 준비해야 하는 여느 여자들처럼 어머니 역시 늘 할일이 많았다. 어머니에게 시간이 많았다면 왜 내가 타운의 학교에서 괜찮은 친구들을, 아니면 어떤 친구라도 집으로 데려오지 않는지 궁금해하고 내게 실망했을 것이다. 하지만 어머니는 그런 것에 신경을 쏟을 시간이 많지 않았다. 혹은 주일학교에서 암송을 썩 잘하던 내가 왜 더이상 암송을 하지 않고 피하는지. 왜 내가 고불고불하게 손질한 머리를 다 풀어버린 채 집에 돌아오는지—어머니가 내게 해준 것처럼 머리를 손질한 아이가 아무도 없어서 나는 심지어 학교에 도착하기 전부터 모욕감을 견뎌야 했다. 혹은 한때 시를 암송하는 능력이 엄청나게 뛰어났던 내가, 왜 다시는 그 재능을 자랑하지 않겠다고 완강히 버티며 머릿속을 하얗게 비우는 법을 배웠는지.

내가 늘 뿌루퉁해 있거나 말대꾸를 한 것은 아니다. 아직은 아니었다. 지금 나는 열 살쯤, 예쁘게 차려입고 어머니를 따라 춤추러 가고 싶어 안달하는 나이였다.

댄스파티는 우리가 사는 길에 있는, 부유해 보이지는 않지만 전체적으로 단아한 집에서 열렸다. 그 커다란 목조건물에는 내가 전혀 모르는 사람들이 살았다. 내가 유일하게 아는 거라곤 그 집 남편이 나이가 우리 할아버지뻘인데도 주물공장에서 일을 한다는 것이었다. 그 시절에는 그 나이에도 직장을 그만두지 않았고, 버틸 수 있는 만큼 버티면서 일할 수 없을 때를 대비해 돈을 모았다. 나중에 그 시대를 대공황이라고 부른다는 사실을 알게 되었지만, 그 시대를 치열하게 견디는 와중에도 노령연금을 받는 것은 영예롭지 않은 일로 여겨졌다. 다 큰 자식들 입장에서도, 아무리 형편이 어렵다 해도 그것을 받아들이는 것은 영예롭지 않은 일이었다.

그때는 떠오르지 않았던 의문들이 지금에야 떠오른다.

그때 그 집에 살던 사람들이 댄스파티를 연 것은 단순히 축제 분위기를 만들기 위해서였을까? 아니면 입장료를 받았을까? 남편이 직장을 다닌다 해도 살기가 녹록지 않았을 것이다. 병원비. 나는 그런 끔찍한 일이 한 가정을 어떻게 만드는지 알았다. 사람들 말처럼 내 여동생은 허약했고 이미 편도선수술도 받았다. 남동생과 나는 겨울만 되면 기관지염 때문에 고생했고 결국 의사를 찾아갔다. 그러면 돈이 들었다.

또 한 가지 의문은, 어머니와 함께 가도록 선택받은 사람이 아버지가 아니라 왜 나였느냐는 점이다. 하지만 그건 정말로 대단한 수수께끼는 아니다. 아버지는 아마 춤을 좋아하지 않았을 테고, 어머니는 좋아했다. 게다가 집에는 보살펴야 할 꼬마가 둘이나 있었고 나는 아직 그 일을 할 만큼 자라지 않았다. 부모님이 베이비시터를 고용한 적이 있었는지는 기억나지 않는다. 그 시절에 그 단어가 친숙했는지도 잘 모르겠다. 내가 십대였을 때 그런 일자리를 구하긴 했지만 그때쯤에는 이미 시대가 바뀌어 있었다.

우리는 잘 차려입었다. 어머니가 기억하기로 시골에는 후세 사람들이 텔레비전에서 보는 것처럼 야단스러운 스퀘어댄스 의상을 입고 춤을 추러 나타나는 사람은 없었다. 모두가 가지고 있는 옷 중 가장 좋은 옷을 입었고 그렇게 하지 않는 것—촌뜨기 복장으로 여겨지는 프릴을 달거나 네커치프 같은 것을 하고 나타나는 것—은 주최자나 다른 모두에게 무례를 범하는 것이었다. 나는 어머니가 보드라운 겨울 양모로 만들어준 드레스를 입었다. 스커트는 핑크색이었고, 노란색 상의 왼쪽에는 언젠가 내 젖가슴이 봉긋 올라올 자리에 핑크색 양모 하트가 달려 있었다. 머리는 잘 빗은 다음 촉촉하게 적셔서 기다랗고 뚱뚱한 소시지 모양으로 고불고불 말았는데, 등굣길에 내가 풀어버리는 그 고수머리였다. 나는 아무도 그러지 않는데 나만 그런 차림으로 춤추러 간다고 툴툴거렸다. 어머니는 다른 사람에게 그런 행운이 없는 거라고 반박했다. 나는 정말로 댄스파티에 가고 싶었기 때문에 불평을 그쳤다. 게다가 같은 학교에 다니는 아이들은 아무도 춤추러 오지 않을 테니 어쨌거나 상관없기도 했다. 나는 학교 아이들의 놀림거리가 되는 게 늘 가장 두려웠다.

어머니가 입은 드레스는 집에서 만든 것이 아니었다. 어머니의 옷 중에 가장 좋은 것으로, 교회에 입고 가기에는 지나치게 우아하고 장례식에 입고 가기에는 너무 호화로워서 입은 적도 거의 없는 옷이었다. 그 검은색 벨벳 드레스는 소매가 팔꿈치까지 내려왔고 목선이 높았다. 그 드레스에서 가장 멋진 부분은 풍성하게 박혀 있는 작은 비즈들이었다. 보디스 한가득 금색, 은색, 온갖 색깔의 비즈들이 박혀 있어 빛을 받으면 움직이거나 숨을 쉴 때마다 색깔이 바뀌었다. 어머니는 아직은 검은 머리가 대부분인 머리칼을 땋아 화관처럼 올려붙이고 핀으로 고정했다. 그 사람이 어머니가 아니라 다른 누구였다면 나는 정말이지 엄청나게 예쁘다고 생각했을 것이다. 그때도 어머니가 예쁘다고 생각했던 것 같긴 하지만, 그 이상한 집에 들어가자마자 나는 어머니의 가장 좋은 드레스가 다른 여자들의 드레스와는 전혀 다르다는 것을 알아차렸다. 물론 다른 여자들도 분명 가장 좋은 드레스를 입었을 것이다.

방금 말한 그 다른 여자들은 부엌에 있었다. 그곳에서 우리는 걸음을 멈추고 커다란 탁자에 차려진 음식을 보았다. 온갖 종류의 타르트와 쿠키와 파이와 케이크가 있었다. 어머니도 직접 만든 화려한 음식을 내려놓고 음식이 더 좋아 보이게 하려고 수선을 피웠다. 어머니는 모두 군침이 도는 음식들이라며 칭찬을 했다.

어머니가 그렇게—군침이 돈다고—말한 것이 확실한가? 어머니는 무슨 말을 하든 다 어색하게 들렸다. 나는 그때 그 자리에 아버지가 있기를 바랐는데, 아버지가 하는 말은 뭐든 다 상황에 완벽하게 어울리는 것 같았기 때문이다. 문법을 그대로 지켜서 말할 때조차 그랬다. 아버지는 집에서는 문법에 신경을 썼지만 밖에서는 딱히 그러지 않았다. 그리고 어떤 대화가 오가든 그 상황에 자연스럽게 섞여들었다—뭐든 특별한 말을 하지 않는 것이 관건이라는 걸 아버지는 알고 있었다. 어머니는 그 반대였다. 어머니에게는 모든 말이 분명하고 단호하고 주의를 끄는 것이어야 했다.

지금 그런 일이 벌어지고 있었다. 어머니는 자신에게 말을 거는 사람이 없다는 것을 만회하려는 듯 즐겁게 웃음을 지었다. 어머니는 코트를 어디에 두어야 하는지 묻고 있었다.

코트는 어디에 벗어놓아도 괜찮았지만, 어떤 사람이 말하길, 원한다면 2층에 올라가 침대에 두어도 좋다고 했다. 2층으로 올라가는 계단은 양옆이 벽으로 막혀 있었고 꼭대기 말고는 빛이 들어오지 않았다. 어머니가 곧 따라 올라갈 테니 나더러 먼저 올라가라고 해서 나는 그렇게 했다.

여기서 생기는 의문이 그날 댄스파티에 정말로 입장료가 있었을까 하는 것이다. 어머니는 입장료를 내려고 뒤에 남은 것인지도 모른다. 또 한편으로 생각하면 돈을 내야 하는데도 사람들은 그 많은 음식을 가져온 걸까? 정말로 내가 기억하는 것처럼 음식이 풍성했을까? 모두가 그렇게 가난했는데? 어쩌면 그때쯤에는 전쟁이 만들어낸 일자리와 군인들이 송금한 돈 덕분에 가난하다는 느낌을 많이 떨쳐냈을지도 몰랐다. 내 기억대로 그때 내가 정말 열 살이었다면, 그런 변화가 일어난 지 두 해 정도 지났을 것이다.

부엌에서 올라오는 계단과 거실에서 올라오는 계단이 하나로 합쳐져 침실들로 이어졌다. 내가 깨끗하게 정리된 앞쪽 침실에 코트와 부츠를 벗어놓은 뒤에도 부엌에서는 낭랑하게 울려퍼지는 어머니의 목소리가 들려왔다. 하지만 거실에서 음악소리가 들려서 나는 그쪽 계단으로 내려갔다.

거실은 피아노만 남기고 모든 가구를 치워놓았다. 내가 유난히 칙칙하다고 생각했던 짙은 녹색 천으로 만든 블라인드가 창문을 가리고 있었다. 하지만 그 공간의 분위기는 칙칙하지 않았다. 춤을 추는 사람들이 많았는데, 원을 만들고 비좁지만 서로 실례가 되지 않게 붙어 서서 발을 끌거나 몸을 흔들어댔다. 여학생 둘이 당시에 유행하기 시작한 춤을 추고 있었는데, 서로 마주본 채 자리를 바꿔가며 손을 잡았다 놓기를 반복했다. 그들은 나를 보고 정말로 반갑게 웃어주었다. 나는 나보다 나이가 많고 자신만만해 보이는 소녀들이 내게 관심을 보이면 기뻐서 어쩔 줄 몰랐는데, 그때도 그랬다.

그곳에 있는 한 여자에게 저절로 눈길이 갔다. 그 여자가 입은 드레스에 비하면 어머니의 드레스는 아무것도 아니었다. 그녀는 어머니보다 조금 더 나이가 많았을 것이다―하얀 머리칼을 두피에 딱 붙여 마르셀 웨이브 스타일로 매끈하고 세련되게 매만졌다. 체구가 큰 여자였는데 어깨에서 기품이 느껴지고 골반은 넓었다. 황금색이 도는 오렌지색 태피터 옷감 드레스는 목선이 사각으로 깊이 파이고 스커트는 무릎 바로 위까지 내려왔다. 짧은 소매는 팔을 딱 맞게 감쌌고 드러난 팔의 살은 통통하고 보드랍고 라드처럼 하얬다.

그 모습에 나는 깜짝 놀랐다. 그때까지 나는 사람이 나이들었는데도 세련될 수 있다고는, 뚱뚱하면서도 우아할 수 있다고는, 뻔뻔하지만 기품이 넘칠 수 있다고는 생각하지 못했던 것 같다. 그녀를 철면피라고 부를 수도 있었을 텐데, 아마 어머니가 나중에 그렇게 불렀던 것 같다―그 말은 어머니가 골랐을 법한 말이었다. 그녀에게 좀더 호의적인 사람이었다면 당당하다는 말을 골랐을 것이다. 그 여자가 정말로 과시적이지는 않았지만 드레스의 전반적인 스타일과 색깔은 그랬다. 그녀는 동반한 남자와 예의를 갖추면서도 다소 심드렁하게 부부처럼 춤을 추었다.

나는 그녀의 이름을 몰랐다. 이전에 본 적이 없는 여자였다. 그녀에 대한 소문이 우리 타운뿐 아니라 어쩌면 더 먼 곳까지도 좋지 않게 났을 거라는 사실을 나는 몰랐다.

내가 실제로 일어난 일을 기억해서 쓰는 것이 아니라 허구를 쓰는 것이었다면 나는 그녀에게 그런 드레스를 입히지 않았을 것이다. 그런 광고 같은 것은 그녀에게 필요 없었을 테니까.

물론 내가 날마다 타운으로 통학하는 것이 아니라 타운에서 살았다면 나도 그 여자가 유명한 매춘부라는 사실을 알았을 것이다. 그 오렌지색 드레스를 입은 모습은 아니었겠지만 언제 한번은 틀림없이 그녀를 보았을 것이다. 그리고 나는 매춘부라는 단어는 쓰지 않았을 것이다. 나쁜 여자, 아마 그렇게 말했을 것이다. 나는 그녀에게 무언가 혐오스럽고 위험하고 흥분되고 대담한 것이 있다는 사실은 감지했지만 그것이 무엇인지는 정확히 몰랐다. 누군가 내게 말해주었다 해도 내가 그 말을 믿었을 것 같지는 않다.

타운에는 특이해 보이는 사람들이 몇 명 있었는데, 아마 나는 그녀도 그런 사람 중 하나라고 생각했을 것이다. 날마다 타운 홀 건물의 문을 닦는 곱사등이, 내가 아는 한 그는 그것 말고는 하는 일이 없었다. 그리고 끊임없이 큰 소리로 혼잣말을 하거나 어디에도 보이지 않는 누군가를 꾸짖는 꽤 정숙해 보이는 여자도 있었다.

나는 얼마 지나지 않아 그녀의 이름을 알게 되었고, 결국에는 그녀가 정말로 어떤 일을 하는지도 알게 되었지만, 잘 믿기지는 않았다. 그날 그녀와 함께 춤을 추었던 남자, 내가 영영 이름을 알아내지 못한 그 남자는 당구장 주인이었다. 내가 고등학생이었을 때 어느 날 당구장 앞을 지나가는데 여자아이 둘이 나더러 그 안에 들어가보라고 부추겼고, 안에 들어가자 그곳에 그 남자가 있었다. 머리는 더 빠졌고 살은 더 쪘고 더 허름한 옷을 입고 있다는 것만 달랐다. 그가 내게 무언가 말을 했는지는 기억나지 않지만 그는 그럴 필요조차 없었다. 내가 부리나케 친구들에게 돌아왔으니까. 사실 그 아이들은 친구라고 할 수 없었고, 그래서 나는 그애들에게 아무 말도 하지 않았다.

당구장 주인을 보자, 내 기억 속에 그때 사람들이 춤을 추던 장면 전체가 되살아났다. 땅땅 울리던 피아노 소리와 바이올린 소리, 그때는 우스꽝스럽다고 말했던 그 오렌지색 드레스, 그리고 코트를 벗지 않은 채 느닷없이 나타난 어머니.

그곳에서 어머니가 음악소리를 뚫고 내가 유난히 싫어하던 목소리로 내 이름을 부르고 있었다. 내가 이 세상에 태어난 것은 자신에게 감사해야 할 일이라는 사실을 특별히 상기시켜주기라도 하는 듯한 목소리였다.

"코트는 어디에 뒀니?" 어머니가 말했다. 내가 코트를 두지 말아야 할 곳에 두기라도 한 것처럼.

"2층에요."

"올라가서 가져와."

어머니가 2층에 올라갔다면 코트가 거기 있는 걸 틀림없이 보았을 것이다. 하지만 어머니는 부엌 밖으로는 나가지도 않았을 테고, 코트는 벗지도 않고 단추만 푼 채 음식 주변을 서성였을 테고, 사람들이 춤을 추는 거실을 흘끔거리다 오렌지색 드레스를 입은 여자가 누구인지 알아냈을 것이다.

"꾸물대지 마." 어머니가 말했다.

나는 그럴 생각이 없었다. 계단으로 이어지는 문을 열고 뛰어올라가는데 계단의 방향이 바뀌는 곳에 사람들이 길을 막고 앉아 있었다. 심각한 이야기를 나누는 중이었는지 내가 오는 것도 알아채지 못했다. 그들이 딱히 논쟁을 벌이고 있었던 건 아니지만 긴박감이 느껴졌다.

그들 중 두 사람은 남자였다. 공군 제복을 입은 청년들. 한 명은 계단에, 또 한 명은 무릎에 손을 올린 채 한 칸 아래에서 몸을 앞으로 숙이고 있었다. 그들 위쪽 계단에는 여자가 앉아 있었고 그녀와 가까이 앉은 남자가 위로하듯 그녀의 다리를 어루만지고 있었다. 그녀가 울고 있어서 나는 그녀가 좁은 계단을 내려오다 넘어져 다친 거라고 생각했다.

페기. 그녀의 이름은 페기였다. "페기, 페기." 젊은 남자들이 다급하지만 부드러운 목소리로 그녀의 이름을 부르고 있었다.

그녀가 무언가 말을 했지만 나는 알아들을 수가 없었다. 그녀는 어린애 같은 목소리로 말했다. 불평을 늘어놓고 있었는데, 사람들이 불공평한 것에 대해 불평할 때 말하는 투였다. 뭔가가 불공평하다는 말을 하고 또 하고, 그렇지만 그 불공평한 것이 시정될 리는 없다는 절망적인 목소리로. 이런 상황에서 꼭 나오는 말이 하나 더 있다면 비열하다는 것이다. 정말 비열해. 누군가가 정말 그런 행동을 했나보다.

우리가 집에 돌아왔을 때 어머니가 아버지에게 하는 말을 들으면서 나는 어떤 일이 일어났는지 대강 짐작할 수는 있었지만 정확하게 이해할 수는 없었다. 허치슨 부인이라는 여자가 그때는 내가 당구장 주인인 줄 몰랐던 그 남자에게 이끌려 댄스파티에 나타났다. 어머니가 그를 어떤 이름으로 불렀는지는 모르겠지만 어머니는 그 남자의 행동에 몹시 환멸을 느꼈다. 그 댄스파티에 대한 소식이 알려지며 포트앨버트—즉 공군기지—에 있던 청년들도 그 파티에 오기로 되었다. 물론 그것은 괜찮았다. 공군 청년들은 괜찮았다. 영예롭지 못했던 사람은 허치슨 부인이었다. 그리고 그 여자.

허치슨 부인이 그녀가 데리고 있던 여자 한 명과 같이 나타났던 모양이었다.

"바람이 쐬고 싶었나보지." 아버지가 말했다. "그냥 춤을 추고 싶었거나."

어머니는 그 말은 들리지도 않는 것 같았다. 어머니는 수치스러운 일이라고 했다. 즐거운 시간을 보내려던 기대, 동네에서 기분좋고 품위 있는 춤을 즐기려던 기대, 그 기대가 송두리째 무너졌다며.

나는 여자 어른들의 외모를 평가하는 습관이 있었다. 나는 페기가 특별히 예쁘다고는 생각지 않았다. 어쩌면 눈물 때문에 화장이 지워져서 그랬을지도 모른다. 말아올린 쥐색 머리카락이 실핀에서 빠져나와서 그랬을 수도 있다. 손톱은 매니큐어를 칠했지만 물어뜯은 것처럼 보였다. 나는 징징거리고 엉큼하고 끊임없이 불평을 늘어놓는 다른 젊은 여자들을 알았지만 그녀가 더 성숙한 것 같지도 않았다. 그럼에도 그 청년들은 그녀를 힘든 일을 당해서는 안 되는 사람처럼, 마땅히 다독여주고 즐겁게 해주어야 하는 사람처럼, 마주할 때는 고개를 숙여야 하는 사람처럼 대했다.

그들 중 하나가 그녀에게 말아놓은 담배를 내밀었다. 아버지도 자신의 담배를 직접 말아 피웠고 내가 아는 다른 남자들도 모두 그랬으니 그 행동 자체가 호의의 표시로 보였다. 하지만 페기는 고개를 저으며 상처 입은 목소리로 담배는 피우지 않는다고 찡얼거렸다. 그러자 다른 남자가 껌을 내밀었고 페기가 그것은 받았다.

무슨 일이 벌어지고 있었던 걸까? 나로서는 알 길이 없었다. 껌을 내밀었던 청년이 주머니를 뒤지다가 내 존재를 알아차렸다. 그가 말했다. "페기? 페기, 이 꼬마가 2층으로 올라가고 싶어하는 것 같은데."

그녀가 고개를 숙이는 바람에 나는 그녀의 얼굴을 자세히 볼 수 없었다. 지나칠 때 향수 냄새가 났다. 담배 냄새도 났고, 남성미가 느껴지는 양모 제복과 잘 닦은 부츠 냄새도 났다.

내가 코트를 입고 계단을 내려올 때 그들은 여전히 그 자리에 있었지만 이번에는 내가 내려올 것을 예상한 터라 내가 지나갈 때까지 모두 입을 다물었다. 페기가 딱 한 번 큰 소리로 코를 훌쩍였고, 그녀 가까이에 앉아 있던 청년은 그녀의 허벅지를 계속 쓰다듬고 있었다. 그녀의 스커트는 올라가 있었고 스타킹을 고정시킨 패스너가 보였다.

나는 오랫동안 그 목소리를 기억했다. 그 목소리에 대해 생각했다. 페기의 목소리가 아니라, 남자들의 목소리. 이제는 나도 전쟁 초기에 포트앨버트에 배치된 공군들의 일부가 잉글랜드 출신이었고 그곳에서 독일군과 싸우는 훈련을 받았다는 사실을 안다. 그래서 내게 그토록 온화하고 매력적으로 느껴졌던 그 억양이 영국 어딘가의 억양이 아니었을까 생각한다. 이 사실은 분명한데 나는 살면서 남자가 여자를 대할 때 그런 식으로 말하는 것을 들어본 적이 없었다. 그 여자가 아주 훌륭하고 소중한 존재여서 어떤 불친절한 행동이나 말이 그 여자 근처에만 가도 위법행위나 죄가 된다는 듯한 그런 목소리를.

나는 페기를 울린 일이 무엇이었다고 생각했을까? 그때는 그 질문에 큰 흥미를 느끼지 않았었다. 나는 용감하지 않았다. 처음 다녔던 학교에서 집으로 돌아오는 길에 누군가가 나를 쫓아와 돌멩이로 맞히면 나는 울었다. 타운의 학교에서 선생님이 엉망진창으로 지저분한 내 책상을 웃음거리로 만들려고 나만 혼자 교실 앞으로 불러냈을 때에도 울었다. 선생님이 그 문제로 어머니에게 전화를 걸어서, 어머니가 전화를 끊은 뒤 내가 자랑스러운 딸이 아니라는 사실에 참담한 심정을 견디며 흐느꼈을 때에도 나는 울었다. 어떤 사람들은 태어날 때부터 용감하고 어떤 사람들은 그렇지 않은 것 같다. 누군가가 페기에게 무슨 말을 했을 것이고, 페기도 나와 마찬가지로 뻔뻔하지 않아서 훌쩍였을 것이다.

특별한 이유도 없는데, 나는 비열한 행동을 한 사람이 그 오렌지색 드레스를 입은 여자였을 거라고 생각했다. 그 사람은 여자여야 했다. 만약 남자였다면 그녀를 위로하던 공군 청년들 중 하나가 그 사람을 혼내주었을 테니까. 그 사람에게 입조심하라고 말하고 그를 밖으로 끌어내 흠씬 패주었을 테니까.

그래서 내 흥미를 끌었던 것은 페기가 아니라, 그녀의 눈물이 아니라, 그녀의 일그러진 얼굴이었다. 그녀는 나 자신의 모습을 많이 떠올리게 했다. 내가 감탄했던 것은 그녀를 위로하는 청년들이었다. 그녀 앞에서 허리를 숙인 채 자신의 생각을 말하던 그들의 모습이었다.

그들은 어떤 말을 하고 있었을까? 특별한 것은 없었다. 괜찮아, 그들이 말했다. 다 괜찮아, 페기, 그들이 말했다. 자, 페기, 괜찮아. 괜찮아.

그런 다정함. 누구라도 그렇게 다정할 수 있었을 것이다.

이 나라에 폭격 훈련을 받으러 왔던, 폭격 도중 대부분 죽음을 맞게 될 그 청년들은 아마도 콘월이나 켄트, 헐, 스코틀랜드의 평범한 억양으로 말했을 것이다. 하지만 내게는 그들이 입을 열면 곧바로 축복의 말이 쏟아질 것처럼 느껴졌다. 그들 앞에 놓인 미래가 재앙뿐이라는 사실, 평범한 그들의 생명이 창밖으로 날아가 땅에 부딪혀 박살날 거라는 사실은 내게 떠오르지 않았다. 나는 그저 그 축복에 대해, 그런 축복을 받는다면 얼마나 근사할지에 대해, 그럴 가치가 없는 페기라는 여자가 그런 행운을 누린다는 것이 얼마나 이상한지에 대해 생각했다.

얼마나 오래 그랬는지는 모르겠지만 나는 그들에 대해 생각했다. 춥고 어두운 내 침실에서 그들이 나를 살살 흔들어 잠재웠다. 나는 스위치를 켜듯 그들을 불러내 그들의 얼굴과 목소리를 떠올렸다. 오, 그 어느 때보다 더, 그들의 목소리는 나와 상관없는 제삼자가 아니라 나 자신을 향하고 있었다. 그들의 손이 내 가는 허벅지를 축복하고, 그들의 목소리가 나도 사랑받을 가치가 있다고 확인시켜주었다.

그리고 그들이 아직 완전히 여물지 않은 내 에로틱한 환상 속에 머물러 있는 사이, 그들은 떠나버렸다. 그들 중 몇몇이, 대부분이, 영원히 떠나버렸다.

디어 라이프

어린 시절 나는 길게 뻗은 길 끝에서 살았다. 아니 어쩌면 내게는 길게 느껴졌던 길 끝에서. 초등학교와 고등학교에서 집으로 걸어 돌아올 때, 내 등뒤 진짜 타운에는 활기찬 분위기와 보도와 어두워지면 켜지는 가로등이 있었다. 메이틀랜드강에 놓인 두 개의 다리가 타운의 끝을 표시했다. 하나는 좁은 철교로, 그 다리를 지나는 차들은 이따금 차를 옆으로 빼고 다른 차가 지나가기를 기다리는 골치 아픈 상황을 경험해야 했다. 그리고 목조 보행교가 있었는데 종종 그곳의 판자 하나가 사라져서 그 틈새로 빠르게 흘러가는 투명한 물살을 내려다볼 수도 있었다. 나는 그게 좋았지만 항상 누군가 기어코 판자를 다시 끼워놓고 갔다.

그리고 약간 움푹 팬 곳에 금방이라도 쓰러질 듯한 집 두 채가 있었다. 그 집은 봄만 되면 물에 잠겼지만 어쨌거나 늘 사람들—사람들이 바뀌었다—이 와서 살았다. 그리고 물레방아를 돌리는 수로 위에 다리가 하나 더 있었는데, 수로는 좁긴 했지만 사람이 빠져 죽을 만큼 깊었다. 그곳을 지나면 길이 갈라져, 한쪽은 남쪽으로 뻗어 오르막이 되었다가 다시 강을 건넌 뒤 진짜 고속도로와 이어졌고, 다른 쪽은 휙 꺾어져 예전에 축제가 열리던 광장을 돌아 서쪽으로 향했다.

그 서쪽으로 난 길이 내 길이었다.

북쪽으로도 길이 나 있었는데, 그 길에는 짧지만 진짜 보도가 있었고 타운에서처럼 집들이 몇 채 다닥다닥 붙어 있었다. 그중 한 집의 창문에는 '살라다 티'*라고 쓰인 간판이 붙어 있었는데, 한때 그곳에서 식료품을 팔던 흔적이었다. 그리고 학교가 있었다. 내 인생에서 이 년 동안 다녔지만 다시는 보고 싶지 않은 곳이었다. 그 시기 이후 어머니는 아버지를 부추겨 타운에 있는 낡은 가축우리를 구입했다. 타운에 세금을 내야 나를 타운에 있는 학교에 보낼 수 있었기 때문이었다. 결국 그럴 필요는 없었던 것이, 내가 타운에서 학교를 다니기 시작한 그해 바로 그달에 독일과의 전쟁이 선포되어 원래 내가 다녔던 학교—못된 아이들이 내 점심을 빼앗아가고 나를 두들겨패겠다고 협박했던, 소란스럽기만 했지 어느 누구도 무엇 하나 배우지 않는 것 같던 그 학교—가 마법에 걸린 듯 잠잠해졌기 때문이었다. 곧 그 학교에는 교실 하나와 교사 한 명만 남게 되었는데, 그 교사는 아마 휴교중에 문도 잠그지 않았을 것이다. 걸핏하면 허세를 부리듯 섹스하고 싶지 않은지 물어서

---

* 캐나다에서 제조되는 유명한 차의 상표명.

나를 놀라게 했던 남자아이들은 그들의 형들이 입대를 하자 일자리를 얻으려고 안달이었다.

그때쯤에는 그 학교의 화장실이 개선되었는지 잘 모르겠지만 아무튼 최악이었던 것만은 확실했다. 우리집에서 옥외 화장실을 쓰지 않았다는 말은 아니지만, 그래도 우리집 화장실은 깨끗했고 바닥에 리놀륨도 깔려 있었다. 그 학교에서는 아예 무신경해서인지 다른 이유가 있어서인지 몰라도 누구 하나 구멍을 겨냥하는 것 같지 않았다. 타운 생활 역시 여러 면에서 내게 쉽지 않았다. 다른 아이들은 모두 1학년 때부터 같이 생활한데, 나는 아직 배우지 못한 것이 많았기 때문이었다. 하지만 새 학교의 더럽지 않은 변기시트와 수세식 변기의 고상하고 도시적인 소리는 마음에 위로가 되었다.

첫번째 학교에 다니는 동안 나는 친구를 한 명 사귀었다. 여기서 다이앤으로 부를 그 아이는 내가 2학년 때 전학을 왔다. 내 또래였고, 집 앞에 보도가 있는 집들 중 한 채에서 살았다. 어느 날 다이앤이 내게 하일랜드 플링*을 출 수 있느냐고 물었고, 내가 모른다고 대답하자 그 애가 가르쳐주겠다고 했다. 우리는 그럴 작정으로 수업이 끝난 뒤 그 아이의 집으로 갔다. 다이앤은 어머니가 세상을 떠나서 조부모와 함께 살기 위해 이곳에 온 것이었다. 그 아이는 하일랜드 플링을 추려면 딱 맞 구두가 필요하다고 했다. 물론 그 아이에게는 있었지만 내게는 없었다. 우리는 발 크기가 거의 비슷해서 그 아이가 나를 가르치는 동안 신발을 바꿔 신을 수 있었다. 목이 마르면 다이앤의 할머니가 마실 물

---

* 스코틀랜드 춤으로 계속 도약을 하며 춘다.

을 주었는데, 학교에서 마시는 물처럼 삽으로 판 우물에서 끌어올린 물이라 맛이 지독했다. 내가 우리집에서는 우물을 드릴로 뚫어서 물맛이 훨씬 좋다고 하자, 할머니는 언짢은 기색 하나 없이 자신들도 그런 물을 마시고 싶다고 했다.

그때 하필 어머니가 학교로 찾아갔고, 내가 어디로 갔는지 너무 빨리 알아내버렸다. 어머니는 차를 빵빵거려 나를 불러냈고 할머니가 다정하게 손을 흔드는데도 본체만체했다. 어머니는 운전을 자주 하지 않았는데, 어머니가 운전대를 잡으면 불안하고 엄숙한 분위기가 감돌았다. 돌아오는 길에 나는 그 집에는 두 번 다시 발을 들여놓지 말라는 말을 들었다. (그것은 결국 어렵지 않은 일이 되었는데 며칠 뒤부터 다이앤이 학교에 나오지 않았기 때문이었다. 어디 다른 곳으로 보내졌다고 했다.) 나는 어머니에게 다이앤의 어머니가 돌아가셨다고 했고, 어머니는 안다고 했다. 내가 하일랜드 플링에 대해 말하자, 어머니는 언젠가 그 춤을 제대로 배울 수 있겠지만 그 집에서는 아니라고 했다.

다이앤의 어머니가 매춘부였고 매춘부들이 잘 걸리는 병에 걸려 죽었다는 사실을 그때 나는 알지 못했다. 내가 그 사실을 언제 알게 되었는지는 잘 모르겠다. 그녀의 소원이 고향에 묻히는 것이어서 우리 교회 목사님이 장례식을 집전했다. 그런데 그가 인용한 성경 구절을 두고 논쟁이 있었다. 어떤 사람들은 그 말은 하지 말았어야 했다고 생각했지만 어머니는 그가 옳았다고 믿었다.

죄의 대가는 죽음이다.*

---

* 로마서 6장 23절.

어머니는 오랜 시간 뒤에, 아니 오랜 시간이 흘렀다고 생각되었을 때 내게 그 이야기를 해주었다. 그때는 어머니가 무슨 말을 하건 내가 싫어하던 시기였고, 특히 듣기에도 몸서리쳐지는, 격앙되기까지 한 어머니의 확신에 찬 목소리를 들으면 더욱 그랬다.

나는 계속 다이앤의 할머니와 마주쳤다. 할머니는 나를 보면 늘 살며시 웃어주었다. 그리고 내가 학교에 오래 다니는 것이 대단하다고 말하며 다이앤 소식을 전해주었다. 어디에 있건 다이앤도 그곳에서 제법 오래 학교에 다녔다고 했다―나만큼 오래는 아니었지만. 할머니는 다이앤이 토론토에 있는 레스토랑에 일자리를 구했고 그곳에서 스팽글이 달린 의상을 입는다고 했다. 그때쯤에는 나도 그곳에서는 스팽글 의상을 벗기도 하리라는 것을 짐작할 만큼 나이를 먹었고, 충분히 영악했다.

내가 학교를 오래 다녔다고 생각하는 사람이 다이앤의 할머니만은 아니었다. 내가 사는 길에는 타운의 집들보다 더 널찍한 간격으로 지어진 집들이 많았지만 그럼에도 불구하고 그 주변에 사유지라고 할 만한 땅은 별로 없었다. 그중 한 채는 작은 언덕 위에 있었는데, 1차대전에 참전했다 돌아온 외팔이 퇴역 군인 웨이티 스트리츠의 소유였다. 그는 양을 키웠고 아내가 있었다. 그 시절에 나는 그의 아내를 딱 한 번 보았는데, 펌프로 물통에 마실 물을 받고 있었다. 웨이티는 학교를 그렇게 오래 다니고도 시험에 통과하지 못해 공부를 끝내지 못한 것이 딱하다며 나를 놀려대곤 했다. 나도 그 말이 사실인 척하며 농담으로 받아쳤다. 하지만 그가 정말로 어떻게 믿었는지는 나도 알 수 없었다. 그것이 당신이 그 길 사람들을 아는 방식이자 사람들이 당신을 아는 방식이었다. 당신이 안녕이라고 인사를 건네면 그들도 인사를 하며 날씨 이야기를 한다. 그들이 차를 몰고 가는데 당신이 걷고 있으면 당신을 태워줄 것이다. 하지만 대개 서로의 사정을 속속들이 알고 있고 생계를 꾸리는 방법도 어느 정도는 모두 같은 진짜 시골 같지는 않았다.

내가 오 년 과정을 완전히 끝내고 고등학교를 졸업하기까지 여느 아이들보다 시간이 더 걸린 것은 아니었다. 사실 그런 학생도 얼마 없었다. 그 시절에는 고등학교에 들어간 9학년 학생들 전부가 지식과 올바른 문법 실력을 갖추고 13학년을 마칠 거라고 누구도 기대하지 않았다. 사람들은 파트타임 직장을 구했고 그 일이 점차 풀타임으로 바뀌었다. 여자들은 결혼해서 아기를 낳거나 혹은 아기를 낳고 결혼을 했다. 13학년이 되자 학생 수는 4분의 1로 줄어들었다. 그리고 학생들 사이에, 훗날 그들이 어떤 삶을 살게 되건, 학구적인 분위기, 어떤 진지한 성취감, 혹은 조용하고 비현실적인 분위기 같은 것이 감돌았다.

나는 첫번째 학교에서는 물론이고 9학년 때 알았던 사람들 대부분과도 한평생만큼이나 떨어진 느낌이었다.

내가 청소를 하려고 식사실 구석에서 일렉트로룩스 청소기를 꺼낼 때면 거기 놓인 어떤 물건이 번번이 나를 놀라게 했다. 그것이 무엇인지는 알았다. 골프 클럽과 공이 들어 있는 완전히 새것 같은 골프 가방이었다. 다만 그런 것이 우리집에 있다는 게 늘 의아했다. 나는 골프는 전혀 몰랐지만 골프를 치는 사람들이 어떤 부류인지에 대해서는 나름의 생각이 있었다. 그들은 아버지처럼 오버올을 입는 사람들이 아니었다. 물론 아버지도 시내에 나갈 때는 더 좋은 작업복 바지를 입긴 했지만. 그래도 운동복 같은 옷을 입고 바람에 나부끼는 가느다란 머리칼에 스카프를 둘러 묶은 어머니의 모습은 어느 정도 상상이 되었다. 하지만 정말로 공을 쳐서 홀에 넣으려고 하는 모습은 아니었다. 그런 경박한 행동은 어머니가 도저히 받아들일 수 없는 것이었다.

한때 어머니는 다르게 생각했을 것이다. 아버지와 함께 다른 부류가 되려고, 어느 정도 여가를 즐기는 부류로 살아보려고 생각했을 것이다. 골프. 디너파티. 아마도 거기에 경계라는 것은 존재하지 않는다고 스스로를 설득했을 것이다. 어머니는 헐벗은 캐나다 순상지*의 농장—아버지가 태어나고 자란 농장보다 훨씬 암울한—을 떠나는 데 성공해 교사가 되었고, 어머니가 교사처럼 말하고 다니자 친척들은 그녀를 불편하게 여겼다. 그렇게 열심히 노력하고 살았으니 어머니는 어디에서든 자신을 반길 거라고 생각한 모양이었다.

아버지의 생각은 달랐다. 아버지는 타운 사람들이든 누구든 그들이 실제로 자신보다 더 낫다고 생각하지 않았다. 하지만 그들은 아마 그렇게 생각하리라 믿었다. 아버지는 그들에게 그것을 과시할 기회를 절대 주지 않으려 했다.

골프에 대해서는 아버지가 이긴 것 같았다.

그렇다고 해서 부모에게 꽤 괜찮은 농장을 물려받은 아버지가 부모의 기대대로 사는 것에 줄곧 만족했을 거라는 말은 아니다. 아버지와 어머니는 살던 곳을 떠나 이전에는 몰랐던 어느 타운 근처의 길 끝에

---

* 선캄브리아대의 지층이나 암석이 방패 모양으로 노출된 지역.

있는 땅을 사들였다. 그러면서 여우 여섯 마리를 키우고 나중에 밍크까지 키우면 성공할 거라고 분명 생각했을 것이다. 어린 시절 아버지는 농장 일을 거들거나 고등학교에 가는 것보다 덫을 줄줄이 놓아 짐승을 잡는 일에서 더 행복감을 느꼈고—그전 어느 때보다 돈을 많이 벌기도 했다—그 생각이 떠오르자 그것을 평생의 업으로 삼아야겠다고 생각했다. 아버지는 모은 돈을 그 사업에 쏟아부었고 어머니는 저축한 교사 월급을 투자했다. 아버지가 동물들이 지낼 우리를 전부 다 만들었고, 포획한 생명들을 가둘 벽을 철사로 세웠다. 땅의 규모는 12에이커로 적당했다. 건초지와 우리집에서 키우는 소가 풀을 뜯기에 충분한 목초지가 있었고, 여우에게 먹힐 날을 기다리는 늙은 말들이 있었다. 목초지는 곧바로 강으로 이어졌고 느릅나무 열두 그루가 그 위로 그늘을 드리웠다.

지금 생각해보면 참 많은 것들이 죽어나갔다. 늙은 말은 고기가 되어야 했고 모피를 두른 동물은 가을마다 추려져 길러준 주인을 떠났다. 하지만 그것에 익숙해지자 나는 그 전부를 쉽게 무시할 수 있었고, 내가 좋아한 『빨강머리 앤』이나 『은색 덤불숲의 팻』에서 읽었던 것과 비슷한 정갈한 장면을 상상 속으로 만들어냈다. 목초지 위에 그늘을 드리운 느릅나무와 반짝거리는 강물, 목초지에 있는 언덕에서 솟아오르는 신기한 샘이 그런 장면에 도움이 되었다. 그 샘은 죽을 날만 기다리는 말들과 한 마리뿐인 소에게 물을 공급했고, 나 역시 그곳에 양철 머그컵을 챙겨 가 물을 떠 마셨다. 여기저기에 늘 신선한 거름용 배설물이 깔려 있었지만, 초록색 지붕 집에 사는 앤이라면 그런 것은 무시해버렸을 테니 나도 무시했다.

당시에는 남동생이 아직 어려서 이따금 내가 아버지를 도와야 했다. 나는 펌프로 깨끗한 물을 받아 쭉 늘어선 가축우리들을 왔다갔다하며 물통을 씻어내고 새 물을 채웠다. 나는 그 일이 좋았다. 중요한 일을 한다는 점, 그리고 혼자 있는 시간이 많다는 점이 좋았다. 시간이 더 흘러 집안에서 어머니를 도와야 했을 때 나는 걸핏하면 화를 내거나 시비를 걸었다. '말대꾸'. 그것을 일컫는 말이었다. 어머니는 나 때문에 감정이 상했다면서 어김없이 마구간으로 달려가 아버지에게 일러바쳤다. 그러면 아버지는 하던 일을 중단하고 허리띠로 나를 때렸다. (당시에는 흔한 벌이었다.) 그런 일이 있고 나면 나는 침대에 누워 훌쩍거리면서 달아날 계획을 세웠다. 하지만 그 시기 또한 지나갔다. 십대가 된 나는 고분고분해지고 심지어 명랑해졌고 타운에서 주워듣거나 학교에서 일어난 일을 재미있게 이야기하는 것으로 주목을 받았다.

우리집은 제법 컸다. 언제 지어졌는지는 정확히 모르겠지만, 최초의 정착민이 보드민이라는 곳—지금은 사라졌다—에서 걸음을 멈추고 뗏목을 만들어 강을 따라 내려온 것이 1858년이었으니 한 세기는 되지 않았을 것이다. 최초의 정착민이 그 땅의 나무를 쳐냈고, 나중에 그곳은 하나의 마을이 되었다. 얼마 지나지 않아 그 초창기 마을에 제재소와 호텔, 교회 세 개, 학교가 들어섰는데 그 학교가 내가 처음 다녔던, 내가 끔찍이 무서워했던 그 학교였다. 강 위에 다리가 놓이자 사람들은 강 건너편 고지대에서 사는 것이 훨씬 더 편할 거라는 생각을 하기 시작했다. 원래 정착지였던 곳은 조금씩 쇠락하고 평판이 나빠지더니 결국 내가 여태 말해온 독특한 마을, 시골도 아니고 도시도 아닌 그런 마을이 되어버렸다.

우리집은 정착 초기에 지은 집은 아닐 것이다. 초창기 집들은 죄다 목조건물인 데 반해 우리집은 외벽이 벽돌이었다. 그렇다고 그리 나중에 지어진 집도 아니었을 것이다. 우리집은 마을을 등지고 있었는데, 서향이었고, 집 앞으로 약간 내리막인 들판이 펼쳐졌다. 들판은 빅벤드라고 불리는, 보이지 않는 강굽이까지 이어졌다. 강 건너 저만치 짙푸른 상록수들이 무리 지어 자란 곳이 있었는데, 삼나무였겠지만 너무 멀어 확실하지는 않았다. 그보다 더 멀리 다른 언덕에 우리집을 마주 보는 집이 한 채 있었다. 그 집은 그만큼 먼 거리에서는 너무 작아 보였고 우리가 가보거나 알고 지낸 적도 없어서 내게는 그저 이야기 속 난쟁이의 집처럼 느껴졌다. 하지만 그 집에 사는, 아니 지금쯤은 죽었을 테니 한때 그 집에 살았던 남자의 이름은 알았다. 그의 이름은 롤리 그레인이었다. 트롤* 같은 이름을 가진 남자지만, 이 글은 이야기가 아니라 인생이기 때문에 내가 지금 쓰는 글에 그에 대해 더 써넣을 자리는 없다.

어머니는 나를 낳기 전에 두 번 유산을 했다. 그러니 1931년 내가 태어난 그해에는 틀림없이 흐뭇한 분위기가 감돌았을 것이다. 하지만 시대는 암울해져갔다. 사실 아버지는 모피사업에 너무 늦게 뛰어들었다. 모피가 새롭게 유행하고 사람들에게 돈이 있었던 1920년대 중반이었다면 아버지가 바라던 성공도 가능성이 좀더 컸을 것이다. 하지만 그

---

* 스칸디나비아 전설에서 동굴이나 야산에 사는 거인이나 난쟁이.

때는 사업을 시작하지 않았다. 그럼에도 우리는 전쟁이 시작될 때까지, 그리고 전쟁을 겪으면서도 살아남았다. 전쟁이 끝났을 때에도 고무적인 부산스러움이 있었던 것 같은데, 그해 여름 아버지가 전통적인 빨간색 벽돌에 갈색 페인트를 덧발라 집을 단장했기 때문이었다. 벽돌과 합판을 붙인 방식에 문제가 있어서 추위를 막아야 할 벽이 그 역할을 제대로 수행하지 못했다. 페인트를 덧바르면 나아질 거라고 생각했지만 효과가 있었는지는 기억나지 않는다. 또한 우리는 욕실을 설치하고, 쓰지 않는 덤웨이터*는 찬장으로 만들고, 계단이 있던 넓은 식사실은 계단을 막아 평범한 방으로 바꾸었다. 아버지가 나를 때린 것, 그리고 내가 그 모든 일 때문에 비참하고 수치스러워 죽고 싶어한 것이 예전 그 공간에서였기 때문에 그 변화는 왠지 모르게 내게 위로가 되었다. 환경이 달라지자 그런 일이 일어난다는 사실을 상상하는 것조차 힘들었다. 나는 고등학교에 들어갔고 해마다 공부를 더 잘했는데, 감침질이나 펜글씨 같은 것은 더이상 배우지 않았고 일반사회 대신 역사를 배웠고 라틴어도 배웠다.

하지만 낙관적인 새단장의 시기가 지나간 뒤로 우리 사업은 점점 기울었고, 이번에는 재기하지 못했다. 아버지는 처음에는 여우가죽을 모조리 벗겼고 이어서 밍크가죽을 벗겼지만 받은 돈은 충격적일 만큼 적었다. 그러자 낮에는 그 사업이 탄생하고 소멸한 가축우리를 허물었고 다섯시부터는 주물공장으로 가서 경비로 일했다. 아버지는 자정이 되어서야 집으로 돌아왔다.

---

* 요리 운반용 소형 승강기.

나는 학교에서 집으로 돌아오면 곧바로 아버지의 도시락을 만들었다. 코티지롤 햄을 두 장 구워 케첩을 잔뜩 뿌렸다. 그리고 보온병에 진한 홍차를 담았다. 잼을 바른 브랜 머핀이나 집에서 만든 묵직한 파이도 한 조각 넣었다. 토요일에는 내가 파이를 만들기도 했고 가끔은 어머니가 만들었는데, 어머니의 솜씨는 점점 미덥지 않아졌다.

줄어든 수입보다 더 예상할 수 없고 더 재앙 같은 일이 우리에게 일어나고 있었지만 아직은 어떤 일인지 알지 못했다. 그것은 너무 일찍 발병한 파킨슨병이었고, 그때 어머니는 사십대였다.

처음에는 그리 심각하지 않았다. 눈이 어딘가를 헤매는 것처럼 치떠올라가다가 뒤집히는 건 어쩌다 한 번이었고, 잔뜩 고인 침이 슬며시 흘러내린 것도 입가에서나 조금 보일 정도였다. 어머니는 아침에는 도움을 받아 옷을 입을 수 있었고, 이따금 집을 돌아다니며 간단한 일도 했다. 어머니는 내면에 간직했던 힘을 놀라울 만큼 오랫동안 끌어 쓸 수 있었다.

너무하다고 생각될지 모른다. 사업은 망했고 어머니는 건강을 잃어갔다. 소설에서도 그런 일은 일어나지 않을 것이다. 하지만 신기하게도 나는 그때를 불행한 시기로 기억하지 않는다. 집에 딱히 절망적인 분위기가 감돌지는 않았다. 아마 그때는 어머니가 호전되지 않고 더 나빠지기만 할 거라는 사실을 몰랐던 것 같다. 아버지는 아직 기력이 있었고 앞으로도 한참 동안은 그럴 것 같았다. 아버지는 주물공장에서 함께 일하는 남자들을 좋아했는데, 그들도 대부분 아버지처럼 침체기를 경험하거나 더 많은 삶의 짐을 떠안게 된 사람들이었다. 아버지는 이른 저녁에 경비로 일하는 것 말고도 다른 힘든 일을 하면서 즐거위했다. 그 일은 틀 속에 쇳물을 붓는 것이었다. 그 주물공장에서는 전 세계로 팔려나가는 구식 난로를 만들었다. 위험한 일이었지만, 아버지가 말한 것처럼 조심하는 건 자기 몫이었다. 보수도 괜찮았고 아버지에게는 새로운 경험이었다.

고되고 위험한 일을 하러 가는 것이었지만 집에서 벗어날 수 있어 아버지는 기뻤을 거라고 나는 생각한다. 집에서 나와, 각자 나름의 문제가 있지만 어려움 속에서도 최선을 다하는 남자들의 무리로 가는 것.

아버지가 나가면 나는 저녁을 해서 먹었다. 돈만 적게 들면 스파게티나 오믈렛처럼 내가 이국적이라고 생각했던 요리를 만들어 먹을 수 있었다. 그리고 설거지가 끝나면―여동생이 물기를 닦았고 남동생은 설거지물을 어두워진 들판에 내다버리라는 잔소리를 들어야 했다(내가 직접 할 수도 있었지만 나는 명령하는 것을 좋아했다)―나는 문짝이 떨어진 따뜻한 오븐에 발을 넣고 앉아 타운 도서관에서 빌려온 어려운 소설들을 읽었다.『독립한 민중』에서 다룬 아이슬란드의 삶은 우리의 삶보다 훨씬 고달프고 장엄한 절망감이 느껴졌고,『잃어버린 시간을 찾아서』는 온통 이해할 수 없는 내용뿐이었지만 바로 그 이유 때문에 포기할 수 없었다. 폐결핵을 다룬『마의 산』은 삶을 바라보는 친근하고 진보적인 시각과 어둡고 얼마간 흥분을 일으키는 절망적인 시각 사이의 거대 논쟁을 담아냈다. 나는 그 시간이 아까워 숙제는 절대 해가지 않았지만, 시험이 닥치면 벼락치기로 거의 밤샘을 하면서 내가 알아야 할 것을 머릿속에 쑤셔넣었다. 나는 단기 기억력이 엄청나게 좋아서, 덕분에 내게 요구되는 일을 제법 잘해낼 수 있었다.

몇 가지 어려움이 있었음에도 나는 나 자신을 행운아라고 믿었다.

이따금 어머니와 대화를 나누었는데, 대체로 어머니의 젊은 시절에 관한 것이었다. 그때는 나도 사물을 바라보는 어머니의 시각에 그다지 반감을 가지지 않았다.

어머니는 그 당시 참전 퇴역 군인인 웨이티 스트리츠—내가 학교를 마치는 데 시간이 정말 오래 걸린다며 놀라워했던—의 소유였던 그 집에 얽힌 이야기를 몇 번 해주었다. 그에 대한 이야기가 아니라 오래전 그보다 먼저 그 집에서 살았던 네터필드라는 미친 노부인에 대한 이야기였다. 네터필드 부인은 우리가 모두 그랬듯 전화로 식료품을 주문해 배달시켰다. 어느 날 식료품점에서 버터를 넣어 보내는 것을 잊었고—혹은 그 노부인이 주문하는 것을 깜박했고—배달 청년이 트럭 뒤쪽을 열자 그녀가 그 실수를 알아차리고 성질을 냈다. 어떻게 보면 그녀는 이미 준비를 하고 있었는지도 모른다. 손도끼를 들고 있다가 배달 청년에게 벌을 주려는 듯—물론 그의 잘못이 아니었다—높이 쳐든 것이다. 그는 뒷문도 닫지 않고 운전석으로 달려가 도망치듯 그곳을 떠났다.

그 이야기에서 이해가 잘 안 되는 부분이 있는데, 그 당시에는 나도 미처 그 생각을 하지 못했고 어머니도 마찬가지였다. 노부인이 한 짐 가득 실어온 식료품꾸러미에서 버터가 빠진 것을 어떻게 그렇게 빨리 알았겠는가? 게다가 잘못이 있다는 것을 알아내기도 전에 도끼를 들고 있을 생각을 어떻게 했겠는가? 혹시 모를 도발적인 일에 대비해 항상 손도끼를 가지고 다녔을까?

네터필드 부인은 젊었을 땐 참하다는 소리를 많이 들었다고 했다.

네터필드 부인에 대한 더 흥미진진한 이야기도 있는데, 내가 등장하는 그 사건은 우리집 근처에서 일어났다.

어느 아름다운 가을날이었다. 나는 잔디가 새로 자란 조그만 땅에 내놓은 아기 유모차에서 잠을 자고 있었다. 그날 오후 아버지는 집에 없었고―이따금 그랬듯 일손을 도우러 할아버지의 옛 농장에 갔을 것이다―어머니는 개수대에서 빨래를 하고 있었다. 첫아기의 탄생을 축하하는 뜨개옷, 리본, 연수軟水에 담가 조심스럽게 손빨래를 해야 하는 이런저런 옷가지였다. 어머니가 빨래를 하고 물기를 비틀어 짜내던 그 개수대 앞에는 창문이 없었다. 바깥을 내다보려면 집안을 가로질러 북향으로 난 창문까지 가야 했다. 창문 앞에 서면 우편함에서 집까지 이어지는 진입로가 보였다.

어머니가 빨래를 한 뒤 물기를 짜다 말고 진입로를 살피러 간 까닭은 무엇이었을까? 찾아오기로 한 사람은 아무도 없었다. 아버지가 늦은 것도 아니었다. 어쩌면 아버지에게 식료품점에서 저녁 요리에 필요한 재료를 사오라고 했을지도 모른다. 그래서 아버지가 요리 시간에 맞춰 집에 오는지 궁금했을지도. 어머니는 그 당시 꽤 고급스러운 요리를 했다. 시어머니와 아버지 집안의 다른 여자들이 적당하다고 생각한 수준 이상이었다. 비용을 보면 안다고 그들은 말했다.

어쩌면 저녁 요리와는 아무런 상관이 없었을지도 모른다. 옷본이나 어머니가 만들어 입고 싶어했던 드레스의 옷감을 아버지가 사다주기로 했는지도 모른다.

그때 왜 창가로 갔는지 어머니는 나중에도 말해준 적이 없었다.

어머니의 요리에 대한 의혹이 아버지 가족과 어머니 사이의 유일한 문제는 아니었다. 어머니의 옷에 대해서도 말이 많았을 것이다. 어머니는 개수대에서 빨래를 할 때도 애프터눈 드레스로 갈아입곤 했다. 점심을 먹고 나면 삼십 분 동안 낮잠을 잤고 일어나면 늘 다른 옷으로 갈아입었다. 시간이 흐른 뒤 그때 사진을 보았는데, 당시 유행은 어머니에게뿐 아니라 그 누구에게도 어울리지 않았다. 드레스 모양은 예쁘지 않았고 단발머리는 어머니의 윤곽이 부드러운 둥근 얼굴에 어울리지 않았다. 하지만 가까이 사는 아버지의 여자 친척들이 어머니를 못마땅해하며 예의주시했던 이유는 그것이 아니었을 것이다. 어머니의 잘못은 그녀 자신으로 보이지 않는다는 것이었다. 어머니는 농장에서 자란 사람으로는, 그런 여자로 살아가려는 사람으로는 보이지 않았다.

어머니가 본 것은 골목길로 접어드는 아버지의 차가 아니었다. 어머니는 나이든 여자를, 네터필드 노부인을 보았다. 네터필드 부인은 그녀의 집에서 여기까지 걸어온 것이 틀림없었다. 훨씬 나중에 내가 나를 놀리는 외팔이 남자를 보았던, 펌프 앞에 서 있는 단발머리의 아내를 꼭 한 번 보았던 그 집에서. 내가 그 미친 여자에 대해 알게 되기도 훨씬 전에 그 여자가 버터 때문에 손도끼를 들고 배달 청년을 쫓아갔던 그 집에서.

어머니는 네터필드 부인이 우리 골목길로 걸어오는 것을 보기 전에도 그녀를 여러 번 보았을 것이다. 아마도 두 사람은 대화를 나누지 않았을 것이다. 아니, 어쩌면 대화를 나누었을지도 모른다. 아버지는 그럴 필요가 없다고 했겠지만 어머니는 일부러라도 그렇게 했을 것이다. 성가신 일이 생길 수도 있어, 아버지는 아마 그렇게 말했을 것이다. 어머니는 네터필드 부인 같은 사람이라도 품위만 있으면 연민을 보였다.

하지만 그때 어머니의 머릿속에 친절이나 품위에 대한 생각은 떠오르지 않았다. 그때 어머니는 부엌에서 뛰쳐나가 아기 유모차에서 나를 낚아챘다. 유모차와 덮개는 그 자리에 남겨둔 채 집안으로 들어오자마자 허둥대며 부엌문을 잠그려 했다. 앞문은 늘 잠가두어서 걱정할 필요가 없었다.

하지만 부엌문에 문제가 있었다. 내가 알기로 부엌문에는 제대로 된 자물쇠를 달았던 적이 없었다. 밤에는 부엌에 있는 의자 하나를 옮겨와 문손잡이 밑에 등받이가 오도록 그 문에 받쳐놓았다. 그렇게 하면 누가 들어오려고 문을 밀 때 와당탕 소리가 날 테니까. 내가 보기에 그런 방식으로 안전을 유지하는 것은 좀 무모한 것 같았고 아버지가 집안 책상 서랍에 리볼버를 보관하는 것과도 일관성이 없었다. 또한 정기적으로 말을 쏘아 죽이는 남자의 집이라 당연히 그랬겠지만 집에는 라이플총 한 자루와 산탄총 두 자루도 있었다. 물론 장전은 되어 있지 않았지만.

어머니는 문손잡이 밑에 의자를 받치고 나서 그 무기들을 떠올렸을까? 어머니가 평생 총을 들거나 장전을 해본 적이 있었을까?

그 늙은 여자가 이웃집에 놀러온 것일 수도 있다는 생각이 어머니의 마음속에 스치기는 했을까? 아니었을 것이다. 분명 걸음걸이가 달랐을 것이다. 놀러오는 것이 아닌 여자가 골목길을 걸을 때의 결연함이, 적의를 품은 채 우리집 길로 접근할 때의 결연함이 감돌았을 것이다.

어머니가 기도를 했을 수도 있지만 그런 말은 해준 적이 없었다.

어머니는 그 여자가 유모차 안에 놓아둔 담요를 들춰본 것을 알았다. 부엌문의 블라인드를 내리기 직전에 담요 하나가 바닥에 훌렁 떨어지는 것을 보았기 때문이었다. 어머니는 다른 창문들의 블라인드는 내리지 않았고, 그저 나를 품에 안은 채 들키지 않을 만한 구석에 가만히 있었다.

점잖게 문을 두드리는 소리는 들리지 않았다. 의자가 밀리지도 않았다. 우당탕 무너지는 소리도 없었다. 어머니는 계속 덤웨이터 옆에 숨어서 그 정적이 그 여자가 마음을 고쳐먹고 집으로 돌아갔다는 뜻일 거라고, 가망 없는 기대를 하고 있었다.

그런 일은 없었다. 그 여자는 천천히 집 주변을 걸어다녔고, 모든 아래층 창문 앞에서 어김없이 걸음을 멈추었다. 물론 그때는 여름이라 덧창을 닫아두지 않았다. 그녀는 유리창마다 얼굴을 바짝 붙였다. 날씨가 좋아서 블라인드는 최대한 높이 올려놓았다. 여자는 키가 큰 편은 아니었지만 안을 들여다보기 위해 까치발을 할 필요는 없었다.

어머니는 그것을 어떻게 알았을까? 어머니가 나를 품에 안고 겁에 질려 정신이 아뜩해진 채 이 가구 저 가구 뒤로 옮겨 숨으며 바깥 동정을 살피다가 빤히 쳐다보는 시선이나 커다란 웃음과 맞닥뜨린 것은 아니었다.

어머니는 덤웨이터 옆에서 꼼짝도 하지 않았다. 달리 무엇을 할 수 있었겠는가?

물론 식료품 저장실이 있었다. 우리집 창문들은 사람이 통과하기에는 너무 작았다. 식료품 저장실에 숨을 수도 있었겠지만, 문제는 안에 잠금고리가 없다는 것이었다. 그 여자가 마침내 집안까지 쳐들어와 식료품 저장실로 향하는 계단을 내려온다면 어둠 속에 갇혀 있는 것이 더 끔찍했을 것이다.

2층에도 방들이 있었는데 거기까지 올라가려면 커다란 방을 지나가야 했다—훗날 그 방에서 구타를 당하기도 했지만 계단을 막은 뒤에는 악의적인 느낌이 사라졌다.

어머니가 내게 그 이야기를 처음 해준 것이 언제인지는 모르겠지만, 처음에는 그쯤에서 끝이 났다. 어머니가 숨어 있는 동안 네터필드 부인이 유리창에 얼굴과 손을 갖다댔다는 것에서. 하지만 나중에는 그냥 쳐다보았다는 내용 뒤에 새로운 결말이 덧붙여졌다. 조바심을 내고 성질을 부리며 문을 흔들고 쾅쾅 쳤다고 했다. 소리를 질렀다는 말은 없었다. 그 늙은 여자는 아마도 그러기에는 숨이 찼을 것이다. 어쩌면 기력이 다해 그곳에 온 이유를 잊어버렸을지도 모른다.

어쨌거나 그 여자는 단념했다. 그것이 그 여자가 한 행동의 전부였다. 그 여자는 창문들과 문들을 일일이 살펴본 뒤 돌아갔다. 어머니는 마침내 정적 속에서 용기를 내어 주위를 둘러본 뒤 네터필드 부인이 다른 곳으로 갔다고 결론을 내렸다.

하지만 어머니는 아버지가 돌아올 때까지 문손잡이에 받쳤던 의자를 치우지 않았다.

어머니가 그 사건에 대한 이야기를 자주 했던 것은 아니다. 내가 알아야 했고 대체로 재미있게 들은 어머니의 레퍼토리는 그것이 아니었다. 어머니가 고등학교에 가려고 애쓴 이야기, 아이들이 말을 타고 등교하던, 어머니가 교사로 일했던 앨버타의 그 학교. 어머니가 사범학교에서 알게 된 친구들, 그들과 했던 순수한 장난들.

나는 어머니가 하는 말은 언제나 알아들을 수 있었다. 어머니의 혀가 굳은 뒤로 다른 사람들은 종종 알아듣지 못했지만. 나는 어머니의 통역사였다. 이따금 복잡한 구절이나 어머니가 농담으로 한 말을 사람들에게 반복해야 할 때는 온통 비참한 생각만 들었다. 나는 착한 사람들이 대화를 하려고 걸음을 멈추었다가도 얼른 떠나고 싶어 조바심치는 것을 보았다.

어머니가 네터필드 노부인의 방문이라고 부르는 그 사건에 대해 나더러 말해보라는 사람은 없었다. 하지만 내가 아주 오랫동안 그 사건에 대해 기억하고 있었던 것은 분명하다. 언젠가 어머니에게 그 노부인이 나중에 어떻게 되었는지 물었던 게 떠오른다.

"사람들이 데려갔지." 어머니가 말했다. "그랬을 거야. 혼자 외롭게 죽지는 않았어."

결혼해서 밴쿠버로 옮겨간 뒤에도 나는 내가 성장한 타운에서 발행되는 주간지를 구독했다. 내 생각에 누군가가, 아마 아버지와 그의 두 번째 아내가 내게 구독을 하겠다는 다짐을 받았던 것 같다. 보통은 신문을 쳐다보지도 않았는데, 언젠가 한번 그 신문을 펼쳤을 때 네터필드라는 이름을 보았다. 지금 그 타운에 살고 있는 누군가의 이름은 아니었고, 오리건주 포틀랜드에 사는 한 여자의 처녀 때 성인 것 같았다. 그녀가 신문사에 편지를 보낸 것이다. 그 여자도 나처럼 아직 고향 신문을 구독하고 있었고, 그 신문에 유년 시절에 대한 시를 써서 보냈다.

나는 깨끗한 강 위쪽에 있는

풀이 무성한 언덕을 알지
평화롭고 즐거웠던 장소
더없이 소중한 추억……

시는 몇 개의 연으로 되어 있었는데, 나는 그것을 읽자마자 대번에
그녀가 말한 강기슭이 내 것이라고 생각했던 그 강기슭과 같은 곳이라
는 사실을 깨달았다.

"동봉한 시는 옛 시절의 언덕에 대한 기억을 떠올리며 쓴 것입니
다." 그녀는 이렇게 썼다. "귀사의 유서 깊은 신문에 이 시가 좁은 지
면이라도 차지할 수 있다면 감사하겠습니다."

강 위에 걸린 태양
끊임없이 아롱거리는 햇빛의 놀이
그리고 또다른 언덕에
즐겁게 활짝 핀 꽃봉오리들……

그것은 우리의 언덕이었다. 나의 언덕이었다. 또다른 연은 단풍나무
에 대한 것이었는데, 분명 그녀가 잘못 기억했을 것이다. 그 나무는 느
릅나무였고, 지금은 네덜란드 느릅나무병으로 모두 죽었다.

편지를 마저 읽자 상황은 더욱 명확해졌다. 그 여자는 자신의 아버
지—성이 네터필드였다—가 1883년에 정부로부터 토지를 매입했고,
그 땅에 나중에 로워타운이라는 이름이 붙었다고 했다. 그 땅은 메이
틀랜드강까지 이어졌다.

아이리스가 경계를 이룬 물결 너머
단풍나무 그늘이 펼쳐졌네
그리고 강물에 젖은 들판에는
흰 거위 떼지어 먹이를 먹네

그녀는 말발굽에 짓밟혀 샘이 흙탕물이 되고 주변이 온통 더러워진
다는 내용은 쏙 뺐는데, 나라도 그랬을 것이다. 물론 거름용 배설물도
뺐다.

사실 나도 그 시와 아주 유사한 시를 몇 편 썼지만 지금은 없어졌다.
어쩌면 글로 쓴 적은 없었을지도 모른다. 자연을 예찬하는 시들이었
는데, 끝맺기가 조금 어려웠다. 그 시들은 내가 어머니를 정말 견딜 수
없어하고 아버지가 나를 인정사정없이 두들겨패던 그 시기에 썼을 것
이다. 혹은 당시 사람들이 유쾌하게 말하던 대로, 나를 흠씬 때려주던
그 시기에.

그 여자는 1876년에 태어났다고 했다. 그녀는 결혼할 때까지 아버지
의 집에서 어린 시절을 보냈다. 그곳은 타운이 끝나고 탁 트인 땅이 시
작되는 곳이자 일몰이 아름다운 곳이었다.

우리집.

내 어머니는 그 사실을, 우리집에 네터필드 가족이 살았던 것을 몰
랐을까? 그 노부인이 한때 자신의 집이었던 곳의 창문을 들여다보고

있었다는 것도?

충분히 그럴 수 있다. 노년에 나는 흥미가 생겨 기록을 뒤져보고 이런저런 것들을 살펴봤다. 이 단조로운 작업 끝에 나는 네터필드 부부가 그 집을 팔고 우리 부모님이 그 집으로 이사가기 전에 몇 가족이 그 집에 살았었다는 사실을 알아냈다. 아직 살날이 남아 있던 노부인이 그 집을 처분한 이유는 무엇이었을까. 과부가 된 뒤 돈이 궁해졌을까? 누가 알겠는가. 어머니가 말했던, 와서 그녀를 데려갔다는 사람은 누구였을까? 아마 그녀의 딸, 오리건에서 산다는 그 시를 쓴 여자였을 것이다. 어쩌면 아기 유모차에서 노부인이 찾고 있었던 것은, 다 커서 멀리 떠나간 딸이었는지도 모른다. 어머니 말에 따르면, 어머니가 죽기 살기로 나를 낚아챈 직후에.

그 딸은 한동안 내가 어른이 되어 살던 곳과 그리 멀지 않은 곳에서 살았다. 나는 그녀에게 편지를 써 보낼 수도 있었고, 어쩌면 찾아가볼 수도 있었을 것이다. 내가 나의 어린 식구들과 한결같이 불만족스러웠던 내 글쓰기 때문에 바쁘지만 않았다면. 하지만 그때 내가 정말로 이야기를 나누고 싶었던 사람은 더는 세상에 존재하지 않는 내 어머니였다.

어머니의 마지막 순간에도 그리고 장례식에도 나는 집에 가지 않았다. 내게는 어린 자식이 둘 있었는데 밴쿠버에는 아이를 맡길 사람이 없었다. 우리는 거기까지 갈 경비가 없었고 내 남편은 의례적인 행동을 경멸했다. 하지만 그것이 왜 그의 탓이겠는가. 내 생각도 같았다.

사람들은 말한다. 어떤 일들은 용서받을 수 없다고, 혹은 우리 자신을 결코 용서할 수 없다고. 하지만 우리는 용서한다. 언제나 그런다.

영혼을 뒤흔드는 한순간, 당신을 일깨우는 한순간

오래된 집, 뒷마당, 한동안 말라 있었을 것 같은, 그러나 지금은 물이 가득한 새들의 물통, 그 물을 마시려고 어디가 시작이고 어디가 끝인지도 모르게 엉켜든 흰색과 검은색, 어디에서 왔는지도 어디로 가는지도 알 수 없는 작은 스컹크들의 이동, 그리고 창가에 서서 말없이 지켜보는, 나이가 약간은 들어 보이는 남자와 여자.

2012년 11월 〈뉴요커〉에 실린 인터뷰 기사에서 앨리스 먼로는 그녀의 열세번째 소설집 『디어 라이프』에서 자신이 가장 좋아하는 장면으로 「자존심」의 마지막 부분을 꼽았다. 먼로의 작품세계를 요약하는 이미지라고 생각될 만큼, 아련하고 쓰라리지만 더없이 섬세하고 아름다운 장면이다. 물론 조금 더 깊이, 더 자세히 들여다보면 그 안에는 시간의 매정함(혹은 너그러움), 산다는 것의 팍팍함(혹은 소중함), 생존

한다는 것의 안쓰러움(혹은 거룩함), 곁에 있는 존재의 체온(혹은 더는 가까워질 수 없는 존재의 체온) 등이 모순적인 것 같으면서도 잘 융화되어 녹아 있다. 또한 이 장면에서는 비평가들이 말하는, 정제된 언어로 더 풍성한 것을 담아내는 먼로의 문체가, 꼭 필요한 만큼의 언어로 삶과 복잡한 인간관계를 스케치해내는 먼로의 작품세계가 고스란히 느껴진다.

『잉글리시 페이션트』의 작가 마이클 온다체는 이렇게 말했다. 앨리스 먼로는 큰 소리로 열변을 토하듯 말하는 작가가 아니어서 먼로가 독자에게 다가가는 것이 아니라, 독자가 먼로에게 먼저 다가가야 한다고. 그렇게 다가간 독자에게 그림처럼 이야기를 보여주던 먼로는 노벨문학상 수상 이후 이제 더 많은 독자가 찾아가는 작가가 되었다. (『디어 라이프』 출간 이후 절필을 선언했으니 먼로가 작품으로 다가오는 것도 더는 어려울 것이다. 하지만 노벨문학상 수상 이후 노벨상 위원회와의 인터뷰에서 혹시 마음이 바뀔지도 모른다고 했으니, 혹시 또 모를 일이다.)

현대 단편소설의 거장

2013년 10월 10일 노벨문학상 수상자가 발표되던 그 조마조마하고 긴장되던 순간, 앨리스 먼로의 이름이 호명되었을 때 스웨덴 한림원에서 먼로를 수상자로 선정한 이유는 아주 간단했다. "master of the contemporary short story," 즉 "현대 단편소설의 거장"이라는 이유였다. 노벨문학상이 처음 수여된 1901년부터 2013년까지 스웨덴 한림원에서는 노벨문학상 발표 현장에서 수상자 발표와 더불어 그 선정 이유를 짧게 제시해왔는데, 지금까지 이렇게 간단한 이유는 처음이다. 선정 이유를 살펴보면 거의 예외 없이 구체적이었다. 예컨대 2010년 수상자였던 마리오 바르가스 요사에 대해서는 "권력 구조의 지도를 그려내고 개인의 저항, 반역, 좌절을 통렬한 이미지로 포착해냈다"는 식이다. 하지만 먼로는 그렇게 간단했다. 다른 말이 뭐가 더 필요하겠느냐는 듯, 단편은 먼로가 오롯이 헌신한 외길이자 그녀만이 남길 수 있었던 문학사의 아름다운 발자취라는 듯 말이다. 그런데 아이러니한 것은, 바로 그 점이 앨리스 먼로가 여러 해 동안 노벨문학상 수상 후보로 거론되면서도 실질적인 수상은 어려울 거라고 예측된 이유였다. 어느 인터뷰에서 먼로는 그녀의 이번 노벨상 수상으로 단편이 장편소설을 쓰기까지의 습작 과정이 아니라 하나의 중요한 예술 형식으로 받아들여지기를 바란다고 말한 바 있다.

그 밖에도 먼로가 수상하지 못할 거라는 예측에 일조한 '유력한' 이유는 많았다. 먼로가 그려내는 이야기가, 배경은 주로 캐나다의 작은 타운이고 소재는 거기서 살아가는 평범한 사람들의 소소한 생활이라는 것도 그랬다. 그녀의 그런 작품 경향은 얼마간 정치적인 색깔을 가진 작가를 선호해온 노벨문학상 선정 경향에 맞지 않았다. 지역적으로도 그리 유리하지는 않았는데, 한동안 노벨문학상 수상자에서 북미권이 도외시되기도 했거니와 지금까지 캐나다 문학 자체가 등한시된 분위기도 없지 않았기 때문이다. 캐나다인으로서 노벨문학상을 수상한 사람은 먼로가 처음이다(캐나다 태생이지만 노벨문학상 수상 이전에 이미 미국 시민이 된 솔 벨로는 논외다). 그래서 먼로는 "나는 특히 이 번 수상이 많은 캐나다 사람들을 즐겁게 해줄 수 있어 기쁘다. 사람들 이 캐나다 문학에 더 관심을 가져줄 거라는 사실 때문에 행복하다"고 말했다.

또한 지금까지 여성 중에 노벨문학상을 수상한 사람은 먼로가 열세 번째다. 이것은 여성으로서 살아온 억울함이나 능력에 대한 문제라기 보다는, 『디어 라이프』 곳곳에서 볼 수 있듯, 어쩔 수 없이 역사 혹은 시대 속에 갇힌 남성과 여성 혹은 성역할 기대에서 비롯된 결과론적인 수치일 것이다. 먼로는 인터뷰에서 종종 페미니즘 작가가 아니냐는 질 문을 받아왔다. 그런 질문에 대한 답을 주듯 먼로는 『디어 라이프』의 첫 단편 「일본에 가 닿기를」에서 페미니즘이라는 단어를 독자에게 던 진다. "당시에는 페미니즘이라는 말은 쓰지도 않았다는 것을 설명해야 할 것이다. (…) 문제는 여자가 떠든다는 것이었다." 인터뷰에서는 이 렇게 대답했다. "나는 내가 페미니즘 작가라고 생각해본 적은 없지만, 모를 일이다. 나는 그런 식으로 세상을 바라보면서 살지는 않았다." 페 미니즘 작가라고 하기엔 먼로는 매우 균형 잡힌 시각을 가진 작가다. 「기차」에서는 여자임을 무조건 옹호하는 것이 편파적인 시각임을 들춰 낸다. "하지만 그녀가 여자라는 이유만으로 그녀를 옹호하는 어리석은 사람들도 있을 것이다." 「안식처」에서 어린 여자 주인공은 진보적인 부모와 관습적인 이모 부부 사이에서 어느 한쪽으로 치우치지 않고 균 형을 잡는 법을 깨우쳐나간다. 이처럼 먼로는 주로 여성을 주인공으로 삼고 여성의 시각을 많이 드러내지만, 이는 그녀가 대단한 페미니즘 작가여서가 아니라, 그녀가 여성으로 살았기에 여성이 가장 익숙해서

일 것이다. 그녀가 가장 잘하는 것(단편 쓰기)을 가장 익숙한 배경(캐나다의 시골 지역)에서 그려내는 작가인 것처럼. 먼로는 '여성'을 그려내는 작가이지, 결코 '여성'을 들먹이는 작가가 아니다.

"내가 할 수 있는 전부"

앨리스 먼로는 1931년 캐나다 온타리오주 윙엄에서 태어났다. 먼로가 작가에 대한 꿈을 키우기 시작한 것은 열한 살 때였다. 이즈음 교사였던 어머니가 젊은 나이에 파킨슨병 진단을 받았다. 먼로가 독서에 탐닉하기 시작한 것이 그때부터였다. 책으로 도피하던 그 시절, 먼로는 안데르센의 『인어공주』 결말이 너무 슬퍼서 그 결말을 다시 썼던 것으로 기억한다. 먼로가 어머니의 병에 대해 말하는 부분은 그녀의 작품 전반에 흐르는 맥락과도 일치한다. 그녀는 그 시대와 그녀의 어머니에 대해 이렇게 말했다. "그 시대에는 관심을 끌려고 하거나 자기가 똑똑하다고 생각하는 것이 가장 나쁜 일이었는데, 어머니는 그 규칙을 어겨 벌을 받았다." 그만큼 자아를 찾는다는 것이 좋지 않게 받아들여지던 시절, 여자가 글을 쓴다는 것이 부적절하게 여겨지고 눈길조차 제대로 받지 못하던 시절이었다.

먼로는 웨스턴온타리오대학교에 입학하여 1학년 때 대학 문예지 『폴리오』에 「그림자의 차원」(1950)을 발표한다. 먼로의 말에 의하면 먼로가 대학생활 2년 후 학업을 중단한 것은 결혼 때문이 아니었다. 장학금이 2년밖에 주어지지 않은데다 "집에 있으면 늘 글을 쓸 수 있을 것 같

갔기" 때문이었다. 먼로는 첫 남편 제임스 먼로와 결혼하여 웨스트밴
쿠버로 이사했다. 그녀는 스물한 살에 첫딸을 낳고 이후 두 딸을 더
낳았지만 그러는 동안 단 한 번도 글쓰기에 대한 열정을 버리지 않았
다. 글쓰기를 멈추지도 않았다. 글쓰기에 대한 먼로의 열정은 그야말
로 놀랍다. 먼로는 '나중에 글쓸 시간이 없을까봐' 임신중에 더 필사적
으로 글쓰기에 매달렸다고 한다. 아이들이 학교에 입학하기 전에는 어
떻게 썼는지 묻는 말에 먼로는 간단히 "아이들이 낮잠을 잘 때요" 하
고 대답했다. 먼로는 그 시절을 회상하며 가장 힘들었던 것이 양육이나
주부로서의 역할이 아니라, "글이 잘 써지지 않는 것"이었다고 했다.

먼로가 돌파구를 찾은 것은 1968년 첫 소설집 『행복한 그림자의 춤』
을 내고 총독문학상 수상의 영예를 안으면서부터였다. 그전까지 먼로
가 아무 노력을 하지 않은 것은 아니다. 1950년대에는 〈뉴요커〉에 여
러 작품을 보냈지만 채택되지 못했다. "글은 잘 썼지만 주제가 진부하
다"는 이유에서였다. 『행복한 그림자의 춤』에 포함된 「나비의 나날」은
먼로가 스물한 살 때, 「태워줘서 고마워」는 스물두 살 때 쓴 것이었다.
그 기간 동안 작품은 썼지만 발표는 하지 못했으니 좌절도 많이 했을
것이다. 하지만 그렇게 거절을 당하면서도 끝내 글쓰기를 멈추지 않은
것을 보면 먼로가 지금의 위치에 오른 것은 어쩌면 당연한 일일지도
모른다.

먼로는 자신이 단편 작가가 된 이유에 대해 이렇게 말했다. "나는 오
랜 세월 동안 단편은 그저 장편소설을 쓸 시간이 날 때까지 써보는 연
습 같은 거라고 생각했다. 하지만 어느 날 나는 그것이 내가 할 수 있
는 전부라는 것을 깨달았다. 그리고 그 사실과 직면했다." 또다른 인

터뷰에서는 "나는 다른 재능이 없었기 때문에 이 일을 잘해낼 수 있었던 것 같다. 내가 이 일만큼 끌렸던 것은 없었고, 그러니 내 삶에는 다른 것이 끼어들 여지가 없었다"고 말했다. 먼로의 이 말은 단편을 폄하하는 말로도, 자신을 낮추는 말로도 들리지 않는다. 그저 꼭 그녀의 작품처럼 치장하지 않은 '사실 그대로'의 고백으로 들린다. "이것밖에 할 줄 모른다"는 것을 겸손의 말로 읽는 것은 인간의 욕심일 것이다. 그녀의 이 같은 자기 성찰은 노벨문학상 수상 이후 먼로가 단편에 대해 말한 소감을 생각하면 더욱 큰 의미를 띤다.

미국의 작가 신시아 오직은 먼로에 대해 "우리의 체호프이며, 우리 시대의 작가 대부분보다 오래 읽힐 작가"라고 말했다. 그후 먼로는 인간 본성에 대한 통찰, 인간의 삶을 그려내는 담담하고 객관적인 시각, 그럼에도 불구하고 인간에 대한 따뜻한 애정을 지녔다는 점에서 종종 체호프와 비교되곤 한다. 1968년 이후 먼로는 『디어 라이프』까지 모두 열네 권의 책을 출간했다. 그중 『소녀와 여자들의 삶』(1971)에 대해서만 각 작품의 주인공이 모두 단일하다는 점에서 장편소설이냐 아니냐에 대한 논란이 있는데, 장편으로 보는 시각이 많다. 그렇게 본다면 『디어 라이프』는 열세번째 소설집이 된다.

먼로는 『디어 라이프』 출간 후 앞으로 글을 쓰지 않을 생각이므로 이 책은 더욱 특별하다고 말했다. 먼로가 절필을 선언한 이유는 참으로 인간적이다. "나는 여전히 글쓰기를 좋아하지만, 살다가 어느 시기가 오면 삶을 다른 식으로 생각하게 돼요. 내 나이가 되면 외로운 작가의 삶을 이제는 그만두고 싶은 시기가 오지요." 노벨상 위원회에서 먼로에게 수상을 알리는 전화를 했을 때 먼로는 "이제 편히 쉴 시간이지만,

이번 수상 때문에 마음이 바뀔지도 모르겠어요"라고 말했다. 노벨문학상에 고무되어 다시 작품을 쓰는 것도, 외로운 삶이 싫어 더는 쓰지 않는 것도 결국은 인간이기에 마음을 바꿀 수 있는 것이니 어떤 선택이든 인간적인 선택이 될 것이다.

인간 존재의 대가

"앨리스 먼로의 작품을 읽으면 전에는 미처 알지 못했던 무언가를 반드시 깨닫게 된다." 2009년 맨부커 인터내셔널 상 선정 이유에서 밝힌 것처럼, 먼로는 단편소설의 거장이면서 인간 존재의 대가라 할 수 있다. 먼로의 작품은 종종 토론토와 휴런호 사이 온타리오주의 어느 시골 마을을 배경으로 하는데, 그 작은 땅에는 "그녀가 필요로 하는 모든 것이 있다"(스웨덴 한림원의 페테르 잉글룬드). 그 작은 땅에서 살아가는 주인공들은 평범한 백인에, 경제적으로는 중산층이나 그 아래 어디쯤에 위치한다. 미국의 소설가 조너선 프랜즌의 말처럼 그녀가 다루는 것은 '사람, 사람, 사람'이다. 먼로가 역사와 시대를 말하지 않는 것은 아니지만, 먼로가 말하는 역사와 시대는 그 물결 속에서 희생된 인류나 어느 흥미로운 단면이 아니라, 역사 혹은 시대와 인간 사이에서 일어나는 상호작용 속의 미세한 인간적인 부분이다. 「자존심」에서 새로 아파트를 짓는 이야기를 떠올려보면 알 수 있다. 주택을 허물고 아파트를 짓는 부동산 업자, 업자에게 속아 주택을 팔지만 그가 지은 아파트로 들어가 살 수밖에 없는 여자, 그 여자와의 오누이 같은 동거

생활을 피하려다 결국 그 여자가 사는 아파트 건물로 옮기게 되는 남자, 그리고 그 남자가 그 아파트에서는 대번에 알아보지 못한, 길에서만 인사를 나누던 또다른 남자, 주택 마당에서 뛰어놀려고 했으나 뛰어놀지 못하게 된 아이들까지, 새로 짓는 아파트에 관련된 모든 것은 결국 '사람, 사람, 사람'이다.

먼로는 인간 존재에 대한 복잡한 심리를 탐색하는 작가로, 그 주제는 주로 시간 혹은 기억에 관한 것이다. 『디어 라이프』에서도 그런 주제들을 찾아볼 수 있는데, 특히 「아문센」의 마지막 장면에서 시간과 기억이라는 주제가 선명히 드러난다. 오랜 시간이 지나 비비언은 우연히 마주친 옛사랑 앞에서 그와 헤어질 때 느꼈던 감정을 다시 기억해낸다. "사랑에 관한 한 정말로 변하는 것은 없다"는 말은 시간과 기억의 작용으로 일어나는 인간 심리의 한 단면일 것이다. 「자갈」의 주인공은 시간이 한참 지난 지금도 언니가 물에 빠져 죽은 사건에 대한 기억을 떠올리며 그 궁금증을 해결하고 싶어한다. 주인공이 찾아간 심리상담가, 주인공의 애인, 과거에 그녀의 어머니와 동거한 닐이 그 기억에 대해 나름의 해석을 내놓지만 결국 우리가 알 수 있는 것은 아무것도 없다. 기억은 여전히 정착하여 내려앉지 못하고 허공에 매달린 듯 주인공의 마음속에 매달려 있다. 「호수가 보이는 풍경」에서는 꿈과 노년의 정신질환을 통해 시간과 기억의 문제를 다룬다. 결국 먼로가 말하는 시간과 기억은, 그 시간과 기억이라는 것이 '지금의 당신'과 어떻게 충돌하는가이다.

에피파니epiphany. 그 충돌의 순간에 주인공은, 그리고 독자는 삶에 대한 비밀을 깨닫는다. 어떤 진실이, 혹은 어떤 진리가 번갯불 같은 번쩍임 속에서 순간적으로 드러난다. 실존적인 문제 앞에서 주인공이 행복한지 그렇지 않은지는 큰 의미가 없다. 영혼을 뒤흔들 만한 사건이 일어나지만, 그냥 살아간다. 지독한 슬픔이 혹은 더없는 행복이 뒤따를 수도 있겠지만, 그것은 그냥 사는 문제가 된다. 「코리」에서 장례식은 슬픈 일이면서도 다과를 즐기는 즐거운 행사이기도 하다. 「메이벌리를 떠나며」에서 남자는 아내를 병으로 잃지만 예전에 알던 여자와 우연히 재회한다. 「아문센」에서 여자는 결혼식 날 버림받지만 그건 정말로 잘된 일이었는지도 모른다. 그 순간이 독자마다 같을 수는 없을 것이다. 독자마다 어느 순간에 어떤 진실, 어떤 진리와 만나든, 그것은 먼로가 그 순간까지 쌓아올린 문장들의 힘이다.

『디어 라이프』 전반에서 주인공들은 1940년대와 1950년대를 배경으로 살아가거나 그 시대를 돌아보며 여성의 성역할에 대한 기대 변화를 인식한다(혹은 잘 인식하지 못한다). 예컨대 「돌리」에서는 "오래지 않은 과거에 여자는 수학을 가르칠 수 없던 시절이 있었다는 말을 들었다"는 말에서, 「자존심」에서는 "정말로 신뢰가 필요한 일은 남자가 해야 한다고 여겨졌다"는 말에서 성역할에 대한 기대 혹은 그 변화를 찾아볼 수 있다. 그 변화가 개인과 어떻게 맞물려들어가는지를 「코리」에서 생각해볼 수 있다. 돈은 많지만 다리를 저는 결함이 있는 코리는 딸을 결혼시켜야 한다는 아버지의 관습적인 생각에도 불구하고 결국 불륜의 관계를 맺으며 살아가고, 또 집에만 있는 것이 견딜 수 없어지자 밖으로 나간다. 또한 별난 박물관을 열겠다는 그녀의 새로운 아이디어는 계약서라는 장벽에 부딪힌다. 하지만 앞서 먼로의 '균형 감각'에 대해 말하면서 언급한 것처럼, 먼로가 말하는 여성의 성역할에 대한 기대 변화는 시대적인 것이지 남성의 힘과 대조되는 것은 아니다. 먼로의 작품 속에 등장하는 남성은 결코 강인하지 않다. 강인한 듯 보여도 그들 역시 결함을 가진 인간일 뿐이다. 「기차」에서 남자는 연인을 버리는데, 그 이유는 여성의 힘이 두려웠기 때문이다. 「자존심」에서 남자는 태어날 때부터 사회적 열세로 여겨지는 언청이라서 여자에게 힘을 발휘하지 못한다. 「아문센」에서 비비언을 버리는 남자는 언뜻 강해 보이지만 관계불능이라는 점에서는 결함을 지닌 인간이다. 이렇듯 먼로는 여성이든 남성이든 강인한 주인공보다는 어느 면에서 결함이 있는 주인공을 내세워 인간의 또다른 본질―인간은 모두 결함 있는 존재다―을 제시한다.

소설과 예술을 좋아하는 독자라면 『디어 라이프』에서 특별한 재미를 찾을 수도 있다. 먼로가 소설과 시를 포함한 예술 혹은 책에 대해 반응하는, 우리 주변에서 흔히 접하게 되는 일부의 시각을 드러내고 있기 때문이다. 「기차」에서 남자 주인공은 사람들이 책을 쓰고 읽는 이유를 도무지 이해하지 못하고, 「안식처」에서 이모부는 연주회에 가느라 돈을 쓰는 사람을 분별력이 없다고 생각한다. 「돌리」에서 자신에게 책을 준 여자 주인공에게 돌리는 요즘은 너무 바빠서 책을 읽을 시간이 없었지만 꼭 읽겠다고 한다. 먼로가 인간 존재의 대가인 것은, 이런 장면에서조차 어느 한쪽의 시각에 치우치지 않고 균형을 잘 잡고 있기 때문일 것이다.

먼로의 언어는 굉장히 정제되어 있다. 단순하고, 직설적이며, 극적이지 않다. 차분한 힘이 느껴진다. 그런 언어 속에서 집약적이고 심오한 통찰이 일어나며 극적인 장면이 만들어진다. 우리는 한두 마디의 말에서 등장인물의 성격을 파악할 수 있다. 작품 속 대화도 꼭 필요한 경우가 아니면 길지 않다. 「코리」에서 주인공은 오랜 세월 동안 살을 맞댄 남자가 자신에게 속임수를 쓴 것을 알아내고도 "더 좋지 않은 일이 있을 수도 있었다"고 넘겨버린다. 떠나거나, 머무르거나. 군더더기 말은 필요 없다. 따라서 독자의 역할이 커진다. "왜"라는 질문도 독자의 몫이고, 그 답도 독자의 몫이다. 「자존심」의 스컹크 장면에서 '나'는 그녀가 말하지 않기를 바라지만 '왜'에 대한 설명은 없다. 역시 질문도 독자의 몫, 그 답도 독자의 몫이다. 그리하여 독자는 어두컴컴한 공간에서 잠들었다가 갑자기 환한 전등 불빛 아래 눈을 뜨고 사물을 알아차리는 것처럼, 정제된 언어의 세계에서 스스로 질문에 빠져들었다가 스스로 자기 안의 뭔가를 일깨운다. 그래서 먼로가 "대부분의 장편소설 작가들이 평생에 걸쳐 이룩하는 작품의 깊이와 지혜, 정밀성을 매 작품마다 성취해냈다"(맨부커 인터내셔널 상 선정 이유)는 찬사를 받는 것이 아닐까.

미국의 작가 카일 마이너는 한 작가가 문학적으로 최고의 위치에 올랐을 때 그 작가에게는 두 가지 길이 기다리는데, 하나는 사람들이 그 작가를 오로지 신성시해버리는 것이고, 또하나는 그 작가의 위상을 무너뜨리는 것이라고 했다. 먼로에 대해 장점이라고 여겨지는 것을 단점으로 몰아붙이는 시각도 있다. 〈런던 리뷰 오브 북스〉의 서평가 크리스천 로렌첸은 먼로에 대해 평생 같은 주제만 반복하는 '변주의 대가'라며 비아냥거리기도 했다. 그에 대한 답인 것처럼 먼로는 「돌리」에서 주인공의 입을 빌려 말한다. "시인의 시에 대해 시인에게 완벽하게 말할 수 있는 사람이 누가 있겠는가? 너무 과하지도, 너무 모자라지도 않게,

딱 적당히."

자전적 이야기, 디어 라이프

『디어 라이프』는 총 열 편의 단편소설과 네 편의 자전적 이야기로 구성되어 있다. 그중 마지막 네 편인 「시선」 「밤」 「목소리들」 「디어 라이프」는 별도의 장으로 묶여 있는데, 모두 자전적 이야기로 먼로가 어린 시절에 경험한 사건을 기억하여(먼로는 일기를 쓰지 않는다) 쓴 것, 혹은 그녀 나름으로 이해하여 쓴 것이다. 따라서 먼로의 말처럼 감정적으로는 자전적이되, 사실 여부에서는 그렇지 않을 수 있다. 그중 「디어 라이프」는 2011년 〈뉴요커〉에 '회고록'이라는 이름으로 실리기도 했다. 이 작품들에 포함된 기억의 편린들은 마치 꿈처럼 시간과 기억이라는 주제에 맞닿아 있으면서도 먼로 자신이 경험한 삶의 한순간을 보여준다. 이 자전적인 글 또한 먼로의 단편소설처럼 정제된 언어로 쓰여 삶의 비밀 같은 한순간을 드러낸다. 예컨대 「시선」에서는 먼로가 죽음을 처음 접하는 순간, 시체를 처음 보는 순간을, 「목소리들」에서는 먼로가 성에 대해 눈뜨는 순간을 접할 수 있다(삶은 무수히 많은 그런 순간들로 이루어져 있을 것이다). 또한 이 자전적인 글에서는 먼로의 어머니가 중심인물로 등장하는데, 먼로가 누누이 밝혔듯이 그녀의 삶과 글에서 어머니는 주요인물이자 모티프였기에 우리는 여기서 먼로의 '비밀 아닌 비밀'을 엿볼 수 있다.

이 책의 제목이자 자전적 이야기 한 편의 제목인 '디어 라이프dear life'

에 대해서는, NPR에서 서평을 쓰는 앨런 츄스의 말을 빌려, 소중한 삶 혹은 값비싼expensive 삶(「코리」나 「아문센」에서 생각해볼 수 있듯이, 우리는 살면서 때때로 비싼 대가를 치러야 하는 경험을 하게 된다)이라는 의미를 생각해볼 수 있을 것이다. 책 전체에서 딱 한 번 등장하는 'for dear life,' 즉 '죽기 살기로'라는 의미도 배제할 수는 없다. 이 세 의미를 조합하면 뭔가 그럴듯한 의미가 탄생하지 않는가?

*

한창 번역을 마무리하고 있던 중에 앨리스 먼로의 노벨상 수상 소식을 들었다. 발표 날짜가 가까워지고 어쩌면 먼로가 받을지 모른다는 추측이 돌면서 설마, 아닐 거야, 그럴 리가, 하는 심정으로, 하지만 그래도 혹시, 하며 숨죽여 생중계를 기다렸다. 정작 먼로는 자신이 수상할 거라는 생각은 하지도 못한 채 잠을 자고 있었다지만. 먼로의 이름이 호명되는 순간 나는 여든두 살의 곱디고운 먼로, 사진마다 뛰어난 패션 감각으로 나를 흐뭇하게 해주었던 먼로, 젊은 날보다 지금이 훨씬 우아하고 아름다운 먼로, 한평생 글쓰기를 멈추지 않았던 먼로를 떠올리며 진심으로 기쁘고 가슴이 두근거렸다. 물론 마음은 무거웠다. 어떤 책이든 최선을 다해야 하지만 이렇게 유명해지면 최선은 다하되 마음은 더 무거울 수밖에 없다. 내가 늘 존경하는 문학동네 편집자분들은 더욱 그러했을 것이다.

역자이자 독자로서 가슴 뭉클했던 것은 『디어 라이프』의 마지막 부

분이었다. 어머니의 장례식에 가지 못했다는 부분 말이다. 그 부분을
나는 내가 잘 아는 친구가 하는 말처럼 읽었다. 미안한 듯, 담담하게,
애써 죄의식을 피하며. 그리고 그것에 대한 먼로의 답을, 먼로의 위로
를 보았다. "사람들은 말한다. 어떤 일들은 용서받을 수 없다고, 혹은
우리 자신을 결코 용서할 수 없다고. 하지만 우리는 용서한다. 언제나
그런다." 우리가 인간이기에, 때로는 내가 매정한 세상에서 살아가야
하기에, 때로는 내가 누군가에게 매정한 존재가 되어야 하기에. 하지
만 나는 그런 세상을 용서하고, 그런 나를 용서하고, 시간과 기억과 끊
임없이 타협한다. 그리고 『디어 라이프』의 주인공들이 끊임없이 기차
를 타고 이동하듯, 우리도 끊임없이 이동하며 끊임없이 용서한다. 결
국 삶도 진행형이고, 용서도 진행형이다.

정연희

| 1931년 | 7월 10일 캐나다 온타리오주 윙엄에서, 로버트 에릭 레이들 로와 앤 클라크 레이들로의 장녀로 태어남. 아버지는 스코틀 랜드계 장로교 집안에서 태어났고 결혼과 함께 윙엄에 정착 하여 여우와 밍크를 길러 모피를 팔아 가족을 부양함. 어머 니는 아일랜드계 성공회 집안에서 자랐으며 결혼 전까지 학 교에서 아이들을 가르침. |

1936년 3월 13일 남동생 윌리엄 조지 레이들로 태어남.

1937년 4월 1일 여동생 실라 제인 레이들로 태어남. 로워타운학교 입학.

1939년 가을, 윙엄에 있는 학교에 4학년으로 전학.

1942년 작가에 대한 꿈을 키우기 시작.

1943년 여름, 어머니가 파킨슨병 증세를 보임. 가세가 기울기 시작함.

1949년 2년간 장학금을 받는 조건으로 웨스턴온타리오대학교에 입학. 영문학과 저널리즘을 전공.

1950년 웨스턴온타리오대학교의 문예지 『폴리오*Folio*』에 시를 발표하던 선배 제럴드 프렘린을 만남. 첫 단편 「그림자의 차원*The Dimensions of a Shadow*」을 『폴리오』에 발표함. 1949년부터 1951년까지 『폴리오』에 세 편의 단편을 기고함. 웨이트리스, 도서관 사서, 담뱃잎 수확 등의 아르바이트로 생활을 유지했으나 경제적으로 어려움을 겪음.

1951년 같은 학교 학생이었던 제임스 먼로와 결혼. 학업을 중단하고 웨스트밴쿠버의 던더레이브로 이사.

1953년	딸 실라 먼로 태어남.
1955년	딸 캐서린 먼로 태어남. 태어난 지 15시간 만에 사망.
1956년	여름, 딸 실라와 온타리오주에 가지만 어머니를 만나지는 않음.
1957년	딸 제니 먼로 태어남.
1959년	2월 10일 어머니 사망. 장례식에 참석하지 않음.
1963년	빅토리아로 이사. 남편 제임스 먼로와 '먼로의 책들'이라는 서점을 운영하기 시작.
1966년	딸 앤드리아 먼로 태어남.
1968년	15년간 집필한 단편을 모아 크노프 출판사에 출간을 의뢰했으나 거절당함. 라이슨 출판사에서 『행복한 그림자의 춤 *Dance of the Happy Shades*』출간. 이 데뷔작으로 총독문학상 수상.
1971년	맥그로힐 라이슨 출판사에서 『소녀와 여자들의 삶 *Lives of Girls and Women*』출간. 캐나다 북셀러 상 수상.
1972년	남편 제임스 먼로와 이혼.
1973년	딸들과 브리티시컬럼비아주 넬슨에 정착. 노트르담대학교의 여름학기 창작 과목을 가르침. 가을, 23년 만에 온타리오주로 돌아와 그곳에 살면서 일주일에 한 번 토론토의 요크대학교에서 학생들을 가르침.
1974년	8월, 제럴드 프렘린과 재회. 소설집 『내가 당신에게 말하려 했던 것 *Something I've Been Meaning to Tell You*』출간. 웨스턴온타리오대학교의 레지던스 작가로 선정됨.
1976년	웨스턴온타리오대학교에서 명예학위를 받음. 제럴드 프렘린과 재혼. 노모를 돌보려는 제럴드 프렘린의 뜻에 따라 그가 나고 자란 온타리오주 클린턴으로 이사. 8월 2일 아버지 사망.

1978년	소설집 『넌 도대체 네가 뭐라고 생각하니? *Who Do You Think You Are?*』 출간. 해외에서는 『거지 소녀 *The Beggar Maid*』라는 제목으로 출간됨. 총독문학상 수상.
1980년	브리티시컬럼비아대학교와 퀸즐랜드대학교의 레지던스 작가로 선정됨. 『거지 소녀』로 부커상(지금의 맨부커상) 최종 후보에 오름.
1982년	『목성의 달 *The Moons of Jupiter*』 출간. 총독문학상 후보에 오름.
1983년	「소년소녀들 *Boys and Girls*」을 원작으로 하는 단편영화가 제작됨.
1984년	영화 〈소년소녀들〉이 아카데미영화제 단편영화 라이브 액션 부문 수상.
1986년	『사랑의 경과 *The Progress of Love*』 출간. 세번째 총독문학 상 수상. 메리언 엥겔 상 수상.
1990년	『젊은 날의 친구 *Friend of My Youth*』 출간.
1991년	『젊은 날의 친구』로 트릴리엄 북 어워드, 커먼웰스상 수상.
1992년	미국 문학예술아카데미의 외국인 명예회원으로 추대됨.
1993년	캐나다 론 피어스 왕립협회 메달 수상.
1994년	『열린 비밀 *Open Secrets*』 출간. 총독문학상 후보에 오름.
1995년	『열린 비밀』로 W.H.스미스 문학상 수상. 래넌문학상 픽션 부문 수상.
1997년	펜/맬러머드 상 단편소설 부문 수상.
1998년	『착한 여자의 사랑 *The Love of a Good Woman*』 출간. 길 러상 수상. 전미도서비평가협회상 수상.
1999년	『착한 여자의 사랑』으로 두번째 트릴리엄 북 어워드 수상.
2001년	『미움, 우정, 구애, 사랑, 결혼 *Hateship, Friendship, Court-ship, Loveship, Marriage*』 출간. 레이 단편소설상 수상. 관

상동맥우회술을 받음. 앨리스 먼로의 딸 실라 먼로가 어린 시절에 대한 회고록인 『어머니들과 딸들의 삶: 앨리스 먼로의 아이로 자란다는 것 *Lives of Mothers and Daughters: Growing Up With Alice Munro*』을 출간함.

2002년   『미움, 우정, 구애, 사랑, 결혼』으로 커먼웰스상 수상.

2004년   3월 22일 〈뉴요커〉에 「열정 *Passion*」을 발표. 「열정」이 수록된 소설집 『런어웨이 *Runaway*』 출간. 길러상 수상.

2005년   미국 내셔널아트클럽으로부터 문학 부문 명예훈장을 받음. 『런어웨이』로 세번째 커먼웰스상 수상.

2006년   〈아메리칸 스콜라〉에 「왜 알고 싶어하니? *What Do You Want to Know For*」를 발표. 「왜 알고 싶어하니?」가 수록된 소설집 『캐슬록에서 보는 풍경 *The View from Castle Rock*』 출간. 『미움, 우정, 구애, 사랑, 결혼』에 수록된 「곰이 산을 넘어오다 *The Bear Came Over the Mountain*」를 원작으로 만든 세라 폴리 감독의 영화 〈어웨이 프롬 허〉가 토론토 국제영화제에서 상영되고 아카데미 영화제에서 최우수 각색상 후보에 오름. 「열정」으로 오헨리상 수상.

2008년   「왜 알고 싶어하니?」로 생애 두번째 오헨리상 수상.

2009년   8월, 『지나친 행복 *Too Much Happiness*』 출간. 맨부커 인터내셔널 상 수상.

2010년   프랑스 예술문화훈장을 받음.

2012년   『디어 라이프 *Dear Life*』 출간. 이 책에 수록된 「코리 *Corrie*」로 세번째 오헨리상 수상.

2013년   4월 17일 남편 제럴드 프렘린이 88세의 나이로 사망. 『디어 라이프』로 세번째 트릴리엄 북 어워드 수상. 시상식에서 『디어 라이프』가 자신의 마지막 작품이 될 것이라고 말함. 9월, 「미움, 우정, 구애, 사랑, 결혼」을 원작으로 만든 리자 존슨

감독의 영화 〈헤이트십, 러브십〉 개봉. 10월 10일 노벨문학상 수상. 캐나다 사상 첫 노벨문학상 수상자이며, 노벨문학상 역사상 열세번째 여성 수상자가 됨.

2024년   5월 13일 아흔둘의 나이로 세상을 떠남.

문학동네 세계문학전집 발간에 부쳐

세계문학은 국민문학 혹은 지역문학을 떠나 존재하는 문학이 아니지만 그것들의 총합도 아니다. 세계문학이라는 용어에는 그 나름의 언어와 전통을 갖고 있는 국민문학이나 지역문학의 존재를 인정하면서 그것을 넘어서는 문학의 보편적 질서에 대한 관념이 새겨져 있다. 그 용어를 처음 고안한 19세기 유럽인들은 유럽문학을 중심으로 그 질서를 구축했지만 풍부한 국민문학의 전통을 가지고 있는 현대의 문학 강국들은 나름의 방식으로 세계문학을 이해하면서 정전(正典)의 목록을 작성하고 또 수정한다.

한국에서도 세계문학 관념은 우리 사회와 문화의 변화 속에서 거듭 수정돼왔다. 어느 시기에는 제국 일본의 교양주의를 반영한 세계문학 관념이, 어느 시기에는 제3세계 민족주의에 동조한 세계문학 관념이 출현했고, 그러한 관념을 실천한 전집물이 출판됐다. 21세기 한국에 새로운 세계문학전집이 필요하다는 것은 명백하다. 우리의 지성과 감성의 기준에 부합하는 세계문학을 다시 구상할 때가 되었다.

문학동네 세계문학전집은 범세계적으로 통용되는 고전에 대한 상식을 존중하면서도 지난 반세기 동안 해외 주요 언어권에서 창작과 연구의 진전에 따라 일어난 정전의 변동을 고려하여 편성되었다. 그래서 불멸의 명작은 물론 동시대 세계의 중요한 정치·문화적 실천에 영감을 준 새로운 작품들을 두루 포함시켰다.

창립 이후 지금까지 한국문학 및 번역문학 출판에서 가장 전문적이고 생산적인 그룹을 대표해온 문학동네가 그간 축적한 문학 출판 경험을 바탕으로 새로운 세계문학전집을 펴낸다. 인류가 무지와 몽매의 어둠 속을 방황하면서도 끝내 길을 잃지 않은 것은 세계문학사의 하늘에 떠 있는 빛나는 별들이 길잡이가 되어주었기 때문이다. 우리가 자부심과 사명감 속에서 그리게 될 이 새로운 별자리가 독자들의 관심과 애정에 힘입어 우리 모두의 뿌듯한 자산이 되기를 소망한다.

문학동네 세계문학전집 편집위원
민은경, 박유하, 변현태, 송병선, 이재룡, 홍길표, 남진우, 황종연

지은이 **앨리스 먼로**

1968년 첫 소설집 『행복한 그림자의 춤』을 발표하며 평단의 주목을 받은 이래 영어권을 대표하는 작가로 자리매김했다. 총 세 차례의 총독문학상과 두 차례의 길러상, 전미도서비평가협회상, 오헨리상, 펜/맬러머드 상 등 다수의 상을 수상했다. 2009년에는 맨부커 인터내셔널 상을 수상했고, 2012년 『디어 라이프』를 발표했다. 2013년 "현대 단편소설의 거장"이라는 평을 들으며 노벨문학상을 수상했다. 2024년 5월 13일 92세를 일기로 타계했다.

옮긴이 **정연희**

서울대학교 영어교육과를 졸업하고 미국 펜실베이니아대학교에서 석사학위를 받았다. 전문 번역가로 활동하고 있으며, 옮긴 책으로 『착한 여자의 사랑』 『소녀와 여자들의 삶』 『운명과 분노』 『그 겨울의 일주일』 『다시, 올리브』 『내 이름은 루시 바턴』 『무엇이든 가능하다』 『에이미와 이저벨』 『버지스 형제』 『굿 하우스』 『헬프』 『비둘기 재앙』 『안녕이라고 말할 때까지』 등이 있다.

세계문학전집 113
디어 라이프

1판 1쇄 2013년 12월 5일
1판 21쇄 2024년 5월 31일

지은이 앨리스 먼로 | 옮긴이 정연희
책임편집 이현자 | 편집 윤정민 홍유진 오동규
디자인 김마리 이원경 | 저작권 박지영 형소진 최은진 서연주 오서영
마케팅 정민호 서지화 한민아 이민경 안남영 왕지경 정경주 김수인 김혜원 김하연 김예진
브랜딩 함유지 함근아 고보미 박민재 김희숙 박다솔 조다현 정승민 배진성
제작 강신은 김동욱 이순호 | 제작처 영신사

펴낸곳 (주)문학동네 | 펴낸이 김소영
출판등록 1993년 10월 22일 제2003-000045호
주소 10881 경기도 파주시 회동길 210
전자우편 editor@munhak.com | 대표전화 031) 955-8888 | 팩스 031) 955-8855
문의전화 031) 955-1927(마케팅) 031) 955-2685(편집)
문학동네카페 http://cafe.naver.com/mhdn
인스타그램 @munhakdongne | 트위터 @munhakdongne
북클럽문학동네 http://bookclubmunhak.com

ISBN 978-89-546-2275-2 04840
      978-89-546-0901-2 (세트)

www.munhak.com

● 문학동네 세계문학전집은 계속 출간됩니다